Heike Rommel
Kalte Liebe

Heike Rommel, geb. 1962 in Olpe, hat Psychologie und Visuelle Kommunikation studiert und lebt heute in Bielefeld. Sie arbeitet seit über zwanzig Jahren in verschiedenen Einrichtungen für Menschen mit Behinderungen. Ihre ersten Schreiberfahrungen machte sie beim Verfassen von Fantasy-Texten, bevor sie zum Krimi-Genre wechselte, das ihr als leidenschaftlicher Krimileserin und Tochter eines Kriminalbeamten und einer Polizeiangestellten naheliegt. *Kalte Liebe* ist bereits der fünfte Kriminalroman um die Ermittler der Bielefelder Mordkommission. www.heike-rommel.de

Heike Rommel

Kalte Liebe

Originalausgabe
© 2020 KBV Verlags- und Mediengesellschaft mbH, Hillesheim
www.kbv-verlag.de
E-Mail: info@kbv-verlag.de
Telefon: 0 65 93 - 998 96-0
Fax: 0 65 93 - 998 96-20
Umschlaggestaltung: Ralf Kramp
unter Verwendung von © claudettethebat - stock.adobe.com
Lektorat: Volker Maria Neumann, Köln
Druck: CPI books, Ebner & Spiegel GmbH, Ulm
Printed in Germany
ISBN 978-3-95441-540-3

Für Willy
Und für meinen Vater

Mittwoch, 23. Oktober 2013

Vorsichtig öffnete Marianne die Tür zum Zimmer ihrer Tochter, so als fürchtete sie, dort etwas zu finden, das sie nicht entdecken wollte. Doch alles schien wie immer zu sein. Auf dem Poster über dem Sofa küsste Robert Pattison weiterhin Kristen Stewart, als wäre nichts geschehen. Ihre Tochter Charlotte hatte die Filme gefühlte hundert Mal gesehen. *Twilight* ... oder *Twilight Zone?*

Ein nebeliger Morgen dämmerte herauf. Keine Spur mehr vom »goldenen Oktober«. *Twilight* passte, ein zwielichtiger Übergang in eine andere Welt. Von der alten Welt, in der es Gewissheiten gegeben hatte, in eine neue Welt ohne Halt. Noch hatte Marianne die Grenze nicht passiert, alles war offen – und vielleicht war es besser, noch eine Weile im Zwielicht zu verharren.

Der Teddy auf der Sofalehne trug als Mütze einen schwarzen Stringtanga mit Spitzenbesatz, auf dem Teppich unter dem Sofa lag der passende schwarze BH dazu. Charlotte, die als Kind ihre Puppen und Plüschtiere immer der Größe nach aufgereiht hatte, scherte sich seit einiger Zeit nicht mehr um Dinge wie Ordnung oder Schule.

»Aber sie hat sich doch immer gemeldet. SIE HAT SICH IMMER GEMELDET!« Marianne schlug die Hände vor den Mund, schluckte die aufkommenden Tränen hinunter und ließ sich aufs Sofa sinken. War es nicht so? Charlotte hatte angerufen, wenn es mal später geworden war, es zugelassen, dass Marianne sie abholte.

Oder hatte auch das sich geändert, so wie alles sich verändert hatte? Was wusste sie überhaupt noch über Charlotte? Wann war ihre Tochter ihr entglitten? Das sei normal, sagte ihr Lebensgefährte Eberhard. Das sei normal, sagte auch Mariannes Schwester, die zwei erwachsene Töchter hatte. *Ob du es willst oder nicht, deine kleine Lotte kommt jetzt in die Pubertät. Da werden sie erst schwierig, eine Zeit lang, bevor alles wieder ins Lot kommt.* Wirklich nur die Pubertät? Ihr ungutes Gefühl, die Sorgen blieben.

Auf dem Fensterbrett stand eine vertrocknete Madagaskar-Palme. Charlotte hatte ihr verboten, ihre Pflanzen zu gießen oder überhaupt ihr Zimmer zu betreten. *Privatsphäre, Mama, schon mal gehört das Wort?* Marianne hatte die vertrockneten Pflanzen eine nach der anderen entsorgt. Charlotte schien es nicht einmal aufzufallen. Diese war die letzte. Sie stemmte sich aus dem Sofa hoch. Wie eine alte Frau, dachte sie. Nun ja, ich *bin* eine alte Frau. Ihr Knie tat weh, sie humpelte zum Fenster und nahm den Topf mit der Palme vom Fensterbrett. Draußen herrschte noch immer Nebel. Graue Hochhäuser im grauen Nebel vor grauem Himmel.

Wie war es bloß so weit gekommen?

Ihr einziges Kind. Sie war schon vierundvierzig gewesen, als Charlotte geboren wurde. Ein Wunschkind, auf das sie und ihr Mann nicht mehr zu hoffen gewagt hatten. Ein Jahr später kam er bei einem schweren Autounfall ums Leben. Er war selbstständig gewesen, hatte lange eine Eckkneipe im Bielefelder Osten betrieben und erst wenige Monate vor seinem Tod viel Geld in eine Szene-Kneipe in der Altstadt investiert. Die zu wenig abwarf, wie Marianne wusste, da sie seit fünfzehn Jahren für ihn die Buchhaltung machte. Er hinterließ ihr nichts als Schulden.

Sie verkaufte das Haus in Großdornberg und zog in eine Mietwohnung in Sieker. Als Buchhalterin fand sie keine Stelle, also schulte sie zur Altenpflegerin um – und schleppte ein permanent schlechtes Gewissen mit sich herum, da sie sich wegen ihrer Schichtarbeit viel zu wenig um Charlotte kümmern konnte. Ihr blieb häufig nichts anderes übrig, als Lotte abzuschieben, zur Oma, in die Kita, zu Freundinnen.

Das Geld war knapp: Statt eines Gartens gab es nur noch einen kleinen Balkon in einem Wohnturm. An Reit- oder Ballettstunden für Charlotte hatte Marianne nicht einmal denken können. Sosehr sie es sich auch wünschte, sie konnte ihrer Tochter nichts bieten. Charlotte besuchte immerhin seit einigen Jahren das Gymnasium, aber glücklich schien sie dort nicht zu sein. *Lad deine Klassenkameraden doch einfach mal ein, Charlotte. Mama, soll ich die etwa in dieses schäbige Hochhaus mit dem Gerümpel im Hof einladen? Weißt du eigentlich, wie die leben? Die halten mich doch für Asi …*

Es klingelte. Das war Eberhard, genannt Hardy. Erst klingelte er pro forma, dann drehte sich der Schlüssel im Schloss.

»Marianne, mein Schatz, wo bist du denn?« Schritte, Türenklappen. »Ach hier?!« Er blieb mitten im Zimmer stehen und schaute sich um.

Marianne lächelte schief. »Ist hier eine Bombe eingeschlagen?«

»Was?« Hardy runzelte die Stirn.

»Das ist es doch, was du denkst.«

»Ach Schatz.« Er ging auf sie zu, nahm ihr den Topf aus der Hand, stellte ihn zurück aufs Fensterbrett und drückte sie. »Als ob das noch wichtig wäre.«

Marianne brach in Tränen aus. »Ihr Handy ist immer noch ausgeschaltet. Heute ist Mittwoch, und seit Freitag ist sie weg!«

Er drückte sie noch etwas fester und wiegte sie leicht hin und her. »Die Polizei …«

»Ach, die Polizei!« Sie machte sich los. »Was tun die denn schon? Eine jugendliche …«, sie deutete Anführungszeichen mit den Fingern an, »»Ausreißerin«. Ich hätte nicht erwähnen sollen, dass sie sich einmal nicht gemeldet hat, als sie erst am nächsten Tag nach Hause kam. Da ist ihr Handy-Akku leer gewesen, aber der Sesselpupser hat gar nicht zugehört. Für die ist das jetzt der Vorwand, nichts zu tun, dabei ist sie erst fünfzehn. Fünfzehn, Hardy! Und dann diese Fragen: ›Erzählt Ihnen Ihre Tochter alles?‹« Sie äffte den Tonfall des Beamten nach. »Verdammt noch mal, nein, natürlich nicht, aber …«

»Der wollte dich nur beruhigen, Marianne. Und ich bin sicher, die machen alles, um sie zu finden.«

»Na klar. Und warum ist sie dann nicht hier?« Sie machte eine heftige Armbewegung, um das »hier« zu verdeutlichen, und stieß dabei die Palme vom Fensterbrett. Sie starrte auf den zerbrochenen Topf, auf die Blumenerde auf dem Teppich. Das Bild verschwamm.

»Nicht weinen, mein Schatz, wir wissen doch noch gar nichts.« Hardy ging in die Knie, um die Scherben aufzusammeln.

Sicher, sie befanden sich noch immer im Grau des Zwielichts. Aber wie lange wollte sie sich etwas vormachen? Sie schloss die Augen. Mit jedem Tag wurde das Grau ein wenig schwärzer.

»Marianne?«

Sie öffnete die Augen wieder.

Er war aufgestanden und zeigte ihr ein Hundehalsband aus feinem, schwarzem Leder. »Das lag ganz hinten unter dem Sofa. Hat Charlotte sich einen Hund gewünscht?«

Sie hob die Brauen. »Das hat sie nie erwähnt. Außerdem weiß sie, dass Hunde hier nicht erlaubt sind.«

Als hätte Kitty das gehört, tappte sie ins Zimmer und strich schnurrend um Mariannes Beine. Geistesabwesend kraulte sie der Katze das Nackenfell.

Hardy untersuchte das Band. »Schau mal, da sind Initialen drauf, aber nicht ihre.«

An einer Seite des Bandes waren zwei goldene, ineinander verschlungene Buchstaben angebracht. »Kennst du jemanden, zu dem diese Initialen gehören?«

Marianne überlegte. »Nein, aber ich weiß auch nicht mehr, mit wem sich Lotte trifft. Sag mal, ist das etwa echtes Gold? Das sieht nicht aus wie Messing.«

Er schürzte die Lippen. »Ziemlich edel für ein Hundehalsband. Ist das überhaupt … für einen Hund gedacht?«

»Was meinst du, Hardy? Wofür denn sonst?«

Anstelle einer Antwort nahm er sie in den Arm.

Freitag, 25. Oktober

Kommissarin Nina Tschöke lächelte der Tante ihrer Freundin Hanna mangels Ideen zur Konversation höflich zu und zupfte an der Blütendeko auf dem Tisch. Walzerklänge setzten ein.

»Ein schönes Paar, nicht? Und jetzt eröffnen sie den Tanz.« Die Tante, deren Namen Nina schon wieder vergessen hatte, richtete sich auf, um einen besseren Blick auf die Tanzfläche zu erhaschen, wo sich das Paar raumgreifend im Takt des Wiener Walzers drehte. Der zur Tante gehörende Onkel erinnerte Nina an den Kollegen Ottfried »Shanty« Weber: Wie Weber hatte er sich die wenigen Haare quer über die Halbglatze geklebt. Sein Blick war fest auf sein Handy geheftet, es ging um Fußballergebnisse, soweit Nina das erkennen konnte. Wieso unterhielt *der* sich nicht mit seiner Frau?

Nina nickte der Tante zu und gähnte unterdrückt. Sie hatte Hanna eine dermaßen traditionelle Hochzeit gar nicht zugetraut. Und die Miete des Bad Salzufler Kursaals musste ein Vermögen gekostet haben. Obwohl sie Hanna die Feier von Herzen gönnte, hatte sie wenig Lust verspürt herzukommen. Es begann schon mit der Wahl der Garderobe: In Ninas Kleiderschrank fanden sich fast ausschließlich Jeans und Hoodies und ähnlich Praktisches. Ihre Brille hatte sie vor Kurzem beim Tae Bo geschrottet und notdürftig mit Sekundenkleber und Tesafilm repariert, und die Neue war noch nicht fertig. Außerdem war ihre Freundin Michaela, die Einzige außer Hanna, die sie hier wirklich gut kannte, gerade unterwegs, um irgendwelche lustigen Fotos von sich schießen zu lassen und den Eintrag ins Hochzeitsbuch vorzunehmen.

»Und um Mitternacht wirft die Braut den Strauß.« Die Augen der schwergewichtigen Tante glänzten. »Da müssen sich alle unverheirateten Frauen versammeln.« Sie zwinkerte ihr zu.

Sehe ich so unverheiratet aus?, dachte Nina. »Ach wirklich?«, sagte sie, um etwas zu sagen.

»Aber ja.« Die Tante strahlte und senkte ihre Stimme zu einem verschwörerischen Flüstern. »Und ich habe aus zuverlässiger Quelle gehört, dass es nicht verabredet ist.« Sie nickte ihr auffordernd zu.

»Wie? Verabredet? Was?«

»Sonst wird doch oft verabredet, wer den Brautstrauß fangen wird. Als Wink mit dem Zaunpfahl für den Freund sozusagen. Aber dieses Mal nicht, das macht es noch viel spannender. Der Höhepunkt des Abends!«

»Ach so.« Albern. Verstohlen warf Nina einen Blick auf ihre Uhr. Vielleicht konnte sie sich noch vor Mitternacht verdrücken.

»Na, Polizeihauptkommissarin Tschöke, amüsierst du dich gut?« Zum Glück war Michaela zurück. »Was machst du überhaupt für ein Gesicht? Du hast Urlaub.«

»Ja, und ich hatte dummerweise endlich Zeit, diesen Wälzer von Eva Illouz zu lesen: *Warum Liebe wehtut*. Deprimierend, sag ich dir. Das Ende aller naiven Vorstellungen von der großen Liebe.«

»Seit wann liest du Herzschmerzromane?«

»Herzschmerzromane? Unsinn. Meine Liebe, es geht um die sozioökonomischen Faktoren, die dazu führen, dass Frauen in unserem Alter praktisch keine Chancen mehr auf dem Beziehungsmarkt haben.«

»In *unserem* Alter … Hanna ist doch auch schon vierunddreißig.«

»Ausnahmen bestätigen die Regel.«

»Ach, Nina, ich wette, du denkst immer noch an Stefan. Ich sag dir was: Ruf ihn einfach an.«

»Er wäre dran, sich zu melden – und *nein*, ich denke ganz sicher nicht mehr an Stefan! Er ist offensichtlich nicht der Richtige für mich.«

»Klar, und wieso hab ich überhaupt gefragt? Sieh es mal so: Du fliegt bald nach Malle, und ich komme in zwei Tagen hinterher, und dann machen wir einen drauf, besaufen uns hemmungslos und angeln uns zwei Latin Lover.«

»Du vergisst, dass ich mich da ja auch um Kai und Bine kümmern muss.«

»Erstens helfe ich dir. Zweitens finde ich, dass dein Bruder und seine Freundin für zwei Downies ziemlich selbstständig sind.«

Nina wollte gerade einwenden, dass der Schein trüge, als sich *Wo de Nordseewellen trekken an den Strand…* kakophonisch unter *An der schönen blauen Donau* mischte. Nina griff nach ihrem Handy. »Ah, das ist Stefan«, rief Michaela.

»Quatsch, das ist mein Kollege!«

Michaela nahm ihr das Handy aus der Hand und drückte das Gespräch weg. »Da gehst du doch jetzt wohl nicht ran? Du bist im Urlaub, kapier das doch endlich. Hast du nicht vor Kurzem noch gejammert, dass du zu viel arbeitest und das Leben an dir vorüberzieht?«

Nina blinzelte. »Ja, na ja …« Sie fuhr sich durch das kurze Haar.

»Was ist das überhaupt für ein blöder Klingelton?«

»Ein Kollege von mir singt im Shantychor, und er hat mir diesen Klingelton …«

»Dieser Ottfried Weber?«

Nina nickte.

»Weißt du was, vergiss jetzt mal deine Kollegen. Ich bestell uns noch Sekt, dann trinken wir uns die Männer hier schön, und dann wird getanzt.«

Der Onkel schreckte bei *trinken wir uns die Männer hier schön* kurz von seinem Handy hoch.

Nach dem Sekt gab es noch Tequila und Caipirinha, und die Musik wurde besser, und Nina tanzte, schwitzte ihre Bluse durch und war gerade im Flow zu Michael Telos *Ai Se Eu Te Pogo*, als zu ihrem Verdruss die Musik leiser gedreht wurde, Hanna ans Mikro trat und das Werfen des Brautstraußes ankündigte. Sofort erhob sich Jubel, und alle Single-Frauen wurden auf die Bühne gebeten. Nina hielt Ausschau nach Michaela, mit der sie sich ein Taxi teilen wollte, als sich plötzlich von hinten ein Arm um ihre Schultern legte. »Komm, Nina, Kneifen gilt nicht.«

»Du, Michaela, ich bin so was von müde und wollte mich jetzt eigentlich vom Acker machen. Wäre das okay, wenn ich für mich allein ein Taxi …«

»Die paar Minuten hast du doch noch Zeit.« Michaela schob sie auf die Bühne.

Unter großem Hallo wurde Hanna eine Binde umgebunden. Dann setzte die Musik wieder ein, und die Single-Frauen tanzten um die Braut herum. Nina blieb stehen. Michaela gab ihr einen Klaps. »Was stehst du so steif herum, Nina? Tanzen!«

»Ich glaub's einfach nicht. So viele Cocktails kann ich gar nicht trinken.« Halbherzig machte Nina ein paar Tanzschritte.

Hanna drehte sich grinsend mal in die eine, dann in die andere Richtung.

»Hanna, mach's nicht so spannend«, rief eine gebräunte, pummelige Frau mit Lockenturm und üppigem Goldschmuck. Alle lachten.

Nina suchte nach einem Ausweg. Doch die Bühne war umringt von den Zuschauern des Spektakels. Sie dachte an das Taxi, schon bald würde das hier überstanden sein, sie würde sich in die Polster des Taxis zurücklehnen und …

Plötzlich stoppte die Musik. Hanna, die ihr gerade noch den Rücken zugekehrt hatte, wandte sich mit einem Mal um und warf den Brautstrauß in ihre Richtung! Außer ihr stand niemand dort. Nina machte eine Art Hechtsprung, erwischte den Brautstrauß fast … jetzt hatte sie ihn … oder doch nicht ganz, statt ihn zu fassen, lenkte sie ihn mit ihrer Bewegung ab, sodass er im hohen Bogen in eine leere Ecke flog.

Ein enttäuschtes »Ooooh« ging durch die Menge.

Michaela stöhnte. »Du bist doch nicht beim Polizeisport. Fangen sollst du ihn, nicht pritschen.«

Der Lockenturm rettete die Situation. So schnell ihre High Heels sie trugen, stöckelte sie auf den Strauß zu, schnappte ihn sich, hielt ihre Beute triumphierend hoch und strahlte in die Menge.

Eine Stunde später schloss Nina ihre Haustür auf und kickte die Pumps von den schmerzenden Füßen. Fröstelnd drehte sie die Heizung in ihrem Wohnzimmer auf und ließ sich noch im Mantel auf ihr Sofa fallen, ohne das Licht einzuschalten. Urlaub war manchmal anstrengender als Arbeit. Aber das Schlimmste lag hinter ihr: erst die Feier anlässlich der Pensionierung des Kollegen Kux und jetzt die Hochzeit. Sie gähnte. Regen pladderte gegen die Fensterscheibe, durch die Rinnsale, die die Scheibe hinunterliefen, wurde das schwache Licht einer Straßenlaterne gebrochen. Sie gähnte noch einmal und holte ihr Handy aus der Tasche. Dodo hatte angerufen und auf die Mobilbox gesprochen. Bestimmt Polizeikram. Michaela hatte recht, sie sollte besser abschalten. Im wahrsten Sinne des Wortes: Weg mit dem Handy!

Sie hörte die Mobilbox ab.

»Hey Nina, hier Dominik. Falls dir langweilig sein sollte und du die Versehrtentruppe verstärken möchtest ...« Lachen. »Du erinnerst dich, dass Weber seit der Bierkistenaktion bei Kux' Feier Rücken hat. Leider sind es die Bandscheiben, und er fällt länger aus. Frank ist auf der frisch gewischten Treppe ausgerutscht und hat sich den Knöchel gebrochen. Da wir einen neuen Mordfall haben, sitzt er schlecht gelaunt mit Unterschenkelgips im Büro und muss den Aktenführer machen. Immerhin kriegen wir einen neuen Kollegen, aber ob der gut ist, wissen wir nicht. Scheint ehrgeizig zu sein, wollte gleich zu unserer Mordkommission. Freu dich, dass du Urlaub hast, und viel Spaß auf Malle.«

Neuer Mordfall? Neuer Kollege? Interessant ... Nina richtete sich auf, lehnte sich dann wieder zurück und seufzte. Wieso hatte sie die Nachricht überhaupt abgehört? Wie hatte Michaela sich ausgedrückt? *Kapier es doch endlich, du hast Urlaub.*

* * *

Dominik bog mit dem Dienstwagen auf den Wanderparkplatz bei *Peter auf'm Berge* ein. Das Licht seiner Scheinwerfer streifte einen weißen Oldtimer, der zwischen all den silbergrauen Polizei-Dienstwagen auffiel: Ein schickes Citroën-Cabriolet mit heruntergezogenem Verdeck. Der Wagen musste aus den Sechzigern oder den Siebzigern stammen. Dominik parkte daneben. Er fuhr privat selbst einen neuen Citroën, aber diese alten Modelle hatten was – sie weckten Assoziationen von einer Autotour im sonnigen Süden, hinter dem Steuer Grace Kelly mit flatterndem Seidenschal und riesiger Sonnenbrille. Ein Hauch von Glamour im neblig-düsteren Teutoburger Wald. Doch wer von den Kollegen fuhr diesen Wagen? War der dröge Mordkommissionsleiter Bent Andersen von seinem Volvo auf dieses stilvolle Gefährt umgestiegen? Dominik lächelte. Wohl kaum. Außerdem fuhr Bent, korrekt bis in die Haarspitzen, nie mit seinem Privatwagen zu einem Fundort. Dominik stieg aus.

Der Fundort der Leiche lag ein Stück entfernt in der Nähe des Hermannswegs und war schon von Weitem an dem Scheinwerferlicht der Spurensicherung zu erkennen, das zwischen den dunklen Stämmen der Bäume hindurchschimmerte. Dominik folgte dem Licht, das immer greller wurde, während er sich näherte, und auf dem Waldboden jedes vertrocknete Blatt, jede Eichel, jeden Stein deutlich hervortreten ließ. Die Leute in den weißen Overalls wischten wie Gespenster hin und her, fotografierten, gossen Gips in einen Abdruck, wühlten im Laub. Mit Absperrband hatten sie eine Bannmeile um den Fundort gezogen und einen Trampelpfad für die Ermittler markiert.

Die mächtige Gestalt des Mordkommissionsleiters ragte zwischen den wuselnden Spurensicherern wie ein Fels in der Brandung auf. Bent Andersen sprach mit einer schmalen Frau mit feuerroten Haaren in der Nähe eines Lochs im Boden. Das Scheinwerferlicht leuchtete Bents narbendurchzogenes Gesicht ebenso gnadenlos aus wie alles andere, ließ seine kurzen, aschblonden Haare fast weiß wirken. Wie hatte Frank ihn mal beschrieben, als Bent vor einem Jahr von

Flensburg nach Bielefeld gewechselt war? *So 'ne Mischung aus Erik, dem Roten und Puff-Türsteher.* Seither hatte es mehrere Fälle gegeben, bei denen sie zusammenarbeiten mussten, doch was hinter der Stirn von Big Bent vor sich ging, war Dominik ein Rätsel geblieben.

Er machte dem Fotografen Platz, der ihm auf dem Pfad entgegenkam, und gesellte sich zu Bent und der Frau.

»Ach Dominik, hallo.« Bent lächelte verkniffen. Begeisterung sah anders aus. Der Kommissariatsleiter Ernst Meyer zu Bargholz hatte Dominik dieser Mordkommission mal wieder ohne Rücksicht auf die »Chemie« zugeteilt. Bent räusperte sich. »Mein Kollege Dominik Domeyer – die Rechtsmedizinerin Frau Hansen.«

Sie nickten sich zu, und Dominiks Blick fiel auf den wachsbleichen Körper in dem Erdloch: Die gut erhaltene, nackte Leiche einer jungen Frau, die auf dem Rücken lag. Ihre blauen Augen waren weit aufgerissen, die Lippen geöffnet, die langen, dunklen Haare lagen ausgebreitet um ihren Kopf, doch das Ganze wirkte nicht inszeniert. Es war noch immer zu erkennen, dass sie eine Schönheit gewesen sein musste.

Dominik atmete schwer. Ein anderes Bild stieg vor ihm auf: Lissa, seine siebzehnjährige Tochter, ebenso intelligent wie frech, mit dunklen Korkenzieherlocken und einer Vorliebe für Gothic. Sie verbrachte gerade ein Highschooljahr in Neuseeland. Ihre beruflichen Pläne wechselten monatlich, von der Bühnenbildnerin bis zur Meeresbiologin. Zuletzt war auch das Wort Polizei gefallen, mehrmals sogar … Trotz eines Anflugs von Freude und Stolz war er sich nicht im Klaren, was er davon halten sollte. Er hatte Lissa erst vor zwei Tagen angerufen, woraufhin sie sich über ihren schlimmen Glucken-Papa beklagte, aber er würde sie gleich anrufen, wenn er heute Nacht nach Hause kam.

Welche Ziele, welche Träume hatte wohl die junge Frau in ihrem kalten Waldgrab gehabt?

Die Stimme der Rechtsmedizinerin riss ihn aus seinen Gedanken. »Das Loch ist nicht sehr tief, aber da die Leiche im Boden gelegen hat, kann ich die Liegezeit kaum bestimmen. Auf jeden Fall liegt sie hier länger als sechsunddreißig Stunden, die Leichenflecken lassen sich nicht mehr wegdrücken. Genauer geht's leider nicht. Wenn sie an der Luft gelegen hätte, wäre die Besiedelung mit bestimmten Insektenarten ein Anhaltspunkt gewesen, etwa Schmeißfliegen und …«

»Wer hat sie gefunden?«, unterbrach Dominik.

»Der Revierförster, der hier mit seinem Hund unterwegs war. Der Hund hat eine Stelle freigescharrt, bei der ein Fuß zum Vorschein kam«, antwortete Bent.

»Ihr Hals …«, begann Dominik.

»Das sind Würgemale«, warf Frau Hansen ein. »Und an den Handgelenken sind auch Male zu erkennen, sehen Sie diese roten, glattrandigen Einschnitte? Möglicherweise war sie gefesselt. Sieht aber nicht nach einem Strick aus. Und zwischen den Beinen …« Sie stockte. Es war offensichtlich: getrocknetes Blut und Hämatome an den Innenseiten der Oberschenkel. »Mit etwas Glück finden wir Spermaspuren. Ich werde übrigens noch heute Nacht im Städtischen Krankenhaus obduzieren. Möchte einer der Herren dabei sein?«

»Ja, ich.« Bent schlug seinen Mantelkragen hoch. Ein eisiger Wind ließ das trockene Laub an den Bäumen rascheln.

Dominik hörte Stimmen hinter sich, drehte sich um und fing das Ende eines Satzes auf. »… Weihnachtscrosslauf in Borgholzhausen anmelden?« Das kam von einem der Overalls, Sascha Sudhölter, der in Dominiks Laufgruppe für den letzten Hermannslauf trainiert hatte. Neben ihm stand ein mittelgroßer, schlanker Mann mit ebenmäßigen Zügen und kurzem, dunklem Bart, den Dominik auf vierzig Jahre schätzte. Mit seinem Trenchcoat, den er über einem Anzug trug, sah er aus, als wäre er einem Fünfzigerjahre-Krimi entsprungen, es fehlte nur noch der Hut. Vermutlich der Neuzugang. Es hieß, der wäre vor einiger Zeit aus Hannover nach Bielefeld gewechselt. Dominik kannte den Mann vom Sehen. Vor zwei Monaten war Dominik ihm das erste Mal im Bürotrakt des KK11 begegnet – ohne zu wissen, dass es sich um einen Kripo-Kollegen handelte.

Sudhölter übergab dem Neuen jetzt eine durchsichtige Tüte mit etwas Weißem drin, und Dominik ging auf die beiden zu. Der Kriminaltechniker machte ihn mit Roman Nolte bekannt.

»Roman, wenn's recht ist.« Nolte lächelte und hielt die Tüte hoch. »Die Spusi hat unter dem Laub ein Papiertaschentuch gefunden.«

»Das ist doch schon ein Anfang. Bist du schon im Bilde, was die Rechtsmedizinerin …«

»Klar, ich bin schon seit einer halben Stunde am Fundort.«

Ehrgeizig und attraktiv. Schon zwei Gründe für den Kollegen Frank, der attraktive Männer in der Regel als Konkurrenz betrachtete, Nolte zu hassen. Und was war mit Nina? Diesen Stefan, der sich nicht mehr meldete, hatte sie vermutlich schon abgeschrieben. Das konnte interessant werden …

»Und nach Spurenlage ist es definitiv nur der Fundort – keine Blutspuren außerhalb der Leiche, keine Zeichen eines Kampfes«, warf Sudhölter ein.

Dominik nickte. »Vielleicht findet ihr ja noch was.«

»Einerseits fehlt uns die Kleidung des Opfers für mögliche Spuren, und ob auf der Leiche noch Faserspuren oder Ähnliches gesichert werden können, nachdem sie in der Erde gelegen hat, ist fraglich. Andererseits kann sich hier unter jedem vertrockneten Blatt etwas verbergen.« Sudhölter verzog den Mund. »Das wird eine lange Nacht.«

»Und kalt dazu.« Dominik blickte in den Himmel. Die Nacht über dem Teutoburger Wald war sternenklar, doch außerhalb der grellen Scheinwerfer herrschte Finsternis. Um diese Jahreszeit gingen nur noch selten Wanderer den Hermannsweg. Es war reiner Zufall, dass jemand diese Leiche entdeckt hatte.

»Geiler Wagen übrigens, Nol… Roman.«

Roman Nolte grinste.

Samstag, 26. Oktober

Ein warmer Wind wehte ihm ins Gesicht, während sie die kurvenreiche Straße an der felsigen Küste entlangfuhren. Das Meer weit unter ihnen hob sich silbrig schimmernd vom tiefblauen Himmel ab. War die Frau neben ihm am Steuer dieses Cabrios wirklich Grace Kelly? Der Seidenschal, den sie sich um den Hals gebunden hatte, flatterte ihr ins Gesicht, sodass er es nicht erkennen konnte, und sich fragte, ob sie die Straße noch sah. Im nächsten Augenblick hörte er das Quietschen von Bremsen, der Wagen schlingerte, und sie flogen aus der Kurve, fielen den Abhang hinunter, stürzten dem Meer entgegen …

Dominik schreckte mit klopfendem Herzen hoch und fand sich in seinem stickig-warmen Schlafzimmer wieder. Das graue Licht der Morgendämmerung rahmte bereits das Dachfenster-Rollo, der Wecker zeigte 6:45 Uhr an. Er reckte sich, stand auf und öffnete das Fenster. Frische, kalte Luft strömte herein und vertrieb die Reste des Albtraums aus seinem Bewusstsein.

Durch das lange, nächtliche Telefonat mit seiner Tochter hatte er vergessen, die Heizung runterzudrehen. Wenigstens ging es ihr gut. Die Mutter einer Mitschülerin arbeitete bei der Polizei in Auckland und hatte Lissa beim Barbecue offenbar in den schillerndsten Farben ausgemalt, wie toll ihr Beruf sei. Hm.

»Du sagst ja gar nichts, Papa. Du gehst doch voll auf in deinem Beruf, oder? Ehrlich gesagt, glaube ich, dass Mama deswegen ausgezogen ist …«

»Deine Mutter … Betty … das ist zum Beispiel einer der Nachteile. Die Work-Life-Balance, wie man so schön sagt, die kannst du komplett vergessen. Heute zum Beispiel ist Samstag, und ich muss trotzdem arbeiten …«

»Aber es macht dir doch Spaß.«

Spaß? Er musste an die junge Frau in dem Erdloch denken. Wie sollte er Lissa erklären, dass sie es in diesem Beruf permanent mit Abgründen zu tun hatte? Ihm kam eine Idee. »Mord und Totschlag sind nicht immer spaßig, Lissa. Warum redest du nicht mal mit Frank darüber?« Sein Freund und Kollege war nicht gerade übermotiviert und würde ihr sicher abraten.

»Wie geht's Frank denn so mit dem Gipsbein? Kommt ihr Kerle klar oder bleibt das Putzen an dir hängen? Ich meine, mal unter uns, Robin ist 'ne alte Schlampe.«

»Er ist … kein Putzteufel. Stimmt.« Dominik grinste. Sein jüngster Sohn interessierte sich ausschließlich für seine Freundin, seinen politischen Blog und die nächste politische »Aktion«. »Lissa, wir haben doch jetzt eine Putzfrau. Seitdem ist alles klinisch rein. Kaum sind wir zu Hause, feudelt sie schon hinter uns her.«

»Ich hab's ja immer gesagt, wir brauchen 'ne Putze.«

»*Putze?*«

Sie stöhnte. »Raumpflegerin, Reinigungskraft, Wischiwaschifachfrau … Hauptsache, es ist sauber. Hat Frank schon eine Wohnung in Aussicht, oder musst du ihn adoptieren?«

»Ja also … genau genommen hat er noch gar nicht angefangen zu suchen …«

»Ist ja auch voll krass, so plötzlich wegen Eigenbedarfs rauszumüssen.«

»Ganz so plötzlich … ach egal, er findet schon was.« Frank hatte die dreimonatige Kündigungsfrist verpennt, um dann für kurze Zeit bei Nina und schließlich bei ihm unterzukommen. Angeblich »übergangsweise«.

»Bestimmt. Tschüss, Glucken-Papa. Und ruf nicht wieder an.« Lissa lachte.

Dominik lächelte in der Erinnerung und stieg die Treppe hinunter. Im Bad rumorte Frank. Das konnte dauern. Es war vermutlich schwierig, mit Gips zu duschen. Zum Glück gab es noch ein zweites Badezimmer.

Ein Dreiviertelstunde später zwängte sich Frank umständlich auf die Beifahrerseite von Dominiks Wagen.

Sie waren schon eine Weile gefahren, als Dominik bemerkte: »Ich habe übrigens heute Nacht von Grace Kelly geträumt.«

Frank grinste. »Bist noch nicht von Betty geschieden und träumst schon von Grace Kelly. Dummerweise hat die bei einem Unfall den Löffel abgegeben. Wäre aber heute – ich weiß nicht – hundert oder so?« Er klappte die Blende mit dem Spiegel runter und kämmte sich sein fusseliges, blondes Haar mit den Fingern.

»Bis zur Scheidung ist es ja nicht mehr lange. Aber … die Kelly ist bei einem Unfall ums Leben gekommen? In einem Cabrio vielleicht?«

»Nee, im Rover, hab ich mal gelesen. Sag mal, wie ist denn der Neue so?«

»So alt wie du, nur gut aussehend und ohne Midlife-Crisis. Ehrgeizig, sportlich und …«

»Reicht schon, danke!«

Dominik unterdrückte ein Lächeln und beschleunigte den Wagen hinter dem Ostwestfalendammtunnel.

Frank gähnte laut. »Mann, bin ich fertig. Und dann in aller Herrgottsfrühe wieder Besprechung. Habe ich dir überhaupt schon erzählt, dass wir die Tote identifiziert haben?«

»Nein, wie auch, du redest ja grundsätzlich nicht beim Frühstück.«

»Bin eben kein Morgenmensch, Dodo. Also, nachdem die Fundort-Fotos reingekommen waren, bin ich gestern Nacht noch die Vermisstenmeldungen durchgegangen …« Frank machte eine Kunstpause.

»Du hast dich verausgabt, spätnachts …«

»Spotte nur, aber immerhin haben wir jetzt einen Namen: Das Mädel heißt Charlotte Campmann und wird seit dem 18. Oktober von ihrer Mutter vermisst. Sie ist fünfzehn.«

»So jung?« Vielleicht lag es an dem Make-up auf ihrem Gesicht, dass er sie älter geschätzt hatte.

Das graue Wetter ließ die Farben des Besprechungsraums noch kühler wirken, als er es ohnehin schon war: weiße, U-förmig aufgestellte Tische, grauer Teppich, eine weiße Magnettafel, mit der Bent Andersen den Flipchart ersetzt hatte. Dort hing ein Foto mit einer lächelnden, jungen Charlotte Campmann, die zu Lebzeiten ausnehmend hübsch gewesen war. Schweigend tranken Dominik und Frank ihren Kaffee, als Bent hereinkam, mit kleinen Augen und umso größeren Augenringen. Roman Nolte, der ihm folgte, wirkte dagegen frisch und tatkräftig. Er ging sogleich auf Frank zu, um sich vorzustellen und ihm die Hand zu schütteln. Frank machte ein Gesicht, als hätte er in eine Zitrone gebissen. Vielleicht übten sie schon, wer kräftiger zudrücken konnte. Kleine Truppe, dachte Dominik, wenn wenigstens Nina hier wäre …

Auf viel Entlastung durften sie nicht hoffen, da noch zwei andere Fälle die Kripo Bielefeld in Atem hielten.

Bent kam nach einer kurzen Begrüßung zur Sache. »Marianne Campmann hat ihre Tochter nach der Obduktion gestern Nacht identifiziert. Sie hatte eine Art Zusammenbruch und bekam ein Beruhigungsmittel. Vielleicht geht es ihr inzwischen besser, und wir können sie heute befragen.«

Nolte nickte ernst.

»Manchmal hat's auch Vorteile, nur der Aktenführer zu sein«, flüsterte Frank Dominik ins Ohr.

Nolte räusperte sich. »Das könnte ich tun, falls das … in deinen Plan passt, Bent.«

»Schön … ja. Aber das sollten zwei von uns machen, Dominik wird dich begleiten. Die Todesursache war übrigens Ersticken. Die Jugendliche ist erwürgt worden. Den Bericht mit weiteren Einzelheiten kriegen wir heute Nachmittag.«

»Ihre Verletzungen deuten auf ein Sexualverbrechen hin, oder?«, fragte Dominik.

Bent nickte. »Es könnte sich um einen Sexualmord handeln oder aber um einen Verdeckungsmord, bei dem der Täter eine Vergewaltigung vertuschen wollte. Am Fundort konnten die Kollegen trotz des teilweise matschigen Bodens übrigens noch einen Sohlenabdruck mit Hilfe von Gips sichern. Sonst wurde nur ein benutztes Papiertaschentuch gefunden, das bereits ins Labor gegangen ist zur DNA-Analyse. Mehr dazu heute Nachmittag. Viel Erfolg bei Marianne Campmann!«

*

»Na, Lust, 'ne Tour mit dem ›geilen Wagen‹ zu machen?«, fragte Roman Nolte, während sie den Besprechungsraum verließen.

Dominik lächelte. »Na klar.«

Unterwegs erzählte Roman von seiner kurzen Dienstzeit in Münster, wo er nach Hannover gelandet war und in erster Linie Fahrraddiebstähle und Einbrüche aufzuklären seien.

»Klingt so, als wäre dir langweilig geworden. Also auf nach Bielefeld, wo mehr los ist, wie?«

»Hier ist mehr los, ja. Aber deshalb habe ich mich nicht hierhin beworben.«

Dominik grinste. »Das beruhigt mich jetzt. Weshalb dann?«

»Der Liebe wegen. Ist aber schon wieder vorbei. Wie das eben so kommt.« Roman lachte. »Dominik, du bist Herrmannsläufer, habe ich gehört?«

Während sie sich im dichten Verkehr die Detmolder Straße entlangschoben, ging es um diverse Läufe, Zeiten, Läufergruppen und die richtigen Läden fürs Lauf-Equipment. Schließlich bogen sie auf die Otto-Brenner-Straße ab, und nach kurzer Zeit kamen Hochhäuser in Sicht. Sie hielten auf einem Parkplatz neben alten Möbeln, halb verrosteten Einkaufswagen und einer Mülltonne, aus der die gelben Säcke quollen. Einer der Säcke war aufgerissen, und der Wind verteilte seinen Inhalt über einen angrenzenden Grünstreifen.

Ein Graupelschauer erwischte sie, während sie auf eines der Hochhäuser zugingen. »Am Prinzipalmarkt ist es hübscher, was, Roman?«

»Münster hat auch Problemviertel.«

Sie beschleunigten ihre Schritte. Es dauerte eine Weile, bis sie Marianne Campmanns Schild unter den sechzig Klingelschildern gefunden hatten und die Mutter des Mordopfers auf ihr Klingeln reagierte. Roman wollte lieber auf eine

Fahrt in dem engen Aufzug verzichten. »Irgendwie riecht es hier komisch.«

Dominik grinste. »Man kann nicht früh genug mit dem Herrmannslauftraining anfangen.«

Im zehnten Stock öffnete ihnen eine füllige, kleine Frau um die sechzig mit grauen Haaren, die sie zu einem Schwanz gebunden trug. Sie wischte sich über ihr blasses, rotfleckiges Gesicht.

Dominik zeigte ihr seinen Dienstausweis. »Wir …«

»Kommen Sie rein«, sagte sie mit müder Stimme.

Sie folgten ihr in ein gemütlich eingerichtetes Wohnzimmer, in dem nicht ein Flachbildschirm, sondern ein Tisch mit einer Nähmaschine, angefangener Näharbeit und ausgebreiteten Stoffen dominierte.

»Haben wir Sie beim Nähen gestört?« Roman lächelte.

Zwischen Marianne Campmanns Brauen bildete sich eine steile Falte. »Was denken Sie denn? Meine Tochter ist ermordet worden, und ich nähe hier munter vor mich hin, ja? Nein, ich hab nur früher für Charlotte genäht, weil sie sich diese topmodischen Sachen nicht kaufen konnte, und da hab ich versucht …« Sie brach ab, hob die Arme und ließ sie wieder fallen, starrte ins Leere. Ihre Augen wurden feucht. »Die Klamotten braucht sie ja nun nicht mehr.« Sie presste die Lippen aufeinander. »Wie schön, dass die Polizei nun tatsächlich mal reagiert. Jetzt, wo alles zu spät ist!«

Roman sah ihr in die Augen. »Frau Campmann, ich bin sicher, wir werden den Mörder Ihrer Tochter finden.«

Er klang wie eine Figur aus einem amerikanischen Fernsehkrimi und wirkte dabei vollkommen authentisch. Dominik hatte sich einmal zu einer ähnlichen Bemerkung hinreißen lassen, war sich der Möglichkeit des Scheiterns jedoch nur allzu bewusst gewesen und ließ es seitdem lieber. Roman

Nolte hingegen schien von keinerlei Zweifel angekränkelt zu werden. Ein selbstbewusster Kollege. »Dürfen wir uns setzen?«, machte Roman weiter.

»Bitte.« Marianne Campmann wies auf zwei Sessel und ließ sich auf der Couch nieder. Ihre Schultern fielen nach vorn, alle Streitlust schien von ihr abgefallen zu sein.

»Haben Sie eine Idee …?«, begann Dominik.

»Nein.« Sie straffte sich. »Leider.«

»Hat sich Ihre Tochter in letzter Zeit anders verhalten als sonst?«, machte Dominik weiter.

»Es war immer ein Auf und Ab. Und ich weiß nicht mehr, mit wem sie ausging. Sie hat mir früher alles erzählt, aber dann nicht mehr. Das ist wohl die Pubertät, nicht wahr?«, sagte sie tonlos.

»Was ist mit Schulfreunden?«

»Nur Miriam. Miriam Breipohl. Mit den anderen aus der Klasse hatte Charlotte keinen Kontakt mehr außerhalb der Schule. Nach den Weihnachtferien war sie einige Wochen lang krankgeschrieben, und danach herrschte Funkstille. Tja, so schnell kann es in dem Alter gehen, dass man nicht mehr angesagt ist.«

»Sie haben Ihre Tochter am Freitag, dem 18. Oktober, als vermisst gemeldet. Wann haben Sie sie das letzte Mal gesehen?«, fragte Dominik.

»Am Freitagmorgen. Da ist sie wie sonst zur Schule gefahren.«

Und dort angekommen? Dominik und Roman sahen sich an. Der Kollege schien das Gleiche wie er zu denken.

»Ich habe mit ihrer Klassenlehrerin telefoniert. In der Schule war sie wohl bis zum späten Vormittag, aber danach … « Sie schüttelte den Kopf. »Ich hatte an dem Tag Spätdienst. Es ist durchaus möglich, dass Charlotte noch mal nach der

Schule nach Hause gefahren ist, aber als ich um 21 Uhr hierher kam, war sie jedenfalls nicht mehr da. «

»Gut zu wissen. Dürfen wir uns ihr Zimmer mal anschauen?«, fragte Roman.

»Tun Sie das. Es ist die Tür vom Flur aus gegenüber.« Sie schaute auf ihre Hände, die gefaltet in ihrem Schoß lagen.

Roman sprang auf. Dominik zögerte. »Ich gehe schon mal vor«, sagte Roman.

Dominik nickte und wandte sich wieder an Frau Campmann. »Sie sagten, nach den letzten Weihnachtsferien hatte Ihre Tochter keinen Kontakt mehr zu den jungen Leuten aus ihrer Klasse. Ist da nach Weihnachten irgendetwas vorgefallen?«

»Wenn ich das bloß wüsste. Charlotte war … sie wirkte fast depressiv. So habe ich sie noch nie erlebt. Wissen Sie, früher war sie ein Schlüsselkind und übernahm nach den Hausaufgaben das, was im Haushalt liegen geblieben war. Wenn ich Spätschicht hatte, bin ich abends völlig erledigt nach Hause gekommen, aber Charlotte hat sich nie beklagt, war trotz allem immer fröhlich und außerdem gut in der Schule. Auf dem Gymnasium anfangs auch.«

»Und später begannen die Probleme?«

»Am Anfang bekam sie noch Geburtstagseinladungen von ihren neuen Mitschülern. Mit der Zeit ließ das nach, vermutlich, weil sie die nie erwidert hat. Sie schämte sich wohl für ihr Zuhause. In den Ferien, wenn die anderen mit ihren Eltern Urlaub machten, jobbte sie, um sich Markenklamotten und ein teures Handy leisten zu können. Doch am Ende konnte sie nicht mithalten mit den Töchtern und Söhnen von Anwälten, Ärzten und Bauunternehmern.«

»Also … irgendwann in den Weihnachtsferien begannen Charlottes Depressionen?«

»Nach Silvester, ja. Sie hatte Magenprobleme, vielleicht ging es ihr einfach deshalb nicht gut, jedenfalls kam sie morgens kaum noch aus dem Bett, und als die Krankschreibung endete, fing sie an, die Schule zu schwänzen, fälschte Entschuldigungen …« Frau Campmann schüttelte den Kopf. »Ich hab Charlotte nicht wiedererkannt. Ich hab versucht, mit ihr darüber zu reden, aber sie brauste schon auf, wenn ich auch nur eine einzige Frage stellte.«

»Aber diese Miriam Breipohl hat Ihre Tochter noch getroffen?«

»Die Freundschaft war mal viel enger. Miriam wohnt nebenan, ihre Mutter ist auch alleinerziehend. Da läuft man sich zwangsläufig auch außerhalb der Schule über den Weg, mehr war es aber wohl nicht mehr. Nach einigen Monaten ging Charlotte wieder aus, offenbar nicht mit den jungen Leuten aus ihrer Klasse, so viel habe ich noch von ihr erfahren. Aber mit wem und wohin, das wollte sie nicht sagen.«

»Dann ging es Ihrer Tochter also wieder besser?«

»Schwer zu sagen, sie ließ die Schule weiterhin schleifen. Aber sie hat wieder mehr Wert auf ihr Äußeres gelegt, Stunden im Bad verbracht, um sich zu schminken, obwohl sie das gar nicht nötig hatte. Schön und intelligent, ich hab immer gedacht, wem wenn nicht ihr stehen alle Türen offen …« Marianne Campmann biss sich auf die Lippen, ihre Augen wurden feucht. »Ehrlich gesagt, ich war oft erschöpft. Ich werde wohl einfach zu alt für diese Arbeit. Der Rücken, wissen Sie, typische Altenpflegerkrankheit. Ich hatte abends schlicht keine Kraft mehr zu weiteren Auseinandersetzungen mit Charlotte.« Sie wischte sich über die Augen. »Ich frage mich die ganze Zeit über, ob ich das hätte verhindern können …«

»Sie dürfen sich nicht die Schuld geben!«, entfuhr es Dominik.

Sie zuckte kraftlos mit den Achseln und starrte vor sich hin.

»Frau Campmann?«

»Wollen Sie sich noch Charlottes Zimmer ansehen?«, fragte sie leise und stemmte sich aus dem Sofa hoch.

»Gerne.«

Sie begleitete ihn in das Zimmer ihrer Tochter, wo Roman gerade einen Laptop in einen Karton packte. »Den müssen wir mitnehmen, Frau Campmann.«

»Bitte.«

Das Zimmer erinnerte Dominik an das Zimmer seiner eigenen Tochter. Auch Lissa hatte mal für *The Twilight* und Robert Pattison geschwärmt, aber Plüschtiere waren schon lange verschwunden. Charlotte hatte offenbar auch einen anderen Geschmack in puncto Kleidung: In einer Ecke lagen dunkelrote High Heels, und auf einem Bügel am Schrank hing ein spitzenbesetztes, rotes Minikleid.

Dominik betrachtete ein Foto in einem Regal, das eine strahlende, braun gebrannte Charlotte mit ihrer lächelnden Mutter auf einer sonnigen Terrasse zeigte. Die beiden saßen an einem Tisch und prosteten dem Fotografen zu. Im Hintergrund schimmerte das tiefblaue Meer.

»Das war letztes Jahr auf Kreta«, erklärte Frau Campmann mit brüchiger Stimme. »Hardy … das ist mein Freund … er hat das Bild gemacht. Wenn ich gewusst hätte, dass das unser letzter gemeinsamer Urlaub sein würde.«

Dominik suchte nach tröstenden Worten, doch alles, was ihm einfiel, kam ihm plump und oberflächlich vor. Also nickte er nur und wandte sich an Roman. »Hast du ein Handy gefunden?«

»Leider nicht.«

»Ich weiß auch nicht, wo ihr Handy ist«, sagte Frau Camp-mann. »Das wird sie mitgenommen haben. Sie ging nie ohne Handy aus dem Haus.«

»Tja, dann sind wir hier wohl fertig.« Roman lächelte.

»Ja, ganz großartig, das ging ja schnell.« Frau Campmann trat auf den Flur.

»Verständlich, dass sie sauer auf die Polizei ist«, sagte Do-minik leise. »Hast du schon alles durchsucht?«

»Alles. Leider keine Anhaltspunkte, nicht mal ein Tage-buch, nur der übliche Teenie-Kram.«

»Tagebücher sind out, wie? Heutzutage verstecken sich die privaten Geheimnisse hinter Internet-Verläufen. Wer weiß, was wir auf ihrem Rechner entdecken.«

* * *

Seufzend packte Nina ihr Duschtuch wieder aus dem Kof-fer und versuchte dann noch einmal, ihn zu schließen. Die-ses Mal klappte es. Zum Glück half Bines Mutter ihrem Bru-der und Bine beim Kofferpacken und würde die beiden auch nach Paderborn zum Flughafen fahren. Und wohin jetzt mit dem Duschtuch? In dem Hotel, in dem sie wohnen würden, gab es auch ein Fitnessstudio und einen Saunabereich. Am besten also in die kleine Sporttasche, die sie als Handgepäck mitführen konnte. Während sie in verschiedenen Schränken nach der Tasche suchte, fiel ihr ein, dass sie die im Büro ge-lassen haben musste.

Sie überlegte. Ihr Flieger ging erst um 21:15 Uhr. Kurz ent-schlossen stieg sie in ihr Auto. Die Kollegen hatten mit dem neuen Mordfall alle Hände voll zu tun, und sie würde im Präsidium wohl nur Frank antreffen, was ihr ganz recht war, denn sie hatte keine Lust auf einen längeren Plausch. Von ihrer Wohnung im Johannistal brauchte sie trotz des Samstagnachmittagsverkehrs nur fünfzehn Minuten, bis sie auf den fast leeren Parkplatz des Präsidiums einbog. Sie sprintete an einem schicken Cabrio-Oldtimer und Bents Volvo vorbei in das Hauptgebäude, wo sie auf der Treppe zwei Stufen auf einmal nahm. Niemand kam ihr entgegen. Es war ungewöhnlich still, bis sie die Glastür zu ihrem Büroflur öffnete.

»... aus dem Obduktionsbericht. Sie hat viel Blut verloren und wäre wohl verblutet, wenn sie nicht vorher erwürgt worden wäre. Die massiven Verletzungen lassen vermuten, dass sie mit einem stumpfen Gegenstand vergewaltigt worden ist.« Nina hätte sich am liebsten die Ohren zugehalten, doch sie blieb wider Willen stehen. Die Tür zum Besprechungsraum stand offen und gab den Blick auf einen unglücklich dreinschauenden Bent frei. »Leider gibt es keine Spermaspuren. Dafür fanden sich Holzsplitter im verletzten Gewebe. Die Rechtsmedizinerin meint, es könnte sich um etwas wie einen Baseballschläger gehandelt haben ...«

Nina entfuhr ein Stöhnen.

»Nina?« Oje, Bent hatte sie bemerkt. »Komm doch rein, wenn du ... falls du ...«

Und das alles nur wegen dieser blöden Sporttasche. Sie trat ein und lächelte in die Runde, nickte Dodo und Frank zu, begegnete einem Blick aus mandelförmigen, braunen Augen unter kräftigen, dunklen Brauen. Das musste der neue Kollege sein. Dichtes, dunkles Haar, ein kurzer Bart und ein Gesicht, das Entschlossenheit ausstrahlte, Verbindlichkeit. Dominik, der neben ihm saß und mit seinen dunklen Locken und großen, braunen Augen von den Kolleginnen als schönster Mann der Kripo gehandelt wurde, wirkte dagegen weich und melancholisch, fast feminin. Wie erwartet, hatte der Neue, den Bent als »Roman Nolte« vorstellte, einen festen

Händedruck. Und er weiß genau, wie gut er aussieht, dachte Nina, während sie sein Lächeln erwiderte.

»Und das ist unsere Kollegin Nina Tschöke«, fuhr Bent fort. »Eine unserer besten Mordermittlerinnen.«

Nina schüttelte verlegen den Kopf.

»Recht hat er.« Dominik zwinkerte ihr zu. »Setz dich doch.«

Frank runzelte die Stirn. »Hey, Nina hat Urlaub. Was machst du überhaupt hier? Ich dachte, du wärst auf Malle.«

»Mein Flieger geht erst heute Abend.«

»Magst du einen Kaffee?« Dominik stand auf, ging zu dem Teewagen und hob die Thermoskanne hoch. »Mit Milch, wie immer?«

»Ja, aber nur kurz …« Sie setzte sich und nahm die Tasse entgegen. Verstohlen musterte sie Roman Noltes Kaschmirpullover, die teure Jeans, die blank polierten, schicken Lederschuhe und tastete unwillkürlich nach ihrem etwas schief geklebten Brillenbügel.

»Schön … ja … wir sind gerade bei dem neuen Fall«, erklärte Bent überflüssigerweise. »Ich mach dann mal weiter. Die Verletzungen an den Innenseiten der Handgelenke des Opfers stammen wahrscheinlich von Handschellen. Sie könnten entstanden sein, als das Opfer versucht hat, sich loszumachen, also Druck ausgeübt hat.«

»Würde man sie dann nicht eher an den Außenseiten vermuten?«, warf Nina ein. »Es sei denn, das Opfer war mit beiden Händen an zwei Bettpfosten oder Haken gefesselt und hing quasi in den Handschellen.«

Bent nickte. »Das ist ein guter Punkt.«

»Klingt nach Sadomaso-Spielen, die aus dem Ruder gelaufen sind«, sagte Frank. »SM scheint ja groß in Mode zu sein. Dieser *Fifty Shades of Grey*-Schinken geht weg wie warme Semmeln, stimmt's?«

»Hm«, machte Dominik. »Aber welches fünfzehnjährige Schulmädchen würde freiwillig SM-Spiele mitmachen? Ich tippe darauf, dass sie ein Zufallsopfer war, das der Täter in seine Gewalt gebracht hat. Und so brutal wie das Ganze abgelaufen ist, muss der Mann hochgradig gestört sein.«

Nina nahm einen Schluck aus ihrer Tasse. Der Kaffee war stark. »Ein Täter, der Frauen hasst? Es gibt keine Spermaspuren, nur Holzsplitter. Vielleicht ist er impotent und lässt seine Opfer dafür büßen.«

»Bisher gibt es keinen Hinweis auf weitere Opfer. Ich bin immer für Brainstorming, doch wir sollten uns nicht zu weit von dem entfernen, was wir zurzeit wissen«, sagte Bent.

Dominik seufzte. »Wir versuchen nur, uns eine Vorstellung zu machen. Ich bin kein Profiler, aber ich würde sagen, wir suchen einen sexuellen Sadisten, der vermutlich deutlich älter ist als das Opfer, etwa zwischen fünfundzwanzig und fünfzig Jahre alt.«

Roman Nolte zog die Brauen zusammen. »Können wir denn eine Beziehungstat ausschließen? Etwa die Rache eines Ex-Freundes? Oder jemand, den das Opfer abgewiesen oder anderweitig gekränkt hat?«

»Frau Campmann«, Dominik wandte sich an Nina, »das ist die Mutter des Mordopfers, hat keinen Freund oder Ex-Freund erwähnt.«

Roman grinste. »Hast du deiner Mutter in dem Alter alles erzählt, was du so treibst?«

Dominik lachte auf, Bent lächelte. Frank verzog keine Miene. Er hockte tatsächlich so schlecht gelaunt hinter seinem Aktenführer-Rechner, wie Dominik berichtet hatte.

Bent spielte mit seinem Filzstift. »Gut möglich, dass wir es mit einem psychisch gestörten Täter, einem Narzissten oder Sadisten zu tun haben. Andererseits käme auch ein Täter infrage, der den Mord nur wie ein Sexualdelikt aussehen lassen wollte. Immerhin fehlen Spermaspuren. Ich würde sagen, noch ist alles offen.«

Der Himmel verdüsterte sich. Rote Blätter wirbelten am Fenster vorbei, und der Wind pfiff um die Ecken des Präsidiums. Obwohl alle Fenster geschlossen waren, streifte Nina ein kalter Hauch. »Fangen wir doch einfach damit an, die letzten Tage und Stunden im Leben von Charlotte Campmann zu rekonstruieren.« Wir? Hatte sie *wir* gesagt?

»Genau.« Bent warf den Filzstift auf sein Pult. »Laut ihrer Mutter ist Charlotte am 18. Oktober morgens zur Schule gefahren. Wir müssen den Todeszeitpunkt … ja?«

Frank hatte die Hand gehoben. »Ich habe in ihrer Schule in Sieker angerufen. Charlotte hatte die letzte Schulstunde am Freitag bei ihrer Klassenlehrerin, einer gewissen Frau Schoppe. Wegen der Ferien war schon gegen 11 Uhr Schluss.«

»Schön … Dominik, du befragst Frau Schoppe, und Roman fährt zu dieser Schulfreundin … ähm …«

»Miriam Breipohl«, ergänzte Roman.

Bent nahm seine Mappe mit dem Obduktionsbericht an sich. »Ganz recht. Viel Erfolg. Und dir, Nina, weiterhin einen schönen Urlaub.«

Während die anderen den Raum verließen, gesellte sich Nina zu Frank. »Na, Frank Tillmann Herbst, was macht der Knöchel?«

»Juckt wie die Hölle unter dem Gips. Das habe ich dieser Putzfurie zu verdanken, wischt die Treppe und sagt nicht mal Bescheid. Die Alte hat doch einen Sparren locker.«

»Sind das die Fundortfotos?«

Frank nickte.

Sie griff nach dem Stapel Fotos neben seinem Rechner und dachte in dem Moment, in dem sie einen Blick auf das erste

Foto warf, dass sie den Stapel besser hätte liegen lassen sollen.

* * *

Das Haus der Schoppes lag in einer ruhigen Seitenstraße in der Nähe des Moorbachtals. Dominik kannte die Gegend: Das sumpfige Gelände, das der Moorbach in einem Wäldchen bildete, war meist der Endpunkt seiner Laufstrecke, bevor es wieder bergab Richtung Schildesche ging. Als er das alte Fachwerkhaus am Ende der Straße erreichte, wusste er, dass er zu weit gefahren war. Über dem Waldstück jenseits der Wiesen türmten sich dunkle Wolken. Dominik wendete, und nach einer Weile entdeckte er das großzügig geschnittene, weiß geklinkerte Haus der Schoppes. Eine einsame LED-Kerze in einer Edelstahl-Standlaterne flackerte vor der hellgrauen Eingangstür. Als er klingelte, begann ein Hund, hinter der Tür zu bellen.

Kurz darauf öffnete eine schlanke Frau in den Fünfzigern mit silberblonden, straff zum kurzen Schwanz gebundenen Haaren die Tür und schaute ihn mit gerunzelter Stirn an. »Ja bitte?« In der einen Hand hielt sie eine brennende Zigarette, mit der anderen versuchte sie, einen Jack-Russell-Terrier am Halsband zurückzuhalten, der Dominik neugierig beschnüffelte.

»Domeyer. Wir hatten telefoniert. Es tut mir leid, dass ich Sie am Samstagnachmittag belästigen muss, aber …«

»Ich weiß, ich weiß.« Sie nahm einen Zug von ihrer Zigarette, wobei sich die Falten um ihren leuchtend rot geschminkten Mund vertieften, dann schob sie den Terrier zurück in den Flur. »Kommen Sie rein. Ingrid Schoppe«, fügte sie hinzu und streckte ihm kurz ihre Hand hin, als ob sie sich gerade

noch der gebotenen Umgangsformen erinnerte. Ihr Händedruck war kühl und schlaff.

Er folgte ihr in ein Wohnzimmer, das ähnlich wie das Out-
fit von Frau Schoppe in Schwarz- und Weißtönen gehalten
war. Bücherregale dominierten die Wände. Außerdem schienen die Schoppes eine Vorliebe für die klaren Farben und
Formen von Piet Mondrian zu haben, dessen Kompositionen
die freien Stellen als Leinwanddrucke zierten.

»Bitte.« Sie deutete auf das weiße Ledersofa, und er setzte
sich. Ihre enge, schwarze Lederhose knarrte, als sie ihm gegenüber in einem Sessel Platz nahm. Der Terrier legte sich in
seinen Hundekorb neben dem Sofa.

»Ich denke, Sie wissen bereits, worum es geht. Wir versuchen, die letzten Stunden vor dem Mord an Charlotte Campmann zu rekonstruieren. Ihre letzte Schulstunde hatte sie bei
Ihnen, nicht wahr, Frau Schoppe?«

Sie nahm noch einen Zug und drückte dann die Zigarette umständlich in einem Aschenbecher auf dem Couchtisch
aus. »Richtig. Ich bin ihre Klassenlehrerin und gab in der
letzten Stunde Englisch. Obwohl ich in der letzten Stunde vor
den Ferien nur einen Film gezeigt habe, war die Campmann
wie so oft mehr physisch als mental anwesend.«

»Charlotte wirkte abwesend? Haben Sie eine Ahnung, wieso?«

Ihre Lippen kräuselten sich zu einem süffisanten Lächeln.
»Ich sage mal so: Sie interessierte sich mehr für ihre Wirkung
auf das andere Geschlecht als für Sachthemen. Das ist in dem
Alter ein Stück weit normal, aber bei ihr war das schon sehr
ausgeprägt.«

»War sie beliebt bei ihren Mitschülern?«

Sie schlug die Beine übereinander. »Nun, sie erregte Aufmerksamkeit bei den Jungs, das schon, und bei den Mäd-

chen … ich hatte nicht den Eindruck, dass sie beliebt war. In den Pausen sah ich sie öfter allein oder gelegentlich mit Miriam Breipohl.«

»Kam Ihnen Charlotte in letzter Zeit verändert vor?«

»In letzter Zeit …« Sie schürzte die Lippen. »Ihre schulischen Leistungen sind schon seit Anfang des Jahres deutlich abgesackt. Auch mündlich, sie ist stiller geworden. Letztes Jahr wirkte sie aufmerksamer und hat sich mehr beteiligt. Ansonsten kann ich das nicht beurteilen.«

Der Terrier sprang auf und lief schwanzwedelnd zur Tür.

»Mein Mann«, erklärte Frau Schoppe.

Ein mittelgroßer Mann mit markantem Gesicht trat ein und streichelte den Hund. Trotz seiner grauen Haare wirkte er jünger als seine Frau.

»Das ist der Herr von der Kripo.«

Schoppe ging auf Dominik zu. »Norbert Schoppe.« Er hatte ein offenes Lächeln und einen festen Händedruck.

»Er ist wegen Charlotte Campmann hier.« Sie zog ihren cremeweißen Angorapullover zurecht.

Schoppes Miene verfinsterte sich. »Wegen Charlotte … das dachte ich mir schon. Ich kann es immer noch nicht fassen!«

Dominik hob die Brauen. »Sie kannten sie?«

Ingrid Schoppe verschränkte die Arme vor der Brust.

Norbert Schoppe setzte sich neben ihn aufs Sofa. »Ich kannte sie so gut, wie man eine Schülerin kennen kann, die man seit drei Halbjahren in Biologie unterrichtet. Also eher oberflächlich. Trotzdem … schreckliche Geschichte! Sie hatte noch ihr ganzes Leben vor sich.«

»Ja, schlimm so was«, sagte Frau Schoppe und lächelte. »Mein Mann ist sehr empathisch, müssen Sie wissen. Er interessiert sich für seine Schüler und natürlich auch für die Schülerinnen.«

Empathisch? Im Gegensatz zu dir, dachte Dominik. War das Spott in ihren Augen? Aber was wusste er schon von ihr, vielleicht hatte sie ihre Schülerin nicht gemocht. Obwohl oder weil sie sich selbst um Aufmerksamkeit beim anderen Geschlecht bemühte mit figurbetonter Kleidung und ihrem stark geschminkten Gesicht?

»Hat einer von Ihnen Charlotte Campmann nach der letzten Schulstunde noch einmal gesehen?«

»Nein, ich bin gleich danach nach Hause gefahren«, gab Frau Schoppe zurück.

Herr Schoppe schüttelte den Kopf und lehnte sich vor. »Darf man fragen, wie … also … wie ist die arme Charlotte denn …« Er brach ab, denn in diesem Moment ertönte ein Poltern im Raum über ihnen, als wäre etwas Schweres zu Boden gefallen. Es folgte ein Schrei. Frau Schoppe nahm die Arme auseinander und richtete sich auf. »Oh Gott, ich hoffe …«

»Bleib ruhig, Schatz, ich glaube, sie ist einfach nur böse auf mich. Ich hab sie wegen der ständigen Sauerei im Bad angesprochen und …«

»Entschuldigung.« Frau Schoppe sprang auf und eilte aus dem Zimmer.

»Ingrid, nun bleib doch!«, rief er ihr hinterher und seufzte. »Meine Stieftochter.« Er verdrehte die Augen. »Isabel ist etwas impulsiv. Und mit ihren Ausbrüchen hat sie meine Frau fest im Griff! Aber … wo waren wir stehen geblieben … Charlottes Tod … haben Sie schon einen Verdacht?«

»Ich darf Ihnen leider nichts dazu sagen. Nur so viel, dass sie keines natürlichen Todes gestorben ist.«

Schoppe nickte und starrte vor sich hin. Von oben drangen Stimmen, dann Gebrüll. Er lächelte schief. »Ich höre das schon gar nicht mehr.«

»Pubertät?«, fragte Dominik.

»Wenn es das nur wäre. Isabel ist schon fünfundzwanzig.«

»Heutzutage bleiben die Kinder länger im Haus, wie?« Dominik dachte an Nils, Robin und Lissa. Er würde sich wünschen, dass sie mit fünfundzwanzig noch zu Hause wohnten, hegte aber wenig Hoffnung.

»Isabel ist wieder zurückgezogen. Sie hat schon mal woanders gewohnt, wenn auch nicht allein, das schafft sie nicht.«

Kurz darauf ging die Tür auf, und Frau Schoppe erschien mit roten Flecken im Gesicht. »Die Unterbrechung tut mir leid, ich …« Ein Rumpeln, das von oben kam, ließ sie zusammenzucken.

»Alles gut, ich bin jetzt auch fertig.« Dominik stand auf und reichte Norbert Schoppe seine Visitenkarte. »Für den Fall, dass Ihnen noch etwas einfällt.«

* * *

Geistesabwesend packte Nina die Sporttasche. Die Fotos vom Fundort gingen ihr auch zu Hause nicht mehr aus dem Kopf. Sie musste an ihre eigene Schulzeit denken, an Franziska, ihre temperamentvolle und bewunderte Freundin, die kurz nach ihrem sechzehnten Geburtstag verschwand. Franzi, das Partygirl, die Rampensau, die Stimmungskanone, die überall im Mittelpunkt stand. Und eines Tages war sie fort. Die Stille danach war gespenstisch. Alle schlichen nur noch geduckt durch die Flure der Schule, sprachen in gedämpftem Ton, selbst die Lehrer, die versuchten, Franzis Mitschülern Mut zu machen, wirkten geschockt.

Nach ein paar Tagen begannen Franzis Freundinnen Geschichten zu stricken, die zu ihr passten: Mal hatte sie sich einer fahrenden Schauspieltruppe angeschlossen, mal war sie mit einem amerikanischen Millionär durchgebrannt und lebte jetzt in Hollywood. Sie erwarteten, Franzi jederzeit durch die Tür hereinspazieren zu sehen mit einer abenteuerlichen Entschuldigung für ihre Abwesenheit im Gepäck. Doch sie kehrte nie zurück. Nina widerstand damals der Versuchung, sich mit Geschichten davon abzulenken, dass etwas Unheimliches in die heile Welt des kleinen Gymnasiums eingebrochen war. Stattdessen versuchte sie sich zwei Jahre lang wie besessen an der Lösung des Rätsels, wandte sich an Franzis Angehörige und Freundinnen, die nicht verstanden, was sie mit ihren Fragen bezweckte, suchte in Zeitungsarchiven nach ähnlichen Fällen. Erst fünfzehn Jahre später wurde eine skelettierte Leiche in einer Höhle im Sauerland gefunden und anhand der DNA als Franzi identifiziert. Die Deformierungen an ihrem Schädel ließen auf ein Verbrechen schließen.

Franzi war der Grund gewesen, warum sie zur Polizei gegangen war. Und nach mehreren Stationen hatte sie es genau dahin gebracht, wo sie immer hingewollt hatte: zur Kripo. Anfangs war sie sehr stolz gewesen und ehrgeizig: Sie wollte sich beweisen. Mit der Zeit stellte sie fest, dass ihre älteren Kollegen auch nur mit Wasser kochten. Inzwischen fühlte sie sich häufig erschöpft. Es fiel ihr schwer abzuschalten, wenn sie an einem Fall arbeitete. Ihr Privatleben, das sich auf Sport und gelegentliche Kinobesuche mit Freundinnen beschränkte, kam eindeutig zu kurz. Und vielleicht … sie hielt inne, betrachtete die pralle Tasche, aus der ein Sportshirt herausquoll und den Reißverschluss blockierte … vielleicht war es auch umgekehrt: Die Arbeit lenkte sie ab von ihrem unbefriedigenden Privatleben.

Das Klingeln des Telefons riss sie aus ihren Gedanken.

»Du, Nina, wir haben alles im Koffer!« Kai klang stolz.

Sie lachte. »Dann seid ihr weiter als ich.«

»Aber Bines Bär darf nicht mit, sagt ihre Mama. Der ist zu groß. Du, wir essen gleich Pizza, und dann fahren wir los,

sagt Bines Mama! Soll ich dir sagen. Ich freu mich schon so!«
Er summte, wie immer, wenn er aufgeregt war. »Nina, und
dann kommst du, und wir steigen in das Flugzeug ein. Und
wusch … und wusch fliegt es …«

»Ja, Kai, danke für die Nachricht. Ich muss jetzt weiter packen. Bis nachher.«

»*Wir* sind schon fertig!«, kam es triumphierend aus dem
Hörer, bevor Nina das Gespräch wegdrückte.

Dann ließ sie sich auf das Wohnzimmersofa fallen. Noch
vor Kurzem hatten sie und Kai zusammengewohnt, doch inzwischen lebte er mit seiner Freundin Bine, die wie er das
Down-Syndrom hatte, in seiner ersten eigenen Wohnung. Ur-
sprünglich hatte Bines Mutter die Reise geplant und angeboten, die beiden zu begleiten. Doch Nina hatte das Angebot
ausgeschlagen, weil sie mal wieder Zeit mit Kai verbringen
wollte und ihre Freundin Michaela zur selben Zeit auf Mallorca Urlaub machen würde. Nina stand auf und wanderte
vor dem großen Wohnzimmerfenster auf und ab. Draußen
dämmerte es, doch im hellen Licht der Deckenlampe sah
sie nicht viel mehr als ihr Spiegelbild in der Scheibe. Davor
schob sich ein anderes. Weit aufgerissene blaue Augen in einem verzerrten, bleichen Gesicht. Würgemale, Blut und Hämatome … Nina schaltete die Lampe aus. Jetzt sah sie nur
noch die windbewegten Büsche ihres Gartens. Das Wetter
war umgeschlagen, der Bericht hatte ein Sturmtief mit Orkanböen für die nächsten Tage angekündigt. Zum Glück ging
der Flieger schon heute Abend.

Andererseits … Nina seufzte, griff zögernd zu ihrem Handy und tippte die Nummer der Fluggesellschaft ein. Fragen
kostete ja nichts.

Das Freizeichen tutete zweimal, dann meldete sich eine
helle Stimme. »Eurowings, was kann ich für Sie tun?«

* * *

In der Cafeteria des Präsidiums waren die künstlichen Sonnenblumen auf den Tischen durch tönerne Halloween-Kürbisse ersetzt worden. Die einzige Beleuchtung in dem fast leeren Raum bestand aus den elektrischen Teelichtern in den Kürbissen. Dominik löffelte seine Linsensuppe und dachte an die Begegnung mit den Schoppes. Etwas ähnlich Kitschiges wie Halloween-Kürbisse käme in ihrem modernen Einfamilienhaus garantiert nicht zum Einsatz.

Die Tür klappte und er sah auf. Eine zierliche Kollegin trat ein. Auf den ersten Blick wirkte sie unscheinbar, ihr ungeschminktes Gesicht seltsam nackt und verletzlich. Lag es daran, dass Ute Vienenkötter-Lange, eine Kollegin aus dem Kommissariat für Wirtschaftsdelikte, ihre schönen Augen früher hinter einer dicken Brille versteckt hatte? Nachdem sie sich einen Kaffee geholt hatte, schaute sie sich um. Trotz der kümmerlichen Beleuchtung entdeckte sie ihn. Ein scheues Lächeln glitt über ihr Gesicht. Zögernd trat sie an seinen Tisch.

»Hallo Dominik. Ich hoffe, ich störe nicht.«

»Aber nein, setz dich zu mir. Ich habe nur gerade an ein Lehrerehepaar gedacht, das ich vorhin befragt habe. Die Klassenlehrerin der getöteten Fünfzehnjährigen. Ich hatte den Eindruck, die Sache ging ihr am Allerwertesten vorbei.«

Sie nahm ihm gegenüber Platz und sah ihn fragend an.

»Zuerst dachte ich, die Frau ist wohl einfach unterkühlt. Aber als es um ihre eigene Tochter ging, wirkte sie völlig anders.«

»Sie mochte ihre Schülerin nicht?« Ute krauste die von Sommersprossen überzogene Nase und sah ihn so unglücklich an, dass er den Impuls hatte, sie zu trösten.

»Ich glaube nicht. Vielleicht geht es auch um Eifersucht –
eine alternde Frau, die eifersüchtig auf den Sex-Appeal einer
Fünfzehnjährigen war.«

»Ein schlimmer Fall! Ich könnte das nicht. Ich bewundere
euch, wirklich! Ich bin froh, dass ich nur mit Geldwäsche be-
fasst bin. Obwohl es zurzeit um Drogenhändler und Zuhälter geht. Aber ich beschäftige mich nur mit den Geldflüssen.«

»Aha? Erzähl mal.«

Sie nahm einen Schluck aus ihrem Kaffeebecher. »Für dich
sicher langweilig. Ziemlich trockene Materie.«

»Ehrlich gesagt, ich bewundere *dich*, dass du diesen Dingen
so akribisch nachgehen kannst. Ich kriege schon Pickel, wenn
ich nur an meine Steuererklärung denke. Und jetzt erzähl.«

Eine feine Röte überzog ihr Gesicht. »Wie gesagt, Geldwäsche, wobei auch Banken involviert sind, die Briefkastenfir-
men Konten im Ausland zur Verfügung stellen.« Sie seufzte.
»Aber wir kommen nicht so recht voran. Die Banken werden
vorsichtiger. Und die Dealer und Zuhälter auch.«

»So?«

»Durch bargeldintensive Hotels kann man zum Beispiel unauffällig Geld waschen. Wir haben da momentan einen kon-
kreten Verdachtsfall. Doch seit einem guten Jahr finden wir
nichts mehr. Bei Durchsuchungen sind Unterlagen über du-
biose Abrechnungen und Geschäftsbeziehungen nicht mehr
auffindbar. Alles clean, dabei sind wir fast sicher, dass da Drogengeld gewaschen wird. Die sind uns immer einen Schritt
voraus. Man könnte fast meinen, wir hätten einen Maulwurf.«

Dominik runzelte die Stirn. »Hast du jemanden in Verdacht?«

Sie winkte ab. »Nein, natürlich nicht. Ich habe tolle Kollegen. Vermutlich gibt es keinen Maulwurf. Wir müssen eben
besser werden.«

»Ach, da fällt mir ein, dieses Buch, das du mir geliehen hast und das ich dir seit Wochen zurückgeben will …«

»Anlagetipps für über Fünfzigjährige?«

»Genau das. Ich will es immer ins Präsidium mitnehmen und vergesse es dann. Hast du heute Abend schon was vor? Ich könnte es dir vorbeibringen …«

»Ich wollte etwas für Leander und mich kochen. Ich bin also zu Hause, aber es ist nicht so dringend mit dem Buch.«

»Ich bringe es dir vorbei, dann ist das erledigt. Ich vergesse es sonst. Okay?«

»Na klar, komm vorbei. Ich muss jetzt los.« Sie stand auf.

Wenn sie lächelt, ist sie alles andere als unscheinbar, dachte Dominik. »Bis bald, Ute.« Er hob grüßend die Hand.

*

Als Nina auf den Parkplatz des Präsidiums fuhr, war es bereits dunkel. In dem Teil des Gebäudes, in dem die Kripo untergebracht war, schien hinter einigen Fenstern Licht. Wie sie vermutet hatte, hielt sich Bent noch in seinem Büro auf. Durch die halb geöffnete Tür konnte sie ihn an seinem Schreibtisch sitzen sehen. Als sie nach kurzem Klopfen eintrat, blickte er mit überraschtem Ausdruck auf. Roman Nolte thronte auf Bents Besucherstuhl und grinste sie herausfordernd an. Bent öffnete den Mund, um etwas zu sagen, doch Nolte kam ihm zuvor: »Du hast Glück, Nina. Miriam ist gerade vom Besuch einer Freundin aus Minden zurückgekehrt. Wir können gleich hinfahren und sie befragen.«

Bents Mund öffnete sich noch etwas mehr.

»Es sei denn, der Chef hat was anderes mit dir vor«, fügte Nolte hinzu.

»Schön …«, begann Bent. »Also Nina … ich bin erstaunt. Bedeutet das …«

»Ich verstärke euch.«

»Ich gebe zu, das freut mich, aber …«

»Bent, der Flieger ist eh schon weg.«

Speziell ihr Bruder war nicht begeistert gewesen, dass sie nicht mitflog. Bines Mutter war zunächst aus allen Wolken gefallen, als Nina plötzlich, drei Stunden vor Abflug, bei ihr auf der Matte gestanden hatte. *Man kann den Namen auf dem Ticket noch ändern, die Bearbeitungsgebühr übernehme ich natürlich.* Bines Mutter begleitete die beiden nun an ihrer Stelle. Und ihrer Freundin versicherte Nina am Telefon, dass sie nachkommen würde, sobald der Fall gelöst wäre. »Bis dahin ist der Urlaub zu Ende, wetten?« Michaela schnalzte mit der Zunge. »Nina, pass bloß auf, dass du nicht eines Tages im Burn-out landest!«.

»Schön … also, wenn …«, begann Bent.

»Super, eine Frau der schnellen Entscheidungen!« Roman Nolte hob den Daumen. »Und uns fehlt der weibliche Blick.«

Weiblicher Blick? Was für ein Schmu. Leider fiel ihr keine Replik ein. »Ähm … wer war denn noch mal Miriam?«

»Die Schulfreundin des Opfers. Sie wohnt in Sieker wie Charlotte Campmann«, erklärte Bent. »Ihr könnt meinetwegen sofort fahren.«

* * *

Eine Gruppe junger Männer lungerte im Eingangsbereich des Hochhauses herum. Nina wunderte sich. Waren Pelzmützen hier groß in Mode? Während sie und Roman sich dem Haus näherten, erkannte sie, dass es sich bei den vermeintlichen Pelzmützen um die üppigen Haarschöpfe oberhalb der abrasierten Stellen handelte. Nicht Pelzmützen, sondern Undercut-Frisuren standen hier hoch im Kurs. Neben Cannabis-Geruch wehten Fetzen einer fremden Sprache zu ihnen herüber. Nina tippte auf Arabisch.

»Charlotte Campmann wohnte gleich nebenan.« Roman deutete auf das benachbarte Hochhaus. Die Jugendlichen starrten sie an. Ob die ahnten, dass sie von der Polizei waren? Oder lag es an dem Cabrio? Roman hatte es sich nicht nehmen lassen, ihr seinen Oldtimer vorzuführen, also waren sie statt mit einem Dienstwagen mit seinem Citroën gefahren. Er schien sie damit beeindrucken zu wollen. Und sie musste zugeben, der Wagen bewies Geschmack, *very stylish*, diese hellbraunen Ledersitze. Außerdem war Roman Nolte ein mutiger Mann: sein schickes Cabrio mitten in einem sozialen Brennpunkt zu parken …

Nina klingelte, doch die Haustür war nur angelehnt. Sie machte Licht in dem schmucklosen Flur, und sie stiegen die Treppe hoch. Im dritten Stock öffnete ihnen eine pummelige, ganz in Schwarz gekleidete junge Frau die Tür. Sie trug ebenfalls Undercut, nur dass ein Teil der langen, blonden Tolle, die ihr ins Gesicht fiel, leuchtend grün gefärbt war.

»Miriam Breipohl?« Nina zeigte ihren Polizeiausweis.

Die junge Frau nickte, trat zurück, und sie folgten ihr in den Flur. Durch eine halb offene Tür flackerte bläuliches Licht, Stimmen waren zu hören, dann mehrere Schüsse. »Sind Sie Krimifan?«, fragte Nina.

»Nee, ich nicht, meine Mutter.« Miriam führte sie in eine Küche. Sie nahmen am Küchentisch Platz.

»Miriam?« Eine Frau, die Ende vierzig sein mochte und trotz ihres Alters deutlich schlanker als ihre Tochter war, steckte den Kopf durch die Tür. »Sie hatten angerufen, nicht? Miriam, hast du dem Herrn und der Dame von der Polizei nichts angeboten? Möchten Sie etwas trinken? Kaffee oder …?«

»Nein danke«, sagte Roman.

»Vielen Dank, aber … alles gut«, versicherte Nina.

»Schreckliche Geschichte! Charlotte war oft bei uns, früher jedenfalls … Und die arme Marianne! Ich war schon drüben, um ihr mein Beileid auszusprechen. Schlimm, was heutzutage …«

»Vielleicht kann Ihre Tochter uns bei der Suche nach dem Täter weiterhelfen.« Roman lächelte verbindlich, aber es war deutlich, dass er Mutter Breipohl loswerden wollte. »Miriam, war Charlotte eine gute Freundin von dir?«

Miriam spielte mit ihrem Nasenpiercing. »Ja, früher.«

»Charlotte ist nämlich ewig nicht mehr hier gewesen«, erklärte Frau Breipohl. »Die beiden haben schon lange nichts mehr miteinander zu tun.«

Nina überlegte. Wollte Frau Breipohl ihre Tochter aus der Ermittlung raushalten?

Roman fixierte Miriams Mutter. Seine Augen wurden schmal.

Frau Breipohl blinzelte. »Wenn … falls Sie noch Fragen an mich haben, ich bin im Wohnzimmer.« Als keine Antwort folgte, nickte sie ihnen zu und verschwand in den Flur.

»Stimmt das? Dass Charlotte und du nichts mehr miteinander zu tun hattet?«, fragte Nina.

»Es war nicht mehr so wie früher, als wir uns ständig WhatsApps geschrieben haben, oder wir waren zusammen. Ich wusste früher, was abging bei ihr. Die gleiche Scheiße wie bei mir.«

»Und was war das, was da … bei euch abging?«, fragte Roman.

»Für die aus unserer Klasse waren wir nur die beiden aus dem Brennpunktviertel. Die Prolls sozusagen. Wir haben beide keinen Vater, mit dem wir angeben können. Also *mein* Vater hat ja ein Bauingenieurunternehmen.« Sie äffte einen gezierten Tonfall nach. »Und mein Vater ist Chefarzt und mein Vater ... blablabla und dann geht's im Winter da und da hin zum Snowboarden und im Frühjahr zum Shoppen nach New York ... blablabla und von welcher Marke sind eigentlich deine Klamotten, ach, von der habe ich noch gar nichts gehört, sag mal, kaufst du den Schrott etwa bei Kik ein, oder wie?«

»Ihr wurdet ausgegrenzt?«, fragte Nina.

»Bei ihr war's schlimmer. Ich steh sowieso nicht auf schöne Kleidchen und so was, ist mir zu angepasst. Für mich war immer klar, ich passe da nicht rein. Die haben das von mir gekriegt!« Sie zeigte die Faust mit ausgestrecktem Mittelfinger. »Ich hab mir andere Freunde gesucht, nicht solche, die sich von Mama mit dem Mutti-Panzer in die Schule kutschieren lassen, sondern solche mit politischem Bewusstsein! Aber Charly hatte es echt schwer.«

»Mutti-Panzer?« Nina schmunzelte.

»Na, Sie kennen doch diese Helikopter-Muttis, die am liebsten einen fetten Geländewagen fahren, als wären sie in der Wüste Gobi unterwegs oder was.«

»Hatte Charlotte Feinde in der Klasse?«, fragte Roman.

Miriam straffte sich. Ihre Augen funkelten. »Kann man wohl sagen. Das Oberarschloch Vincent und seine Unterarschlöcher! Die haben sie gemobbt!«

Um Romans Mundwinkel zuckte es. »Hat Vincent auch einen Nachnamen, oder heißt er nur Oberarschloch?«

Miriam zog eine Grimasse. »Oberarschloch reicht bei dem! Die haben ihren Kopf auf die Körper von Pornoqueens montiert und die Bilder im Internet verbreitet. Von wegen, was sie für eine Schlampe wäre. Das ging in der ganzen Schule rum.«

Nina schüttelte den Kopf. »Und wieso? Weil sie Sachen von Kik trug?«

»Quatsch, Charly konnte eigentlich anziehen, was sie wollte, sie sah immer super aus. Vincent, das Obera… Spiekerkötter hat sie angebaggert, und sie? Sie hat es gewagt, ihn abblitzen zu lassen. Ihn, den angesagten König der Klasse, den geilen Supersportler, immer Teil vom neusten heißen Scheiß. Der mit dem allercoolsten Vater überhaupt.«

»Und dieser Alphajunge hat ihr das nicht verziehen?«, fragte Roman.

»Er nicht und seine Clique auch nicht. Und der Rest der Klasse hatte sie auch auf dem Kieker. Die Mädels waren alle neidisch, weil sie so gut aussah, und die Jungs wussten, dass sie bei ihr nicht landen konnten.«

Roman grinste. »Und – warst du nicht auch neidisch, dass sie so gut aussah?«

»Ich …« Miriam wurde rot und strich sich die grüne Haarsträhne aus dem Gesicht, die sofort wieder zurückfiel. »Ich mag Charly sehr, also eigentlich …« Sie knabberte an ihrem Lippenpiercing. »Also Charly ist ja 'ne Heterobraut, aber ich …«

»Du nicht, verstehe«, sagte Nina.

»Charly wollte immer nur dazugehören. Aber nach Silvester war sie lange krank und hatte plötzlich keine Lust mehr auf die Klasse, was ich sehr gut verstehen kann. Sie erzählte mir, sie würde am liebsten die Schule wechseln, aber ihre Mutter fände das nicht gut. Ich glaube, sie hat später neue Leute außerhalb der Klasse gefunden. Wir haben uns dann auch nur noch selten gesehen.«

»Wenn Charlotte dazugehören wollte, wäre dann dieser Vincent nicht der Eintritt dazu gewesen?«, fragte Nina.

»Charly stand nicht so auf Jungs.«

Nina hob fragend die Brauen.

»Auf gleichaltrige, meine ich. Manchmal denke ich, die hat auf ihren Retter gewartet, der sie aus allem rausholt, aus dem hässlichen Hochhaus, aus diesem blöden Viertel, aus unserer Arschgeigen-Klasse. Der Märchenprinz oder so. Eventuell lag es daran, dass sie so superhübsch war.«

Nina beugte sich vor. »Wie meinst du das?«

»Na, dass sie dachte, sie hätte was Besseres verdient. Haben wir wohl alle, aber nicht alle machen sich Illusionen. Sie hat vom tollen Leben fantasiert, ein Leben, in dem sie sich kaufen könnte, was sie wollte, leben, wie sie wollte, schickes Haus, teure Urlaube, ein Supertyp an ihrer Seite, der für sie sorgt. Darum ging es.«

»Gab es denn so einen Mann in ihrem Leben? Älter, womöglich wohlhabend?«, fragte Nina.

Miriam zögerte. Sie knibbelte am Lack ihrer schwarz lackierten, kurzen Fingernägel. »Sie hat mal so was durchblicken lassen, aber sie hat mir nicht verraten, wer das ist. Eventuell hätte sie das, wenn sie zu unserer Verabredung gekommen wäre. Wir hatten uns nach längerer Zeit mal wieder verabredet.«

»Aha? Und für wann hattet ihr euch verabredet?«, fragte Roman.

»Für letzten Samstagabend.«

Nina wechselte einen Blick mit Roman. »Wann hast du Charlotte das letzte Mal gesehen?«

»Am Freitag davor. Wir hatten Englisch bei Frau Schoppe. Charly sagte noch: Bis morgen.« Miriams Augen füllten sich mit Tränen. »Bis morgen … wenn das Vincent war, dann …« Sie ballte die Fäuste.

Roman runzelte die Stirn. »Wieso denkst du das? Hat er ihr gedroht?«

»Ich hab mitbekommen, wie Charly zu ihm sagte, sie wüsste schon, wer diese Fotos ins Netz gestellt hätte, und wenn er sie nicht löschen würde, würde sie zur Polizei gehen.«

Der Wind heulte um die Ecken des Hauses, das schräg gestellte Küchenfenster schlug zu, und kurz darauf prasselten Graupelkörner gegen die Scheibe.

»Und was hat er geantwortet?«, fragte Roman.

»Der Arsch hat sie angegiftet: Hey Schulschlampe, geh ruhig zu den Bullen, aber wenn du das tust, wird's erst richtig hässlich!«

* * *

Dominik hatte Ute Vienenkötter-Lange noch nie zu Hause besucht. Wie sie wohl wohnte? Ob alles wohlgeordnet und in zurückhaltenden Farben gehalten war? Oder lebte sie privat andere Seiten aus? Er bog vom Ostwestfalendamm ab und nahm die Ausfahrt Richtung Bethel, fuhr hinter einem Taxi her, dem einzigen Auto, das zu dieser Zeit auf der sonst so vollen Artur-Ladebeck-Straße zu sehen war. Ute wohnte im Eggeweg, einer langen Straße, die den Hang des Teutoburger Waldes hinaufführte. Wie sich herausstellte, lag ihr Haus weit oben. Er fand eine Parkbucht und stellte den Motor aus. Die Rollläden in dem Haus waren heruntergelassen, kein Licht schimmerte durch die Ritzen. Doch Ute hatte gesagt, dass sie zu Hause sei. Er griff nach dem Buch auf dem Beifahrersitz, das sie ihm geliehen hatte, und wollte gerade aussteigen, als er ein leises Quietschen und Zwitschern hörte.

Er warf einen Blick in den Rückspiegel und entdeckte eine Radfahrerin, die sich den Hang hochquälte. Das Zwitschern kam von einer ungeölten Kette. Im Rückspiegel sah er, dass die Frau zickzack fuhr, vermutlich reichten ihre Gänge nicht aus für diese Steigung. Unvermittelt tauchten zwei Scheinwerfer hinter ihr auf. Ein SUV war um die Ecke gebogen, schoss die Straße hoch, blendete jetzt auf. Die dunkle Silhouette der Radfahrerin bewegte sich Richtung Straßenrand. Der breite SUV konnte dennoch nicht vorbei, denn hier war die Straße eng, an beiden Seiten parkten Autos.

Der Fahrer ließ den Motor aufheulen. Dominik wandte den Kopf. Die Radfahrerin stieg ab und schob ihr Rad zwischen die parkenden Autos. Der SUV raste an ihr und Dominiks Wagen vorbei, bremste scharf, bog in die nächste Einfahrt ab und parkte vor einer Garage. Die Scheinwerfer erloschen. Im Wagen erkannte er Utes Mann Leander Lange, das Gesicht schwach beleuchtet von einem Handydisplay, auf das Lange starrte. Dann schaltete er die Innenbeleuchtung des SUVs ein. Ein Mann in den Dreißigern mit einem kantigen, attraktiven Gesicht und braunem Haar, das er im Nacken länger trug. Ein Mann, mit dem Dominik etwas Unangenehmes verband, obwohl er Lange, der Ute mal vom Präsidium abgeholt hatte, nur vom Sehen kannte.

Wo hatte Dominik ihn früher gesehen, dieses nervöse Zwinkern gepaart mit dem ernsten, fast feindseligen Blick aus schmalen Augen, den Lange jetzt auf die Straße richtete? Dominik schüttelte den Kopf. Er kam einfach nicht drauf. Er hätte aussteigen und Lange das Buch für seine Frau in die Hand drücken können. Stattdessen duckte er sich tiefer in seinen Sitz. Einen Moment später erlosch die Innenbeleuchtung des SUVs.

Wieder ertönte das klägliche Quietschen des Rads. Die Frau fuhr jetzt im Stehen den Berg hoch. Als sie Dominiks Höhe erreichte, verließ Lange den SUV und lehnte sich mit verschränkten Armen an sein Monstrum von Auto. »Was war das denn eben, Madame? Ist das richtig geil, den Verkehr zu behindern?«, rief er.

Das Licht der Straßenlaterne fiel auf das kurze, graue Haar der Radfahrerin, die schnaufend abstieg. »Entschuldigen Sie mal, ich hab Sie doch vorbeigelassen! Obwohl man Ihr Verhalten auch als Nötigung verstehen konnte!«

»Ich glaub's nicht.« Lange nahm die Arme auseinander und machte einen Schritt Richtung Bürgersteig. »Willst du dich mit mir anlegen, du alte Schachtel? Verpiss dich bloß mit der Möhre da, sonst mach ich dir Beine!« Lange lief jetzt auf sie zu. Dominik legte die Hand wieder auf den Türgriff, um auszusteigen und einzugreifen, als die Radfahrerin rasch ihr Rad wendete und aufstieg, um den Berg, den sie so mühsam hochgeächzt war, wieder hinunterzurollen.

»Hau ab, du blöde Fotze!«, rief Lange ihr so laut nach, dass sie es noch hören musste, und lachte.

Sollte er ...? Dominik atmete schneller, doch etwas hielt ihn zurück. Lange schloss noch immer grinsend die Haustür auf und verschwand im Haus. Warum hatte er den Kerl nicht zur Rede gestellt? Hatte Ute so einen Mann verdient? Ute war ... sie war etwas Besonderes, gewissenhaft, klug, verletzlich ... Doch was wusste er schon von ihr? Wenn man den Gerüchten im Präsidium glauben wollte, dann war Ute bis über beide Ohren verliebt in ihren Ehemann, den sie erst vor einem Jahr geheiratet hatte. Und genau so sollte es doch sein, oder nicht? Dass Dominik ihn unsympathisch fand, spielte keine Rolle. Er legte die Hand auf das Buch *Fünfzigplus: die besten Anlagetipps*. Das würde er im Auto lassen, um es Ute morgen im Präsidium zu geben.

Wenn sie so verliebt war ... hoffentlich kam nicht eines Tages das böse Erwachen ...

Aber nein, er würde sich bestimmt nicht ungebeten in ihre Angelegenheiten einmischen. Es sei denn, er hätte etwas gegen Leander Lange in der Hand. Er seufzte. Verdammt, wo hatte er Lange schon einmal gesehen, und was hatte ihn dabei so gestört?

Sonntag, 27. Oktober

Wo de Nordseewellen … Nina tauchte unter ihrer Daunendecke hervor. Es war eiskalt im Raum, sie hatte die Fenster über Nacht offen gelassen, und die Vorhänge bauschten sich im Wind. Waren das schon die Vorboten des vorhergesagten Orkans? Er wurde am Abend erwartet. … *trekken an den S-strand, wo* … »Ja, ja!« Sie griff nach dem Handy auf ihrem Nachttisch. Diesen Klingelton sollte sie endlich mal ändern. »Tschöke.«

»Frau Tschöke, was halten Sie von einem gemeinsamen Frühstück? Ich bringe Brötchen mit.«

Einen Moment lang konnte sie die Stimme nicht einordnen. »Roman?«

Er lachte. »In Person.«

»Ja … ähm … das ist ja nett …«, stammelte Nina. Wieso wollte Roman mit ihr frühstücken?

»Fein, dann bin ich laut Navi in sechs Minuten bei dir. Der Botanische Garten ist offenbar nicht weit von Hoberge.«

»Woher kennst du … eigentlich meine Adresse?«

»Von Dodo.«

»Lass mir eine Viertelstunde zum Aufstehen, okay?«

»Okay, ich muss ja auch noch Brötchen holen. Bis gleich.« Er beendete das Gespräch.

Dodo? So nannten Dominik nur seine langjährigen Kollegen. Und Bent, der vor einem Jahr von Flensburg nach Bielefeld gewechselt war, war ein einziges Mal bei einer Feier »Dodo« herausgerutscht. Den steifen Mordkommissionsleiter betrachtete sie allerdings nicht als Maßstab. Allzu Persönliches blockte er den meisten Kollegen gegenüber ab. Und wenn er mit Dominik zu tun hatte, wirkte er noch viel förmlicher, zuweilen schroff, dann wieder unsicher. Es hatte sich bereits bei der Kripo herumgesprochen, dass sich das Verhältnis zwischen den beiden kompliziert gestaltete. Wieso, war ihr und wohl auch Dominik unklar. Bent hatte sich ihr gegenüber nie darüber geäußert. Sie war auch die Einzige unter den Kollegen, die über Bents Homosexualität Bescheid wusste. Und sie wäre wohl kaum darauf gekommen, wenn sie es nicht zufällig auf einer Eurovision-Song-Contest-Party von Freunden von ihm gehört hätte. Äußerlich entsprach Bent ganz und gar nicht dem Klischee. Sie hatte es niemandem erzählt, Bent musste selbst wissen, ob und wann er sich outen wollte.

Ihr Blick fiel auf den Wecker: 8:47 Uhr. Oje, sie hatte noch knapp zwölf Minuten.

Sie warf die Decke ab, schwang sich aus dem Bett und stieg unter die Dusche. Kaum war sie wieder aus dem Bad, schellte es an der Haustür. Nina stellte die Kaffeemaschine an, räumte einen Stapel Zeitungen vom Küchentisch und eilte zur Tür, um den unverschämt frisch wirkenden Kollegen hereinzulassen. Lächelnd überreichte er ihr eine große Papiertüte, und der Geruch frischer Brötchen erfüllte den Flur. Sie schloss die Tür.

Er hielt inne. »Ich hab dich doch hoffentlich vorhin nicht geweckt?«

»Sehe ich so zerknittert aus?« Sie hatte entgegen ihrer Gewohnheit sogar Wimperntusche und Lippenstift aufgelegt.

»Nein, natürlich nicht. Ich meine nur. Ich hab schon einen Waldlauf hinter mir und … ach egal, manchmal vergesse ich, dass nicht alle Frühaufsteher sind.«

Streber, dachte Nina, aber sie lächelte. Nette Idee von ihm, das mit dem gemeinsamen Frühstück. »Und im Präsidium warst du natürlich auch schon«, sagte sie, während sie ihn in ihre Küche und an den Tisch lotste.

»Wie kommst du denn nur darauf?« Er grinste und hielt den Becher hoch, um sich Kaffee von ihr eingießen zu lassen.

Sie schenkte sich ein und setzte sich ebenfalls. »Weit hergeholt, ich weiß. Aber welchen Grund sollte es sonst für dich geben, mich mit Frühstück aus dem Bett zu holen? Wohin fahren wir denn gleich?«

»Du traust mir nicht, Nina. Du kannst dir gar nicht vorstellen, dass ich einfach so herkomme, nur um mit dir am Sonntagmorgen gemütlich zu frühstücken?«

Sie lächelte. »Das hat doch einen Haken, wetten?«

Seine Augen funkelten. »Ich habe einen Beweis für meine lauteren Absichten.« Er griff in seine lederne Schultertasche, die an seinem Stuhl lehnte, und zog eine beschlagene Flasche hervor. »Da ich ein bis auf die Knochen korrekter Beamter bin, würde ich doch nie im Dienst trinken.«

Sie schüttelte den Kopf. »Hey, ist das etwa … Champagner?«

»Ganz recht, schöne Frau. Hast du Sektgläser? Oder wollen wir gleich aus der Flasche trinken?«

Sie lachte und holte zwei Gläser.

Roman ließ den Korken knallen und füllte sie. »Wir stoßen an, auf …«

Nina grinste. »Auf den ungelösten Fall, den wir in Windeseile beim Sektfrühstück lösen werden?«

»Auf die netteste Kollegin des ganzen Teams.«

»Oh, okay«, sagte Nina verlegen. »Es gibt ja auch nur eine.«

Er schnalzte mit der Zunge. »Ich werde absichtlich missverstanden.«

Sie stießen an. Flirtete er mit ihr? Aber sie passten doch gar nicht zusammen, die Frau mit der schief zusammengeklebten Brille, den zerzausten, kurzen Haaren und den quietschenden Turnschuhen und der attraktive Kerl, der ihr jetzt in weißem Hemd mit Nadelstreifenweste und Krawatte gegenübersaß und sich in ihrer Wohnküche umschaute.

»Schön wohnst du. Alles sehr hell und im Grünen … Lebst du allein hier?«

Nina unterdrückte ein Lächeln. »Inzwischen ja. Mein Bruder hat lange bei mir gewohnt. Er hat das Down-Syndrom und wird jetzt ambulant in einer eigenen Wohnung betreut.« Sie griff nach einem Brötchen. »Was gibt es Neues?«

»Frank Tillmann Herbst… heißt er wirklich Tillmann? Dodo sagte …«

»Ja, so heißt er, aber er hasst seinen zweiten Namen.«

»Na, jedenfalls hat er die Bestätigung für die Mobbingvorwürfe gegen Vincent Oberarschloch im Internet gefunden. Rate mal, unter welchem Stichwort.«

Nina biss in ihr Brötchen und zuckte mit den Achseln.

»*Schulschlampe*. Unglaublich, oder? Es ist wirklich übel. Ein Früchtchen, dieser Vincent Spiekerkötter, vielleicht mehr als das …« Er hielt sein Champagnerglas gegen das Licht, das durch das Küchenfenster fiel. »Ich habe mit seiner Mutter telefoniert. Das mit den Mobbingvorwürfen war ihr neu.«

»Charlotte hat nur damit gedroht, zur Polizei zu gehen. Ob ihre Lehrer etwas davon wussten?«

»Glaube ich nicht, denn dann hätte das Ganze weitere Kreise gezogen. Spiekerkötters Eltern leben übrigens getrennt.

Mama Spiekerkötter erzählte, ihr Sprössling sei zurzeit bei seinem Vater. Die kämen aber erst am späten Nachmittag von einem Urlaub in einem Wellness-Hotel im Münsterland zurück und wollten abends ins Stadttheater. Bis dahin müssen wir wieder nüchtern sein. Prost.« Sie stießen noch einmal an. »Wir könnten natürlich stattdessen in der Zwischenzeit ein paar der Unterarschlöcher aus seiner Clique aufsuchen, aber …« Er ließ den Champagner im Glas kreisen.

»Aber?«

»Ich denke, das hat Zeit. Ob die uns mehr erzählen können als Miriam Breipohl? Oder erzählen wollen? Und eine Champagnerfahne untergräbt die Autorität der Polizei.«

Nina lachte auf, obwohl sie eine Befragung der Clique sinnvoll gefunden hätte. Sie würde später Dominik anrufen.

»Außerdem wird das Ganze noch anstrengend genug, denkst du nicht?«, fügte er hinzu. Sein Blick aus den dunklen Augen war durchdringend.

Nina nickte und beschäftigte sich mit ihrer Kaffeetasse. »Davon ist auszugehen.«

Unvermittelt stiegen Töne aus seiner Schultertasche auf. Ein Requiem, wenn sie sich nicht täuschte. Brahms? Sie kannte sich nicht aus. »Entschuldige, aber da muss ich rangehen.« Er holte sein Handy aus der Tasche. »Hallo? … Ja … heute Mittag? Ja, das passt. Fein. Bis dann.«

»Deine Frau?«, rutschte es Nina heraus, und im selben Augenblick verwünschte sie ihre Neugier.

Er lächelte und sah sie mit diesem seltsam intensiven Blick an. »Keine Frau, Nina. Ich war nie verheiratet. Und meine Freundin und ich haben uns vor Kurzem getrennt. Tja, so ist das, ich bin nun wieder Single.«

Er weiß, dass ich mich für ihn interessiere, dachte Nina. »Ich hätte nicht fragen sollen, das geht mich überhaupt nichts an.«

»Du darfst mich alles fragen, aber ob du auf alles eine Antwort bekommst ...« Sein Lächeln wurde breiter. Dann wurde er wieder ernst und schaltete sein Handy aus. »Tut mir leid, aber ich muss gleich los. Wir sehen uns heute Abend, ja? Ich hole dich ab, und du zeigst mir den Weg zum Theater.«

Er klang, als hätten sie ein Date. Und Nina gestand sich ein, dass sie sich darauf freute.

* * *

Graues Oktoberlicht fiel in das Zimmer ihrer Tochter, das aussah, als wäre sie gerade noch da gewesen und könnte jeden Moment zur Tür hereinkommen. Marianne hatte das unordentliche Zimmer in der Zwischenzeit nicht angerührt, als hätte sie mit dem Aufräumen noch den letzten Hauch von Charlotte vertrieben. Sie schaltete das grelle Deckenlicht ein, das die Papierhaufen, mit denen der Schreibtisch bedeckt war, ausleuchtete, die Kleidungstücke, die auf dem Bett, dem Schreibtischstuhl und dem Teppich lagen, den überquellenden Papierkorb, den halb offenen, überfüllten Kleiderschrank, aus dem eine Bluse wie eine weiße Fahne ragte. Im Spiegel neben dem Schrank begegnete sie den dunklen Ringen unter ihren geröteten Augen.

Dann machte Marianne sich an die Arbeit, räumte den Kleiderschrank aus, öffnete Schreibtischschubladen und kippte den Inhalt des Papierkorbs auf dem Boden aus, um den Müll zu untersuchen. Charlottes Laptop hatte einer der Beamten eingesteckt, der sich viel zu wenig Zeit genommen hatte, das Zimmer zu durchsuchen. Während sie auf dem Boden inmitten des Papiermülls hockte, fiel ihr ein Buch unter dem Nachttisch auf: *Heidi Klum, Natürlich erfolgreich*. Es sah abgegriffen aus, aber nicht staubig, wie sie erwartet hätte. Was hatte ihre Tochter vor ihrem Tod zuletzt gelesen? Ein Lesezeichen steckte im Buch; als sie es öffnete, fiel es zu Boden. Es war ein Foto, das ihre Tochter neben einem Mann zeigte, der seinen Arm um ihre Taille gelegt hatte. Beide lächelten in die Kamera. Offensichtlich ein Selfie, das Charlotte gemacht hatte, denn ihr Arm war ausgestreckt.

Marianne starrte das Foto an. Sie hatte diesen Mann noch nie gesehen. Ein ziemlich hübscher Kerl, aber deutlich älter als ihre Tochter, er mochte Mitte oder Ende dreißig sein. Er wirkte ganz und gar nicht wie ein Verbrecher, aber das musste nichts heißen. Wer bist du?, dachte Marianne. Und wie zum Teufel soll ich das herausfinden?

Sie seufzte, begann dann, den Kleiderhaufen auf dem Teppich zu durchwühlen, griff in sämtliche Hosen- und Jackentaschen und förderte Bonbonpapiere, einen Lippenstift, Taschentücher und einen zerknitterten Zettel zutage. Die Nummer, die darauf stand, sah aus wie eine Handynummer. *Seine* Handynummer?

Es klingelte an der Tür, aber sie rührte sich nicht. Das war vermutlich Hardy, und der hatte einen Schlüssel. Kurze Zeit später drehte sich der Schlüssel im Wohnungstürschloss. Sie steckte das Foto und den Zettel in ihre Hosentasche. Die Tür öffnete sich.

»Hab mir schon gedacht, dass du hier bist, aber … Marianne, was machst du denn da?«

»Ich dachte, ich … finde hier vielleicht irgendeinen Hinweis, wer Charlotte …« Sie brach ab und machte Anstalten aufzustehen. Er half ihr hoch. Sie stöhnte. »Dieses Hocken ist nichts mehr für meine Knie.«

»Die Polizei war doch schon hier. Die schauen sich ihren Laptop an und …«

»Sie könnten etwas übersehen haben.«

Hardy fasste sie um die Schultern. »Schatz, wenn ich dich so anschaue ... schläfst du überhaupt noch? Ich besorg dir ein Schlafmittel, eine Zeit lang kann man das mal nehmen, sagt mein Arzt.«

»Das ist lieb.« Sie hatte tatsächlich keine Nacht richtig geschlafen seit der Nachricht von Charlottes Tod und kaum etwas gegessen. Doch das war nicht wichtig gewesen. Jetzt, da sie einen Zettel mit einer Nummer besaß, vielleicht schon. Hardy hatte recht: Sie musste mehr auf sich achten.

Hardy lächelte. »Weißt du, ich hab mir überlegt, wir könnten nach der Beerdigung zusammen wegfahren. Dieses trübe Wetter zieht doch noch mehr runter. Ein bisschen Sonne tanken auf den Kanaren oder so ...«

Sie machte sich los. »*Wie* bitte, Hardy? Meine Tochter ist ermordet worden, und du schlägst vor, Urlaub auf den Kanaren zu machen? So mit Cocktail am Strand und Wellenbaden?«

»Ich wollte doch nur ... ich will doch nur, dass du ein bisschen Abstand bekommst von ...« Er machte eine ausladende Handbewegung. »Von all dem hier. Du kannst hier nichts tun. Schatz, lass die Polizei ihre Arbeit machen!«

»Die Polizei, ja? Selbst wenn die das Schwein jemals kriegen sollten, dann heult er denen vor Gericht was von seiner schwierigen Kindheit vor, kriegt ein paar Jährchen, die er auf einer Arschbacke absitzt, die U-Haft wird auch noch angerechnet, und dann wird er wegen guter Führung vorzeitig entlassen. Charlotte dagegen ...« Sie biss sich auf die Lippen, und ihre Augen wurden feucht. »Charlotte ist tot, für immer! Alles, was ich tun kann ...« Sie brach ab.

Er starrte sie mit zusammengezogenen Brauen an. »Was willst du denn tun, Marianne?«

»Na, was wohl?«

»Privatdetektiv spielen oder wie?«

Sie schwieg.

»Du meinst das ernst?!«

Marianne trat einen Schritt zurück. »Mein Leben ist vorbei, Hardy. Es gibt nur noch eins, was ich will …«

»Nein, nein, nein!« Er packte sie wieder bei den Schultern. »Schatz, das ist alles noch ganz frisch, natürlich geht es dir schrecklich. Aber mit der Zeit …« Er sah sie forschend an. »Du glaubst mir jetzt nicht, weil alles so schlimm ist. Aber bitte, Marianne, vertrau mir, es wird eines Tages wieder ein Leben geben, für dich … für uns. Vielleicht wird es nie ganz so wie vorher sein, aber …«

»Richtig, es wird nie wieder sein wie vorher!« Noch einmal machte sie sich los. »Alles, was ich jetzt noch will, ist Gerechtigkeit. Verstehst du, Hardy? Gerechtigkeit!«

»Und die willst du selbst herstellen? Und wie bitte? Indem du dich selbst auf die Suche nach einem *Mörder* machst?«

Marianne holte tief Luft. »Ich bin müde, ich brauche jetzt Ruhe.«

»Falls du irgendetwas entdeckst, dann musst du damit zur Polizei gehen.« Hardy machte ein besorgtes Gesicht. »Das sind die Profis, nicht du.«

Sie lächelte dünn. Er konnte ihr nicht helfen. Die Kanaren … er hatte keinen Schimmer, wie es ihr ging. »Mach dir keine Sorgen.« Sie berührte kurz seine Hand.

»Versprich mir, dass du keine Dummheiten machst!«

»Natürlich mache ich keine Dummheiten. Aber ich brauche jetzt wirklich Ruhe.« Er tat ihr leid. Der gute alte Hardy, mit dem sie ihren Lebensabend hatte verbringen wollen. Und sie hatte sich darauf gefreut. Große Sprünge konnten sie beide nicht machen, doch sie planten seit Langem, was sie als Rentner tun würden: Ausflüge, Städtereisen, das Atelier für Mariannes Malerei, das in Hardys Schrebergartenhäuschen entstehen sollte ... und ähnlich bedeutungslose Aktivitäten, die keinen Sinn mehr ergaben.

Hardy, rücksichtsvoll wie immer, verabschiedete sich, er hatte den Wink verstanden. Nachdem die Wohnungstür ins Schloss gefallen war, holte Marianne den Zettel aus ihrer Tasche und ging ins Wohnzimmer, um die Nummer von ihrem Festnetzanschluss anzurufen. Mit klopfendem Herzen lauschte sie dem Freizeichen. Sie würde ganz freundlich tun, ahnungslos, so als verdächtigte sie den Kerl nicht, ihre Tochter ermordet zu haben. Sie würde behaupten, schwerhörig zu sein und ihn bitten, seinen Namen zu wiederholen. Sie würde ...

»Nele hier.« Eine Frauenstimme? Marianne war überrascht.

»Nele? Hier ist Charlottes Mutter. Sind Sie eine Freundin von Charlotte?«

»Ich ... ich kenne keine Charlotte.« Ihre Stimme klang schrill. »Charly ...« Sie atmete schwer. »Was wollen Sie überhaupt von mir?«

Charly? »Meine Tochter ist tot, wussten Sie das? Oder wissen Sie etwa über ihren Tod? Ich wäre Ihnen sehr ...«

»Rufen Sie mich nie wieder an!«

In der Leitung knackte es einmal, dann folgte das Besetztzeichen. Diese Nele hatte gelogen, so viel stand fest. Und sie hatte Angst ...

* * *

Natürlich hatte Roman Nina abends mit seinem edlen Privatwagen abgeholt. Sie überprüfte den Sitz ihres Lippenstiftes im Autospiegel und machte den Ohrhänger los, der sich in ihrem Seidenschal verheddert hatte. Sie hatte sich schick gemacht, so als wollte sie ins Theater statt zu einer Befragung. Doch so fühlte sie sich etwas wohler neben Roman, der oft mit Anzug und Krawatte gekleidet war, dieses Mal unter einem feinen Wollmantel.

Roman parkte das Cabrio in einer Seitenstraße in der Nähe des Stadttheaters. »Wollen wir?« Er lächelte.

Als sie ausstiegen, traf sie ein böiger Wind. Helles Licht fiel aus den hohen Fenstern des Theaters auf die Straße. Zwischen den Säulen des Vorbaus waren die ersten Besucher zu sehen, die die breite Treppe herunterkamen, ihre Mantelkrägen aufstellten und die Straße Richtung Stadtbahnhaltestelle überquerten.

Sie warteten vor dem Theater. Die NRW-Fahne vor dem Rathaus neben dem Theater knatterte im Wind, eine leere Plastikflasche rollte über den Boden. Roman band seinen Schal enger und beugte sich zu ihr. »Vincent Spiekerkötter ist nicht sonderlich groß, blond und lächelt gern gelangweilt in die Runde. Wahlweise blasiert.«

Nina lachte. »Ich habe ihn auch gegoogelt. Gelangweilt trifft es. Und sie sind zu dritt, richtig?«

Roman nickte lächelnd. »Daddy und sein Goldjunge plus Lebensabschnittsgefährtin.«

Immer mehr Theaterbesucher strömten aus dem Gebäude. Nina versuchte vergeblich, den Überblick zu behalten. Schließlich fiel ihr ein großer, schlanker Mann mit grauen Haaren auf, die er zum Pferdeschwanz gebunden trug. Er schaute sich suchend um und zupfte nervös an seinem Einstecktuch. Ihm folgte eine deutlich jüngere, platinblonde Schönheit im hellen Pelzmantel – und Vincent Spiekerkötter, den Blick auf sein Handy geheftet.

Roman hatte ihn auch bemerkt. Sie gingen auf den Teenager zu.

Der grauhaarige Mann trat ihnen entgegen. »Sie sind …? Sind Sie diejenigen, also …« Er senkte seine Stimme. »Also von der Kripo?«

»Ganz recht.« Roman zeigte seinen Polizeiausweis.

»Timo Spiekerkötter.«

Nina kam der Name vage bekannt vor. Sie zog ebenfalls ihren Ausweis aus der Manteltasche, doch Spiekerkötter winkte ab.

»Wir müssen das nicht so förmlich machen.« Er gab zuerst Nina, dann Roman die Hand. »Und das ist mein Sohn Vincent … Vincent! Würdest du bitte mal einen Augenblick lang dein Handy in Ruhe lassen?« Vincent schaute mit sichtlichem Widerstreben auf. »Das ist die Polizei, das sind die, die wegen Charlotte ermitteln«, fügte sein Vater hinzu.

»Weiß ich. Hallo«, sagte Vincent in einem Ton, als ob ihn das alles nichts anginge.

»Hier ist es so ungemütlich.« Timo Spiekerkötter warf einen skeptischen Blick zum Himmel. »Gehen wir doch einfach in eine Bar in der Nähe und plaudern … unterhalten uns über diese bedauernswerte Charlotte.«

Seine zierliche Freundin zog ihn am Ärmel wie ein Kind. »Timmie-Schatz, ich bin dann mal weg, ja? Ich nehme ein Taxi. Ich hab solche Kopfschmerzen.« Mit einer Hand versuchte sie, ihre vom Wind verwehte Frisur zu retten.

»Natürlich, Süße.« Er gab ihr einen Kuss auf die Wange, und sie verschwand in der Menge.

Nina fiel ein, wer Timo Spiekerkötter war. Er moderierte eine beliebte Morgensendung im Radio mit wechselnden Gästen aus dem Kulturbereich, Vertretern bestimmter Berufsgruppen oder Lokalpolitikern. Doch Nina schaltete meist einen anderen Sender im Autoradio ein, wenn sie zur Arbeit fuhr. In der Regel waren menschliche Schicksale, Skandale und Skandälchen die Aufhänger, um sich gefühlsbetont, aber oberflächlich und wenig analytisch diversen Themen zu nähern.

»Wie wäre es mit dem Ratscafé?«, fragte Nina.

»Äh? Wo …«, begann Timo Spiekerkötter.

»Sie meint das Oma-Café gegenüber«, sagte sein Sohn.

Spiekerkötter lächelte. »Ach, das *Kaffee-Kunst*. Das ist doch völlig in Ordnung.«

»Sag ich ja. Oma- und Opa-Café.« Vincent verzog den Mund.

»Erwartest du, dass wir uns noch lange auf die Suche nach einem Laden begeben, der hip genug für dich ist, Vincent? Wir frieren! Und es ist Sturm angesagt!«

Im *Kaffee-Kunst-Ratscafé*, das an ein Wiener Kaffeehaus erinnerte, empfingen sie Wärme, gedämpftes Stimmengewirr und die perlenden Töne eines Swingstücks, das jemand am Klavier spielte. Nina brauchte eine Weile, um auf den Titel zu kommen: *Autumn Leaves* – passend zur Jahreszeit.

Vincent ließ sich in die Polster eines Sofas sinken und zog wieder sein Handy aus der Tasche, das ihm sein Vater im nächsten Moment abnahm und einsteckte. Vincent machte ein genervtes Gesicht, sagte aber nichts. Sie setzen sich und schauten sich die Karte an. Kurz darauf kam eine Kellnerin, die kaum älter als Vincent sein mochte, und nahm ihre Bestellungen auf. Vincent brachte sie in Verlegenheit, indem er nacheinander Aperol Spritz, einen Hugo, einen Mojito-Rum bestellte, die alle nicht auf der Karte standen. »Darf ich Ihnen vielleicht einen Weißwein empfehlen …« Sie deutete auf die Karte. »Wir haben einen …«

»Okay, dann also Wasser. Ohne Kohlensäure«, unterbrach Vincent sie schroff.

»Sehr gerne.« Sie verfärbte sich rötlich und eilte davon.

Mit einem Lächeln, das seine Augen nicht erreichte, wandte sich Roman an Vincent. »Kommen wir zur Sache. Wo haben Sie sich am 18. und 19. Oktober aufgehalten?«

»Was soll denn *die* Frage?«, gab Vincent zurück.

»Ich habe meinen Sohn mittags von der Schule abgeholt, und dann sind wir zusammen mit meiner Lebensgefährtin zum Ausspannen ins Münsterland Golf- und Spa-Resort gefahren, wo wir heute Vormittag ausgecheckt haben. Warten Sie.« Timo Spiekerkötter kramte eine Visitenkarte des Resorts aus seiner Manteltasche und übergab sie Roman. »Die Angestellten des Hotels können das natürlich bestätigen. Ebenso meine Freundin Nadja.« Spiekerkötter kniff die Augen zusammen. »Am 19. Oktober haben wir uns die Burg Hülshoff angeschaut, stimmt's, Vincent?«

Vincent lächelte. »Klar doch. Auf den Spuren der berühmten Dichterin.«

Nina war nicht sicher, ob das ironisch gemeint war.

»Sie wissen sicher, um welche es geht, nicht wahr?«, machte Vincent weiter, als wollte er überprüfen, ob die Polizei kulturell bewandert wäre.

Roman erwiderte das Lächeln. »Ich würde mich wirklich lieber mit Ihnen über *Die Judenbuche* oder Lyrik von Annette von Droste-Hülshoff unterhalten, aber leider geht es bei unserem Gespräch um ein so unappetitliches Thema wie Internet-Mobbing. Sagt Ihnen das Stichwort *Schulschlampe* etwas?« Roman zog ein Tablet aus seiner Notebookhülle, schaltete es ein und googelte die Seite.

»Hast du was damit zu tun?« Spiekerkötter sah seinen Sohn mit zusammengezogenen Brauen an.

Vincent war das Lächeln vergangen. »Sie können mir gar nichts nachweisen!«

»Nicht?« Roman grinste und schob das Tablet über den Tisch. Vater und Sohn beugten sich darüber.

»Wir haben Zeugenaussagen. Eine Mitschülerin und ein Freund von Ihnen haben voneinander unabhängig das Gleiche ausgesagt: Sie waren das!«, sagte Nina.

Roman warf ihr einen Blick zu. Er wusste nichts davon, dass sie am Nachmittag noch einmal Miriam zu Vincents Clique befragt hatte und es ihr gelungen war, David Westermeier, ein Mitglied dieser Clique, zu dieser Aussage zu bewegen. Anders als Vincent hatte David ziemlich geschockt von Charlottes Tod gewirkt.

»Wirklich?«, gab Vincent zurück. »Ich wette, das hat diese fette Lesbe Miriam von sich gegeben. Sie kann mich nicht ausstehen, sie hasst Männer, ist ja klar, so als Perverse. Wenn sie mir eins auswischen kann, ist sie dabei. «

»Wie gesagt, das hat auch ein Freund von Ihnen ausgesagt.«

»Ein Freund? Kann nicht sein. Ich meine, wer soll das denn gewesen sein?«

»Ist David Westermeier kein Freund von Ihnen?«, fragte Nina.

Vincents Augen wurden schmal. »David, schau an. Warum wundert mich das nicht?«

»Unschwer zu erkennen: Charlottes Kopf ist auf den Körper einer Pornodarstellerin moniert worden.« Roman wandte sich an Vincents Vater. »Sie wussten nichts davon?«

»Um Gottes willen, nein!« Timo Spiekerkötter schüttelte den Kopf und schob das Tablet beiseite. »Vincent, kannst du mir das mal erklä…«

»Okay, das war nicht nett von mir. Unser Lottchen war schon etwas speziell, aber … ich hätte das nicht tun sollen. Tut mir leid, das war … im Affekt oder so. Wir hatten uns gestritten.«

»Sie haben den Link zu der Seite praktisch in der ganzen Schule verbreitet.« Nina nahm ihren Kaffee von der Kellnerin entgegen, die ihnen die bestellten Getränke brachte.

»Ich konnte doch nicht ahnen, dass …« Vincent brach ab und nahm einen Schluck Wasser. »Als die Nachricht von ihrem Tod kam … das war wirklich schlimm, das hat uns alle getroffen. Ich hoffe sehr, dass Sie den Täter kriegen.«

Es klang, als hätte er diese Sätze auswendig gelernt. Nina glaubte ihm kein Wort. »Worüber haben Sie sich gestritten?«

»Ach, na ja … also … ich hatte den Eindruck, Charlotte hielt sich für was Besseres, aber …«

»Aber?«, fragte Roman.

»Okay, sie sah gut aus, auf eine etwas nuttige Art vielleicht …«

»Vincent!« Timo Spiekerkötters Gesicht rötete sich. »Deine Mitschülerin ist tot! Und so redest du über sie?«

»Nuttig ist das falsche Wort, ich hab prollig sagen wollen.«
Sein Vater seufzte.

Roman verstaute das Tablet wieder in der Tasche. »Sie hat Sie abgewiesen, deswegen waren Sie wütend, nicht wahr?«

Vincent grinste schief. »Denken Sie ernsthaft, ich hätte Probleme, eine angemessene Freundin zu finden? Lotte … war mehr was für eine Nacht.«

Angemessene Freundin? Ninas Teelöffel landete klirrend auf ihrer Untertasse. »Und weil Sie Ihnen einen One-Night-Stand verweigerte, haben Sie diese ekelhaften Bilder von ihr in Umlauf gesetzt?!«

Vincent zuckte mit den Achseln. »Ich sagte doch schon, dass es mir leidtut.«

Timo Spiekerkötter sah seinen Sohn stirnrunzelnd an. Er ahnte wohl, dass Vincent gerade keine so gute Figur machte. »Haben Sie noch Fragen an meinen Sohn, oder …«

»Wann haben Sie Charlotte das letzte Mal gesehen?«, fragte Roman.

»In der letzten Stunde. Wir haben einen Film bei Frau Schoppe gesehen. Über das Commonwealth.«

»Und Sie?«

»Ich? Ich kenne das Mädchen kaum. Ich hab sie vielleicht mal bei einer Schulfeier meines Sohns gesehen. Wenn wir dann fertig sind ...« Timo Spiekerkötter schaute sich nach der Kellnerin um.

»Sie kannten das Mädchen kaum? Dabei haben Sie doch einen Blick für jüngere Frauen, nicht wahr?« Roman warf einen Geldschein auf den Tisch.

Nina starrte ihren Kollegen an.

Timo Spiekerkötters Gesicht rötete sich. »Was wollen Sie denn damit sagen? Ich würde sagen, wir sind fertig!«

»Noch nicht!«, sagte Roman scharf und wandte sich an Vincent. »Auch wenn das Opfer Sie nicht angezeigt hat, ist das Verbreiten von Unwahrheiten über jemanden mit dem Ziel, diesen Menschen herabzusetzen, auch im Internet eine Straftat! Vincent, Sie hätten nicht einmal ein echtes Foto von Charlotte ohne deren Einwilligung verbreiten dürfen!«

Vincent starrte sein Wasserglas an und beulte mit der Zunge seine Wangentasche aus.

»Da hat mein Kollege allerdings recht. Wir haben den Anbieter des sozialen Netzwerks darauf aufmerksam gemacht. Er wird Ihren Account löschen und natürlich auch diese widerlichen Fotos.«

»Hören Sie«, schaltete sich Timo Spiekerkötter ein. »Ich glaube, mein Sohn hat verstanden, was für einen Mist er da gebaut hat, stimmt's, Vincent?«

Vincent räusperte sich und blickte auf. »Ich entschuldige mich noch einmal und ... das wird nie wieder vorkommen.«

Erzähl das deiner Großmutter, dachte Nina.

»Wir werden Sie im Blick behalten«, sagte Roman kalt und stand auf.

»Wir melden uns gegebenenfalls noch einmal bei Ihnen.« Nina nickte Timo Spiekerkötter und seinem Sohn zu, erhob sich und folgte dem Kollegen.

Sie erwischte ihn auf der Treppe zum Ausgang. »Fluchtartiges Verlassen des Befragungsortes?«

Roman stöhnte. »Ich ertrage diesen Timo Spiekerkötter einfach nicht mehr. Im echten Leben ist er genauso ein aufgeblasener Langweiler wie im Radio. Außerdem hab ich Hunger. Ich lade dich auf eine Pizza ein. Lust?«

»Ach, dabei dachte ich, du magst seinen Sohn nicht. Den aufrichtig zerknirschten Cyber-Mobber.«

»Stimmt, den mag ich auch nicht.« Roman stieß die Tür auf. Draußen ging ein heftiger Schauer nieder. Nina konnte das Leineweberdenkmal nur schemenhaft vor dem Hintergrund der dunkleren Nicolaikirche erkennen.

Roman öffnete einen Schirm und hielt ihn Nina über den Kopf. Sie beschleunigten ihre Schritte.

»Aufgeblasener Langweiler? Das ist der Grund, wieso du Spiekerkötter nicht erträgst?«

Roman blieb kurz stehen. »Das und ... willst du das wirklich wissen?«

Nina nickte. Sie eilten weiter.

»Weißt du, wenn ein Mann es nötig hat, mit einer Frau zusammen zu sein, die halb so alt ist wie er ... dann stimmt etwas nicht.«

»Du meinst diese Nadja?« Nina sah ihn überrascht an. »Interessant, dass mal ein Mann so etwas äußert.«

»Mein Vater hat meine Mutter für eine Jüngere sitzen lassen, als ich sieben war. Er war Unternehmer und hat sich arm gerechnet, damit er bei der Scheidung möglichst wenig abgeben musste. Dann hat er noch drei Kinder mit zwei verschiedenen Frauen gezeugt, eine jünger als die andere.«

»Du bist also ein gebranntes Kind.«

»Sozusagen.«

Es regnete immer stärker. Sie sprinteten zum Wagen und

ließen sich auf die Sitze fallen. Roman schnallte sich an, machte aber keine Anstalten loszufahren. Er holte tief Luft. »Meine Mutter wurde schwer depressiv, nachdem er sie verlassen hatte. Sie hatte alles aufgegeben für ihn, ihre Karriere als Konzertpianistin. Stattdessen hat sie in seiner Firma mitgearbeitet, ohne Lohn und Sozialversicherungsabgaben natürlich.

»Das war für dich als Kind sicher nicht leicht.«

»Nein, Nina, ich …« Er schüttelte den Kopf. »Das ist vorbei.«

»Natürlich«, sagte Nina sanft. Er wollte offensichtlich nicht darüber sprechen.

»Meine Mutter dachte wohl, es wäre für immer. Für sie brach eine Welt zusammen.«

»Viele Frauen scheinen so naiv zu sein.«

»Findest du das naiv, Nina?«

»Na ja, schon … ich …«

»Bis dass der Tod euch scheidet … ist das nicht eine schöne Vorstellung, dass zwei Menschen so miteinander verbunden sind, dass nur der Tod sie auseinanderbringen kann?«

Nina starrte ihn an.

»Du hältst mich für hoffnungslos altmodisch, was?« Roman lächelte.

»Ich … nein … das ist nur nicht sonderlich realistisch. Heutzutage …«

»Für Typen wie Vincent ist das nicht realistisch. Er benutzt Frauen nur. Wenn sie sich ihm verweigern, verzeiht er ihnen das nicht, und sie werden zu Hassobjekten. Wenn er sie leicht haben kann, werden sie wertlos.«

Er sprach genau das aus, was sie dachte. Ein erstaunlicher Mann.

»Wir sollten sein Alibi sorgfältig auf Lücken überprüfen«, fuhr Roman fort. »Und sein Vater? Hat eine schöne, junge Frau an seiner Seite als Erweiterung seines Egos.«

»Und du bist also vor derartigen Versuchungen gefeit?«, fragte sie spöttisch.

»Du magst es oldschool finden, aber ...« Romans Augen glänzten. »Ich bin tatsächlich auf der Suche nach der Richtigen.«

Nina wich seinem eindringlichen Blick aus. Er sah sie an, als ob ... nein, das konnte nicht sein.

Gespanntes Schweigen bereitete sich aus. Nach einer Weile sagte Roman: »Aber zuerst bin ich auf der Suche nach der richtigen Pizzeria hier in Bielefeld. Kannst du mir da weiterhelfen, Frau Tschöke? Magst du überhaupt Pizza?«

Nina lächelte. »Ich liebe Pizza!«

Montag, 28. Oktober

Als Bent Andersen seine Bürotür aufschloss, kam ihm ein Schwall warmer Luft entgegen. Er drehte die Heizung herunter, stellte ein Fenster schräg und zog sich rasch die Daunenjacke aus. Im Garderobenspiegel begegnete er seinem Blick aus müden Augen in dem von Narben durchzogenen Gesicht. Sie fielen nicht mehr so auf wie im Sommer, weil er inzwischen deutlich blasser geworden war. Dieses Andenken an den Überfall würde ihn für immer begleiten. Ein Verbrechen aus Homophobie, wie man heute sagen würde. Oder auch *hate crime*, wie es die Amis nannten, das traf es besser. Mit sechzehn war es schwer gewesen, sich dagegen zu wehren. Das war jetzt über fünfunddreißig Jahre her, doch es hatte ihn immer angetrieben. Bis heute. Er fuhr sich durch die kurzen, aschblonden Haare. An den Schläfen zeigte sich das erste Grau. Das Fenster schlug auf und zu, ein kühler Wind ließ einige Papiere von seinem Schreibtisch zu Boden segeln. Er schloss das Fenster, als sein Telefon klingelte.

»Andersen, Kripo Bie…«

»Bent … «

»Joe?« Joe hatte ihn noch nie auf seinem Diensttelefon angerufen.

»Überrascht? Aber du gehst ja nicht ans Handy, wenn ich anrufe.«

»Oh … ähm … mein Handy … ich bin ein Handymuffel, das weißt du doch.« Bent verdrehte die Augen. Was für eine selten dämliche Ausrede. Doch wer konnte damit rechnen, dass Joe ihn am Montagmorgen bei der Arbeit anrief?

»Das ist also der Grund, warum du nicht zurückrufst?«

»Joe, ich bin bis über beide Ohren mit Arbeit eingedeckt und …«

»Wie immer, nicht wahr? Oder bist du einfach nur zu feige, mir zu sagen, dass es aus ist zwischen uns?«

»Klopf, klopf!« Eine tiefe Frauenstimme ließ Bent herumfahren.

»Bella, hallo!« Er war noch nie so froh gewesen, Bella Schnathorsts riesige, heute in leuchtendes Rotorange gekleidete Gestalt in der Tür stehen zu sehen. Er winkte sie herein. »Jetzt zum Beispiel ist gerade die Leiterin des Erkennungsdienstes gekommen. Joe, du hast ja keine Ahnung, was hier los ist.«

»Ich hab wirklich keine Ahnung, was los ist. Weil du mir immer ausweichst, Bent!«

»Entschuldige, Joe, ich muss jetzt wirklich Schluss machen. Wir haben gleich eine Besprechung und … ich ruf dich an, ja?«

»Klar doch.« Joe klang müde. Dann war das Gespräch weg.

Bella Schnathorst lächelte ihn an. Zum rotorangefarbenen Kostüm trug sie Lippenstift, Turban und Klunker gleicher Farbe. Verdammt, was sollte er Joe bloß sagen? Die ganz und gar idiotische Wahrheit? Dass er seine Gefühle nicht erwiderte und der Traum seiner schlaflosen Nächte schon seit längerer

Zeit ein Hetero-Kollege war, der seinem Exfreund Andy verblüffend ähnlich sah? Nur dass Dominik kein narzisstisches, manipulierendes Arschloch wie sein Ex zu sein schien, sondern eine Einfühlsamkeit und Melancholie ausstrahlte, die …

»Bent, ich will ja nicht stören …«

»Tust du nicht. Fehlt nur noch die Mala«, sagte Bent. »Gibt's die eigentlich noch, die Sannyasins?«

»In meinem Garten sitzt eine Buddhafigur. Zählt das auch?« Bella lachte dröhnend. »Ich dachte, es ist schon grau genug draußen, also ziehe ich mal was Schickes an.«

»Du fällst auch so auf, Bella.« Mit ihren geschätzten 1,90 Meter war sie fast so groß wie er.

»Hoffentlich nur positiv.«

»Kommt drauf an, was du für uns hast.«

* * *

Bent wartete, bis Frank Herbst als Letzter des Teams mit seinem Gips in den Besprechungsraum humpelte. Umständlich ließ Frank sich vor seinem Rechner nieder. Auf der anderen Seite der U-förmig aufgebauten Tische saßen Dominik, Nina und Roman einträchtig nebeneinander und tranken ihren Kaffee. Der Neue schien sich gut einzufügen. Außerdem wirkte er ehrgeizig und engagiert. Umso besser, dachte Bent.

»Schön, dann …« Er schloss die Tür, die Frank offen gelassen hatte. »Bella war vorhin bei mir. Die DNA-Spur auf dem Papiertaschentuch, das am Fundort gefunden wurde …« Die Kollegen blickten auf. »Nun, sie passt zu keinem uns bekannten Straftäter.«

Frank stöhnte. »Wäre ja auch zu schön gewesen. Und – hat Sven Pickelgesicht wenigstens was Brauchbares geliefert?«

Roman schaute ihn fragend an.

»Sven Lohmann ist unser IT-Experte«, erklärte Bent. »Er war kurz nach Bella bei mir und hat mir seinen Bericht gegeben. »Es gibt da einen interessanten Mailverkehr mit einem gewissen norbi_schoppe@web.de …«

Dominiks schöne, braune Augen wurden groß. »Norbert Schoppe, der Mann von Charlottes Englischlehrerin? Er ist ihr Biologielehrer.«

Frank sah von seinem Laptop auf. »Und hat ihr Privatunterricht gegeben, oder wie?«

Bent setzte sich hinter sein Pult und faltete die Hände auf dem Tisch. »Möglicherweise hatten sie ein intimes Verhältnis, ja. Angesichts der Tatsache, dass Charlotte erst vierzehn beziehungsweise fünfzehn war, als sie diese Mails schrieb, ist das auch strafrechtlich relevant.«

»Deshalb hat Schoppe gelogen, als er erzählte, er kenne sie nicht sonderlich gut«, sagte Dominik.

Bent nickte. »In den Mails ging es um diverse Probleme, etwa Charlotte, die ihre Mutter nervig findet, wenn die an ihrer Rocklänge herumnörgelt, oder Herr Schoppe, der die ständigen Auseinandersetzungen mit seiner Frau satthat und sich darauf freut, Charlotte bald wiederzusehen. Der Ton wirkt sehr vertraut. Und in einer der letzten Mails schreibt Schoppe, sie könnten sich nicht mehr treffen, es sei zu gefährlich, seine Frau habe Verdacht geschöpft.«

»Was für ein Widerling.« Roman schüttelte den Kopf. »Macht sich an eine Vierzehnjährige ran.«

»Wie lang ging das denn?«, fragte Dominik.

»Der Mailkontakt ist vor etwa einem Jahr abgebrochen«, gab Bent zurück. »Davor lief das so etwa eineinhalb Jahre. Und in ihrer letzten Mail schreibt Charlotte, dass eine Frau sie belästige, die behauptet, ihn zu kennen. Sie wolle ihn noch einmal treffen, sie brauche dringend seinen Rat. Doch Schoppe lehnt ab. Er scheint zu glauben, dass sie eine Geschichte erfindet, um ihn wiederzusehen.«

»Stellen wir uns doch mal vor …« Roman strich sich durch den kurzen, schwarzen Bart. »Das junge Mädel ist unsterblich verknallt in seinen Lehrer, und der bestärkt sie darin, sie haben sogar ein Verhältnis …«

»Er erzählt ihr, wie öde seine Ehe ist und dass er seine Frau nicht mehr liebt«, ergänzte Nina.

»Genau. Und dann auf einmal darf sie ihn nicht mehr sehen. Sie versteht es nicht, ist verletzt, ist wütend, zieht vergeblich alle Register, und schließlich …«, Roman hob die Stimme, »droht sie ihm, alles seiner Frau zu erzählen, wenn es nicht weitergeht mit ihnen beiden!«

Nina richtete sich auf. »Und Schoppe, der sie natürlich die ganze Zeit über belogen hat und keinesfalls vorhatte, seine Frau, das Haus, die Kinder wegen eines Schulmädchens zu verlassen, beschließt, dass sie sterben muss, bevor sie sein Leben und seinen Ruf ruiniert.«

Bent räusperte sich. »Ein starkes Motiv. Der Mailverkehr deutet nicht auf Erpressung hin, aber das muss nichts heißen. Da ich die Mails kenne, werde ich selbst mit diesem Herrn Schoppe sprechen.«

»Soll ich mitkommen, Bent? Ich habe die Schoppes schon einmal befragt«, warf Dominik ein.

Bent seufzte innerlich. Es war unmöglich, Dominik aus dem Weg zu gehen, wenn man am selben Fall arbeitete. »Schön … ja. Und jetzt haben Nina und Roman das Wort.« Er lächelte den beiden zu.

Sie berichteten von der Befragung Vincent Spiekerkötters, der einen denkbar schlechten Eindruck gemacht habe. Als sie ihren Bericht beendet hatten, sagte Bent: »Aber er hat ein Alibi, wenn ich das richtig verstanden habe.«

Roman lächelte. »Wie wär's, wenn ich mit Nina zu diesem Wellnesshotel im Münsterland fahre und wir das Ganze mal überprüfen.«

»Wow, ein Wellnesshotel! Leute, ich komme mit«, spöttelte Frank. »Natürlich nur, wenn ich die traute Zweisamkeit nicht störe.«

Dominik lachte auf. »Mit Gipsverband lassen die dich aber nicht in den Whirlpool.«

»Wir müssen uns außerdem mit dieser Nadja treffen, am besten allein«, sagte eine verlegen wirkende Nina.

»Am besten allein, ich verstehe.« Frank grinste.

Nina rollte mit den Augen. »Gemeint war: Ohne ihren Lebensgefährten Timo Spiekerkötter.«

»Das ist Vincents Vater?«, fragte Bent.

Roman nickte.

»Schön, dann … fahrt zu diesem Spa-Resort«, machte Bent weiter. »Unser IT-Experte hat übrigens noch etwas für uns: Charlotte war bis vor einigen Monaten ziemlich oft auf einer Internet-Kontaktbörse mit Chatfunktion unterwegs, die Website heißt: *Liebeskummer-lohnt-sich-nicht.de*.«

»Klingt ja verheißungsvoll«, sagte Frank.

»Nicht wahr? Sie hat fast ausschließlich mit einem Chatpartner namens ›Dany‹ gechattet. Sven Lohmann hat den Klarnamen und die Adresse von Dany beim Betreiber abgefragt. Und siehe da: Unser Spezi hat einen falschen Namen angegeben. Die Staatsanwältin ist schon aktiv geworden. Jetzt warten wir noch auf den richterlichen Beschluss, um an die IP-Adresse von Dany ranzukommen. Aber das dürfte nur eine Frage der Zeit sein, meint Frau Ränsch.« Bent nahm die Mappe mit Sven Lohmanns Bericht vom Pult und stand auf. »Und nun an die Arbeit.«

* * *

Als sie aus dem Besprechungsraum gingen, ließ Roman Nina den Vortritt, und Dominik nutzte die Gelegenheit, um sich hinter ihr aus dem Raum zu drängeln. »Nina, hast du einen Moment? Allein? Ich meine, bevor du und Roman …«

»Ja, ja, schon gut. Worum geht's denn?« Sie klang etwas gereizt.

»Gehen wir kurz in mein Büro«, schlug Dominik vor.

Sie nickte.

»Verzeih die Unordnung.« Er räumte einen Papierstapel von Franks Schreibtischstuhl, sodass sie sich setzen konnte, und nahm auf seinem Stuhl ihr gegenüber Platz.

Nina ließ ihren Blick über die Papierberge, leeren Kaffeetassen und einen überquellenden Aschenbecher auf Franks Schreibtisch wandern. »Wie hältst du es bloß mit ihm aus? Jetzt musst du ihn nicht nur im Büro, sondern auch noch zu Hause ertragen.«

»Alles gut, wir haben jetzt eine Putzfrau. Aber was ich dich … es ist etwas kompliziert. Ich … ähm … es geht um Ute Vienenkötter-Lange, das heißt eigentlich um ihren Mann.«

»Diesen Leander Lange, der aussieht wie eine Kreuzung aus Unterwäsche-Model und *angry young man?*«

»*Angry young man* kommt hin. Ich frage mich seit einiger Zeit, wo ich diesen Kerl schon mal gesehen hab. Ich bin gestern die Eckendorfer Straße entlanggefahren, und plötzlich fiel es mir wieder ein, weil es sich in der gleichen Gegend abspielte, eine Ausfallstraße durch ein Gewerbegebiet mit Baumärkten, Möbel- und Autohäusern. Es war eine eisige Nacht, als er mit seinem Geländewagen am Straßenrand hielt und eine junge Prostituierte in seinen Wagen stieg. Eine sehr junge Prostituierte. Kurz darauf hielt er hinter mir an einer Ampel, und ich habe sein Gesicht im Rückspiegel gesehen.«

»Wie lange ist das her?«

»Warte mal, da war Bent noch nicht bei uns, vielleicht ein oder eineinhalb Jahre? Zu der Zeit wusste ich noch nicht, wer das ist, aber Ute sprach schon von ihm.«

»Okay, er gabelte eine Prostituierte auf. Und was hab ich damit zu tun?«

»Nina, er ist nicht der richtige Mann für Ute! Sie ahnt nicht, was das für ein Typ ist.« Er erzählte ihr davon, wie Leander Lange eine Radfahrerin beleidigt hatte. »Leider bin ich nicht der Richtige, um ihr das zu sagen. Sie … ich denke, sie könnte allergisch reagieren. Aber du … so von Frau zu Frau …«

»Das ist nicht dein Ernst! Dodo, so verliebt, wie die wirkt, würde sie mir nicht mal glauben. Oder sie haben das bereits besprochen, und er bereut das mit der Prostituierten zutiefst, oder was weiß denn ich? Wieso sollte ich mich in eine Ehe einmischen? In Dinge, die mich nicht das Geringste angehen?«

»Dieser Typ bereut nichts. Sie hat was Besseres verdient.«

»Dich, oder wie?«

Dominik stutzte. »Unsinn! Nina, alles, worum ich dich bitte, ist, mit ihr zu reden. Vielleicht erzählt sie dir, wie es ihr mit ihm geht. Wie lange sie ihn schon kennt und wie gut. Und du gibst ihr einen Hinweis. Mehr nicht, nur so viel, dass sie anfängt nachzudenken.«

Nina seufzte.

»Okay, ich mag Ute«, fuhr Dominik fort. »Sie ist eine nette, kompetente Kollegin und sehr verletzlich. Das ist der Grund, warum ich ein Auge auf diesen Leander habe.«

»Schon gut, schon gut, ich spreche mit ihr. *Falls* sich die Gelegenheit ergibt, Dodo.«

»Natürlich. Ganz unverfänglich. Danke, Nina.«

Ein energisches Klopfen ertönte an der Tür, dann wurde sie aufgestoßen und Bent stapfte in den Raum. »Ich habe Schoppe erreicht. Er gibt gerade einer neunten Klasse in Charlottes Gymnasium in Sieker Unterricht, aber danach hat er zwei Freistunden. Ich habe angeboten, dass wir hinfahren, aber er will vorbeikommen.«

»Sieh mal an.« Dominik lächelte. »Ziemliche Hetzerei. Vermutlich soll niemand an seiner Schule mitbekommen, dass ihn die Polizei aufsucht.«

* * *

Draußen ging ein Schauer nieder. Graupelkörner hüpften auf dem Asphalt. Die Regenschirme der wenigen Passanten hielten dem Wind nicht mehr stand und stülpten sich um. Bent wandte sich vom Fenster ab. So düster wie der Himmel wirkte auch der Besprechungsraum. »Mach mal Pause, wir kriegen gleich Besuch«, sagte Bent zu Frank, der hinter dem Computer hockte und etwas tippte.

»Pause kann nicht schaden.« Frank reckte sich ächzend, stemmte sich auf seine Krücken und humpelte hinaus.

Bent schaltete das Licht ein, das zwar Helligkeit mit sich brachte, aber den Raum kein bisschen anheimelnder wirken ließ. Immerhin waren die flackernden Neonröhren inzwischen ausgetauscht worden. Nina hatte gelegentlich den Versuch gemacht, Atmosphäre zu schaffen mit Blumen, Gestecken und anderen der Jahreszeit entsprechenden Deko-Objekten, die aber eher verloren wirkten und den großen Raum im Kontrast noch steriler wirken ließen.

Die Tür öffnete sich. »Bitte nach Ihnen«, hörte er Dominiks warme Baritonstimme.

Ein gut aussehender, schlanker Mann mit kurzen, grauen Haaren trat zögernd ein. Ein unsicheres Lächeln lag auf seinem Gesicht.

»Herr Schoppe, nehme ich an.« Bent ging auf ihn zu und gab ihm die Hand. »Bitte.« Er wies auf einen Stuhl und setzte sich gemeinsam mit Dominik auf die andere Seite des Tisches. Nach der Klärung der Personalien und der Rechtsbehelfsbelehrung schob Bent Norbert Schoppe den Papierausdruck der Mail über den Tisch, in der Schoppe Charlotte Campmann schrieb, dass sie sich nicht mehr sehen dürften.

Schoppe studierte das Papier. Seine Wangen röteten sich. Er räusperte sich mehrmals, bevor er das Papier langsam sinken ließ.

»Herr Schoppe, Sie erzählten mir bei der ersten Befragung, Sie würden Charlotte Campmann nur oberflächlich kennen.« Dominik lehnte sich zurück.

Erneutes Räuspern. Schoppes Blick huschte von Dominik zu Bent. Die Stille wurde von einem Stuhlknarren unterbrochen, und von draußen kam gedämpfter Straßenlärm. Bent ahnte, was Dominik vorhatte, und schwieg ebenfalls.

Wieder ein Räuspern. »Ja, ich … also ich … es ist nicht das, was Sie denken.«

Dominik lächelte. »Was denken wir denn?«

»Na ja, Sie denken doch … wonach es aussieht.«

Dröhnend fuhr ein Laster draußen an der Kreuzung an.

»Ich hatte keine Affäre mit Charlotte, falls Sie das denken, es war nur …« Räuspern.

Vom Flur kam Gelächter: Nina und Roman.

»Es war nur … Charlotte war etwas labil und … sie hat jemanden gebraucht, der ihr zuhört. Sie hatte Probleme mit dem Erwachsenwerden und keine besonders verständnisvolle

Mutter. Wir …«, Räuspern, »wir hatten ein Vertrauensverhält-nis. Ja, so würde ich unser Verhältnis beschreiben.«

Bent zog einen weiteren Ausdruck aus seiner Mappe her-vor und las aus einer Mail vor:

»*Liebste Lotte, zu Hause herrscht mal wieder dicke Luft. Ingrid und ich streiten nur noch, wie immer geht es um meine Stieftoch-ter, der sie alles durchgehen lässt. Dabei ist Ingrid selbst von ihr ge-stresst und hat permanent schlechte Laune. Oder es sind die Wech-seljahre, ich weiß es nicht. Meine Süße, ich zähle die Stunden, bis wir uns wiedersehen. Habe einen Tisch in einem ganz schnuckeli-gen Restaurant für uns reserviert. Natürlich nicht in Bielefeld. Rate mal, wo: Da, wo wir uns das erste Mal privat getroffen haben …*«

Schoppe änderte ein paar Mal seine Sitzposition. »Ja, al-so … nein, ich bin nicht stolz drauf, dass ich sie mit meinen Eheproblemen belastet habe. Sie war so … offen und jung und …« Er brach ab.

»Und attraktiv«, ergänzte Dominik.

»Wissen Sie, meine Frau ist eine Zynikerin, und es hat mir gutgetan, Bestätigung zu bekommen. Aber dass ich das nötig hatte von einer Fünfzehnjährigen … es war eine riesengroße Dummheit, überhaupt damit anzufangen.«

»Wenn Sie doch angeblich keine Affäre mit Charlotte hat-ten, warum haben Sie dann gelogen, und wieso durfte Ihre Frau nichts davon erfahren?«, fragte Dominik.

»Na, sich mit einer Schülerin treffen, das ist doch immer verdächtig. Zumal … Charlotte hat das Ganze missverstan-den und ernster genommen, als es gemeint war.«

Dominik beugte sich vor. »»Meine Süße, ich zähle die Stun-den, bis wir uns wiedersehen‹ – was genau ist daran nicht zu verstehen?«

Schoppe richtete sich auf. Sein Adamsapfel bewegte sich auf und ab. »Wir sind nicht miteinander ins Bett gestiegen, wenn … wenn es das ist, was Sie mir unterstellen. Vielleicht habe ich ihre Hand mal gehalten, aber …«

»Aber Ihre Frau durfte keinesfalls davon erfahren. Das …«, Bent malte Anführungszeichen in die Luft, »»Vertrauensverhältnis‹ haben Sie ja ohne Zögern abgebrochen, als das Ganze aufzufliegen drohte. Hat Charlotte Campmann sich danach eigentlich noch mal bei Ihnen gemeldet? Per Mail nicht, das wissen wir. Aber sonst?«

Schoppe starrte ihn an. Er schien zu überlegen, was er zugeben sollte und was nicht.

»Also ja«, sagte Dominik.

»Sie hat mich noch mal nach dem Unterricht angesprochen«, sagte Schoppe leise. »Sie war eigentlich krankgemeldet, wenn ich mich recht erinnere, deshalb war ich so überrascht, als sie plötzlich vor mir stand und mich bedrängte, sie müsste mich unbedingt sprechen. Das war irgendwann im Januar. Ich hab versucht, sie zu beruhigen. Sie brach in Tränen aus und … die ersten Schüler einer anderen Klasse kamen schon rein, also hab ich gesagt, es tut mir leid, Charlotte, aber das geht einfach nicht, wir beenden das jetzt. Vielleicht war ich etwas schroff, weil ich verdammte Angst hatte, dass alles aus dem Ruder läuft. Danach herrschte Funkstille.«

»Aus dem Ruder läuft? Sie meinen, dass Ihre Frau davon erfährt?«, fragte Dominik.

Schoppe warf einen Blick aus dem Fenster. Der Regen hatte aufgehört, der Wind trieb dunkle Wolken über den grauen Himmel. »Sie hat mich bei einer Lüge erwischt. Ich traf mich mit Charlotte und hatte Ingrid erzählt, ich wäre beim Skatabend. Sie hat an dem Abend dummerweise bei meinem Skatkumpel Jochen angerufen. Als sie mich zur Rede stellte, habe ich herumgestammelt. Mir fiel nichts Überzeugendes ein.«

»Wusste sie denn, dass es um Charlotte ging?«, fragte Bent.

»Ich bin mir nicht sicher. Nach dieser Sache stand ich sozusagen unter Beobachtung. Ingrid ist einmal an mein Handy gegangen, so viel steht fest. Als ich in die Küche kam, legte sie es schnell wieder hin. Keine Ahnung, ob sie genug Zeit hatte, meine Nachrichten zu checken. Mir war nur klar, das mit Charlotte muss sofort aufhören, wenn meine Ehe noch eine Chance haben soll.«

Plötzlich gab es ein Gepolter an der Tür, und Frank steckte seinen Kopf und eine Krücke hinein. »'tschuldigung.« Er verschwand wieder.

Bent spielte mit einem Stift. »Charlotte wollte Sie also unbedingt noch einmal sprechen. Könnte es da um etwas anderes gegangen sein als um Ihre Affäre, pardon, das ›Vertrauensverhältnis‹ mit ihr?«

»Nein, ich bin natürlich davon ausgegangen, dass sie sich weiterhin mit mir treffen wollte.« Schoppe senkte den Blick auf die Hände in seinem Schoß. »Sie war sehr aufgewühlt.« Er schaute wieder auf und lächelte dünn. »Wie junge Mädchen das eben manchmal sind, himmelhochjauchzend, zu Tode betrübt, das bringt dieses Alter so mit sich.«

»Wo haben Sie sich in der Zeit ab dem 18. Oktober und am Tag danach aufgehalten?«

»Der 18. Oktober war der letzte Schultag. Ich habe Charlotte übrigens morgens noch im Biologieunterricht gesehen. Nach der Schule bin ich nach Hause gefahren, um zu packen, und abends waren wir, also Ingrid, unsere Tochter und ich, mit einem befreundeten Ehepaar beim Italiener, um die Details der Reise zu besprechen. Denn am nächsten Morgen sind wir dann nach Dänemark aufgebrochen. Wir haben zu fünft Urlaub in einem Ferienhaus auf der Insel Römö gemacht, eine Woche lang.« Schoppe räusperte sich. »Unsere Freunde können das bezeugen. Wenn Sie wollen, schreib ich Ihnen die Namen auf.«

Bent stand auf und holte Zettel und Stift aus seinem angrenzenden Büro. Schoppe notierte Namen und eine Handynummer.

»Sie sind also zu fünft in einem Wagen nach Dänemark gefahren?«

»Nein, wir sind getrennt gefahren. Man nimmt da doch immer Einiges mit und … ich sollte noch hinzufügen … meiner Frau ist Samstagmorgen ein Zahn abgebrochen, und sie musste noch zum Zahnarzt. Sie wollte, dass ich schon losfahre mit unserer Tochter Isabel, dann könnten wir den Kamin schon anwerfen, auspacken, kochen, und alles wäre fertig, wenn sie kommt. Sie hat auch noch im Stau gestanden, Sie wissen schon, der Elbtunnel. Es wurde zehn Uhr abends, bis sie endlich kam.«

Dominik lächelte. »Dann hätten wir gerne noch den Namen des Zahnarztes.«

Schoppe blinzelte. »Ach so? Ja bitte, wenn Sie möchten.«

Dominiks schmale, sehnige Hand schob ihm noch einmal den Zettel über den Tisch. Bent strich über die Narben auf seiner Wange. Dominik war zu allem Überfluss auch noch ein fähiger Kollege. Er war so mit Dominiks Aussehen beschäftigt gewesen, dass er manches erst so nach und nach mitbekam. Bent seufzte unwillkürlich.

* * *

Dominik betätigte einen Taster, und die Tür des Ärztehauses an der Jöllenbecker Straße schwang automatisch auf. Hatte Ingrid Schoppe ihrem Mann die Wahrheit gesagt? Wenn er an seine Begegnung mit ihr dachte, kam es ihm im Nachhinein vor, als wüsste sie genau über ihren Gatten und Charlotte Bescheid. *Mein Mann ist sehr empathisch, müssen Sie wissen.*

Es waren ihr Tonfall und das spöttische Lächeln, das ihm zu denken gab. Vielleicht hatte Norbert Schoppe schon früher ein spezielles »Vertrauensverhältnis« zu einer jungen Dame unterhalten.

Er stieg die drei Stockwerke zur Praxis hoch. Als er die Tür aufdrückte, hatte er sofort den typischen Zahnarztgeruch in der Nase. Hinter dem klinisch weißen Tresen saß eine ältere Frau, deren Lesebrille auf ihrer Nasenspitze balancierte. Sie tippte etwas in einen PC. Er zeigte ihr seinen Polizeiausweis, brachte sein Anliegen vor und schloss mit den Worten: »Eine reine Routineabfrage.«

Sie lächelte unsicher. »Ich weiß nicht, ob ich … da hole ich lieber Dr. Siekmann.« Dann sprang sie auf und eilte zu einem Behandlungszimmer. Als sie die Tür öffnete, war das hohe Geräusch eines Bohrers zu hören. »Dr. Siekmann, Entschuldigung …« Ein schnaufender, rotgesichtiger Dr. Siekmann trat aus dem Zimmer, woraufhin die Dame ihm die Sachlage erklärte. »Schauen Sie doch im PC nach!«, raunzte daraufhin Dr. Siekmann. »Sie wissen doch selbst, was hier los ist, ich kann mir nicht jede Behandlung merken!« Er schob seine Wampe wieder ins Behandlungszimmer. Mit verzerrtem Lächeln kam die Arzthelferin zurück und setzte sich wieder hinter ihren PC.

Dr. Siekmann schien es mit dem Arztgeheimnis nicht allzu genau zu nehmen. Andernfalls hätten sie Ingrid Schoppe um eine Einwilligung bitten müssen.

Sie tippte eine Weile, ihre langen Fingernägel klackerten auf der Tastatur. »Frau Schoppe war am 19.10. hier, sie ist hier eingetragen für acht Uhr mit Wartezeit.«

»Und … wissen Sie, wie lange sie da war?«

»Das kann ich nicht sagen. Aber … am frühen Morgen haben zwei Patienten ihren Termin nicht wahrgenommen, und ich gehe davon aus, dass Dr. Siekmann sie deswegen sehr bald drannehmen konnte.«

»Vielen Dank!«

Er drehte sich um und hätte fast den hinter ihm Stehenden angerempelt.

»Verzeihung …« Dominik stutzte. »*Stefan*?«

Der Mann mit dem etwas rundlichen, sympathischen Gesicht zog die Brauen zusammen und kratzte sich den kurzen Bart. »Ja, wir kennen uns. Aber woher?«

»Über Nina. Ich bin ein Kollege von ihr. Dominik.«

»Ach ja, richtig. Dann haben wir wohl denselben Zahnarzt. Aber zum Glück muss ich heute nur zur Zahnreinigung.«

»Na, dann geht's ja.«

»Ich denke auch. Tschau, Dominik.« Stefan wollte an ihm vorbei zum Tresen gehen.

»Soll ich … Nina von dir grüßen?«

Stefan hielt inne.

»Oder … ihr seid nicht mehr in Kontakt, was?« Dominik sah ihn fragend an.

»Wir … nein, ach …« Stefan tastete nach seinem silbernen Ohrstecker. »Es ist ziemlich verfahren zwischen uns. Weißt du, dieses ›Freunde bleiben‹ – das klappt sowieso nie.«

Dominik zögerte. »Ging es darum? Ich hab wirklich gedacht, ihr würdet noch mal zusammenkommen.«

»Tja, ich auch.« Stefan verzog den Mund. »Schlechtes Timing. Da war wohl jemand anderer schneller.«

»So? Davon hat sie mir gar nichts erzählt.«

»Ist doch auch ein Kollege. Kriegt man das nicht mit? In unserer Werbeagentur bleibt so was nicht lange verborgen.«

»Ja, aber …« Meinte er etwa Roman? Da schien in der Tat etwas im Schwange zu sein …

»Na, dieser launige Typ mit den blonden Fusselhaaren, der bei ihr wohnt. Der machte mir in Boxershorts die Tür auf, da dachte ich, okay, alles klar.«

»Du meinst Frank! Der hat zwischendurch bei ihr gewohnt, weil er wegen Eigenbedarf raus musste und noch keine Wohnung hatte. Jetzt wohnt er bei mir.« Dominik ließ die Schultern fallen. »Vermutlich bis in alle Ewigkeit.«

Stefan legte den Kopf schräg. »Ist er denn nicht ihr neuer Freund?«

»Weit entfernt davon … Aber im Ernst, Stefan, warum hast du sie nicht selbst gefragt? Weißt du, wie lange wir Ninas grottenschlechte Laune ertragen haben, weil ein gewisser Stefan sich nicht meldete? Oder nur ganz kurz und dann nicht mehr? Wir wollen Schmerzensgeld von dir.« Er boxte Stefan gegen die Schulter.

Stefan schlug sich gegen die Stirn. »Ich Idiot!«

»Am besten, du rufst ganz schnell bei ihr an und klärst die Sache.«

»Ach du je … sie wird total sauer sein! Wir hatten ja schon mal so ein Missverständnis … als Nina damals den langen Urlaub in Nepal machte, den sie schon vor unserer Beziehung gebucht hatte …«

»Und diese neue Kollegin von dir, die scharf auf dich war, Ninas E-Mails gelöscht hat, ich weiß noch. Stefan, lass gut sein, ich kenne sämtliche Einzelheiten aus erster Hand. Rede endlich mit ihr!«

Stefan fuhr sich mit beiden Händen durch das dichte, braune Haar. »Ich … hoffentlich ist es noch nicht zu spät.«

Eine junge Frau mit einem kleinen Mädchen an der Hand drängte sich an ihnen vorbei zum Tresen. Das kleine Mädchen wandte sich um und streckte ihnen die Zunge raus.

»Das Leben ist hart, Stefan. Jammer nicht, mach was!«

* * *

Franks Nasenspitze berührte fast den Leinwanddruck in Ninas Büro. »Wer hat das hier eigentlich gemalt?«

»Paula Modersohn-Becker. Ich versuche übrigens zu arbeiten. Aber das scheint ja unmöglich zu sein.« Nina stieß sich von ihrem Schreibtisch ab, sodass ihr Stuhl zurückrollte.

»Modersohn-Becker? Wer soll denn das sein?«

Nina seufzte. »Sag mal, Frank, hast du eigentlich nichts zu tun, oder was? Seit einer halben Stunde scharwenzelst du in meinem Büro herum und …«

»Ich hab doch gesagt, der Besprechungsraum ist belegt.« Frank warf sich in ihren Besuchersessel, die Krücken polterten zu Boden.

»Warum bist du dann nicht in eurem Büro?«

»Hier ist es gemütlicher.«

Wie wär's mal mit Aufräumen, wollte Nina gerade sagen, als Roman den Kopf durch die Tür steckte. Er grinste sie an. »Nina, hast du Schwimmsachen dabei? Ich habe dieses Hotel gegoogelt. Es handelt sich um ein Fünf-Sterne-Hotel mit Pool und Sauna und allem Drum und Dran.«

»Äh … Schwimmsachen?«

»In der Sauna brauchst du keine Schwimmsachen«, ließ Frank sich vernehmen.

»Wir fahren in einer Stunde los. Ich habe mit dem Besitzer gesprochen. Er erwartet uns gegen Mittag. Recht so?«

»Dann gibt's vielleicht noch einen kleinen Lunch, bevor es in den Pool geht«, tönte es vom Sessel her. Der Lunch klang wie »Lönsch«.

Roman lächelte. Die Spötteleien von der Seitenlinie schienen ihm nichts auszumachen. »Wir fahren mit meinem Auto, oder?«

Frank schnalzte mit der Zunge. »Mit dem Cabrio ins Fünf-Sterne-Hotel, na, wenn das nichts ist.«

»Es gibt jetzt schon Zugausfälle wegen des Orkans«, unterbrach Nina.

»Warum nehmt ihr nicht den Dienstwagen? Nicht, dass noch ein Ast auf den schicken Oldtimer kracht.«

»Auch wieder wahr. Wir sehen uns dann in einer Stunde, Nina.« Roman hob die Hand und verschwand in den Flur.

Ninas Augen wurden schmal. »Was sollte das denn, Frank?!«

»Nina, hast du deine Schwimmsachen dabei?«

»Hör verdammt noch mal auf damit!« Sie sprang auf und ging zur Tür. »Wenn du nicht gehst, dann gehe ich eben!«

»Nun sei nicht gleich beleidigt. Ich möchte nur nicht, dass du dir mit diesem Roman die Finger verbrennst. Ich finde ja, der Typ ist ein Angeber. Nina, du …«

Sie knallte die Tür hinter sich zu und stapfte den Flur entlang. Die Finger verbrennen … Frank konnte gut aussehende Männer grundsätzlich nicht ausstehen – mit Ausnahme von Dominik. Und wieso sollte sie sich die Finger verbrennen? Roman war nichts weiter als ein Kollege. Ein flirtender Kollege, na gut, und ja, seine Aufmerksamkeit schmeichelte ihr. Nach dieser Geschichte mit Stefan konnte sie männliche Bestätigung gebrauchen. Aber um mehr ging es doch nicht, und das mit den Schwimmsachen war ein Scherz gewesen … Sie konnte Roman noch nicht richtig einschätzen.

Sie stiefelte die Treppe hinunter und schlug den Weg zur Cafeteria ein. Es war nicht viel los dort, erst am Mittag würde es voll werden. An einem Fenstertisch entdeckte sie Ute Vienenkötter-Lange, die gerade telefonierte. Auch das noch! Aber sie hatte Dominik etwas versprochen …

Nachdem Nina sich ein belegtes Brötchen gekauft hatte, trat sie an Utes Tisch. »Darf ich?«

Ute schaltete ihr Handy aus. »Natürlich.«

Nina setzte sich und zeigte auf Utes Handy. »Dein Mann? Ich hoffe, ich hab nicht gestört.«

Ute hob die Brauen. »Mein Mann, ja, aber wir wollten unser Gespräch sowieso beenden.«

»Soll ich das glauben? Wenn man frisch verliebt ist, führt man doch endlose Telefonate, oder?«

Utes Wangen röteten sich. »Nein, schon gut, Nina.«

»Ihr kennt euch noch nicht lange, was?« Nina biss in ihr Käsebrötchen.

»Im Gegenteil, schon sehr lange, schon seit der Ausbildung zum Bankkaufmann in der Hoppenheim-Privatbank.«

»Tatsächlich?«

»Unsere Wege haben sich getrennt, als ich den Betriebswirt draufgesattelt habe und zur Polizei gegangen bin. Er ist bei der Bank geblieben und arbeitet als Kundenberater.«

»Ach so.« Nina wischte sich Krümel von ihrem Pullover. »Aber ihr seid noch nicht lange zusammen, stimmt's?«

»Erst seit einem guten Jahr. Wir … wir hatten uns damals aus den Augen verloren.« Vorsichtig nahm Ute einen Schluck aus ihrer dampfenden Teetasse und lächelte. »Um ehrlich zu sein, hätte ich nie geglaubt, dass wir jemals wieder etwas miteinander zu tun haben würden.«

»Warum? Hat er sich danebenbenommen?«

»Was? Nein, natürlich nicht. Er war nur der Schwarm aller weiblichen Azubis, mich eingeschlossen. Und ich …« Sie senkte den Blick. »Wenn mir damals jemand prophezeit hätte, dass ich diejenige sein sollte, die Leander Lange heiratet, den hätte ich für verrückt erklärt.«

Nina fiel ein, was sie gedacht hatte, als sie Utes Ehemann zum ersten Mal wahrgenommen hatte: *Das* ist Utes Mann? Ute war keinesfalls hässlich, aber sie hatte etwas Blasses, Braves an sich. An Leanders Seite hätte sie sich eher eine rassige Schönheit mit High Heels und Goldkettchen um den Knöchel vorgestellt.

Ute schürzte die Lippen. »Ich trug zu der Zeit eine dicke Brille und galt als Streberin, als humorlos. Für Leander war ich praktisch durchsichtig.«

»Und wie seid ihr euch dann wiederbegegnet?«, fragte Nina mit vollem Mund.

Ute lächelte. »Purer Zufall. Ich trat aus der Haustür, und da kam plötzlich Leander um die Ecke. Er war total nett und hat mich zum Kaffee eingeladen. So hat das mit uns angefangen.«

»Unglaublich.« Nina spülte den letzten Bissen mit einem Schluck Bionade hinunter. »Und voilá: Jetzt seid ihr ein Paar.«

»Ja, wir … er ist sehr charmant und um mich bemüht.«

»Ihr habt ja auch schnell geheiratet.«

»Das stimmt. Vielleicht hätten wir noch ein bisschen gewartet, aber seine Eltern wollen endlich noch ein Enkelkind und können sich wohl nicht vorstellen, dass das auch ohne Trauschein geht. Und meine Eltern sind ähnlich konservativ.«

»Es gehört schon Mut dazu, gleich den Bund der Ehe einzugehen.«

»Findest du? Aber wenn man glücklich miteinander ist … wir sind nur … wir sind uns in mancher Hinsicht gar nicht ähnlich.«

»Gegensätze ziehen sich an …«

»Richtig. Er sagt immer, ich sei sein ruhender Pol. Weißt du, Nina, er ist sehr extrovertiert. Manchmal begleite ich ihn auf diese Partys für VIP-Kunden der Hoppenheim-Privatbank. Ich fürchte, ich mache da keine so gute Figur.« Sie grinste schief. »Aber Leander verzeiht mir das, er ist …«

»Sehr charmant, das sagtest du bereits.«

»Ja, wirklich! Manchmal zwicke ich mich, um aus diesem Traum aufzuwachen. Aber es ist kein Traum.« Ute strahlte.

Herzlichen Dank, Dodo, dass du mir diese wunderbare Aufgabe aufgehalst hast!, dachte Nina. »Tjaaa …«, sagte sie gedehnt. »Ich war auch mal so verliebt wie du. Alles schien perfekt, bis ich für einige Wochen nach Nepal fuhr und er nichts Besseres zu tun hatte, als mit einer neuen Kollegin anzubändeln. So kann man sich täuschen.«

»Wieso erzählst du mir das?« Ute blinzelte.

»Liebe macht blind.« Es gab keine behutsame Art, es ihr beizubringen. Nina entschied sich, zur Sache zu kommen. »Dominik hat Leander vor etwa einem Jahr oder so mit einer blutjungen Prostituierten gesehen.«

Ute erstarrte. »Da … da waren wir vermutlich noch gar nicht zusammen. Und außerdem … er hat ihn bestimmt verwechselt. Leander hat das doch gar nicht nötig mit einer Prostituierten!« Ute rückte ihren Stuhl mit einem schrillen Quietschen zurück. »Nina, tut mir leid, aber … ich muss jetzt los …«

»Ich möchte nur, dass es dir nicht ergeht wie mir.« Es klang wie eine schlappe Ausrede dafür, giftige Zweifel gesät zu haben. Nina fühlte sich mies.

»Bis dann.« Ute stand abrupt auf und strebte mit schnellen Schritten dem Ausgang zu.

Sie hatte ihre Teetasse auf dem Tisch stehen lassen, statt sie aufs Tablett im Regal zu stellen. Jemand wie Ute räumte immer sein Geschirr weg. Verständlich, dass sie nicht erfreut über den Verlauf ihres Gesprächs war, aber wieso reagierte sie so allergisch?

Eine Hand auf ihrer Schulter ließ sie zusammenzucken. »Na, Frau Kriminalhauptkommissarin? So tief in Gedanken?

Hast du deinen Bikini inzwischen geholt, oder sollen wir auf der Fahrt ins Spa-Resort noch bei dir vorbeifahren?«

»Ähm ... «

Roman lachte.

* * *

Die Alibi-Zeugen der Schoppes, Herr und Frau Osterkamp, schienen eine Zeugenbefragung für eine Art Kaffeeklatsch zu halten. Frau Osterkamp hatte am Telefon das *Café Wölke* in Sennestadt vorgeschlagen, das habe die beste Tortenauswahl und außerdem hätten sie es dann nicht so weit. Er habe ohnehin Glück, weil Herbstferien seien, denn normalerweise würden sie um diese Zeit unterrichten. Dominik hatte eine bissige Bemerkung heruntergeschluckt und versprochen, sich zu beeilen.

Das mit der Tortenauswahl stimmte jedenfalls. Dominik stand vor einer langen Kuchentheke und hatte Probleme, sich zu entscheiden. Egal, er war eine Viertelstunde zu früh dran und konnte in Ruhe aussuchen. Dummerweise hatte er sich keinen Hinweis geben lassen, woran er das Ehepaar erkennen würde. Er bestellte ein Stück Sacher-Torte und ging in den Gastraum, setzte sich an einen Tisch rechts, von wo aus er den Parkplatz im Blick behalten konnte. Zudem war die mit mittelalten Paaren und solchen im Rentenalter gut gefüllte Gaststube von allen Seiten mit Fenstern ausgestattet. Egal von welcher Seite, er würde den Anmarsch der Osterkamps vermutlich um Punkt halb drei beobachten können.

Die Lampen, die altmodischen Straßenlaternen nachempfunden waren, verbreiteten ein gemütliches Licht. Er vertiefte sich in die Betrachtung der Glaskunstdecke in der Mitte des Raumes, ließ den Blick über die grünen, floral anmutenden Ornamente auf gelbem Glas wandern, als eine Kellnerin den bestellten Kaffee und das Stück Torte brachte. Er bezahlte sofort, und während die junge Dame noch nach dem Wechselgeld kramte, wurden Stühle am Tisch hinter ihm gerückt. Er wollte sich gerade umdrehen, als er den Fetzen einer Unterhaltung aufschnappte. »… Alibi verschaffen! Ich hab nicht übel Lust, alles der Polizei zu erzählen!« Die Stimme kam ihm bekannt vor. Frau Osterkamp? Ohne sich umzuwenden, rückte er seinen Stuhl unauffällig ein Stück näher heran.

»Also wirklich, Brigitte, jetzt mach mal halblang. Du glaubst doch nicht im Ernst, dass Norbert etwas mit dem Tod des Mädchens zu tun hat!«

»Tja … wir beide wissen, dass er eine Schwäche für junge Damen hat. Denk doch nur an die Geschichte mit dem französischen Au-Pair-Mädchen!«

»Mein Gott, was für ein Theater wegen eines Flirts! Wenn du mich fragst, hat seine Stieftochter einen Riesensprung in der Schüssel.«

»Ingrid war damals auch nicht erfreut. Ich würde sagen, ihre Ehe hängt inzwischen am seidenen Faden. Die kriegen ja noch nicht einmal einen gemeinsamen Urlaub hin. Ich hab ja schon geahnt, dass das wieder nicht klappen würde!«

»Was du nicht immer alles schon ahnst, Brigitte. Und jetzt willst du die beiden in die Pfanne hauen, oder wie?«

Eine Kellnerin trat an den Nebentisch, und die beiden bestellten Cappuccino.

Als die Bedienung gegangen war, senkte Frau Osterkamp ihre Stimme. »Wer weiß …« Dominik lehnte sich noch ein Stückchen zurück. »Womöglich hat die Kleine ihm gedroht, alles seiner Frau zu erzählen. Und er weiß genau, dass das der berühmte Tropfen wäre, der das Fass zum Überlaufen bringt …«

»Aber wenn ihre Ehe sowieso am Ende ist, kann es ihm doch egal sein. Ich meine, dieser Affentanz um Ingrids Tochter … ich kann Norbert sogar verstehen.«

»Ganz egal wohl kaum. Ingrid ist diejenige mit dem Geld, ihr gehört das Haus in Theesen, die Ferienwohnung auf Teneriffa, und sie wird als einziges Kind eine Menge von ihren Eltern erben. Sie hat mir mal anvertraut, dass sie vor der Heirat auf einem Ehevertrag bestanden hat.«

»Und deshalb bringt Norbert eine Fünfzehnjährige um?«

»Immerhin eine Minderjährige! Überleg doch mal, was passieren würde, wenn das mit ihrer Affäre in der Schule die Runde gemacht hätte!«

»Das ist doch absurd! Er hat vielleicht ein bisschen mit ihr geflirtet, aber …«

Der interessante Dialog brach ab, als die Kellnerin mit Kaffee und Kuchen an den Nachbartisch trat.

Kaum war sie gegangen, zischte Frau Osterkamp: »Dann erklär mir doch mal, wieso er uns um ein Alibi bittet. Ralf, wir machen uns strafbar, wenn wir denen ein falsches Alibi geben! Da hört die Freundschaft auf!«

Dominik wandte sich um und lächelte. »Da haben Sie ganz recht, Frau Osterkamp.«

Die Angesprochene zuckte zusammen, das Stück Apfelkuchen, das sie gerade aufgespießt hatte, fiel von ihrer Gabel. Herr Osterkamp stellte seine Kaffeetasse scheppernd auf die Untertasse und lugte über den Rand seiner Lesebrille. »Und Sie sind?«

Dominik nahm seinen Kaffee und den Teller mit der Torte und setzte sich an den Tisch der Osterkamps. »Domeyer, Kripo Bielefeld. Und nun wüsste ich gerne die Wahrheit von Ihnen.«

Osterkamp starrte ihn an.

Frau Osterkamp war angelegentlich damit beschäftigt, das verloren gegangene Stück Apfelkuchen von ihrem Strickkleid zu pflücken.

»Am 18. Oktober waren Sie laut Herrn Schoppe mit ihm, seiner Frau und ihrer Tochter abends beim Italiener essen. Stimmt das?«

Frau Osterkamps dünne Lippen spitzten sich. »Im *Tomatissimo* in Kirchdornberg, dafür gibt es Zeugen.«

»Und wann sind die Schoppes am 19. Oktober auf Römö angekommen?«

Das Paar tauschte einen Blick. Frau Osterkamp zog ihre Strickjacke enger um ihren schmalen Oberkörper. »Ja, also … Norbert kam abends gegen zehn an, wir hatten schon gegessen und wollten gerade ins Bett …«

»Ach so? Und Frau Schoppe und ihre Tochter?«

Herr Osterkamp drehte an seinem Ehering und betrachtete sein Stück Philadelphiatorte.

Dominik trank seinen Kaffee aus. »Ich höre.«

Osterkamp räusperte sich. »Sie sind gar nicht gekommen. Isabel – das ist die Tochter – fühlte sich nicht wohl und ja …«

»Nur Herr Schoppe war auf Römö?«

»Richtig.«

»Und diese Sache mit dem Au-Pair-Mädchen …«

»Haben Sie uns etwa belauscht?«, fragte Brigitte Osterkamp mit gespielter Empörung.

»Das … das war nichts weiter«, sagte Ralf Osterkamp rasch, als wollte er das geplatzte Alibi wiedergutmachen. »Eine kleine Flirterei, es gab im Hause Schoppe ein bisschen Aufregung deshalb, und das Mädel ist vorzeitig abgereist. Nicht der Rede wert, außerdem Jahre her.«

»Wirklich nichts Wildes.« Frau Osterkamp machte ein Gesicht, als hätte sie in eine saure Gurke gebissen.

»Nichts Wildes, verstehe.« Dominik lächelte scheinheilig. Nach diesen Beteuerungen war klar, dass er das überprüfen würde. Er erhob sich. »Herzlichen Dank für Ihre äußerst informativen Aussagen. Sie haben uns sehr weitergeholfen!«

Die beiden stierten ihn an wie einen besonders renitenten Schüler.

Dominik beschloss, direkt nach Theesen zu fahren. Er wollte die Schoppes lieber persönlich mit dem konfrontieren, was er erfahren hatte. Immerhin waren noch Herbstferien und mit etwas Glück würde er sie zu Hause antreffen. Nach vierzig Minuten bog er in die Kerkbreede ein. Aus den Wiesen flog ein Schwarm Krähen auf. Die kleine Straße in der Nähe des Waldrands lag wie ausgestorben da.

Er parkte direkt vor dem Haus, stieg aus und klingelte. Wie bei seinem ersten Besuch erfolgte prompt das Gebell des Terriers. Hinter der Küchengardine tauchte ein flächiges, junges Gesicht auf, das rasch wieder verschwand. »Ruhe jetzt, Sammy!« ertönte es hinter der Tür, dann wurde sie geöffnet. Frau Schoppe zwinkerte nervös. »*Sie* wieder? Hatten wir eine Verabredung?«

»Das nicht, aber ich hätte da noch ein paar Fragen.«

»Ja, also, dann bitte … Sammy, geh jetzt weg von der Tür!« Sie scheuchte den kleinen Hund zurück in den Flur.

Während er ihr durch den Flur folgte, hörte er hinter einer Tür ein Würgen.

»Das ähm …« Frau Schoppe lächelte gepresst. »Meine Tochter hat einen empfindlichen Magen.«

Wieder setzten sie sich ins schwarz-weiße Wohnzimmer.

»Ist Ihr Mann auch zu Hause?«

»Nein, der ist zur Schule gefahren.«

»Es sind doch Ferien.«

»Er betreut die Schulbibliothek. Um was geht es denn?« Sie schlug die Beine übereinander und wippte mit dem Fuß.

»Haben Sie es eilig? Komme ich unpassend?«

»Nein … ich … nein. Fahren Sie fort.« Sie stoppte das Wippen.

»Sie haben die Osterkamps um ein falsches Alibi gebeten. Sie sind gar nicht nach Römö gefahren.«

Sie holte tief Luft und atmete schwer aus.

»Frau Schoppe?«

Sie knetete ihre schlanken Hände. »Ja, also … das war ein beginnender grippaler Infekt bei mir und meiner Tochter. Im Urlaub krank zu werden, ist nicht so toll. Es ist dann schon besser, man hat seine Hausärztin vor Ort und …«

»Warum haben Sie das nicht gleich gesagt? Und Ihr Mann …«

»Der ist später gefahren als geplant. Er wollte erst mal abwarten, wie es uns geht. Ich … wir dachten, Sie ziehen vielleicht falsche Schlüsse. Wir wollten nicht in etwas hineingezogen werden, das dann womöglich die Runde macht. Wir sind schließlich Beamte … Staatsbedienstete und ja … Sie verstehen sicher, was ich sagen will.« Sie schnappte sich eine Packung *Lucky Strike* vom Tisch. »Darf ich?«

»Dürfen Sie. Was Sie aber nicht dürfen, ist, die Ermittlungsbehörden hinter die Fichte zu führen und die Ermittlungen zu behindern!«

Sie zündete sich eine Zigarette an und inhalierte tief, stieß Rauch aus. »Entschuldigung, wir wollten nicht … mein Mann hat mir gestanden, dass er das Mädchen ein paar Mal privat getroffen hat, aber das war nur … Charlotte hatte Probleme und brauchte ein offenes Ohr. Wir haben befürchtet, dass da etwas draus gebastelt wird, was absolut nicht zutrifft.«

Durch das Grau der Wolkendecke stahl sich die Sonne, die die Rauchschwaden sichtbar werden ließ, die über dem

Couchtisch waberten. Ingrid Schoppe hüllte sich in Rauch, als ob sie seine Sicht auf die Geschehnisse vernebeln wollte.

»Sie hatten da einmal ein Au-Pair-Mädchen …«

Sie zuckte unmerklich zusammen. »Oh, wir hatten etliche.«

»Eine Französin …«

»Sie meinen Simone Dupont. Nun, sie hat das Jahr vorzeitig beendet, es gefiel ihr nicht bei uns. Sie sollte Isabel Französischunterricht geben, im Gegenzug sollte Isabel ihr Deutsch beibringen, aber die hatte keine Lust. Simone beklagte sich, dass sie hier hauptsächlich Reinigungskraft sei, was so auch nicht stimmte, weil …«

»Ihr Mann soll mit ihr geflirtet haben.«

Frau Schoppe erstarrte. »Ach, *das* haben die Osterkamps erzählt? Die erzählen auch viel, wenn der Tag lang ist!« Etwas zu heftig drückte sie ihre Zigarette im Aschenbecher aus.

Dominik ahnte, dass er hier nicht weiterkommen würde. Inzwischen machte sich der Kaffee aus dem *Café Wölke* bemerkbar. »Darf ich mal Ihre Toilette aufsuchen?«

»Natürlich. Das ist die Tür direkt neben der Eingangstür.«

»Danke.« Er verließ das Wohnzimmer und ging den Flur entlang. Durch die halb offene Tür zur Küche sah er eine massige, junge Frau vor dem Kühlschrank, die Milch direkt aus einer Tetrapacktüte trank. Für eine Frau war sie recht groß, er schätzte sie auf mindestens 1,80 Meter. Die Ärmel ihrer Bluse rutschten zurück, während sie die Milchtüte hielt, und enthüllten zahlreiche vernarbte Schnitte. Er wandte sich ab, bevor sie ihn bemerkte, und eilte zur Toilette, schloss sich ein. Er wusste, was das bedeutete. Sie ritzte sich, versuchte, unerträglichen seelischen Schmerz erträglich zu machen, indem sie sich ablenkte mit körperlichem Schmerz. Er hatte es selbst getan, als er jung war und von einer Pflegefamilie zur nächsten durchgereicht worden war. Dominik lehnte den Hinterkopf gegen die kühlen Fliesen und atmete tief durch. Was verbarg sich hinter dieser Reihenhausidylle am Waldrand?

* * *

Mit einem Ruck wachte Nina auf. Ein Zittern durchfuhr sie, dann streckte sie sich. Sie hielten vor einer roten Hängeampel, die auf und ab tanzte.

»Na, gut geschlafen?« Roman grinste sie an. »Soll ich die Heizung höher drehen?«

»Gerne, aber … es ist ja schon dunkel. Sind wir schon in Bielefeld?«, sagte sie verlegen.

»Zum Glück haben wir's geschafft. Wird langsam ungemütlich draußen, der angesagte Sturm kommt. Du hast die A 2 verschlafen. War aber nicht sehr spannend.« Roman lachte und stellte die Heizung auf eine höhere Stufe. »Genauso unspannend wie die Aussagen der Angestellten des Spa-Resorts. Wir hätten ins Wellnessbad gehen sollen, damit sich der Aufwand lohnt.«

»Du verdächtigst Vincent noch immer?«

»Gut, Freitag- und Samstagabend hat er nachweislich im Hotelrestaurant gegessen. Aber sein Alibi für den Samstag tagsüber hängt an der Aussage seines Vaters.«

»Und dessen Freundin, die den Ausflug zur Burg Hülshoff bestätigt hat.« Nach der Befragung der Hotelangestellten hatte sie Nadja Karpow angerufen, um ein klareres Bild zu bekommen.

»Nina, er könnte es Freitagnacht getan haben. Er könnte abends mit dem Zug nach Bielefeld gefahren sein.«

»Fahren denn nachts noch Regionalzüge zurück? Für jemanden ohne Führerschein dürfte das nicht so einfach gewesen sein.«

»Und wenn er morgens zurückgefahren ist? Am Samstagmorgen ist er, wie wir gehört haben, auffallend spät zum Frühstück runtergekommen.«

»Viele Jugendliche schlafen gern lange. Und vergiss nicht, Roman, Charlotte ist das letzte Mal am Freitagnachmittag in der Schule gesehen worden. Vincent wurde zu dem Zeitpunkt von seinem Vater abgeholt.«

»Wer weiß, vielleicht hat Vincent sich mit ihr für Freitagnacht verabredet, sie unter einem Vorwand irgendwohin gelockt.«

Die Lichter der Stadt spiegelten sich in dem regennassen Asphalt, während sie die Detmolder Straße entlangfuhren. »Warum sollte Charlotte bereit sein, sich mit einem wie Vincent zu treffen? Das ergibt doch keinen Sinn. Außerdem hatte Vincent sich doch schon mit diesen ekligen Fotos gerächt.«

»Und wenn ihm das nicht reichte? Die Schulschlampe hat es gewagt, ihn abzuweisen. Womöglich hat er sich bei ihr entschuldigt und angeboten, noch mal über alles zu reden. Und sie geht darauf ein, weil sie will, dass er diese Fotos endlich löscht.«

»Du hast recht: Es wäre möglich.« Aber war es auch wahrscheinlich? Nina fand Vincent zwar reichlich unsympathisch, und sie wusste auch, dass es solche Fälle gab, dennoch fehlte ihr die nötige Fantasie, um sich vorzustellen, dass ein Fünfzehn- oder Sechzehnjähriger diesen brutalen Mord begangen haben könnte.

Sie erreichten den Adenauer-Platz, wo der Wind nicht nur die Ampeln, sondern auch die Straßenlaternen schwanken ließ. Es sah aus, als nickten sie sich gegenseitig zu.

Roman warf ihr einen Blick zu. »Hast du noch Lust auf ein Glas Wein bei mir, Nina? Ich könnte uns auch eine Kleinigkeit im Wok kochen.«

»Wein?« Nina sah ihn überrascht an und unterdrückte ein Lächeln. »Bei dir? Hoberge, richtig?«

»Ich hätte da einen Bordeaux anzubieten. Ja oder ja?«

»Aber nicht so lange. Es ist schon neun, und ich muss morgen früh …«

»Ich doch auch.« Lächelnd bog er Richtung Johannistal ab, ignorierte die Tempo-30-Zone und fuhr zügig die Anhöhe nach Hoberge hinauf. Der Teutoburger Wald wogte dunkel unter der schmalen Sichel des Mondes. Wolkenfetzen trieben über den Nachthimmel. Wie wohl Romans Zuhause aussah?

Es dauerte nur wenige Minuten, bis sie in Hoberge waren, wo Roman in eine Seitenstraße abbog und vor einem sehr weißen und sehr neuen, zweistöckigen Appartementgebäude hielt. Ein eisiger Wind traf Nina, kaum dass sie die Autotür geöffnet hatte. Nina war froh, als sie im Haus waren und Roman den Sturm aussperrte. Sie stiegen die Treppe zum ersten Stock hoch. Roman schloss seine Wohnungstür auf, ließ ihr gentlemanlike den Vortritt, schaltete das Licht ein, das Flur und Wohnzimmer mit in der Decke eingelassenen Strahlern dezent beleuchtete, und ließ die Rollläden herunter. Es roch schwach nach Reinigungsmitteln. Er wies ihr den Weg ins Wohnzimmer, wo sie ihren Blick über das glänzende Parkett und die modernen, in Grau und Bordeauxrot gehaltenen Möbel wandern ließ. Nichts, keine Zeitschrift oder Jacke lagen herum, alles war penibel aufgeräumt. An der Wand hing ein großformatiges, gedrucktes Schwarz-Weiß-Foto von einem angeschnittenen Akt: Es war nur die geschwungene Linie des Pos und der untere Rücken einer Frau zu sehen. Während Roman in die angrenzende Küche ging, inspizierte Nina ein schmales Bücherregal, in dem es diverse Polizei-Fachbücher gab, von denen sie die meisten kannte. Ein Regalbrett weiter entdeckte sie *Das Dekameron* von Boccaccio, *Wendekreis des Krebses* von Henry Miller und …

»Nina?«, tönte es aus der Küche. »Lieber Bordeaux oder Rioja?«

Nina trat in seine Küche. Eigentlich war es ihr egal. »Rioja bitte.«

»Fein.« Roman holte eine Flasche aus einem Weinregal und entkorkte sie.

Die Küche sah teuer aus und war mit den neusten Geräten ausgestattet. Nirgendwo lag auch nur ein Krümel. Nina spiegelte sich in den blanken, hellgrauen Oberflächen. »Sag mal, hast du hier schon jemals gekocht?«, entfuhr es ihr.

»Natürlich. Aber ich habe es gerne sauber. Meine Putzfrau weiß das.« Lächelnd füllte er zwei Gläser.

Irgendetwas irritierte sie. Es roch nach nichts in Romans Küche, nicht einmal nach Kaffee. Sie stießen an, lächelten sich zu und Nina nahm einen langen Schluck Wein. Was hatte ihre Freundin Michaela ihr auf dieser unsäglichen Hochzeitsfeier zugerufen? *Was stehst du so steif herum, Nina! Du musst lockerer werden!* Doch sie konnte nicht anders, als Romans Wohnung mit ihrer zu vergleichen. Nicht schlecht für den Sohn einer alleinerziehenden Mutter. Auf jeden Fall musste er Geld haben für ein so teuer eingerichtetes Appartement in einer der besten Wohnlagen Bielefelds. Ihr fiel keine einzige Wohnung ein, die dermaßen perfekt wirkte, nicht einmal die des Designers Stefan, der eigenartige Küchenstühle besaß, die aussahen wie aus einem Museum für moderne Kunst entwendet. Mit einem Mal sah sie Stefans grinsendes Gesicht vor sich, ein Gerangel in einem zerwühlten Bett. *So was gibt's doch nicht zu kaufen, ich muss dich festnehmen, Stefan, mir bleibt keine andere Wahl. – Ich hab sie nicht geklaut, ich schwöre … – Ich weiß auch, wo du sie her hast. Einer deiner Künstlerfreunde hatte doch neulich eine Ausstel-*

lung im Bauhaus in Dessau … – Nein, Nina, ich hab sie ersteigert,
in Wahrheit entstammen sie einer Filmkulisse von Raumschiff Ori-
on…

»Nina, wo bist du gerade? Wollen wir zusammen kochen
und meine Küche einsauen? Vielleicht fühlst du dich dann
wohler.« Roman lachte. »Weißt du, ich wohne erst seit drei
Monaten hier.«

»Oh … ich …« Er hatte sie durchschaut.

Er öffnete eine Schranktür und drückte ihr einen Wok in
die Hand. Nach kurzer Zeit füllte sich die Küche mit Gerü-
chen nach gebratenem Gemüse, Reiswasser brodelte auf dem
Induktionsherd.

Während des Kochens tranken sie weiter Wein, und Roman
goss ihr reichlich nach.

»Was ist denn das?«, kreischte Nina und zeigte grinsend mit
dem Weinglas auf ein gesticktes Bild in einer Ecke der Küche.

»Ähm … ja, das da ist von meiner Oma. Da steckt viel Arbeit drin …«

»Ah ja. Und Morgenstund' hat ja auch jede Menge Gold im
Mund, das wird mir jeden Morgen im Besprechungsraum
klar.«

»Siehst du? Und meine Oma war ein ganz besonderer
Mensch, deswegen …«

Sie lächelte. »Auch wenn's ein Stilbruch ist, brauchst du dich
nicht zu entschuldigen.«

Er grinste. »Es gibt noch mehr Stilbrüche. Aber die zeige ich
dir erst, wenn wir uns besser kennen.«

»Nein, jetzt!« Sie schob ihn aus der Küche.

»Das Essen wird anbrennen.«

»Ach bitte! Wir stellen so lange den Herd ab. Wo befindet
sich denn der Stilbruch?«

»Im Keller. Na gut, ich riskiere es.«

Der hellgrau gestrichene Keller erwies sich als rekordverdächtig sauber. Noch beeindruckender war die große Eisenbahnanlage, die auf einem großen Tisch in der Mitte prangte. »Wow«, rief Nina. Roman schaltete den Strom ein und die Züge setzten sich in Bewegung, ihre Lichter verschwanden in einem Tunnel, tauchten wieder auf. Auch die Häuser waren beleuchtet, es gab Straßenlampen und kleine Autos und Passanten, eine Miniaturstadt erwachte zum Leben. Nina lachte. »Noch mehr Stilbrüche?«

»Das reicht fürs Erste, schöne Frau.« Er schaltete die Steckerleiste wieder aus, und Nina ließ ein enttäuschtes »Oh!« hören.

»Mach dich nur lustig.«

»Nein, das ist toll! Da steckt bestimmt auch viel Arbeit drin …«

»Fast so viel wie im Stickbild.« Er grinste.

Nach dem Essen erzählte Roman schräge Anekdoten aus seinem früheren Berufsalltag. Täter, die es sich nach einem Einbruch erst einmal auf dem fremden Sofa bequem machen und von der Kripo geweckt werden. Diebe, die im Altkleidercontainer stecken bleiben und die Polizei um Hilfe bitten. Spießige Beamtenseelen und faule Sesselpupser unter den Kollegen. Nina lachte gerade über Romans Schilderungen einer Vernehmungssituation mit einer Transsexuellen, die hartnäckig versucht hatte, ihn zu verführen, als ihr Handy klingelte. Roman demonstrierte es ihr, indem er seine Hand auf ihre legte und sie schmachtend ansah. In Ninas Lachen mischte sich Verlegenheit.

»Einen Moment.« Sie zog ihre Hand zurück und griff nach dem Handy. »Tschöke.«

Es war ihre Nachbarin. »Okay, ich verstehe. In einer Viertelstunde bin ich da.« Nina beendete das Gespräch. Unsicher stand sie auf. Sie hatte doch mehr getrunken als gedacht.

Roman runzelte die Stirn. »Was ist passiert?«

»Ich brauche ein Taxi, meine Nachbarin hat sich ausgesperrt, und sie hat ihren Ersatzschlüssel bei mir deponiert.«

»Ach, wie schade! Ich habe Eis im Tiefkühlfach. Willst du nicht noch schnell einen Nachtisch essen?«

»Lieber nicht, die wartet jetzt in der Kälte. Außerdem braucht sie ihr Insulin.«

Es dauerte nicht lange, bis der Taxifahrer klingelte. Mit einer Mischung aus Bedauern und Erleichterung verabschiedete sich Nina von Roman, der sie mit einem Mal umarmte. Die eisige Luft draußen ließ Ninas Kopf wieder etwas klarer werden. Würde sie sich jemals wieder Hals über Kopf in eine Affäre oder mehr stürzen? So wie früher unbefangen flirten, sich spontan verlieben? Nein, ganz so einfach konnte sie das wohl nicht mehr. War das gut oder schlecht? Oft wünschte sie sich, sie könnte lockerer mit diesen Dingen umgehen, alles etwas leichter nehmen. Im Laufe der Fahrt im warmen Taxi wurden ihr die Lider schwer, und sie vertagte die Grübelei.

Vor ihrem Haus wartete die Nachbarin, der sie den Schlüssel holte. Nachdem sie die Wohnungstür hinter sich geschlossen hatte, warf sie einen Blick auf ihre Uhr: Es war genau 1:02 Uhr. Nina stöhnte, um halb sieben würde ihre Nacht zu Ende sein, zum Teufel mit Gold im Mund. Sie ging ins Wohnzimmer und warf sich in einen Sessel. Durch die offene Tür sah sie, dass das Telefon auf der Kommode im Flur rot blinkte: Irgendwer hatte auf den AB gesprochen. Etwa Roman? Mühsam stemmte sie sich hoch, ging zum Telefon und hörte den AB ab. »Hallo Nina, hier Stefan, ich ... also ... wie geht es dir? Ich hatte mich nicht mehr gemeldet, weil ... weil ... ich hatte viel Arbeit, aber da gab es wohl auch so ein ganz blödes Missverständnis. Ich würde dich sehr gerne ...«

Ein Ploppen in ihrer Jeanstasche lenkte sie ab. Roman hatte eine WhatsApp-Nachricht geschickt. *Vielen Dank für den schönen Abend, Lieblingskollegin!* Nina lächelte und stolperte auf ihr Sofa im Wohnzimmer zu. Sie hatte sehr eindeutig zu viel getrunken. Stefans Stimme auf dem AB lief weiter, ohne dass Nina zuhörte. Missverständnis ... eigentlich gab es doch nur Missverständnisse mit diesem Mann! Viel Arbeit, na klar, die Standardausrede. Gähnend legte sich aufs Sofa, zeigte dem AB ihren Mittelfinger und zog sich eine Wolldecke über den Kopf. Nur das Piep, das Stefans epische Nachricht beendete, ließ sie kurz hochschrecken, bevor sie einschlief.

* * *

Frau Schoppe hatte Dominik die Handynummer ihres Mannes gegeben, doch er landete immer nur auf Norbert Schoppes Mobilbox. Abends versuchte er es dann wieder unter der Festnetznummer der Schoppes. Wie sich herausstellte, war Norbert Schoppe noch nicht nach Hause gekommen.

»Und Sie haben keine Idee, wo er sein könnte?«, fragte Dominik.

»Ich weiß nicht, er hat mir nur gesagt, dass er in die Schule fährt«, erwiderte Frau Schoppe ungehalten.

»Hatten Sie beide einen Streit?«

Sie zögerte. Er hörte sie schwer atmen. »Ehrlich gesagt, ich habe keinen Schimmer, wo er ist oder sein könnte!« Ihre Stimme klang jetzt schrill. »Ich habe ihn auch um einen Rückruf gebeten, aber er hält es offenbar nicht für nötig zu reagieren!«

Dominik beendete das Gespräch, schnappte sich seine Jacke und verließ sein Büro. War sie nur deshalb wütend auf ihren Mann, weil er sich nicht meldete? Er warf noch einen Blick in den Besprechungsraum, aber es war alles dunkel. Frank hatte also schon Schluss gemacht und war mit der Straßenbahn gefahren. Er eilte die Stufen zum Ausgang des Präsidiums hinunter und durch den Hinterausgang zum Parkplatz, wo ihm eine steile Brise entgegenwehte. Er stieg in seinen Citroën und fuhr bis zur nächsten Ampelkreuzung. Nach Hause fahren oder nach Sieker, das war jetzt die Frage. Er hegte wenig Hoffnung, Schoppe noch in der Schule in Sieker anzutreffen, doch als die Ampel auf Grün sprang, fuhr er weiter geradeaus auf die Stapenhorststraße Richtung Sieker.

Es herrschte erstaunlich wenig Verkehr auf den Straßen, vielleicht lag es an der Sturmwarnung. Auch auf der Detmolder Straße kam er gut voran, und als er auf den Parkplatz neben der Schule einbog, war nur eine Viertelstunde vergangen. Das große Schulgebäude lag dunkel und verlassen da. Was hatte er erwartet? Er stieg dennoch aus und umrundete das Gebäude. Der Wind ließ eine zusammengeknüllte Papiertüte wie *tumbleweed* über den Schulhof rollen. Der Deckel einer der Mülltonnen im Hof war aufgeklappt und knallte unrhythmisch gegen die Tonne. Papiermüll wehte heraus. Hinter einem der hohen Fenster im Erdgeschoss brannte noch Licht. Dominik ging zum Haupteingang und entdeckte eine Klingel unter einem Schild mit der Aufschrift *Hausmeister*. Vermutlich verschwendete er hier nur seine Zeit, aber er wollte es wenigstens versuchen und drückte ein paar Mal auf die Klingel.

Tatsächlich ging nach einer Weile Licht hinter der Glastür des Haupteingangs an, und ein Mann im Overall stapfte die Treppe herunter. Er schloss umständlich auf. »Was gibt's denn?« Die unnatürlich vergrößerten Augen hinter der dicken Brille erinnerten Dominik an den Erkennungsdienstler Günther Hagedorn. »Ach so, ich hör's schon, die Mülltonnen«, fuhr der Hausmeister fort. »Die muss ich noch sichern. Soll ordentlich winden heute Nacht.«

Dominik hielt ihm seinen Polizeiausweis vor die Nase. »Kann es sein, dass sich noch ein Lehrer hier im Gebäude aufhält? Vielleicht in der Schulbibliothek?«

»Nö.« Der Hausmeister fuhr sich durch seinen grauen Haarkranz. »Da war eben nur noch eine Putzfrau drin. Warten Sie ... ich hab vorhin noch Licht im Chemielabor gesehen. Ich hatte schon abgeschlossen, aber da könnte noch jemand sein. Wahrscheinlich die andere Putzfrau, aber ...«

»Dann bringen Sie mich bitte dorthin.«

Die Augen hinter der Brille wurden noch etwas größer.

»Um die Mülltonnen können Sie sich auch gleich noch kümmern.«

Dominik fühlte sich an seine eigene Schulzeit erinnert, während er dem Hausmeister über die große Steintreppe nach oben folgte, dann weiter über gebohnerte Flure, wo es nach altem Linoleum, Staub und Kreide roch, so als ob hier die Zeit stehen geblieben wäre. Durch eine Tür mit Glasfassung gelangten sie in einen hell erleuchteten Raum mit Labortischen, Vitrinenschränken mit Reagenzien, Versuchsapparaturen mit bauchigen Glaskolben und Schläuchen und einer großen Schautafel mit dem Periodensystem der Elemente.

»Wieso hier jetzt niemand ist, wo doch Licht brennt ...« Der Hausmeister zuckte mit den Achseln. »Eine der beiden Putzfrauen raucht. Die raucht mehr, als sie putzt. Vielleicht ...«

»Wo geht es dort hin?« Dominik zeigte auf eine weitere Tür mit Glasfassung, hinter der trübes Licht schimmerte.

»Ach, das ist nur ein Raum für Unterrichtsmaterial.«

Dominik drängte sich an ihm vorbei und öffnete die Tür. »Nicht abgeschlossen.«

Der Hausmeister ließ ein Brummen hören. »Das sollte sie aber sein.«

Dominik ging einen kurzen, düsteren Gang entlang und zuckte zusammen, als er gegen ein Skelett stieß. Der Hausmeister lachte auf. »Das ist unser Hugo. Manchmal verliert er Teile.«

Der Gang führte in einen spärlich beleuchteten, kleinen Raum, der mit Wandkarten, ausgestopften Tieren und Regalen mit Mikroskopen, Kristallen und Mineralien zugestellt war. Am Fenster saß ein Mann mit dem Rücken zu ihnen an einem Schreibtisch, der von einer Tischlampe beleuchtet wurde – der einzigen Lichtquelle im Raum.

»Sie können jetzt gehen«, sagte Dominik leise.

Der Hausmeister warf einen neugierigen Blick auf den Mann am Fenster, nickte Dominik zu und trollte sich.

»Herr Schoppe?«

Der Lehrer fuhr herum. »Was … was wollen Sie denn hier? Ist irgendetwas Schlimmes … ist etwas passiert?«

»Was glauben *Sie* denn?« Dominik bahnte sich einen Weg zwischen den Wandkarten hindurch und trat an den Schreibtisch.

Norbert Schoppe sah ihn stirnrunzelnd an. »Sagen Sie schon!« Seine Aussprache klang etwas verwaschen, was wohl mit der fast leeren Flasche Rotwein auf dem Schreibtisch zu tun haben musste.

Dominik lächelte. »Sagen Sie's mir.«

»Ach.« Schoppe lehnte sich zurück. »Weil ich Rotwein trinke? Ich wollte einfach mal allein sein. Zum Nachdenken, verstehen Sie? Nur komm ich immer zum selben Ergebnis: Meine Ehe geht den Bach runter.«

»Wieso die falschen Alibis?« Dominik räumte einen Bücherstapel vom Schreibtisch und ließ sich in Ermangelung eines Stuhls auf einer Ecke des Tisches nieder.

»Wollen Sie das wirklich wissen?« Schoppe strich über ein Plastikmodell von Lunge und Bronchien, das auf dem Tisch stand. »Na ja, is ja auch egal, warum soll ich's nich erzählen, Ingrid …« Er brach ab.

Dominik nahm ihm das Modell aus der Hand. »Gibt es denn einen Grund, mir etwas zu verschweigen?«

»Es hört sowieso nie auf. Und ehrlich gesagt hängt's mir bis hier.« Er machte eine fahrige Bewegung auf Kinnhöhe. »Ich will nur noch meine Ruhe haben, könn Sie das verstehen?«

Dominik verschränkte die Arme und schwieg.

»Wir kommen sowieso nich mehr zusammen.« Er goss sich den Rest Wein aus der Flasche in sein Glas und trank. »Ewig dieser Streit. Wenn meine Stieftochter nich wär …« Er nickte mit leeren Augen vor sich hin. »Ja dann, aber … sie is ja noch da.« Er blickte hoch und grinste. »Herr Kommissar, ich gestehe … ich hab Charlotte nich umgebracht, aber Isabel würd ich mit Vergnügen erwürgen, wenn ich kriminell veranlagt wär.«

»Was hat sie Ihnen getan?«

»Wir wollten endlich einmal zusammen in den Urlaub, als Familie mit Freunden, einfach mal ausspannen, bisschen am Meer spazieren gehen, aber nein … Isabel hat natürlich wieder eine Krise, droht mit Suizid, was sie mit schöner Regelmäßigkeit tut, wenn sie glaubt, sie fände nicht genug Beachtung … okay, gut …« Er machte eine wegwerfende Handbewegung. »Sie is ja krank und kann ja nix dafür, wie Ingrid nich müde wird zu betonen …«

»Welche Diagnose hat Ihre Stieftochter?«

»Borderline. Und Bulimie. Und sie hat Depressionen, kommt nach ihrem Vater.«

»Und ihr leiblicher Vater kann sich nicht kümmern wegen seiner Depressionen?«

»Der hat damals ein neues Antidepressivum bekommen, hat Ingrid erzählt, und einige Zeit danach …« Schoppe senkte die Stimme. »Der hat sich aufgehängt. Isabel hat ihn gefunden, da war sie fünf. Seitdem kann sie nich mehr allein sein und klammert. Wenn Ingrid und ich uns trennen würden, wär das der Super-Gau für Isabel. Aber ich kann nich mehr!« Er wollte sich aus der Weinflasche nachschenken, doch nur noch wenige rote Tropfen fielen in sein Glas. »Schauen Sie mal, sieht aus wie Blut, was? Isabel zerschneidet sich die Arme, könn Sie sich das vorstellen? Sie macht ihre Mutter verrückt damit.«

»Ihre Frau leidet darunter?«

»Ingrid hat Schuldgefühle. Sie denkt, sie hat sich nich genug um Isabel gekümmert, als die klein war. Meine Frau war früher selbstständig mit einem Pferdehof, das war, bevor wir uns kennenlernten. Da blieb wenig Zeit für das Kind, und der Vater war ein Totalausfall, und dann wie gesagt …«

»Hat er sich aufgehängt.«

Schoppe nickte. »Ingrid musste den Hof später schweren Herzens aufgeben, hat ihr Referendariat nachgeholt, und danach wurde das Leben ruhiger. Aber da war Isabel schon zehn und ziemlich verkorkst. So hab ich sie kennengelernt. Ich wurde ihr Ersatz-Papa. Aber sie war ständig in Hab-Acht-Stellung, ob ich nicht wieder gehe.«

»Isabel hat Angst, verlassen zu werden?«

»Wir haben es mal mit betreutem Wohnen probiert. Nach drei Wochen stand sie wieder auf der Matte. Sie hat's nich ausgehalten, also zog sie wieder ein.« Er stöhnte. »Und zurzeit is sie wieder unglücklich verliebt. Wahrscheinlich wieder so ein Techtel, das sie für die große Liebe hält. 'tschuldigung, das klingt so kalt, aber Sie könn sich nich vorstellen, wie anstrengend das alles is. Sie is 'ne unausgeglichene, dauergekränkte Klette, ständig is irgendein Drama angesagt.« Er schüttelte den Kopf.

»Wusste Ihre Stieftochter von Ihren Treffen mit Charlotte Campmann?«

Schoppe starrte mit blutunterlaufenen Augen auf die staubige Plastiklunge.

»Herr Schoppe?«

Er atmete schwer. »Ja … sie hat uns mal gesehen … im Auto: Das is schon … ich glaub, letztes Jahr Anfang Oktober war das. Aber ich hab bald danach den Kontakt zu Charlotte abgebrochen, also …«

»Hat Charlotte vor Kurzem noch mal versucht, Kontakt zu Ihnen aufzunehmen?«

Zwischen Schoppes Brauen bildete sich eine steile Falte, langsam wanderte sein Blick zu Dominik.

»Also ja. Auch darin haben Sie mich belogen. Was wollte sie von Ihnen?«

»Sie hat mir 'ne Nachricht geschickt. Sie würde in großen Schwierigkeiten stecken, ob wir uns sehen könnten.« Er kratzte sich am Kinn. »Aber ich hab sie nich getroffen, ich wollte den Cut. Wer weiß …«, fuhr er tonlos fort. »Vielleicht hätt ich ihr helfen können, und sie wär jetzt nich tot.«

»Könnte Isabel das mit der Nachricht mitbekommen haben?«

»Leider ja. Ich lasse mein Handy möglichst nich rumliegen, aber manchmal vergess ich, dass Isabel Twelmeier im Haus herumschleicht.«

»Ihre Tochter heißt Twelmeier?«

»Der Name ihres leiblichen Vaters. Und wenn wir schon beim Beichten sind …« Er schluckte, räusperte sich. »Ich hab den hier in Isabels Zimmer gefunden.« Schoppe nahm einen Umschlag vom Schreibtisch, auf dem in mit Tinte geschriebenen Blockbuchstaben *Für Norbert Schoppe* stand, und reichte ihn Dominik.

»Schreibt Ihre Stieftochter Ihnen Briefe?«

»Oh nein, sie hat ihn abgefangen. Ich räume manchmal auf bei ihr, und dabei hab ich den Brief entdeckt. Ich weiß, es klingt komisch, schließlich is Isabel schon erwachsen. Aber sie lässt ihr Zimmer derart verlottern, lässt Müll drin liegen, bunkert Lebensmittel, die dann schlecht werden, dass ich Angst habe, bei uns breiten sich noch Kakerlaken aus oder so was.«

Dominik zog einen Briefbogen aus dem Umschlag, der mit einer nach hinten gelehnten Schrift bedeckt war, mit ordentlich gemalten Buchstaben, statt des Punktes auf dem i gab es einen Kringel, die Handschrift eines jungen Menschen.

Lieber Norbert,
ich weiß, du möchtest keinen Kontakt mehr mit mir außerhalb der Schule haben und reagierst deshalb nicht auf meine WhatsApp-Nachrichten. Aber alles, was ich will, ist, mit dir zu reden, denn es geht mir grottig, und ich weiß nicht mehr weiter. Meiner Mutter kann ich nichts erzählen, dafür schäme ich mich zu sehr. Seit Silvester ist mir endgültig klargeworden, dass ich von meiner Klasse nur das Schlimmste erwarten kann!!! Du kannst dir nicht vorstellen, wie gruselig die sind, ich würde die am liebsten nie mehr wiedersehen!!! Deshalb habe ich einen Freund außerhalb der Schule gesucht, aber dann wurde alles noch viel schlimmer, denn jetzt bin ich auf einer Rutschbahn, die direkt nach unten führt, und ich bin schon fast unten angekommen. Es ist die Hölle, und ich komme da nicht mehr raus!!! Norbert, bitte, bitte hilf mir!!!
Deine Charlotte

Dominik ließ das Blatt sinken. »Seit Silvester … klingelt da was bei Ihnen?«

»Nein, ich hab keine Idee. Ein Konflikt bei einer Silvesterparty? Sie fühlte sich nich so wohl in der Klasse, meinte, die anderen würden sie schneiden. Was in dem Alter eben so los is. Ich kenne das zur Genüge von Isabel, von wegen, alle sind gegen sie. Deshalb hab ich's nich so ernst genommen.«

»Und der Rest? Ein Freund außerhalb der Schule?«

Schoppe zuckte mit den Achseln. »Nein. Wie gesagt, ich wollte keinen Kontakt, weil meine Ehe sowieso schon auf der Kippe stand. Und den Brief hab ich zwei Tage vor der Abreise nach Römö gefunden.«

»Also am 17. Oktober.«

»Ja«, sagt er tonlos. »Da wäre es noch nich zu spät gewesen. Ich hab tatsächlich überlegt, sie anzurufen, aber dann drehte Isabel wegen dieses Studenten durch und …« Er brach ab.

Schoppe wirkte mit einem Mal alt, wie er so mit hängenden Schultern, trüben Augen und grauen Bartstoppeln vor der leeren Flasche Wein hockte und vor sich hin starrte.

»Charlotte hat Ihnen offenbar vertraut.«

Schoppe sackte noch etwas mehr in sich zusammen.

»Eines verstehe ich nicht, Herr Schoppe. Sie haben versucht, die Polizei über Ihr Alibi zu täuschen, weil Ihre Stieftochter eine Krise hatte?«

»Also, ich hab gehofft, dass Isabel sich beruhigt und wir fahren können. Tja, die Hoffnung stirbt zuletzt. Ich war stinksauer, schon wieder schaffte es meine Stieftochter, dass alle um sie rumtanzten ohne Rücksicht auf Verluste. Meine Frau und ich hatten deshalb wieder Streit, und ich bin viel später losgekommen, als ich vorhatte.«

»Nur wo ist das Motiv, die Kripo zu belügen, wenn sich alles so zugetragen hat? Ich kapier's nicht. Warum sagen Sie mir nicht endlich die Wahrheit?!«

Schoppe machte eine fahrige Handbewegung und stieß die leere Flasche um. »Ich kann nich mehr, wirklich nich. Verhaften Sie mich doch einfach, und dann komm ich in eine schöne, ruhige Zelle.« Er hielt Dominik seine Hände hin zum Handschellenanlegen.

»Ich sage dem Hausmeister Bescheid, dass er Ihnen ein Taxi ruft«, sagte Dominik kühl.

* * *

Ein kalter Wind fegte über den großen Platz, als Marianne auf den Ravensberger Park zulief, so schnell sie ihre Beine trugen. Der Kesselbrink war auch als Busbahnhof nie besonders schön gewesen, doch jetzt auf der neugestalteten, weiten, gepflasterten Ebene fühlte sie sich wie auf dem Präsentiertierteller für sämtliche zwielichtigen Gestalten der nächtlichen Stadt. Nur wenige Menschen hasteten über den Platz, beeilten sich vermutlich, nach Hause zu kommen bei dem Orkan. So wie sie auch zu Hause sein sollte. Auf einigen Nordseeinseln waren über 190 Stundenkilometer Windgeschwindigkeit gemessen worden, hatte sie im Radio gehört. Auch hier schwankten die Ampeln bedrohlich, Zweige und Äste lagen auf den Bürgersteigen.

Sie überquerte die Straße und ging ein Stück die Bleichstraße entlang. Linker Hand lag ein weiterer kleiner Park. Im spärlichen Licht der Laternen sah sie Gruppen junger Männer in Kapuzenpullis und Daunenjacken herumlungern, denen der Sturm nichts auszumachen schien. Sie hielt inne, steckte die Hand in die Jackentasche, wo sie den zerknitterten Brief spürte. Vielleicht war es ein Fehler gewesen herzukommen. Sie wandte sich um. Nicht weit entfernt ragte das erleuchtete, alte Industriegebäude der Ravensberger Spinnerei, die als VHS genutzt wurde, auf wie eine sichere Insel.

Eine eisige Böe traf sie, und sie zog den Reißverschluss ihrer Jacke bis hoch unters Kinn. Es hatte einige Anrufe gekostet, um die Frau namens Nele, deren Nummer sie auf einem Zettel in Charlottes Sachen gefunden hatte, zu überzeugen, sich mit ihr zu treffen. Schließlich hatte sie Nele Geld angeboten, was überraschenderweise sofort funktionierte. Nur ... was wusste sie schon von dieser Nele, außer dass sie offenbar Geld brauchte? Hatte Nele ihren Kumpels womöglich Bescheid gegeben, damit sie sie hier an Ort und Stelle ausrauben konnten? Warum hätte Nele ihr sonst so einen dubiosen Ort als Treffpunkt vorgeschlagen? Ein bitteres Lächeln huschte über ihr Gesicht. Was hatte sie noch zu verlieren? Ein bisschen Geld? Wovor hatte sie Angst? Davor, in einem Park niedergeschlagen zu werden? Oder vor den endlosen Nächten, in denen sie trotz der Schlaftabletten keine Ruhe fand und durch die leere Wohnung taumelte, über Charlottes Sachen streichelte, unbegreiflich, all das, was zurückgeblieben und intakt war, während ihre Tochter verweste, sich unwiderruflich in Nichts auflöste.

Auf dem Weg zwischen den dunklen Rasenflächen schimmerte eine gebrauchte Spritze im Mondlicht. Früher hätte sie sich aufgeregt, denn in der Nähe gab es einen Kinderspielplatz. Doch heute war das schlicht ein Teil des begehbaren Albtraums, in dem sie sich befand. Mit steifen Schritten ging sie weiter, auf die Spritze zu, tiefer in den Park hinein. Von einer der Bänke am Rande des Rasens löste sich eine Gestalt im wehenden, weiten Mantel und stakste auf dürren Beinen auf sie zu.

»Hallo.« Eine weiße Wolke kam aus ihrem Mund. »Hey, sind Sie Frau Campmann?« Wieder weiße Wolken. Überraschend höflich, diese Nele. Trotz der Kälte trug sie nur einen viel zu weiten Regenmantel.

»Nele, warum gehen wir nicht in die Raspi? Hier ist es viel zu kalt, und es gibt auch kein Licht.«

»Klar gibt's Licht.« Die junge Frau ergriff ihre Hand mit eiskalten, dünnen Fingern und zog sie zu einer der schwankenden Laternen. Neles Gesicht wurde von der Kapuze überschattet, unter der ein paar blonde Strähnen hervorlugten, aber mit einem Mal riss der Wind ihr die Kapuze vom Kopf und enthüllte ihr ausgemergeltes Gesicht. Es war nicht zu übersehen, wie hübsch sie einmal gewesen sein musste. Ein fiebriger Glanz lag auf ihren großen, blauen Augen. »Erst das Geld!«

Marianne zog ein paar Scheine hervor und drückte sie Nele in die Hand, die sogleich begann, das Geld zu zählen, bevor sie es in ihrer Tasche verschwinden ließ.

Marianne zeigte ihr das Foto. »Ich hab dieses Foto in Charlottes Zimmer entdeckt. Wer ist der Kerl neben meiner Tochter? Kennen Sie den?«

Nele krauste die Nase, als hätte sie etwas Verdorbenes gerochen. »Das ist Dany.«

»Dany? Ich habe einen angefangenen Brief von Charlotte gefunden. In dem nennt sie ihn ›Dany‹.«

In Charlottes Papierkorb hatte Marianne nichts von Bedeutung gefunden, aber in einer Umhängetasche von Charlotte entdeckte sie schließlich diesen angefangenen Brief. Vieles war durchgestrichen oder durch Wassertropfen unleserlich geworden, und nach einem Absatz brach der Brief ab. Hatte ihre Tochter beim Schreiben geweint? *Liebster Dany, ich wusste nicht mehr, wem ich noch trauen kann nach diesem Horror, den ich an Silvester erlebt habe. Du bist der Einzige, mit dem ich darüber reden kann und der mich ernst nimmt, du weißt gar nicht, wie froh ...* der Rest des Satzes war verwischt. Diese Stelle versetzte ihr einen Stich. Ein Horror? Wieso hatte Charlotte ihr nichts erzählt? Es folgten noch drei Sätze, dann brach das Ganze ab. Viel gab dieser Briefanfang nicht preis, nur eines wurde überdeutlich.

»Dieser Brief … warten Sie.« Marianne zog den Brief aus ihrer Tasche und reichte ihn Nele, die die wenigen Zeilen überflog. »Ich glaube, meine Tochter war verliebt in diesen Dany.«

»Klar, wir waren alle verknallt in Dany. Bevor er uns auf Droge brachte.«

»Auf Droge? In dem Brief ist von einem Hotel die Rede. Charlotte beklagt, dass sie sich nur noch in diesem Hotel treffen, im *Paradise* oder wie das heißt…«

»Klar, die legendären Partys im *Paradise*. Das ist so'n feudaler Palast. Am Anfang hat mich das umgehauen. Ich war total beeindruckt, trotz der Pracht schien alles cool und locker, es gab Motto-Partys, und ich stand plötzlich im Mittelpunkt, wurde bewundert wegen meines Aussehens. Die schicken Klamotten dafür hat immer Dany spendiert.« Sie lachte bitter. »Jetzt bewundert mich niemand mehr wegen meines Aussehens.«

Eine Coladose rollte über den Weg, eine Plastiktüte flog hinterher, wirbelte hoch und blieb im Geäst eines Baumes hängen. Auch Nele wirkte, als könnte sie im nächsten Moment umgepustet werden. Ob ihre Familie wusste, wie es um sie stand? Ihre Eltern machten sich sicher große Sorgen, aber im Unterschied zu Charlotte lebte Nele immerhin noch …

»Es schien also nur cool und locker?«

»Es ging angeblich nur ums Spaßhaben: freie Liebe, mal 'ne Linie Koks so zwischendurch. Dany hat mich gedrängt, sei nicht so verklemmt, komm schon, mir zuliebe, mich macht das an, du wirst sehen, dich macht das auch an! Dann gab's mal 'nen Dreier, dann mehr Drogen, nicht nur Koks, geschnupft, geraucht, gespritzt, und immer mehr Sex mit Fremden. Charly wollte aussteigen, aber sie wurde schnell süchtig und wusste nicht, woher sie das Zeug sonst bekommen sollte.«

Marianne wurde heiß. Dieser Scheißkerl hatte Charlottes Leben ruiniert! Und sie hatte nicht einmal gemerkt, wie es um Charlotte stand, dass sie Drogen nahm! »Hat dieser Dany meine Tochter umgebracht? Weil sie aussteigen wollte? War er das, Nele?«

In der Nähe knackte es, ein Ast brach ab und fiel auf den Rasen.

»Dany ist ein Monster! Ich war mit vierzehn schwanger von einem dieser fetten Typen mit Ehegattin und Villa am Hang. Ich musste abtreiben. Wie ich ihn *hasse*!«

»Wie heißt Dany mit Nachnamen? Haben Sie eine Handynummer von ihm?«

Nele schaute sich um, als fürchtete sie, jemand könnte mithören, obwohl der Wind mittlerweile viel zu laut rauschte, als dass sie jemand hätte hören können. »Weiß nicht. Echt nicht.«

»Aber Sie haben es geschafft auszusteigen. Er kann Ihnen doch jetzt nichts mehr!«

»Gar nichts geschafft hab ich! Ich war irgendwann einfach zu kaputt, zu mager, zu süchtig, zu verbraucht. Dany hat das Interesse verloren, mich weggeworfen wie benutztes Klopapier. Die brauchen immer neue Mädchen.«

»Wer hat Charlotte umgebracht? Nele, schauen Sie mich an!«, rief Marianne, um das Heulen des Windes zu übertönen. Sie packte Nele bei den knochigen Schultern. »Bitte, wer, Nele?!«

»Ich … nein, ich kann nicht …«

»Wer, Nele?! Bitte! Sie wissen etwas, das spüre ich!« Marianne begann, die junge Frau zu schütteln. »Ich will Gerechtigkeit für meine Tochter!«

»Lassen Sie mich los, verdammt!« Nele riss sich mit einer heftigen Bewegung los und stolperte zurück. »Gerechtigkeit«, stieß sie höhnisch hervor und drehte sich um. Der Rest ging im Tosen der Bäume und im Heulen des Windes unter. Marianne hatte nur Bruchstücke verstanden: … ja keine Ahnung, worauf Sie … einlassen.

Marianne lief hinter ihr her, bekam ihren Regelmantel zu fassen, danach die schmale, eiskalte Hand des Mädchens. »Es ist mir gleich, worauf ich mich einlasse! Glaubst du, ich habe noch ein Leben ohne meine Tochter?«

Nele versuchte, die Hand aus ihrem Klammergriff zu zerren, aber das dürre Mädchen besaß wenig Kraft.

»Geld? Brauchst du Geld, Nele? Ich hab nicht viel, aber etwas mehr kann ich dir geben.« Marianne zog einen weiteren Geldschein aus ihrer Jackentasche.

Nele starrte auf das Geld. Natürlich würde sie sich wieder Drogen kaufen. Es fühlte sich furchtbar an, ihr dafür auch noch das Geld zu verschaffen. »Kauf dir was zu essen, Mädchen. Du siehst aus wie der Tod auf Latschen.«

Nele nahm das Geld und steckte es rasch ein. »Ich mochte Charlotte ... dass sie so enden musste ...« In ihren Augen standen Tränen, sie biss sich auf die Lippen. »Damals, als mir die ersten Zweifel an Dany kamen, an dem, wer er ist und was er von mir wollte, da hab ich meinen Bruder gefragt, ob er Danys Autokennzeichen überprüfen könnte. Mein Bruder arbeitet bei der Zulassungsstelle. Das darf er eigentlich gar nicht weitergeben, aber ...« Nele blickte nach oben zu den Baumkronen, in denen Äste heftig schwankten. Das Haar klebte ihr an der Stirn.

»Weiter, Nele, weiter!«

»Er heißt nicht Dany. Das Arschloch hat mir nicht mal seinen richtigen Namen genannt.«

»Lauter, Nele, ich verstehe dich nicht!«

»Ich bin dann zu seiner Adresse gefahren. Der Kerl hat 'ne Ehefrau, alles superspießig, auch das Haus. Fehlen nur noch die Gartenzwerge.«

Direkt über ihnen knarrte ein Ast bedenklich.

»Dann sag mir seinen Namen, bitte!«

Nele hielt die Hand auf, und sie legte ihr letztes Geld hinein. »Mehr habe ich nicht, Nele. Ich komme gerade so über die Runden.«

Nele nickte, beugte sich zu ihr und flüsterte ihr einen Namen ins Ohr, den sie noch nie gehört hatte.

»Und der Rest?«

»Hab die Adresse nicht im Kopf. Ich hab das zu Hause irgendwo aufgeschrieben. Ich hab sogar herausgefunden, wo er arbeitet, ich bin ihm einmal gefolgt. Wir waren morgens in der Altstadt zum Frühstück verabredet, danach ist er zu Fuß zur Arbeit gegangen.«

»Kannst du mir beides schicken? Oder nein, wirf die Infos in meinen Briefkasten! Hast du gehört?«

Nele nickte wieder.

»Warte.« Marianne kramte in ihren Taschen, fand noch einen Bleistift und riss ein Blatt aus ihrem Taschenkalender. Es begann zu nieseln, und der Wind ließ das Blatt flattern, aber schließlich schaffte sie es, Nele ihre Adresse aufzuschreiben. »Musst nur die Straßenbahn Linie 3 nehmen. Nele ...« Sie umklammerte den Arm des zitternden Mädchens. »Versprich mir, dass du das tust!«

»Ja, ich mach's ja. Aber sagen Sie bloß niemandem, woher Sie das haben!«

»Auf keinen Fall!« Marianne legte einen Finger über ihren Mund.

Nele wandte sich um und hastete davon. Das Letzte, was Marianne von ihr sah, waren ihre flatternden Mantelschöße, die zwischen den windgepeitschten Büschen verschwanden.

Dienstag, 29. Oktober

Vorsichtig balancierte Dominik das mit Kaffee und belegten Brötchen beladene Tablett die Treppe zu seinem Büroflur hoch. Eigentlich wäre sein jüngster Sohn Robin dran gewesen einzukaufen, doch der war bereits gestern Abend zu einem Freund nach Hamburg gereist, um am 2. November an einer Demo teilzunehmen. Laut Frank hatte er etwas vom Bleiberecht für die Flüchtlinge der Gruppe »Lampedusa in Hamburg« gemurmelt und war pünktlich zum Ladenschluss mit seinem Rucksack Richtung Straßenbahnhaltestelle enteilt.

Dominik schaffte es unfallfrei bis vor den Besprechungsraum, dessen Türklinke er mit dem Ellenbogen hinunterdrückte. Aus der geöffneten Tür kam ihm Zigarettenrauch entgegen.

»Sei froh, dass Bent noch nicht da ist.«

»Das ist der Hunger!« Frank warf seine Kippe zu den anderen in ein mit Sand gefülltes Einmachglas, bevor er das Glas unter dem Tisch verschwinden ließ.

»Du quarzt doch auch sonst, bis der Arzt kommt.« Dominik stellte das Tablett neben Franks PC.

»Du darfst ruhig mal nett zu mir sein! Während du ewig lange in der Cafeteria warst, hab ich etwas für dich herausgefunden.« Frank griff nach einem Schinkenbrötchen und schlug seine Zähne hinein.

»Lass hören.« Dominik setzte sich neben ihn und nahm einen Schluck von seinem Cappuccino.

»Diesche Ischabel Twelmeier«, nuschelte Frank mit vollem Mund. »Die ischt bereits aktenkundig geworden. Esch hat eine Strafanscheige gegeben wegen Körperverletschung.«

Dominik zog den Teller mit dem Schinkenbrötchen außer Reichweite. »Erst die Info, dann das Brötchen.«

»Dodo, du lässt einen armen Freund hungern?« Frank warf ihm einen Blick zu. »Also ja. Na gut, ich mache es kurz: Die Anzeige wurde von einer gewissen Simone Dupont erstattet. Isabel Twelmeier war noch Jugendliche und musste nur Sozialstunden in einer Altentagesstätte ableisten. Und das, obwohl Simone Dupont ein Schädel-Hirn-Trauma davontrug.« Frank bedeutete mit einem Heranwinken, dass er sein Brötchen haben wollte, und Dominik schob den Teller zu ihm.

»Wir sind immer davon ausgegangen, wir hätten es im Fall Charlotte Campmann mit einem Sexualverbrechen zu tun. Manche Sexualverbrechen lassen die Täter so aussehen, als ginge es um Raub. Was, wenn es hier genau andersherum wäre? Das Tötungsdelikt sollte nur aussehen wie ein Sexualverbrechen. Immerhin haben wir keine Spermaspuren gefunden.«

Frank kaute hingebungsvoll, warf ein »Kondom?« und ein »Wieso Raub?« ein und kaute weiter.

»Raub war nur ein Beispiel, ich meine ein anderes Motiv.« Dominik griff nach seinem Kaffeebecher und ging damit in sein Büro. Dann rief er die Schoppes an. Nach dem zehnten Klingeln hörte er ein verschlafenes: »Ingrid Schoppe.«

Ihm stand bei dieser Familie nicht mehr der Sinn nach Höflichkeit, daher kam er gleich zur Sache. »Frau Schoppe, ich möchte Ihre Tochter sprechen.«

»Die hat heute Morgen einen Arzttermin.«

»Wissen Sie, wo sich Ihre Tochter Isabel vom Nachmittag des 18. Oktober bis zum Abend des 19. Oktober aufgehalten hat?«

»Sie war zu Hause bei uns. Die ganze Zeit über. Zwischendurch sind wir zum Italiener gegangen.« Jetzt klang Frau Schoppe wach. »Wieso?«

»Und nachts? Haben Sie direkt neben dem Bett Ihrer Tochter gesessen?«

»Ich hätte sicher mitbekommen, wenn …«

»Lügen Sie schon wieder? Sie wollen Ihre Tochter decken, nicht wahr? Ich weiß inzwischen, dass Isabel eine Krise durchlebt hat. Sie befürchten, dass Isabel etwas Schlimmes getan haben könnte, weil sie Angst hatte, dass Charlotte Campmann die Ehe ihrer Eltern gefährdet und Isabel ihren Vater noch ein zweites Mal verlieren könnte!«

Am anderen Ende blieb es still.

»Sind Sie noch dran?«

Frau Schoppe seufzte. »Isabel hat öfter Krisen …«

»Charlotte hat sich kurz vor ihrem Tod noch einmal an Ihren Mann gewandt und Isabel hat das mitbekommen. «

»Also gut … ich … Isabel hat am 18. Oktober noch mit uns und dem Ehepaar Osterkamp im Restaurant zu Abend gegessen. So gegen halb neun ist sie gegangen und erst spät nach Hause gekommen. Ich schlafe nur leicht, wenn sie unterwegs ist, also bin ich aufgewacht, als ich ihre Schritte auf der Treppe hörte … so gegen halb vier. Sie hat diesen jungen Mann aufgesucht, in den sie unglücklich verliebt ist, aber der habe sie schließlich rausgeworfen, hat sie erzählt. Sie ist den ganzen Weg zu Fuß gelaufen. Von der Morgenbreede bis nach Theesen und das in der Kälte! Sie war ziemlich verzweifelt, und ich glaube nicht …«

»Haben Sie den Namen des jungen Mannes für mich?«

»Ja … sicher«, sagte Frau Schoppe langsam. Es klang resigniert. Sie nannte ihm einen Namen, den er notierte. »Vielen Dank, Frau Schoppe. Ich melde mich wieder.«

»Hören Sie, das mit Charlotte und meinem Mann ist schon lange vorbei! Und genauso lange schreibt Isabel Charlotte schon keine Nachrichten mehr!«

»Die beiden hatten also Kontakt?«

»Das war letztes Jahr, Herr Kommissar. Daraus können Sie ihr doch keinen Strick drehen!«

»Warum haben Sie dann versucht, Isabel zu decken? Erinnern Sie sich? Ihre Tochter hat Ihr Au-pair-Mädchen am Kopf verletzt, es handelte sich …«

»Ja, ich weiß«, sagte Frau Schoppe schnell. »Isabel hat das Mädchen nur geschubst, sie konnte nichts dafür, dass Simone so unglücklich gefallen ist. Das hat damals auch der Richter so gesehen und …«

»Trauen Sie Ihrer Tochter, Frau Schoppe?«

Er hörte sie eine Weile schwer atmen, dann wurde aufgelegt.

* * *

Der Bestatter führte Marianne und Hardy durch die Ausstellungsräume an schwarz lackierten Särgen, strahlend weißen Särgen, Särgen aus Eichenholz, Särgen aus rot gebeiztem Holz, Kindersärgen, Urnen in verschiedenen Größen und Farben vorbei. Obgleich das Geschäft an der vielbefahrenen Herforder Straße lag, herrschte bis auf das Ticken einer antiken Standuhr Stille. Wie passend: Eine tickende Uhr als Bild für das unwiederbringliche Verrinnen der Lebenszeit. Früher hatte sie Angst vor dem Tod gehabt. Der Bestatter, ein glatzköpfiger, älterer Herr, dessen Namen sie schon wieder vergessen hatte, erläuterte die Eigenschaften verschiedener Modelle. Marianne versuchte vergeblich, sich auf Einzelheiten zu konzentrieren. Die beiden Männer blieben stehen und sahen sie fragend an. Marianne hatte keine Ahnung, wieso.

Hardy räusperte sich. »Marianne, gefällt dir einer der Särge?«

Der Bestatter lächelte. »Es ist gar nicht so einfach, sich zu entscheiden. Oder möchten Sie lieber eine Einäscherung? Ich zeige Ihnen auch gerne unsere große Auswahl an Urnen.«

Der Gedanke, dass Charlotte irgendwo unter der Erde verrottete, war in der Tat widerwärtig. Marianne wandte sich an ihren Freund. »Was meinst du, Hardy, besser eine Einäscherung? Such du doch eine Urne aus, ja? Ich muss mir noch eine schwarze Bluse für die Trauerfeier kaufen.«

Sie atmete auf, als sie das Geschäft verlassen hatte, und stieg in die Straßenbahn, um in die Innenstadt zu fahren. Sie durchstreifte mehrere Geschäfte und wurde bei *Peek & Cloppenburg* fündig. Danach hatte sie das Gefühl, den Rest an Energie, der in ihr steckte, aufgebraucht zu haben, und setzte sich in die Straßenbahn nach Hause.

Sie hatte in der Nacht lange wachgelegen und darüber gegrübelt, ob sie den Namen dieses »Dany« richtig verstanden hatte. Der Sturm hatte die Bäume so laut rauschen lassen, und Nele hatte so leise gesprochen. Ob das Mädchen ihr die Wahrheit erzählte? Oder war es ihr nur darum gegangen, Marianne das letzte Geld aus der Tasche zu ziehen? Mit dem Gedanken, dass man einer Drogensüchtigen wohl kaum vertrauen könne, war sie in den frühen Morgenstunden endlich eingeschlafen. Marianne unterdrückte ein Gähnen. Sie würde sich zu Hause einfach wieder ins Bett legen und sich die Decke über den Kopf ziehen …

Der Weg von der Straßenbahnhaltestelle in Sieker bis zu ihrer Haustür kam ihr heute endlos vor. Der Briefträger kam ihr entgegen, und nachdem sie die Haustür aufgesperrt hatte, schaute sie in ihrem Briefkasten nach Post. Reklame für einen Pizzadienst, ein Brief von der Rentenversicherung, eine Zahnarztrechnung. Fast hätte sie den zerknitterten Umschlag übersehen. »Campmann« stand mit ordentlicher, runder Mädchenschrift auf der Vorderseite, auf der Rückseite war außer einem Kaffeefleck nichts zu sehen. Marianne legte die andere Post auf einen Treppenabsatz, riss den Umschlag auf und holte einen Zettel heraus. Sie lächelte dünn. Sie hatte den Namen also doch richtig verstanden. Darunter hatte Nele ihr zwei Adressen aufgeschrieben, unter *Wohnen* und *Arbeiten*. Sie hatte nicht erwartet, dass Nele ihr Versprechen einhalten würde. Aber jetzt … ihr Herz begann zu klopfen. Eine Nachbarin grüßte, und Marianne bemerkte es kaum. Sie vergaß auch die Post auf dem Treppenabsatz, ließ die Tüte mit der Bluse am Briefkasten stehen und verließ das Haus.

Gerade eben noch hatte die ganze Last der schlaflosen Nächte, der Albträume, die Leere der grauen, toten Tage auf ihr gelegen, doch jetzt spürte sie die Müdigkeit nicht mehr. Es gab wieder ein Ziel, das ihr jetzt klar vor Augen stand. Im trüben Irrgarten ihrer Trauer hatte sie es bisher nur tastend verfolgt, hatte selbst nicht so ganz daran geglaubt, dass sie das Ungeheuer finden könnte. Aber nun erschien es möglich! Der Hass fühlte sich an wie ein Brennen, etwas, das sie vorwärtstrieb und von innen auffressen würde, wenn sie dem nicht nachgab. Sie wagte nicht, daran zu denken, was danach kommen würde, wenn sie ihr Ziel erreicht hatte. Eigentlich wollte sie überhaupt nicht mehr denken, sondern endlich etwas tun!

Sie nahm die nächste Straßenbahn zurück in die Innenstadt und stieg am Rathaus aus. Hier irgendwo im Gewirr der Altstadtstraßen arbeitete das Monster. Wenn sie sich nicht täuschte, lag das Gebäude in der Nähe des Alten Marktes. Zur Not würde sie sich durchfragen. Vor der Treppe des Theaters am Alten Markt blieb sie stehen und schaute sich suchend um. Unter die shoppenden Rentner mischten sich jetzt die Angestellten der umliegenden Büros, die ihre Mittagspause nutzten, um essen oder einkaufen zu gehen. Marianne ging zögernd auf den Springbrunnen in der Mitte des Platzes zu und schaute auf ihren Zettel. Die Piggenstraße, eine Parallelstraße der Neustädter Straße, musste hier irgendwo vom Alten Markt abgehen.

Einen Plan hatte sie nicht. Nur, dass sie dem Mörder ihrer Tochter ins Gesicht sehen wollte. Sie würde einfach in das Gebäude reinmarschieren. Sie konnte ja immer behaupten, sie brauche eine Beratung, auch wenn sie nicht gerade nach Geld aussah und so gar nicht zu dieser feinen Adresse in der Altstadt passte. Ihr Blick fiel auf das Crüwellhaus, in dem ein Bekleidungsgeschäft untergebracht war. Vermutlich ein teures, denn die Miete für das spätgotische Bürgerhaus mit dem kunstvollen Stufengiebel war bestimmt atemberaubend.

Sie ging darauf zu und entdeckte einen steinernen Pfeiler mit einem Schild mit der Aufschrift *Pilgerweg* inmitten der Gasse, an der das Crüwellhaus lag. Während sie sich noch darüber wunderte, ging ein Mann so dicht an ihr vorüber, dass sie sein Aftershave riechen konnte. Er drehte sich kurz um, sein Schal wehte ihm vors Gesicht, fiel wieder zurück, sodass sie für einen Moment sein Gesicht erkennen konnte. Es fühlte sich an wie ein Schlag in den Magen.

Sie musste das Foto, das sie immer bei sich trug, nicht aus dem Portemonnaie ziehen, um zu wissen, wer er war. Sein markant-männliches Gesicht mit den feinen Zügen hatte sich eingebrannt, sie hatte es oft genug betrachtet. Schließlich hatte sie das Foto zerschnitten, weil sie es nicht ertrug, diesen Mann mit ihrer Tochter zusammen darauf zu sehen. Ohne Zögern folgte sie diesem Kerl, der auf den ersten Blick wirkte wie all die anderen Anzugträger, vielleicht eine Spur eleganter, eitler, selbstverliebter. Sie hatte etwas Mühe, Schritt mit ihm zu halten, während er die Niedernstraße entlangeilte, verlor ihn zwischendurch im Gedränge in der Fußgängerzone, entdeckte ihn wieder, als er an der Fußgängerampel am Jahnplatz warten musste. Als die Ampel auf Grün sprang, schob er sich mit der Masse weiter auf den anderen Teil der Fußgängerzone zu, der außerhalb der Altstadt lag.

Sie hatte gerade *Café Knigge* passiert, als er durch einen Seiteneingang ins Kaufhaus *Karstadt* verschwand. Sie ignorierte den Schmerz in ihrem Knie und beeilte sich, ihm zu folgen. Im Erdgeschoss blieb er bei einem Tisch mit Schals im Sonderangebot stehen, wühlte ein bisschen, griff dann einen ziegelroten Wollschal heraus. Marianne wartete in sicherer Entfernung, bis er auf die Rolltreppe zuging, dann fuhr sie hinter ihm die Rolltreppen hoch bis zur Herrenabteilung.

Und nun? Er stand nur ein paar Meter von ihr entfernt und probierte Winterjacken an. So wie er aussah, hätte sie ihm eher das Geschäft im Crüwellhaus zugetraut. Aber egal, ihr sollte es recht sein, das große Warenhaus bot den Vorteil, dass sie ihn ungestört beobachten konnte. Manchmal schaute er auf, herausfordernd, als wollte ihm jemand die Jacke entreißen, die er gerade prüfend hochhielt. Geistesabwesend holte sie einen Bügel mitsamt Hemd von einem Wäscheständer. Das Herausfordernde stand ihm. Ganz jung schien er allerdings nicht mehr zu sein: feine Lachfalten, beginnende Geheimratsecken. Aber zornig, ein ewig jugendlicher Rebell, dem die Welt etwas schuldete.

Etwas schuldete? Nein, sie *gehörte* ihm, wem sonst, er wusste doch, wie gut er aussah: Das süffisante Lächeln, mit dem er den Blicken der jungen Verkäuferinnen begegnete, zeigte es deutlich. War es der Zorn, der ihn die Träume und Hoffnungen von jungen Mädchen zertreten ließ, ihre Leben zerstörte? Was hatten sie ihm denn getan? Nichts, aber sicher verdiente er fürstlich an ihnen, die Freier in dem »feudalen Palast« zahlten bestimmt eine Menge fürs Frischfleisch. An seinem Handgelenk schimmerte eine Rolex. *Nur das Beste ist gut genug, nicht wahr, du Ungeheuer? Was glaubst du eigentlich, wer du bist?!* Etwas stieg wie eine heiße Welle in ihr auf, am liebsten hätte sie ihn angeschrien, das Leid ihrer Tochter hier in diesem Kaufhaus offenbart, sodass alle es hören konnten. Der Plastikbügel in ihren Händen zerbrach.

Plötzlich blickte er in ihre Richtung, und sie trat rasch hinter den Ständer mit den Hemden, schaffte es, den zerbrochenen Bügel mit dem Hemd wieder am Ständer zu befestigen. Aber nein, er sah sie nicht. Er würde sie nie sehen. Ein Kichern rollte herauf, sie schlug die Hand vor den Mund, trat noch einen Schritt zurück, kein Laut von ihr würde das höfliche Gemurmel in der Herrenabteilung stören. Sie begegnete ihrem irren Grinsen im Spiegel der Umkleide gegenüber. Eine dickliche, kleine Frau mit grauen Haaren und Gleitsichtbrille, unsichtbar für einen Mann wie ihn. Eine Unsichtbare konnte alles tun.

Derweil wurde das Monster beraten. Von einem ältlichen Herrn, der sie entfernt an den Schauspieler Michael Caine erinnerte. Plötzlich sah sie alles überscharf, das Karomuster auf Michael Caines Herrenschal, Caines Tränensäcke, das eitle Lächeln des Monsters, während er sich vor dem Spiegel hin und her wendete. Schließlich fand er das Passende und strebte mit Jacke und dem roten Schal vom Grabbeltisch einer der Kassen entgegen. Wieder ging er ganz nah an ihr vorbei. Marianne blieb zurück zwischen all den Wäscheständern mit Hemden, Jacketts und Mänteln und lächelte. Er konnte sie nicht sehen, aber sie wusste genau, wer sich hinter der ordentlich gebundenen Krawatte verbarg.

Das Lächeln lag noch immer auf ihren Lippen, als sie sich umdrehte und zum Ausgang humpelte. In der Straßenbahn auf dem Weg nach Hause rief sie den Jäger an.

* * *

Leise öffnete Dominik die Tür zum Besprechungsraum. Der Wind rüttelte an einem nicht richtig geschlossenen Fenster. Franks müdes Gesicht wurde geisterhaft beleuchtet von seinem Computer, neben dem ein kleines Radio stand. ... *Sturmflut und extreme Orkanböen. An der Nordseeküste ist der offizielle Spitzenreiter bis jetzt Sankt Peter-Ording mit 173 Stundenkilometern. Der Bahnverkehr ist aus Sicherheitsgründen in weiten Teilen Norddeutschlands eingestellt worden* ... Frank schaute auf und stellte das Radio ab.

»Gemütlich hier.« Dominik schaltete das Licht ein. »Damit du nicht einschläfst.«

Frank kniff die Augen zusammen. »Oh bitte, mach's wieder aus!«

»Na gut.« Dominik tat, wie ihm geheißen. »So kann man sich auch besser auf Halloween einstimmen. Ich habe den Ex-Freund von Isabel Twelmeier übrigens noch nicht erreicht.«

Frank schaute ihn fragend an.

»Na wegen des Alibis der Tochter von Frau Schoppe.«

»Ach, die Bekloppte mit dem seltsamen Motiv. Der Papa soll die Mama nicht wegen eines Techtels mit Charlotte verlassen oder andersrum. Dabei ist das verrückte Töchterlein schon weit über zwanzig, richtig?«

»Frank, es geht im Leben nicht immer nur um Sex oder Geld.«

»Worum denn sonst?!«

Aus Bents angrenzendem Büro kamen Stimmen.

»Frau Ränsch ist da?«, fragte Dominik.

Frank nickte. »Die kam eben reingerauscht. Steuerte gleich auf Bents Büro zu, ohne ein Hallo oder sonst was. Nichtjuristen sind Luft für die.«

»Es gibt ein Problem.« Die helle, etwas schrille Stimme der Staatsanwältin war mit einem Mal so klar zu verstehen, als stünde sie im Raum. Dann wieder Gemurmel.

»Der ganze Fall ist ein Problem. Lauter Verdächtige mit Alibi«, sagte Frank. »Bis auf die Bekloppte mit ihren Pädagogen-Eltern. Da kann auch nichts Gescheites bei rauskommen, wenn du mich fragst.«

In diesem Moment wurde die Tür aufgestoßen, die kleine, rundliche Frau Ränsch marschierte heraus, nickte Dominik knapp zu und stapfte aus dem Raum.

Durch die halb offene Tür sah Dominik Bent an dessen Schreibtisch sitzen und sich im Schein der Tischlampe die Augen reiben.

Dominik stellte sich in den Türrahmen. »Es gibt ein Problem? Haben wir den richterlichen Beschluss für die IP-Adresse von Charlottes Chatpartner auf *Liebeskummer-lohnt-sich-nicht. de* nicht gekriegt?«

»Doch, und wir haben die IP-Adresse bereits ermittelt.« Bent stand auf wie ein alter Mann. Er nahm ein Papier vom Schreibtisch. »Der Chatverlauf legt nahe, dass sie sich getroffen haben, wahrscheinlich auch eine Liebesbeziehung eingegangen sind. Vor ein paar Monaten hörten sie auf, dort zu chatten. Wahrscheinlich standen sie danach anderweitig in Kontakt «

»Ja, aber …« Frank humpelte hinter Dominik in den Raum. Mit einer Krücke zeigte er auf Bent. »Und warum sagst du das mit dieser Grabesstimme? Da können wir doch jauchzen und frohlocken!«

Wortlos übergab Bent ihm das Papier. Frank warf einen Blick darauf. »Ach du Scheiße!«

Dominik runzelte die Stirn. »Wieso, wer ist es denn?«

Frank reichte ihm das Papier. »Du kennst ihn, Dodo. Wir wissen leider alle, wer das ist.«

* * *

Marianne fluchte. Jetzt auch noch die Feuerwehr! Sie hätte ihr Navi mitnehmen oder gleich die A 2 bis Oelde fahren sollen. Seitdem sie von der Landstraße abgefahren war, zuckelte sie hinter Treckern her und musste eine Baustelle nach der anderen umfahren. Sämtliche Straßen, die zu dem münsterländischen Kaff führten, in dem sie aufgewachsen war, und in dem Manfred noch immer lebte, schienen marode zu sein. Und vor ihr hatte sich bereits wieder ein Stau gebildet, denn die Feuerwehr sperrte die Straße, um einen Baumstamm zu entfernen, der wohl während des Sturms umgekippt war. Marianne trommelte aufs Lenkrad.

Sie war ewig nicht mehr in dieser Gegend gewesen. Wozu auch? Der Jäger war fast der Einzige, den sie hier noch kannte. Schon auf dem Gymnasium hatte Manfred nur »der Jäger« geheißen. Er war damals mit seinem Vater auf die Jagd gegangen und regelmäßig zum Schießen in den Schützenverein. Und er hatte seiner Jugendliebe begeistert von all seinen Waffen erzählt und sie bekniet, ihn doch mal auf den Schießstand zu begleiten. Er schien der Ansicht zu sein, dass sie dem Schießsport in ähnlicher Weise verfallen würde wie er, wenn sie es nur einmal ausprobierte. Doch Marianne hatte andere Pläne. Sie hatte ihm das Herz gebrochen, als sie wegging in die Großstadt, weil ihr alles zu eng geworden war.

Als sie angerufen hatte, war er so überrascht und froh gewesen, dass sie ein schlechtes Gewissen bekam. Während Manfred ihr immer noch brav Urlaubspostkarten schickte, meldete sie sich so gut wie nie. Sie hatte erst durch eine alte Schulfreundin erfahren, dass seine Frau Sonja vor zwei Jahren an Krebs gestorben war. Und zwei Jahre später zu kondolieren, kam ihr unpassend vor. Also hatte sie gar nichts getan. Und wenn sie ehrlich war, fiel es ihr schwer, ein freundschaftliches Verhältnis zu ihm aufrechtzuerhalten. Sie war seine große Liebe gewesen, und er hatte das sogar noch nach seiner Heirat mit Sonja betont. Na ja, jetzt sind wir alte Leute, dachte Marianne, die große Leidenschaft wird's wohl nicht mehr sein.

Endlich war der Baum von der Straße geräumt, und es ging weiter. Sie kam an einen Kreisel, umrundete ihn zweimal und fand dann die richtige Abzweigung zu der Landstraße, an der der Hof des Jägers lag. Es nieselte, sie fuhr an matschigen Stoppelfeldern, dunklen Wäldchen und dem Heiligenhäuschen mit der Marienfigur vorbei, bis das große, rote Fachwerkhaus auftauchte. Der alte Bauernwagen davor war wie früher über und über mit Geranien bepflanzt. Marianne parkte, stieg aus und ging hinter das Haus in den Garten, aus dem in unregelmäßigen Abständen ein helles Klock zu hören war. Der Jäger spaltete Holz. Als er Marianne bemerkte, wischte er sich den Schweiß von der Stirn und ließ die Axt sinken. Manfred war immer rund gewesen, doch sein Bierbauch war verschwunden ebenso wie das Doppelkinn, tiefe Falten hatten sich in sein Gesicht gegraben. Er war alt geworden, aber genau das dachte er bestimmt auch von ihr. Jetzt strahlte er sie an und sah mit einem Mal viel jünger aus.

Marianne wäre am liebsten gleich zur Sache gekommen, aber das ging nicht. Zuerst tranken sie Kaffee in der Küche, und sie musste von seinem selbstgebackenen Kuchen probieren. Er erzählte die Leidensgeschichte seiner Frau, die an Magenkrebs gestorben war, und Marianne ahnte, wie er sein Übergewicht verloren hatte.

»Du bist ja so still, Marianne. Wie geht es dir überhaupt? Und wie geht es Charlotte?«

Einen Moment lang war nur das Ticken der Küchenuhr zu hören. Offenbar hatte er den Bericht über den Mord an Charlotte in der Zeitung nicht gelesen. Aber nannten die Zeitungen überhaupt die echten Namen von Opfern? Sie wusste es nicht. Sie wusste nur, dass das Reden über Charlottes elenden Tod die dünne Schicht ihrer Selbstbeherrschung auflösen und sie sein Mitleid kaum ertragen würde.

Marianne zwang sich zu einem Lächeln. »Danke der Nachfrage. Uns geht's gut. Alles im grünen Bereich.« Sie lenkte ab, indem sie über den Tod ihres Mannes sprach, über die Schulden, die er ihr hinterlassen hatte, über ihre Wohnsituation und wie das Viertel immer mehr zum sozialen Brennpunkt verkam.

»Hier auf dem Land ist das Leben nicht so teuer. Dafür gibt's viel Natur und keine hässlichen Hochhäuser. Marianne ... warum kommst du nicht zurück? Ich meine natürlich, nachdem Charlotte ihr Abitur hat. Auf meinem Hof ist mehr als genug Platz.« Eine feine Röte überzog seine Wangen.

Marianne lachte verlegen auf. Damit hatte sie nicht gerechnet.

»Ich meine es ernst. Ich lebe hier jetzt ganz allein und …«

»Noch hat meine Tochter ihr Abitur ja nicht.«

»Dann hast du Zeit, es dir in Ruhe zu überlegen. Du bist hier immer willkommen. Noch ein Stück Apfelkuchen?«

»Nein, vielen Dank.« Sie hatte schon Mühe gehabt, das eine Stück zu bewältigen. In letzter Zeit verspürte sie kaum noch Appetit. »Mal was anderes, Manfred, ich hab ja schon am Telefon gesagt …«

»Das finde ich toll, Marianne! Komm, ich zeige dir meine Waffenschränke.« Er sprang auf.

Sie folgte ihm durch sein riesiges, in Eiche rustikal eingerichtetes Wohnzimmer mit Hirschgeweihen an der Wand zu einem fensterlosen, kleinen Raum mit Metallschränken.

»Das hier ist meine Waffenkammer.«

Wie sich herausstellte, gab es einen Schrank für Gewehre, einen Schrank nur für Kurzwaffen und einen eigenen Schrank für Munition.

»Die sind ziemlich gut gesichert, oder?«

»Ja, das muss auch so sein. Dieser Gewehrschrank zum Beispiel hat ein elektronisches Kombinationsschloss, und zusätzlich benötigt man einen Schlüssel.«

»Ich interessiere mich mehr für Kleinkaliberwaffen«, sagte sie schnell. Ein Gewehr ließ sich nicht so leicht verstecken.

»Ach so. Ja, richtig, du willst ja auch schießen. Beim Sportschießen benutzen wir sowieso meistens Kleinkaliberwaffen. Die sind sehr präzise.« Er ging zu zwei kleineren Tresoren, holte seinen Schlüsselbund heraus und schloss einen der Tresore mit einem langen Schlüssel auf. Marianne versuchte, sich den richtigen Schlüssel zu merken, aber der Schlüsselbund war zu umfangreich und alles ging zu schnell. Im Schrank hingen vier Pistolen. Sie waren größer, als Marianne erwartet hatte. Und bunter.

Manfred lächelte. »Da habe ich dich so oft gefragt, ob du nicht mal mit zum Schießen kommen willst, und jetzt auf einmal …«

»Wenn ich in Rente gehe, brauche ich ein Hobby, und da dachte ich …«

»Ich wette, es gefällt dir.«

Er holte eine Waffe mit hellbraunem Griff und hellblauem Metallkorpus heraus. »Dies hier ist eine *Walther SSP-E* Sportpistole Kaliber .22. Mein neustes Schätzchen. Sie hat eine Magazinkapazität von fünf Patronen. Das ist so, weil man beim Sportschießen …«

»Die sieht so harmlos aus. Ist die tödlich?«

»Kleinkaliber haben eine geringere Mannstoppwirkung, man muss unter Umständen mehrmals schießen, aber Kleinkaliber sind auch tödlich, ja. Das sind keine Spielzeuge, Marianne.«

»Natürlich nicht. Deshalb frage ich ja. Benutzt ihr eigentlich auch Schalldämpfer beim Sportschießen?«

»Nein, aber … keine Angst, Marianne, das wird nicht laut, wir tragen Kopfhörer.«

Er führte ihr noch andere Pistolen vor, fachsimpelte über die Unterschiede zwischen den Marken *Hämmerli* und *Walther*, aber Marianne hörte erst wieder richtig hin, als er ihr den Munitionsschrank mit einem anderen Schlüssel öffnete. »Die Munition wird immer getrennt von der Waffe aufbewahrt.«

»Und welches ist die Munition für die Sportpistole?«

»Diese.« Er nahm ein Päckchen heraus und grinste. »Dann kann's ja losgehen, was?«

»Wie aufregend.« Sie rang sich ein Lächeln ab. »Nimm doch die neue Pistole mit, Manfred. Die würde ich gerne ausprobieren.«

Der Schießstand lag am Rande eines Waldstücks. Schon vom Parkplatz aus hörten sie Schussgeräusche. Sie betraten das rote Backsteingebäude durch einen Vorflur, von dem aus es in eine Art Gaststube mit Tresen ging. In den Vitrinenschränken standen zahlreiche Pokale. Der Jäger begrüßte einen älteren Mann, der hinter dem Tresen Kaffee kochte.

»Möchtest du was essen, Marianne? Hier gibt es Bockwurst und …«

»Nein danke.« Marianne stand nicht der Sinn nach Bockwurst. Viel interessanter war das, was sich hinter einer großen Fensterscheibe abspielte. »Und das ist der Schießstand?«

»Ganz recht. Das Ziel ist in fünfundzwanzig Metern aufgebaut. Die Zielscheiben sind aus Papier, sodass man sie immer wieder auswechseln kann.«

»Schön, können wir dann?«

»Du kannst es kaum abwarten, was?« Er zwinkerte ihr zu.

Als sie den Schießstand betraten, ließ ein lautes Knallgeräusch sie zusammenzucken. Hinter der Mauer lag offenbar ein weiterer Schießstand. »Nimm den Kopfhörer, Marianne.«

Ein weiterer Knall explodierte hinter der Mauer. Sie setzte sich rasch den Kopfhörer auf.

Manfred nahm das Magazin heraus, zeigte ihr, wie die Pistole geladen und entsichert wurde, und gab sie ihr. »Und nun visierst du an, indem du Kimme und Korn in Übereinstimmung bringst. Du kannst einhändig schießen, der Rückstoß ist nicht so stark.«

Sie kniff ein Auge zusammen. Um die *Walther* ruhiger zu halten, nahm sie trotzdem die zweite Hand zu Hilfe. Anstelle der schwarzen, runden Zielscheibe stellte sie sich das erschrockene Gesicht des Ungeheuers vor, den Moment, in dem er begriff, dass er für den Mord bezahlen würde!

Sie schossen abwechselnd. Der Jäger sprach von »Naturtalent« und ersetzte die erste Zielscheibe nach einer Weile durch eine kleinere. Nach eineinhalb Stunden ließ Mariannes Konzentration nach, und sie bat um eine Pause.

Manfred kratzte sich am Hinterkopf. »Dann lass uns Schluss machen. Sei mir nicht böse, aber ich muss heute Nachmittag noch weg … Ich übernachte bei meiner Tochter und meinem Schwiegersohn in Münster. Wir fliegen morgen in aller Herrgottsfrühe nach Lanzarote.« Er lächelte. »Der Opa wird gebraucht, um mal aufs Enkelkind aufzupassen.«

Tochter, Schwiegersohn, Enkelkind … Es war wie ein Stich ins Herz. Für sie würde es nie ein Enkelkind geben. Marianne ließ die Pistole sinken. »Ich verstehe …« Ihre Stimme klang belegt.

»Du bist enttäuscht, was?« Er machte ein bekümmertes Gesicht. »Ich hätte mir gern mehr Zeit für dich genommen, aber ich hoffe sehr, dass du mich bald mal wieder besuchst und …«

»Schon gut. Aber bevor ich dich verlasse, musst du wenigstens noch den Wein probieren, den ich dir mitgebracht habe.«

»Ja … also, ich muss nachher ja noch nach Münster fahren, ich sollte besser keinen Alkohol trinken.«

»Nur ein Glas. Das wird doch nicht schaden. Oder musst du sofort los?«

»Also gut. Die Koffer habe ich schon gepackt, wir können gerne noch ein bisschen zusammenzusitzen. Jetzt bist du schon mal bei mir … « Manfred lächelte bedauernd.

Auf der Autofahrt zurück zu seinem Hof überlegte Marianne, dass es gar nicht schlecht für sie war, wenn er für eine Weile verreiste. So würde er das Fehlen seiner Pistole nicht so schnell bemerken. Aber zuerst musste sie sie bekommen. Die

Walther lag wohlverwahrt in einem abgeschlossenen Metallkoffer im Kofferraum, die Munition befand sich in einem Extra-Köfferchen auf der Rückbank. Der Jäger hatte ihr auf dem Schießstand noch mal einen kleinen Vortrag über Sicherheit gehalten. Er schien es sehr genau zu nehmen. Kaum zu Hause angekommen, verstaute er als Erstes den Inhalt seiner Köfferchen ordentlich in seinen Tresoren.

Mariannes Sorge, er könnte das Schlafmittel herausschmecken, erwies sich als unbegründet. Manfred lobte den Portwein über den grünen Klee. Vielleicht tat er es nur ihr zuliebe, denn sie hatte nicht gerade den teuersten Wein gekauft, nur süß sollte er sein. Der Jäger redete und redete, und sie dachte schon, es würde nie mehr klappen, doch dann begann er zu gähnen und zu blinzeln. Sie entschuldigte sich, ging zur Toilette und fand ihn bei ihrer Rückkehr schlafend auf dem Sofa. Der Jäger war zur Seite gerutscht, der schwere Schlüsselbund hing halb aus seiner Hosentasche, sodass sie ihn mühelos herausziehen konnte.

Marianne tappte leise durch das Wohnzimmer und huschte in den angrenzenden, kleinen Raum mit den Waffenschränken. Sie brauchte eine Weile, bis sie den richtigen Schlüssel für den Kurzwaffentresor gefunden hatte. Rasch schloss sie auf, nahm die Sportpistole heraus und schloss wieder ab. Hastig probierte sie die Schlüssel für den Munitionsschrank durch. Die tönenden Schläge der alten Standuhr in Manfreds Wohnzimmer ließen sie zusammenfahren. Die Uhr kam ihr sehr laut vor. War er aufgewacht? Endlich hatte sie den richtigen Schlüssel für den Munitionsschrank gefunden, packte die Schachtel mit der Pistolenmunition zu der Waffe in ihrer Handtasche, schloss ab und eilte ins Wohnzimmer.

Der Jäger schlief friedlich auf dem Sofa. Vermutlich war er so an die Schläge der Standuhr gewöhnt, dass er sie gar nicht mehr wahrnahm. Vorsichtig schob sie den Schlüsselbund wieder in seine Hosentasche. Er räkelte sich ein bisschen und schnarchte weiter. Mit einem Mal schrillte das Telefon auf dem Couchtisch. Manfred schreckte hoch und sah sich mit großen Augen um. »Marianne? Bin ich ... ich bin doch nicht etwa eingeschlafen?«

Sie lächelte ihn an. »Das kann ja mal passieren.«

»Entschuldige.« Er fuhr sich über das Gesicht und griff nach dem Telefon. »Hallo Schatz ... ja ... die Luftmatratze? Ja, die kann ich mitbringen. Du ... ich glaube, ich hab zu viel Wein getrunken, tut mir leid, aber könnt ihr mich vielleicht abholen? Jetzt? Okay, ich beeile mich. Bis gleich.« Er legte das Telefon ab und stöhnte. »Ich weiß gar nicht ... Marianne, ich glaube, ich vertrage keinen Wein mehr. Ich trinke sonst auch nur mal ein Bier zwischendurch. Ich brauche erst mal einen starken Kaffee.«

»Du wirst gleich abgeholt?«

»Von meiner Tochter. Ich kann so nicht mehr fahren.«

»Dann will ich dich mal nicht länger stören.«

»Wie unhöflich von mir, einfach einzupennen.« Er lächelte schief. »Nach dem Urlaub melde ich mich bei dir, ja?«

Zwei Stunden später saß Marianne wieder an ihrem Küchentisch in Sieker und klappte ihren Laptop auf. Sie hatte sich das Schießen schwerer vorgestellt, den Rückstoß, den Knall. Sie würde ihn aus nächster Nähe erschießen. Sie würde vor seinem Haus warten. Und wenn er dann herauskam, musste sie so nah wie möglich an ihn herankommen, auf sein Herz zielen – und dann *Peng*! Sie hatte fünf Versuche, mindestens einer musste tödlich sein. Die Pistole war zu groß für ihre Manteltasche, aber sie passte in ihre Handtasche. Eine ältere Frau mit Handtasche, er würde es nicht kommen sehen ...

Sie bemerkte Hardy erst, als er neben ihr stand. Sie wollte den Laptop zuklappen, doch er hielt ihre Hand fest. »Sag mal, du googelst nach Schalldämpfern für Pistolen? Wieso das denn?« Er ließ ihre Hand los. Sie klappte den Laptop zu.

»Hast du geklingelt, Hardy?«

»Habe ich. Aber du scheinst ja so vertieft in Bauanleitungen für Schalldämpfer zu sein, dass du nichts mehr mitkriegst!«

»Nur spaßeshalber. Manchmal gerät man von einer Website auf die andere.« Marianne warf einen Seitenblick auf ihre prall gefüllte Handtasche auf der Anrichte. Sie stand auf und schnappte sich ihre Handtasche, bevor er die Pistole entdecken konnte.

»Spaßeshalber? Erwartest du, dass ich das glaube? Hast du vor, dich mit einem Killer anzulegen, oder was?«

»Hardy, bitte lass uns nicht streiten, ich bin wirklich erschöpft, ich muss mich ausruhen.« Sie wollte sich an ihm vorbeidrängeln, aber Hardy fasste sie am Arm. »Marianne, ich … ich liebe dich. Ich will alt mit dir werden. Wofür brauchst du einen Schalldämpfer? Ich will nicht, dass du im Gefängnis landest oder Schlimmeres!«

Sie riss sich los. »Hardy, ich brauche keinen Schalldämpfer, und ich möchte jetzt schlafen!« Dann stürmte sie aus der Küche, lief ins Schlafzimmer und schloss die Tür hinter sich. Hinter der Tür stöhnte Hardy so laut, dass sie es hören konnte.

»Marianne, das ist doch Wahnsinn!« Er stöhnte noch einmal, dann klappte die Wohnungstür zu, und sie war wieder allein.

* * *

150

An den Fensterscheiben des Besprechungsraums perlten noch die Tropfen des gerade niedergegangenen Schauers hinunter.

Bent eröffnete die Besprechung mit den Worten: »Wir kennen jetzt den Namen von Charlottes Chatpartner.« Damit hatte er die Aufmerksamkeit der versammelten Kollegen.

Nachdem er ihn genannt hatte, entfuhr es Nina: »Oh wie schrecklich! Wir müssen es ihr sagen.«

»Das finde ich auch«, sagte Dominik. Er hatte sich den halben Nachmittag lang gefragt, ob er sie nicht einfach anrufen sollte.

»Dass er ihr Chatpartner war, heißt ja nicht, dass er der Täter ist«, sagte Frank.

»Trotzdem. Überleg doch mal, wie das für sie sein muss!« Nina gestikulierte ausholend und hätte dabei fast ihre Kaffeetasse umgestoßen.

Bent setzte sich hinter sein Pult und klopfte mit seinem Kugelschreiber auf die Tischplatte. »Wir informieren sie noch nicht. Wir gehen genauso vor wie sonst auch. Wir müssen ihn erst mal befragen, und dann sehen wir weiter.«

Dominik beugte sich vor. »Sie könnte in Gefahr sein.«

Frank schnalzte mit der Zunge. »Vor allem ist sie in Gefahr, wenn sie es weiß. Dann kommen Gefühle ins Spiel. Sie wird ihn damit konfrontieren.«

Roman, der neben Dominik saß, schob die leere Milchtüte beiseite, die er zu einem Paket gefaltet hatte. »Ich bin wohl der Einzige hier, der diesen Typen nicht kennt. Soll ich zu dieser Bank fahren, in der er arbeitet?«

»Er arbeitet in einer Bank?« Frank fuhr den Rechner hoch. »Die Information ist noch nicht bei mir gelandet.«

»In der Hoppenheim-Privatbank, soweit ich weiß. Ich glaube, die liegt in der Altstadt«, sagte Nina.

»Schön … ich würde sagen, Dominik und Nina suchen diese Bank auf.« Bent warf seinen Kugelschreiber auf den Tisch. »Dann viel Erfolg!«

Dominik hörte Roman neben sich seufzen. Dominik grinste. »Du wärst lieber da, wo die Musik spielt, hm?«

»Ich bin durchschaut.« Roman lächelte schief und stand auf.

Bei der Bank erfuhren Dominik und Nina, dass Leander Lange bereits mittags gegangen war, um Überstunden abzufeiern. Zu Hause trafen sie ihn auch nicht an. So stiegen sie wieder in den Dienstwagen.

Dominik schnallte sich an. »Wenn ich noch rauchen würde, würde ich mir jetzt eine anstecken.«

Nina hielt ihm eine Bonbontüte hin.

Dominik lächelte und griff hinein. »Machst du uns jetzt den Weber?« Der rückenkranke Kollege hatte immer alle mit Eukalyptusbonbons versorgt. »Ich habe Ute übrigens heute Morgen noch auf der Treppe im Präsidium gesehen. Was hindert uns daran, sie nach seiner Handynummer zu fragen?«

»Bent.«

»Ach Gott, Bent. Ich finde, sie sollte es wissen, und das findest du doch auch.«

»Tue ich das? Dodo, wir wissen nicht, wie Ute reagiert. Frank hat recht: Falls er der Täter ist, könnte es gefährlich werden für sie.«

»Ute ist doch nicht dumm.«

»Nein, aber sie steckt emotional tief in der ganzen Sache drin.«

»Wir kommen einfach in einer Stunde wieder«, meinte Dominik.

»Vorher würde ich gerne noch etwas in der Morgenbreede erledigen.«

»Aha?«

»Laut Meldeauskunft wohnt der Ex-Freund von Schoppes Tochter, ein gewisser Alexander Hemmelgarn, in einem Studentenwohnheim in der Morgenbreede.«

»Dann ist Hemmelgarn jetzt vermutlich in der Uni.«

»Ich würde es gerne versuchen.«

»Eye, eye, Sir.« Nina wendete den Dienstwagen.

»Nett, mal wieder mit dir zusammen zu ermitteln.« Dominik grinste. »Oder vermisst du Roman?«

»Dodo, bitte du nicht auch noch. Frank macht ständig blöde Bemerkungen, die nur er für witzig hält, also Schluss damit!«

»Nina, gib's zu, da knistert …«

»Stopp! Okay …« Sie hielt an einer roten Ampel auf der Artur-Ladebeck-Straße. »Sicher, Roman ist ein attraktiver Kerl, aber ich kenne ihn noch nicht so richtig und …«

»Ihr wart viel zusammen in letzter Zeit. Außerdem fühlt es sich doch sicher so an, als würdest du ihn schon dein Leben lang kennen.«

Nina lachte und zwickte ihn in den Oberschenkel. Dann wurde sie wieder ernst. »Eigentlich nicht. Alles braucht seine Zeit. Vielleicht bin ich einfach noch nicht bereit für was Neues. Und jetzt Schluss damit, Dodo! Ich frage dich ja auch nicht nach deiner Scheidung aus.«

»Darfst du ruhig. In drei Wochen ist es so weit. Betty besucht zurzeit noch Lissa in Auckland. Ich weiß nicht genau, was da auf mich zukommt. Wir hatten bisher vereinbart, dass ich so lange in unserem Haus wohne, bis die Kinder ausgezogen sind. Und dann werden wir es wohl verkaufen.«

Nina grinste. »Da ahntet ihr noch nicht, dass Frank sich einnisten würde.«

»Tja, was soll ich sagen, er fühlt sich wohl. Die einzige Person, mit der er auf Kriegsfuß steht, ist unsere penible Putzfrau. Neulich hat sie den Teller mit den vom Regen aufgeweichten Zigarettenkippen von der Terrasse in sein Zimmer getragen, statt sie zu entsorgen.«

Nina schüttelte den Kopf. »Wie hältst du das bloß aus?«

»Seitdem Betty und die Kinder ... Robin ist oft unterwegs, und Frank bringt Leben ins Haus.«

Sie grinste. »So kann man das auch ausdrücken.«

Dreiundzwanzig Minuten später bogen sie in die Morgenbreede ein, und Nina stellte den Wagen auf dem Parkplatz vor einem der Wohnheime ab, deren Weißgrau durch Schiebelemente in Gelb- und Orangetönen vor den bodenlangen Fenstern aufgelockert wurde. Sie klingelten bei *A.Hemmelgarn/ Xiao Hui Zheng* und hatten mehr Glück als bei Leander Lange: Nach kurzer Zeit summte der Türöffner. Sie stiegen die Treppe hoch in den zweiten Stock. Ein junger, bebrillter Asiate öffnete ihnen.

»Nina Tschöke, Kripo Bielefeld, ist Herr Hemmelgarn da?«

Der junge Mann formte ein lautloses »Oh«.

»Es geht nur um eine Zeugenaussage«, sagte Dominik freundlich.

»Jaja, ist wieder da.« Er trat von der Tür zurück, ließ sie herein und ging ihnen durch einen Flur voran, blieb dann vor einer geschlossenen Tür stehen. »Alex? Besuch für dich.« Er nickte ihnen zu und verschwand in den Tiefen der WG-Wohnung.

Von drinnen kam ein undefinierbarer Laut. Dominik nahm das als Zustimmung, klopfte vorsichtshalber und trat dann ein. Ein großer, vollschlanker junger Mann im schwarzen Hoodie saß mit gekrümmtem Rücken vor einem Rechner am Fenster, flankiert von Regalen mit Büchern, Aktenordnern, Computerteilen und Papierstapeln. Die Vorhänge waren zugezogen. Er wandte sich in seinem Drehstuhl um und starrte sie durch seine Nerd-Hornbrille missmutig an. »Wo kommt ihr denn plötzlich her?«

»Wir haben geklopft.« Dominik zeigte ihm seinen Polizeiausweis.

»Polizei? Wieso denn das?« Er straffte sich. »Ähm ... ja, sorry, ich hab das Bettsofa noch nicht gemacht, aber Sie können sich natürlich trotzdem setzen.«

»Bisschen dunkel hier.« Nina schob eine leere Chipstüte beiseite und setzte sich neben Dominik aufs Bett.

»Die Sonne blendet immer so, aber ich kann's heller machen.«

Hemmelgarn wuchtete sich hoch und zog die Vorhänge auseinander. Dann ließ er sich wieder auf seinen Schreibtischstuhl fallen, dessen Federung leise quietschend nachgab. Er verschränkte die Arme vor der Brust. »Wie kann ich Ihnen helfen?«

»Es geht um Isabel Twelmeier ...«, begann Dominik.

Er riss die Augen auf. »Oh Mann! Hat die sie etwa geschickt?« Dann nahm er die Arme auseinander und tippte sich an die Stirn. »Die Frau ist komplett gaga, die stalkt mich, kein Scherz!«

»Ach ja?«, fragte Nina. »War sie nicht Ihre Freundin?«

»*No way!* Ich hab sie auf 'ner Uniparty kennengelernt, da wusste ich noch nicht, wie verrückt die ist. Wir haben zwei Nächte zusammen verbracht, so nach und nach schwante mir dann, dass die eine gewaltige Meise hat.«

»Und wieso?«, fragte Nina.

»Niemand versteht sie, und sie hat verschiedene Ausbildungen angefangen, wurde aber jedes Mal ganz schrecklich gemobbt. Und dann klebte sie praktisch das ganze Wochenende über an mir. Ich war ausnahmsweise froh, als ich montagmorgens in die Acht-Uhr-Vorlesung musste.«

»Hat Isabel mal eine Charlotte Campmann erwähnt?«

»Charlotte, na klar. Die wollte doch die Ehe von Isabels Eltern zerstören, aber sie hätte das Ganze gestoppt.«

»Und wie?«

Er zuckte mit den Achseln. »Ich hab irgendwann auf Durchzug geschaltet, wer wo wann alles Isabel oder ihrer Familie was Böses will. Ich glaube, sie hat ihr WhatsApp-Nachrichten geschrieben oder ihr nach der Schule aufgelauert, so genau weiß ich das nicht mehr.«

»Hatten Sie am 18. Oktober Besuch von Isabel Twelmeier?«

»Was heißt Besuch? Die ist einfach hier aufgekreuzt, und zwar nach tagelangem Telefonterror! Immer wenn ich ihre Nummer sah, bin ich schon nicht mehr rangegangen. Aber hier hat sie mich erwischt und ungestört weiter vollgelabert. Ich glaube, das nennt man Logorrhoe. Sie hat rumgeheult, von wegen sie würde mich lieben und sie käme ohne mich nicht klar. Ich meine, hallo, wir haben genau ein Wochenende zusammen verbracht! Sie hat so eine Art Nervenzusammenbruch simuliert, und als das nicht verfing, flogen plötzlich Tassen und Töpfe durch die Luft. Ich kann froh sein, dass sie mich nicht getroffen hat! Können Sie mir die Frau bitte, bitte vom Leib halten?«

»Hat Sie Ihnen gedroht?«

»Das nicht, aber es ist schon ziemlich nervig …«

»Um wie viel Uhr kam Frau Twelmeier zu Ihnen? Können Sie das eingrenzen?«

»Das war abends, wir hatten schon gegessen, vielleicht so gegen viertel nach neun oder halb zehn?«

Dominik nickte. Das stimmte mit der Aussage von Frau Schoppe überein. »Und wann ist sie gegangen?«

Er runzelte die Stirn. »So gegen halb drei, drei? So ungefähr jedenfalls. Als die Teller flogen, hab ich sie rausgeschmissen. Die Alte hat sie doch nicht mehr alle!«

* * *

Ein schönes Haus hatte er. Das Einzige, was Marianne nicht gefiel, war der Steingarten, der nur ein paar ausgewählte Sträucher durchließ. Ein Garten für einen vielbeschäftigten jungen Mann, der keine Zeit hat, sich um so was zu kümmern. Marianne reckte sich auf dem Fahrersitz ihres Smart, aß ein Käsebrot und trank dazu Kaffee aus der Thermoskanne, die Hardy ihr geschenkt hatte. *Für unsere Wanderurlaube, mein Schatz.* Sie spürte weder Appetit noch Durst, aber sie musste fit bleiben. Eine Weile noch, zumindest. Allmählich dämmerte es. Müsste der Kerl nicht endlich von der Arbeit kommen? Sie versuchte, die Augen offen zu halten, aber sie hatte in dieser Nacht wieder kaum geschlafen, und das machte sich jetzt trotz all des Kaffees bemerkbar.

Als sie hochschreckte, war es schon dunkel. Ein SUV fuhr gerade vor das Haus. Marianne war mit einem Mal hellwach und zog die Waffe aus ihrer Handtasche auf dem Beifahrersitz. Ja, er war es! Der zornige, junge, gut aussehende Mann stieg aus seinem Angeber-Auto aus. Marianne öffnete ihre Autotür und humpelte den Bürgersteig entlang. Der Kerl stellte gerade seine Einkaufstüten ab und suchte nach seinem Schlüssel. Marianne beschleunigte ihre Schritte, war jetzt hinter dem SUV. Sie fasste den Griff der Pistole fest mit beiden Händen und wollte gerade hinter dem SUV hervortreten, als die Haustür sich öffnete. Eine junge Frau kam heraus und begrüßte ihn mit einem Kuss!

Marianne stieß einen Schwall Luft aus. Sie schaute sich um. In zwanzig Metern Entfernung zog ein alter Mann seinen Einkaufs-Trolley hinter sich her. Rasch verbarg sie die Pistole unter ihrem Mantel und ging zu ihrem Smart zurück. Aufseufzend stieg sie in den Wagen. Gelegenheit verpasst! Aber dass er eine Frau hatte … jemanden, der ihn liebte und ihn vermissen würde … so wie sie Charlotte … Tränen rollten über ihre Wangen. Sie bedeckte die Augen, als der alte Mann am Smart vorüberging.

Nein, nein, nein! Es gab einen Unterschied, dieser hier war ein Mörder! Die Tränen wurden zu einem schmerzhaften Kloß in ihrem Hals. *So leicht kommst du mir nicht davon!* Seine Frau wusste sicher nicht, was er getan hatte. Aber vielleicht würde sie eines Tages verstehen, dass sein Tod eine Befreiung für sie war. Marianne strich über den Griff der Pistole, deren Metall sich in ihrer Hand erwärmt hatte. Sie musste Geduld haben, warten. Irgendwann würde das Ungeheuer wieder aus seinem Haus kommen.

* * *

Ute tauchte ihren Teebeutel in die Tasse und warf einen Blick auf die Küchenuhr. Schon halb fünf! Es war den ganzen Tag lang nicht richtig hell geworden, und inzwischen dämmerte es bereits wieder. Maunzend strich Lady um ihre Beine. Sie holte eine Dose aus dem Schrank und gab der Siamkatze Futter. Wo blieb Leander? Er hatte doch versprochen, heute überstundenfrei zu nehmen und früher nach Hause zu kommen! Kaum hatte sie diesen Gedanken zu Ende gedacht, als sie das Motorgeräusch seines SUVs hörte. Durchs Flurfenster beobachtete sie, wie er mit Einkaufstüten bepackt auf die Haustür zusteuerte.

Sie öffnete ihm, und er gab ihr einen Kuss auf die Wange. Lächelnd betrachtete sie die prallvollen Tüten. »Mit diesen Vorräten kommen wir jedenfalls durch den Winter.«

»Ich dachte, wir kochen heute mal was ganz Besonderes, mein Vögelchen.« Leander stellte die Tüten auf den Tisch in

der Küche und packte aus. »Rinderfiletspitzen, Pasta, Stein-
pilze, Salat und ...«, er förderte eine Flasche Pinot zutage,
»Wein. Was hältst du von Himbeersorbet als Nachtisch?«

»Klingt gut.« Ute half ihm beim Auspacken. Er hatte die
Zeit offenbar damit verbracht, einen Großeinkauf zu erledigen. Aber dauerte der den ganzen Nachmittag? Nachdem die
Lebensmittel verstaut waren, überreichte er ihr ein Päckchen.
Ute hob die Brauen. »Mach's auf, Vögelchen.« Sie wickelte
das Päckchen aus. Ein leuchtend roter Schal aus Angorawolle
kam zum Vorschein.

»Leander!« Sie schlug die Hände vor den Mund.

»Du hast deinen doch verloren, und da dachte ich ...«

»Der ist wirklich wunderschön!«

Zwanzig Minuten später – Ute war gerade dabei, die Pilze
zu putzen, während Leander Zwiebeln hackte – klingelte sein
Handy. Er wischte sich die Hände an einem Küchentuch ab,
schnappte sich das Gerät und ging auf den Flur. »Ja, hallo?
Ach, aha ... wirklich? Jetzt gleich?«

Ute hielt inne. Aber sie bekam nur unverständliche Fetzen
der Unterhaltung mit. Kurz darauf kam Leander wieder in
die Küche. »Mein Vögelchen, ich muss leider noch mal los.
Ein Kundenberater ist ausgefallen, und ich soll seinen letzten Termin übernehmen. Es geht um einen wichtigen Kunden, deshalb ist es unaufschiebbar.« Er hob mit bedauern-
dem Lächeln die Hände, als wollte er sagen: Dagegen kann
ich nichts tun.

Ute lächelte gepresst. Leander hatte öfter irgendwelche
wichtigen, unaufschiebbaren Termine. Bisher hatte sie ihm
abgenommen, dass es dabei um die Arbeit ging. Sie musste ja
selbst manchmal Überstunden machen. Seit ihrem Gespräch
mit Nina wusste sie nicht mehr so recht, was sie davon halten sollte.

»Ich beeile mich, und dann machen wir uns einen schönen Abend, ja?«

Ute nickte. Nach einem flüchtigen Wangenkuss war Leander auch schon zur Tür hinaus.

Was hatte Nina gesagt? *Liebe macht blind …* Leander und eine Prostituierte? Hatte sie sich etwas vorgemacht mit ihm? Sie hatte ja selbst kaum glauben können, dass er ausgerechnet das hässliche Entlein von damals auserwählte. Gut, sie trug heute keine dicke Brille mehr, sondern Kontaktlinsen, war keine pickelige, verschüchterte Zwanzigjährige mehr, die sich nichts zutraute, sondern eine wegen ihrer Tüchtigkeit geschätzte und erfolgreiche Polizistin, die wusste, was sie konnte. Ihr Gesicht spiegelte sich in der Scheibe des Küchenschranks. Zwischen ihren Brauen erschien eine Falte. Tüchtig, klar, sorgfältig, zuverlässig, ja, all das, aber sicher nicht die Frau, nach der sich die Männer auf der Straße umdrehten. Und genau genommen war sie als Polizistin auch nicht mehr so erfolgreich wie früher. Es war wie verhext, die Kerle, die mutmaßlich Geld wuschen, waren ihr und ihrem Team immer einen Schritt voraus. Und auch, wenn sie es nicht wahrhaben wollte: Die picklige, verschüchterte Zwanzigjährige existierte in einem Winkel ihrer selbst noch immer …

»Vögelchen«, ertönte plötzlich Leanders Stimme vom Flur aus. »Hast du meine Autoschlüssel gesehen?«

Mit einem Blick sah Ute, dass sie auf der Anrichte lagen. Er hatte sie dort abgelegt, bevor er die Tüten auf den Tisch packte. Sie ließ sie in der Besteckschublade verschwinden. »Vielleicht in der Kommode im Flur«, rief sie. »Da waren sie doch schon mal.«

Er kehrte in die Küche zurück. »Und hier?«

Sie zuckte mit den Achseln und ging ins Wohnzimmer, von dort in den Wintergarten, wo sie ihr Handy aus der Tasche zog und die Nummer der Bank wählte. »Hoppenheim-Bank, Oberschulte«, meldete sich eine tiefe Stimme.

»Mein Mann ist Kundenberater bei Ihnen und auf dem Weg zur Bank. Er hat hier was vergessen, aber sein Handy ausgeschaltet und … er hat doch diesen späten Kundenberatungstermin übernommen. Können Sie ihm was ausrichten? Leander Lange ist sein Name.«

»Das gibt's doch nicht!« Leander näherte sich, betrat das Wohnzimmer und fing an, Schubladen aufzuziehen.

In der Leitung blieb es still. Mach schon, dachte Ute.

»Mit wem telefonierst du denn?«, rief Leander aus dem Nebenraum.

Ute wollte gerade antworten, als die Stimme des Angestellten wieder an ihr Ohr drang. »Tut mir leid, es gibt keinen Kundentermin mehr heute. Und Herr Lange hat schon heute Mittag die Bank verlassen.« Sie schloss die Augen, stand ganz still. Tränen rollten ihre Wangen hinab, und sie wischte sie hastig ab.

»Vögelchen?« Eine kühle Hand lag plötzlich in ihrem Nacken. Sie zuckte zusammen und drückte das Gespräch weg. Sie räusperte sich, um den Kloß in ihrem Hals loszuwerden. »Das war meine Freundin Regina. Sie denkt, sie hat ihren Regenschirm in meinem Auto gelassen. Ich schau gleich mal nach.«

»Sag mir lieber, wo meine Schlüssel sind. Oder kann ich deinen Wagen nehmen?«

»Ich wette, die sind in der Küche. Du warst doch fast nur dort. Schau doch mal in den Schubladen nach.«

Ute ging in den Flur, schnappte sich ihre Jacke und ihre Autoschlüssel. Fluchend rumorte Leander in der Küche. Behutsam schloss sie die Haustür und rannte zur Garage, öffnete das Tor. Dann stieg sie in ihren Corsa. Kurz darauf kam auch

Leander raus und schloss seinen SUV auf. Sie winkte ihm und tat dann so, als suchte sie den Schirm ihrer Freundin.

Sie ließ ihm einen Vorsprung, bevor sie dem dunklen SUV mit ihrem Corsa folgte. Zwischen ihnen fuhr noch ein Smart, was ihr nur recht war. Wenn er zur Bank hätte fahren wollen, dann wäre er hier rechts abgebogen, stattdessen fuhr er auf der Artur-Ladebeck-Straße Richtung Brackwede. Es ging um eine andere Frau, natürlich!

Eine Weile lang ließ sie ihren Tränen freien Lauf. Doch dann forderte die Aufgabe, den SUV nicht zu verlieren, ihre volle Aufmerksamkeit, zumal ein Regenschauer gegen ihre Windschutzscheibe prasselte und sich die Sicht zunehmend verschlechterte. Leander schien es eilig zu haben, überholte auf der zweispurigen Straße mal rechts, dann wieder links. Sie hasste diesen Fahrstil, doch es blieb ihr nichts übrig, als es ihm gleichzutun. Schließlich holte sie ihn wieder ein, fuhr jetzt hinter ihm ohne den Smart zwischen ihnen, der einen gewissen Schutz vor der Entdeckung geboten hatte. Er bog auf die Osnabrücker Straße ab, fuhr zügig aus der Stadt raus Richtung Halle. Als sie an einer Ampelkreuzung in der Nähe von *Peter aufm Berge* halten musste, verlor sie ihn aus den Augen. Sie beschloss, einfach weiter auf der B 68 zu bleiben. Allmählich ließ der Regen nach. Es dauerte eine Weile, bis die Ampel auf Grün sprang.

Sie fuhr weiter geradeaus, und einige Zeit später hörte sie das Knattern von Rotorblättern, ein Helikopter mit blinkenden Positionslichtern tauchte über dem Teutoburger Wald auf, der rechter Hand wie ein dunkles Band aufragte. Ihr Puls stieg. War ein Unfall passiert? Um Gottes willen, doch hoffentlich nicht Leander?! Er fuhr viel zu schnell, wollte die Zeit, die er mit dem Suchen des Schlüssels vergeudet hatte, wohl wieder rausholen. Sie beschleunigte und hielt

Ausschau nach kreiselnden Lichtern, nach Notarztwagen und Polizei, doch die Straße bleib dunkel. An einer Ampelkreuzung in Halle entdeckte sie einen SUV. War er das? Der Wagen, der zwischen ihnen stand, bog nach rechts ab, der SUV fuhr weiter geradeaus, sein Kennzeichen verriet ihr, dass sie ihn wiedergefunden hatte. Ute atmete auf. Sie blieb ein Stück zurück, damit er sie nicht erkannte, musste dann wieder schneller fahren, denn Leander bretterte ohne Rücksicht auf Geschwindigkeitsbegrenzungen durch die kleine Stadt.

Immer weiter ging es noch am nächsten Ort vorbei. Wo wollte Leander nur hin? In ein Bordell vielleicht? Die lagen oft ziemlich versteckt auf dem Land. Ein Stück hinter Borgholzhausen verschwanden die Rücklichter des SUVs plötzlich. Er war links abgebogen in eine kleine Seitenstraße. Sie bog ebenfalls ab, ihr Corsa holperte über die von Schlaglöchern übersäte Straße. Wasser spritzte hoch, wenn sie eines traf. Nicht nur deshalb fuhr sie Schritttempo. Auf dieser verwaisten, schmalen Straße war jeder Autofahrer auffällig. Sie passierte eine Bahntrasse. Dann fuhr sie durch ein Waldstück, bevor sich der Blick wieder weitete. Linker Hand lag ein Stoppelfeld, und rechts tauchte Stacheldraht auf, dahinter ein Platz mit einem Stapel Holzpaletten und dunklen Fässern. Etwas zurückgesetzt stand ein altes Industriegebäude. Wie spitze Zähne umrahmten Reste von Glas die dunklen Fenster. Der Stacheldraht endete an einem Tor, das weit offen stand. Nicht gerade der richtige Ort für ein romantisches Stelldichein. Es sei denn, es ging um den besonderen Kick. Aber was wusste sie schon?

Der SUV parkte direkt vor dem Eingang der alten Halle. Ute setzte zurück, damit ihr Mann den Corsa nicht bemerkte, wenn er ausstieg. Sie bog mit ihrem Wagen auf einen der

Wege ab, die durch das Wäldchen führten, und stellte ihn so ab, dass er von der Straße aus nicht zu sehen war. Sie stieg aus, drückte leise die Autotür zu. Ein kühler Wind drang durch die Schichten ihrer Kleidung, ließ Wassertropfen von den Blättern auf sie regnen. Feuchte Kühle spürte sie auch an ihren Füßen, ihre Wildlederschuhe zogen Nässe, während sie über das Laub huschte. Sie hätte den Angora-Schal mitnehmen sollen. Leander machte ihr öfter solche Geschenke. Sehr aufmerksam, ihr Ehemann, nur dass er offenbar ein Doppelleben führte. Vermutlich reichte ihm der Blümchensex mit ihr nicht. *Habe ich's dir nicht gesagt?*, flüsterte die Stimme des pickligen, verschüchterten Wesens, das wieder zum Leben erwacht war und jeden ihrer Schritte beobachtete. *Wieso sollte ein Mann wie er sich mit einer grauen Maus wie dir begnügen?*

Eilig überquerte sie den rissigen Asphalt des Vorplatzes, der im Licht des Monds hell erschien. Vor der halb verrosteten Eingangstür zögerte sie. Warum war sie so begierig, ihrer eigenen Schmach ins Auge zu sehen? Sie hatte keine Sekunde gezögert, ihm zu folgen. Aber wollte sie das wirklich wissen? Wenn sie an die Streitereien ihrer Freundin Regina mit deren Mann dachte … dagegen hatte sie es im Großen und Ganzen doch gut mit Leander. Hin und wieder litt er unter Stimmungsschwankungen, war schnell gereizt, entschuldigte sich aber jedes Mal bei ihr und war zum Ausgleich besonders nett. Unschlüssig legte sie die Hand auf die Klinke der Eisentür. Darunter entdeckte sie ein Schloss. Womöglich wurde ihr die Entscheidung abgenommen, und man brauchte einen Schlüssel. Wenn sie diese Tür öffnete, konnte das bedeuten, dass ihre kurze Ehe am Ende war … Aber wenn sie es nicht tat, würden die Zweifel, die quälende Ungewissheit bleiben und alles vergiften.

Ute zog an der schweren Tür, die sich schließlich bewegte. Drinnen brannte kein Licht. Es roch nach Staub und nach Urin. Das Mondlicht beschien diverse Maschinen mit Hebeln und walzenförmigen Teilen, Werkbänke und Gerätschaften, deren Namen sie nicht mal kannte. Auf einem der Tische nahe am Fenster schimmerten Metallspäne und spiralförmig gedrehtes Metall im Mondlicht. Hinter diesem Raum gingen mehrere Türen ab. Wie sollte sie Leander hier finden? Sie hatte nicht einmal eine Taschenlampe bei sich.

Die erste Tür, die sie öffnete, führte zu einer Toilette. Im spärlichen Licht war schwach eine helle Kloschüssel zu erkennen. Die nächste Tür führte zu einer Art Lagerraum. Kisten und Paletten türmten sich zu beiden Seiten des schmalen Ganges. Hier kam das wenige Licht durch ein Deckenfenster. Sie hielt immer wieder inne und lauschte. Manchmal raschelte es in ihrer Nähe. Vermutlich Ratten. Sie schüttelte sich und griff im nächsten Moment in ein feines Gespinst. Die Klinke der Tür, die weiterführte, war mit Spinnweben überzogen, was nur bedeuten konnte, dass hier ewig niemand mehr durchgegangen war. Sie überwand sich und drückte die Tür auf.

Hinter ihr fiel sie mit einem dumpfen Knall ins Schloss. Als Nächstes stieß sie gegen einen Stuhl, der mit einem hellen Geräusch über den Boden schrappte. Ute hielt den Atem an. Hatte Leander das gehört? Doch es war totenstill. Hier gab es wieder große Fenster, durch die ein kalter Wind hereinwehte. Das Mondlicht beschien Stühle und Tische. Vermutlich ein Pausenraum.

Die Stille wurde mit einem Mal vom Geräusch eines Motors unterbrochen, vom Zischen von Reifen auf nassem Asphalt. Das musste sie sein, wer immer sie war. Eine Autotür wurde zugeschlagen. Dann tauchte der Lichtkegel einer Taschenlampe vor einem der Fenster auf und verschwand wieder. Ganz in der Nähe hörte sie eine Metalltür klappen. Ute verbarg sich hinter einem Schrank und wartete, doch niemand kam vorbei. Gedämpfte Stimmen drangen an ihr Ohr. Es gab vielleicht noch einen Seiteneingang, den Leanders Date genommen hatte. Mit ihrer Schulter drückte sie vorsichtig die Tür zum Nebenraum auf.

Durch die großen, scheibenlosen Fenster der Halle funkelten die Sterne der klaren Nacht. Hier standen größere Maschinen wie lauernde Tiere im Halbdunkel oder intelligente Maschinen auf einem fremden Planeten, die jeden Moment erwachen würden, um die Menschheit zu vernichten. Sie verfluchte ihre Vorliebe für Science-Fiction-Filme. Doch es lag nicht nur an der Kälte, dass sie eine Gänsehaut bekam. Wieso verabredete sich Leander an einem so unwirtlichen Ort? Was hatte er zu verbergen?

Am anderen Ende der Halle flackerte der Schein einer Taschenlampe auf. Mehr konnte sie nicht erkennen, sie musste näher ran. Ute schlich mit klopfendem Herzen geduckt von Maschine zu Maschine, ohne aufzusehen. Das Licht der Taschenlampe wies ihr den Weg. Schließlich richtete sie sich vorsichtig hinter einer der Maschinen auf. In diesem Moment erlosch die Taschenlampe. Sie sah zunächst gar nichts, dann sah sie etwas aufblitzen, etwas Längliches, und begriff, dass es sich um eine Waffe handelte. Ein Knall ertönte, dann schnelle Schritte, eine Gestalt mit einer Schirmkappe bewegte sich durch den Raum auf jemanden zu, der auf dem Boden lag. Das Gesicht der verletzten Person konnte sie nicht erkennen. Die Gestalt beugte sich über den Liegenden, schoss noch einmal aus nächster Entfernung, der Liegende bäumte sich auf, dann lag er reglos. Der Schütze kniete sich hin und begann, die Taschen des Toten zu durchsuchen.

Ute wich zurück. Wer hatte geschossen? Leander oder sein Date? Oder noch jemand anderes? Etwas bohrte sich in ihren Rücken, und sie stolperte vor Schreck, fing sich wieder. Es war nur der Hebel einer der Maschinen, aber der Täter musste sie gehört haben, denn er blickte auf, schaute sich suchend um, dann glitt der Lichtkegel der Taschenlampe durch die Halle. Ute huschte unter die nächste Werkbank. Der Schein der Lampe wurde heller und heller. Ihr Herz hämmerte.

Ihr Blick wanderte über die Maschinen. Hier gab es nichts, mit dem sie sich verteidigen konnte, aber in der Nähe entdeckte sie eine Tür. Sie hatte keine Ahnung, wohin die führte, aber es war ihre einzige Chance. Sie richtete sich auf und wurde plötzlich von der Taschenlampe geblendet.

* * *

Hardy schreckte hoch. Lag es an dem Rollo vor dem halb geöffneten Fenster, das vom Wind gegen die Scheibe geschlagen wurde? Oder an dem bösen Traum, in dem sich Mariannes Gesicht in einen grinsenden Totenschädel verwandelt hatte? Er hatte Stunden damit zugebracht, auf sie zu warten. Das Abendessen wurde kalt, schließlich legte er sich ins Bett mit der Gewissheit, sowieso nicht schlafen zu können, und musste am Ende doch eingenickt sein.

Hardy warf seine Decke ab, ging zum Fenster, um es zu schließen. Dann ließ er das Rollo hoch. Mariannes Smart parkte nicht wie sonst an der Straße. War sie immer noch nicht da? Er konnte sich nicht erinnern, dass sie jemals so spät noch unterwegs gewesen wäre, normalerweise ging sie früh zu Bett. Aber Marianne dachte nicht mehr normal. Er warf sich seinen Morgenmantel über und tappte hinüber zu ihrer Wohnung.

Er musste den Schlüssel zweimal in der Wohnungstür rumdrehen, bevor sie aufging. Dahinter war es dunkel. »Marianne?« Er schaltete das Flurlicht ein, schaute in ihrem Schlafzimmer nach. Das Bett war zerwühlt, von Marianne keine Spur. In der Küche standen noch die Reste vom Frühstück. Sie schien sich nicht mehr die Mühe zu machen, die Wohnung in Ordnung zu halten. Er versuchte, sie unter ihrer Handynummer zu erreichen, und es klingelte im Wohnzimmer, wo ihr Handy auf dem Schreibtisch neben dem Laptop lag. Hier hatte sie eine Anleitung zum Bau von Schalldämpfern gegoogelt. Hieß das, dass sie im Besitz einer Waffe war?

Er rüttelte an der verschlossenen Schreibtischschublade. Wenn, dann würde sie sie hier aufbewahren. Hängte Marianne immer noch brav sämtliche Schlüssel an das Schlüsselbrett im Flur? Er schaute nach. Und tatsächlich – wenigstens das hatte sich nicht geändert. Er schloss die Schublade auf, doch er fand keine Pistole darin. Vorsichtshalber tastete er die Ecken ab und stieß auf etwas anderes. Er hielt das mit Mariannes ordentlicher Handschrift bedeckte Papier in der Klarsichthülle ins Licht der Schreibtischlampe. Es handelte sich um ihr Testament, und es war auf den 29. Oktober datiert worden. Also hatte sie es erst gestern geschrieben! Darin vermachte sie ihm all ihre Wertsachen und das Ersparte. Er schüttelte den Kopf. Warum um Himmels willen schrieb Marianne ausgerechnet jetzt ihr Testament? War ihr durch Charlottes Tod bewusst geworden, wie schnell ein Menschenleben enden konnte? Oder gab es einen anderen Grund …? Er steckte das Testament wieder in die Schublade, schloss mit zitternden Fingern ab und legte die gefalteten Hände vor den Mund. Dann holte er sein Handy aus der Tasche des Morgenmantels und rief seine Tochter an.

Kirsten klang verschlafen. »Paps, weißt du eigentlich, wie spät es ist? Was ist denn los?«

»Ich mach mir Sorgen um Marianne.«

Kirsten gähnte. »Das ist ja mal ganz was Neues.«

»Ja, aber halt dich fest: Ich glaube, sie hat sich eine Waffe beschafft, frag mich nicht, woher, und jetzt ist sie die ganze Nacht über nicht nach Hause gekommen und … was meinst du, soll ich die Polizei anrufen?«

»Hast du denn eine Ahnung, wo sie sein könnte?«

»Nein, ich …«

»Wie soll die Polizei sie denn dann finden? Und heute Nacht werden die sowieso nicht mehr viel unternehmen. Ich glaube, deine Lebensgefährtin ist gerade etwas durch den Wind, kann man ja auch verstehen.«

»Ich hab nur so eine böse Vorahnung …«

»Warte doch erst mal ab bis morgen früh, wenn sie bis dahin nicht da ist, kannst du immer noch zur Polizei gehen.«

»Hast recht«, sagte Hardy tonlos.

»Ich wette, sie steht morgen wieder ganz munter auf der Matte.«

»Gute Nacht, mein Schatz, ich danke dir.« Er legte auf.

Ganz munter? Kirsten kannte nur die alte Marianne. Sie konnte sich nicht vorstellen, wie sehr sich Marianne verändert hatte, dass er kaum noch durchdrang zu ihr. Langsam legte er das Handy auf den Tisch und fasste sich an den Hals. Das Atmen fiel ihm mit einem Mal schwer. War er dabei, sie zu verlieren? Er wusste, er würde heute Nacht kein Auge mehr zutun.

* * *

Er hatte sie gesehen! Ute sprintete Richtung Tür. Schnelle Schritte verrieten ihr, dass er sie gleich eingeholt haben würde. Sie riss die Tür auf und rannte weiter, stieß Stühle beiseite, prallte gegen eine Tischkante und huschte hinter einen hohen, schmalen Spindschrank. Seine Schritte näherten sich. Als Erstes sah sie den Lauf einer Pistole. Er hielt die Waffe in seinen nach vorn gestreckten Händen, drehte sich suchend hin und her. Das Gesicht unter der Schirmkappe konnte sie nicht erkennen. War es ein Er oder eine Sie? Nicht einmal das war zu erkennen, nur dass die Person sie gleich haben würde.

Mit aller Kraft stieß Ute ihm den Spindschrank entgegen. Sie hörte ein Stöhnen, als der Schrank ihn unter sich begrub. Hatte er seine Waffe verloren? Auf dem Boden konnte sie sie nicht entdecken. Der leere Spindschrank war nicht allzu schwer gewesen. Gleich würde er sich befreit haben. Ute hastete weiter, zog die nächste Tür auf, rannte durch einen engen Gang mit Kartons und Paletten an beiden Seiten. Als sie durch war, zerrte sie an einem Palettenturm und schaffte es, die obersten Paletten vom Stapel zu ziehen und in den Gang zu werfen, danach warf sie einen Kartonstapel um. Die nächste Tür führte wieder in die kleinere Halle, durch die sie das Gebäude betreten hatte. Sie eilte durch den Raum auf die Ausgangstür zu, stolperte an einer Stufe und knickte um. Es tat seltsamerweise kaum weh, und sie lief weiter, warf sich mit der Schulter gegen die Ausgangstür und stand wieder auf dem Vorplatz. Der Wind ließ die Blätter der Bäume in dem nahe gelegenen Waldstück rauschen und kühlte ihr heißes Gesicht. Ohne sich umzusehen, sprintete sie zurück zu ihrem Wagen.

Sie stieg ein. Ihre Hand bebte so sehr, dass sie Schwierigkeiten hatte, den Schlüssel ins Zündschloss zu stecken. Schließlich schaffte sie es, setzte zurück, wendete den Wagen. Ein hässliches Knirschen verriet ihr, dass sie mit der Stoßstange einen Baumstamm gerammt hatte. Egal, sie gab

Gas, und der Wagen rumpelte den Waldweg bis zu der Straße entlang. Kurz nach dem Einbiegen hörte sie einen Motor starten. Das Geräusch kam vom Gelände der Industriebrache. Ute fluchte und trat aufs Gaspedal. Der Wagen holperte über die Schlaglöcher. Hinter ihr tauchten Scheinwerfer auf, die sich rasch näherten. Ute brach der Schweiß aus, und sie fuhr noch schneller. Kurz vor der Abbiegung auf die Bundesstraße rammte er sie, Utes Corsa schleuderte nach vorne auf die Osnabrücker Straße, ein lautes Hupen ertönte, und sie bekam gerade noch die Kurve auf die rechte Fahrbahnseite, bevor der Lastwagen auf der Gegenfahrbahn an ihr vorbeirauschte.

Ute trat das Gaspedal bis zum Anschlag durch. Der Motor lärmte, während Windböen an ihrem Corsa zerrten. Der Wagen hinter ihr war ein SUV, sie konnte aber nicht erkennen, ob es Leander war, der sie verfolgte. Jedenfalls würde er sie bald haben. Ein Stück vor ihr tauchte ein heller Kombi auf. Der Abstand verringerte sich rasch. Sollte sie überholen? Aber der SUV-Fahrer würde keine Zeugen wollen. Also blieb sie hinter dem Kombi und versuchte, im Rückspiegel zu erkennen, wer in dem SUV saß, doch seine Scheinwerfer blendeten sie zu stark.

Schließlich erreichten sie Halle. An einer Kreuzung schaltete die Ampel auf Gelb. Der Kombi fuhr rüber, und Ute passierte die inzwischen rote Ampel. Plötzlich ertönte das Kreischen von Bremsen, dann Gehupe. Der SUV wäre wohl fast mit einem anderen Wagen zusammengestoßen, als er hinter ihr über die rote Ampel wollte. Im Rückspiegel sah sie, dass eine Reihe von Fahrzeugen aus der Querrichtung über die Kreuzung fuhr. Der SUV musste warten.

Das war ihre Chance! Sie überholte den Kombi, beschleunigte, bog dann links ab in eine Straße, die die Anhöhe des

Teutoburger Waldes hinaufführte. Als sich die Straße gabelte, hielt sie sich rechts, fuhr über den Kamm. Nach einer langgezogenen Kurve tauchten wieder Scheinwerfer in ihrem Rückspiegel auf. Ob das der SUV war, konnte sie nicht erkennen. Aber der Wagen näherte sich mit beunruhigender Geschwindigkeit, setzte dann an zum Überholen. Als er neben ihr war, warf sie einen Blick auf den Fahrer und erschrak. Im nächsten Moment hörte sie einen dumpfen Schlag, und ihr Corsa brach nach rechts aus, geriet ins Schleudern, sie konnte ihn gerade noch auf der Straße halten.

Sie beschleunigte. Der Fahrer mit der Schirmkappe verschwand kurz, dann war der SUV wieder gleichauf mit ihr. Ein weiterer Stoß, ein Kreischen von Metall auf Metall, dann schleuderte der Corsa eine Böschung hinunter und auf ein Feld zu. Für einen Moment fürchtete sie, ihr Wagen würde kippen, doch dann stabilisierte sich das Auto wieder und kam mitten auf einem Feld zum Stehen. Sie hörte das Quietschen von Bremsen. Der SUV hatte auf der Landstraße angehalten. Der Fahrer mit der Schirmkappe stieg aus und zielte mit einer Waffe auf sie.

Unwillkürlich zog sie den Kopf ein, gab sachte Gas, ließ vorsichtig die Kupplung kommen, um sich nicht in der weichen Erde festzufahren. Ein Knall und ihre Heckscheibe überzog sich mit einem Spinnenetz von Rissen, sie duckte sich tiefer, der Corsa rollte langsam an, rumpelte viel zu langsam über das Feld in Richtung einer der schmalen Straßen, die es durchzogen. Zwei Schüsse fielen kurz hintereinander, einer erwischte eine Rückleuchte, ein anderer durchschlug von hinten die Windschutzscheibe, erzeugte ein kleines, sauberes Durchschussloch dicht neben ihrem Kopf. Schweißnass fuhr sie auf die Straße zu, eine niedrige Böschung hoch, bis der Wagen Halt auf dem Asphalt fand, und dann gab sie Gas. Im Rückspiegel sah sie, dass die Schirmkappe wieder auf den SUV zurannte, der Leanders Wagen verflucht ähnlich sah.

Ein Motor heulte auf, der SUV fuhr ihr auf einer Parallelstraße nach, war bald wieder gleichauf. Der Fahrer ließ die Scheibe herunter und zielte. Sie beschleunigte, bog mit quietschenden Reifen links ab, hörte einen weiteren Schuss, der den Wagen verfehlte. Sie raste die schmale Straße entlang, hinter ihr blendete der SUV auf, näherte sich. Eben noch rechtzeitig sah sie die Linkskurve und stieg in die Eisen, ein weiterer Schuss durchschlug jetzt ihre Windschutzscheibe, sie riss das Steuer nach links, schaffte gerade so die Kurve, hörte das Schleudern des SUVs hinter sich und gab wieder Gas.

Es ging jetzt talwärts Richtung Werther. Ein Blick in den Rückspiegel zeigte ihr, dass die Scheinwerfer des SUVs sich ihr nicht wie erwartet näherten. Sie entdeckte sie irgendwo am Rand der Straße, sie entfernte sich von ihnen, die Schirmkappe hatte offenbar die Kurve nicht gekriegt. Vielleicht steckte der SUV fest. Sie fuhr dennoch, so schnell es möglich war, und als sie rechts in die Haller Straße abbog, war kein SUV mehr zu sehen.

Nach kurzer Zeit tauchten im Rückspiegel wieder Scheinwerfer hinter ihr auf. Doch sie blendeten sie nicht und im Licht der Straßenlaternen stellte sie fest, dass es sich bei dem Auto hinter ihr um einen kleinen Mazda handelte, der Abstand hielt. Sie verringerte ihr Tempo. Es sah aus, als hätte sie ihn abgeschüttelt. Die Straßen von Werther lagen still und verwaist im Mondlicht. Sie durchquerte den Ort und hielt sich Richtung Häger.

Auf der Landstraße entdeckte sie gar kein Auto mehr hinter sich. Langsam beruhigte sich ihr Atem. In Häger kam ein Gasthof in Sicht, in dem noch Licht hinter den Fenstern brannte. Ute parkte kurz entschlossen auf dem kleinen Parkplatz neben dem grün gestrichenen Haus. Mit zitternden Beinen stieg sie aus dem Corsa. Als sie in die Gaststube trat, kamen ihr Wärme und Essensgerüche entgegen. In dem Gasthaus namens *Weinhorst* saßen nur noch zwei ältere Herren und ein junges Paar vor ihrem Bier.

Ute setzte sich an den am weitesten von ihnen entfernten Tisch, holte ihr Handy raus und rief die Leitstelle der Polizei an. Nach dem Gespräch stützte sie den Kopf in die Hände und schloss die Augen. Bald würden Notarzt, Krankenwagen und die Kripo vor Ort sein. Es gab nur eine stillgelegte Fabrik in der Gegend, wie ihr der Beamte am anderen Ende der Leitung mitgeteilt hatte. Das würde die Suche erheblich erleichtern. Allerdings würden sie sehr wahrscheinlich nur noch einen Toten finden.

»Die Küche hat leider schon geschlossen, aber wir empfehlen Ihnen ein Königpilsner frisch vom Fass. Oder möchten Sie lieber die Weinkarte?«

Ute sah auf. Sie hatte gar nicht mitbekommen, dass eine Kellnerin an ihren Tisch getreten war. »Nur ein Wasser bitte«, brachte sie heraus.

Minutenlang starrte sie ihr Handy auf dem Tisch an. Sollte sie versuchen, Leander zu erreichen? Oder … war er derjenige, der geschossen hatte? Zögernd griff sie nach ihrem Handy und stellte fest, dass jemand auf ihre Mobilbox gesprochen hatte. *Ute, hier Dominik, bitte melde dich, wir müssen dringend deinen Mann sprechen. Wir sind gerade hier vor eurem Haus. Hast du eine Ahnung, wie wir ihn erreichen können?*

Aha? Was hatte denn das zu bedeuten? Die Kellnerin kam zurück und stellte ihr das Glas Wasser auf den Tisch. Dann ging sie zu den beiden älteren Herren, die bezahlten und umständlich aufstanden. Gemeinsam verließen sie das Lokal. Ute rief Dominik zurück. Er meldete sich sofort. »Ute! Gut, dass du dran bist, wir …«

»Warte!« Sie erzählte ihm so knapp und so präzise wie möglich, was passiert war.

»Oh verdammt!«, stieß Dominik hervor. »Hast du den Täter erkannt?«

»Nein, er trug eine Kappe, und es war ziemlich dunkel. Vielleicht war es auch eine Sie. Ich hab jedenfalls gedacht, dass Leander sich mit einer Frau trifft, dass er ein Date hat, aber um ehrlich zu sein, bin ich mir nicht mehr sicher, was in aller Welt er in dieser alten Fabrik wollte.«

»Weiß der Täter auch, dass du sein Gesicht nicht gesehen hast?«

Ute holte tief Luft. »Nein. Sonst hätte er mich wohl nicht verfolgt. Dummerweise habe ich das Kennzeichen des SUVs auch nicht gesehen. Es war ein dunkler SUV, so einer, wie Leander ihn fährt. Er könnte Leander die Wagenschlüssel aus der Tasche genommen haben und …« Sie brach ab.

Am anderen Ende der Leitung blieb es still.

»Du denkst doch nicht, dass Leander … der besitzt doch gar keine Waffe.« Ute versuchte, die aufkommenden Tränen herunterzuschlucken.

»Er hat also einen Anruf bekommen?«

Sie schnäuzte sich. »Ja, aber ich weiß nicht, von wem. Aber wieso müsst ihr Leander unbedingt sprechen? Worum geht es hier eigentlich, Dominik?«

Er zögerte. »Wir haben einen Chatverlauf untersucht. Dein Mann hatte möglicherweise eine Affäre mit einer Minderjährigen …«

Kühle wehte herein, als die Tür aufging und ein Mann mit einer schwarzen Daunenjacke den Gastraum betrat. Er stiefelte zum Tresen. Sein Gesicht konnte sie nicht sehen, da er seine Kapuze nicht absetzte.

»Hat das etwas mit eurem Mordfall zu tun?«

Sie hörte Dominik schwer in den Hörer atmen. Das junge Pärchen verließ die Gaststätte.

»Ich hab verstanden, Dominik.«

»Bisher kennen wir seine Rolle noch nicht. Ute, bleib doch einfach, wo du bist, und ich hole dich da ab. Dann fahren wir ins Präsidium, und du machst deine Aussage. Und ... wenn du willst, kannst du dann bei uns übernachten. Meine Tochter ist ja immer noch in Neuseeland. Du kannst Lissas Bett haben.«

»Das ist sehr lieb von dir, aber ich werde heute Nacht sowieso nicht mehr schlafen. Außerdem schließen die wohl gleich hier.«

Der Mann in der Daunenjacke hatte sich offenbar nur Geld wechseln lassen und dann Zigaretten aus einem Automaten gezogen. Er ließ die Packung in seiner Jackentasche verschwinden, bevor auch er die Gaststätte verließ.

»Ich beeile mich, Ute.«

»Nein, hör mal, ich ... er war nicht ehrlich mit mir, so viel ist mir klar. Aber ich kenne Leander schon ziemlich lange. Er mag Fehler haben, aber er ist kein Mörder! Und er würde auch niemals auf mich schießen!«

»Und da bist du dir ganz sicher?«

»Ich fahre jetzt nach Hause. Und dann finde ich heraus, worin mein Mann verwickelt ist!«

»Nein, Ute, tu das nicht ... außerdem muss die Spurensicherung dein Auto untersuchen ... «

»Morgen, Dominik.« Sie drückte das Gespräch weg und ignorierte das Summen ihres Handys kurz darauf. Die Bedienung näherte sich. »Wir machen gleich zu. Darf ich bei Ihnen abkassieren?«

Draußen war es noch kälter geworden. Frierend ging sie zum Parkplatz und erstarrte. Neben ihrem Corsa stand ein dunkler SUV. Sie konnte schlecht erkennen, ob jemand drinsaß, denn sie sah den Wagen von hinten und der Fahrer konnte sich vornübergebeugt haben. Das Kennzeichen gehörte nicht Leander. Hastig kehrte sie zum Eingang der Gaststätte zurück, aber die Tür war bereits abgeschlossen und die Lichter wurden gerade ausgeschaltet. Ute fluchte leise. Als sie das Geräusch eines Motors hörte, schaute sie vorsichtig um die Ecke. Der SUV setzte zurück und bog dann nach links in die Straße ein. Sie atmete auf. Viele Leute fuhren SUVs. Sie würde vorsichtshalber die andere Richtung nehmen, für den Fall, dass er irgendwo stehen blieb und auf sie wartete.

Während der Fahrt behielt sie den Rückspiegel im Blick, und obwohl sie kein verdächtiges Auto mehr hinter sich bemerkte, war sie froh, als sie eine halbe Stunde später endlich den Eggeweg hochfahren konnte, um weit oben vor ihrem Haus zu parken. Mittlerweile ließ sich das Pochen in dem Fuß, mit dem sie in der Fabrikhalle umgeknickt war, nicht mehr ignorieren. Im Haus war alles dunkel. Sie schloss auf. Einen Moment lang stellte sie sich vor, dass alles nur ein böser Traum gewesen wäre und Leander friedlich schlafend im Bett läge. Er würde aufwachen und sie überrascht ansehen. *Mein Vögelchen, wo warst du nur so lange? Ich habe ohne dich essen müssen.*

Leander besaß keine Waffe, das stimmte, aber sie bewahrte neben ihrer Dienstwaffe, die im Waffenschrank im Präsidium eingeschlossen lag, noch eine Waffe in einem Tresor im Keller auf. Hatte Leander etwa die Sig Sauer mitgenommen? Sie holte eine Taschenlampe aus der Kommode im Flur, humpelte die Treppe zum Heizungskeller hinunter, räumte die Skier beiseite, die Leander nach ihrem letzten Urlaub in Österreich hier achtlos abgestellt hatte. Der Skiurlaub hatte im Frühjahr stattgefunden, bei strahlend blauem Himmel über schneeweißen Bergrücken. Sie war natürlich zu ängstlich gewesen und hatte Spott von Leander geerntet, der mit Vorliebe die schwarzen Pisten fuhr. Ansonsten verlief der Urlaub harmonisch, das größte Problem bestand darin zu entscheiden, ob zum Kaiserschmarrn besser ein Marillenschnaps oder ein Viertelchen Grüner Veltliner passte. Obwohl es erst ein halbes Jahr her war, kam es ihr wie eine Ewigkeit vor. Damals hatte sie noch geglaubt, ihren Mann zu kennen.

Sie richtete das Licht ihrer Taschenlampe in den kleinen Abstellraum. Sowohl der Munitionsschrank als auch der Tresor wirkten unberührt. Sie gab die Kombination für den Tresor ein, holte tief Luft und zog die Tür auf. Das dunkle Metall der Sig Sauer schimmerte matt auf der hellen Polsterung. Leander konnte also nicht der Schütze gewesen sein. Aber was bedeutete das? Dass die Schirmkappe ihn umgebracht hatte? Sie biss sich auf die Lippen, Tränen rollten ihre Wangen hinunter. Dann griff sie nach der Pistole, holte Patronen aus dem Munitionsschrank, lud die Sig Sauer und nahm sie mit nach oben.

Mit gezogener Pistole ging sie alle Zimmer durch, doch im Haus hielt sich niemand auf. In Leanders Arbeitszimmer im ersten Stock ließ sie die Rollläden herunter und machte Licht. *Auch in einer Ehe braucht man Privatsphäre, Vögelchen. Das Fundament einer Beziehung ist Vertrauen.* Ute hatte nie gewagt, auch nur einen Blick auf sein Handy zu werfen. Sie setzte sich an seinen Schreibtisch, fuhr den PC hoch und probierte verschiedene Passwörter aus. Sonderlich fantasievoll war Leander nie gewesen. Als ihr bewusst wurde, dass sie in der Vergangenheitsform an ihn dachte, kamen ihr wieder die Tränen. Unwirsch wischte sie sie sich von der Wange. Jetzt war nicht die Zeit, um zu trauern. Sie versuchte es mit seinem Geburtsdatum, sogar mit den Namen seiner Ex-Freundinnen. Nichts davon funktionierte. Eigentlich konnte sie den Rechner auch gleich an Sven Lohmann, den IT-Experten des KK11, übergeben.

Ute begann, Leanders Schreibtischschubladen herauszuziehen und auf dem Teppich auszuleeren. Sie kniete sich hin, wühlte in Kontoauszügen, Prospekten von Fitnessstudios und alten Rechnungen. Unter einem der Stapel entdeckte sie Visitenkarten des Wellness-Hotels *Paradise*. Das *Paradise*, schau an … Sie kannte diesen Ort, sie hatten die Büroräume des Hotels schon zweimal ergebnislos durchsucht, weil es den Verdacht gab, dass dort Drogengeld gewaschen wurde. Die Zimmerpreise des Fünf-Sterne-Hotels waren exorbitant hoch, die Ausstattung allerdings nicht nur gehoben, sondern luxuriös: Es gab eine prächtige Halle für Empfänge, riesige, marmorne Bäder, eine ausgedehnte Saunalandschaft, mehrere Pools, eine Speisekarte mit Gerichten ab 200,- Euro aufwärts. Nichts für Leute mit einem Polizistengehalt. Hier verkehrten Sportfunktionäre, Politiker, Größen aus Kultur und Wirtschaft und hohe Verwaltungsbeamte. Und Leander …?

Auch für ihn war das Hotel zu teuer. Was hatte er ausgerechnet mit dem Hotel zu schaffen, das ihr und den Kollegen immer wieder durch die Finger schlüpfte? In ihrem Dezernat kursierte schon länger das Gerücht, es müsse einen Maulwurf geben. Natürlich waren mittlerweile alle frustriert über den mangelnden Ermittlungserfolg. Und natürlich kam niemand von ihren Kollegen in Frage. Außer … ihr selbst?! Leander hatte sich immer interessiert gezeigt an ihrer Arbeit. *Ich bin so stolz auf dich, mein Vögelchen, du machst eine viel wichtigere Arbeit als ich. Und natürlich möchte ich wissen, was dich gerade beschäftigt. Ich will dir nah sein, mein Vögelchen, das ist alles.* Sie fühlte sich geschmeichelt und erzählte ihm von ihrem Alltag im Präsidium – auch von den geplanten Durchsuchungen! Hatte Leander Interesse geheuchelt, um an Insider-Informationen zu kommen? Ute stand auf. Sie musste sich am Schreibtisch festhalten, weil ihr schwindelig wurde. War alles nur eine Täuschung gewesen? Ein groß angelegtes Manipulationsmanöver? Und sie war ihm naiv und verliebt wie eine reife Frucht in den Schoß gefallen?

Und wie konnte sie so sicher sein, dass Leander nicht eine eigene Waffe besaß? Sie hatte geglaubt, dass er erschossen auf dem staubigen Boden einer verfallenen Fabrik lag. Was, wenn nicht er der Tote war, sondern der Täter? Womöglich war es doch nicht so schlau gewesen hierherzukommen …

Ute hinkte mit ihrem angeschwollenen Fuß zum Fenster, ließ die Rollläden wieder hochfahren und schaltete das Licht der Schreibtischlampe aus. Nebel waberte im Lichtkegel der Straßenlaterne. Hinter der langen Reihe der am Straßenrand geparkten Autos nahm sie eine Bewegung wahr. Eine Gestalt, die sich kaum absetzte von der Dunkelheit, die sie umgab. Ute trat rasch vom Fenster zurück. Das Herz klopfte ihr plötzlich bis zum Hals. Er wusste, dass sie da war. Ihr Auto parkte in der Einfahrt. Für eine Weile herrschte vollkommene Stille. Dann hörte sie einen dumpfen Schlag. Sie steckte die Sig Sauer, die auf dem Schreibtisch lag, in ihren Hosenbund am Rücken.

Vorsichtig humpelte sie die Treppenstufen hinunter. Als sie einen weiteren Schlag hörte, wäre sie vor Schreck fast auf der Treppe ausgerutscht. Mit einem Mal jagte ein graues Fellbündel quer über den Flur. Lady! Ute lachte hysterisch. Die Katze hatte mal wieder versucht, die Küchentür zu öffnen und hatte die Klinke verfehlt. Lady war einfach zu fett geworden. Sie stieg die letzten Stufen der Treppen runter. Als sie in den Flur trat, erschrak sie. Vor der mattierten Glasscheibe der Haustür war der Schatten eines Mannes zu sehen …

* * *

Die Nachricht von dem Vorfall in der Fabrik erreichte Bent um 23:52 Uhr zu Hause, und er machte sich sofort auf den Weg. Als nach einer halbstündigen Fahrt ein altes Fabrikgebäude im grellen Licht der Scheinwerfer auftauchte, wusste er, dass er den Tatort erreicht hatte. Der Putz war zum Teil abgefallen und die Fensterscheiben herausgebrochen. Bents Volvo holperte über den rissigen Asphalt bis zu dem Flatterband, das den Tatort weiträumig absperrte. Bent parkte zwischen einem Notarztwagen und einem Feuerwehrauto und stieg aus. Die kalte Luft roch nach Rauch. Auf dem Vorplatz wimmelte es von Spurensicherern in weißen Overalls, Bella Schnathorst schien alle ihre Leute mobilisiert zu haben. Er ließ sich von Günther Hagedorn, Bellas rechter Hand, einen Overall und Überschuhe geben. Hagedorn beobachtete Bent beim Anziehen mit seinen hinter der dicken Brille riesenhaft vergrößerten Augen. Er sprach nur, wenn er musste, und wie es hieß, sah Hagedorn mit seinen Eulenaugen alles.

In dem alten Gebäude, das offenbar lange leer gestanden hatte, gab es sicher eine Fülle von Spuren, wichtige und unwichtige. Eine Sisyphusarbeit. »Viel zu tun, was, Günther?«

Hagedorn grunzte Zustimmung.

»Was macht die Feuerwehr denn hier?«

»Ich zeig's Ihnen.« Hagedorn führte ihn an der Seite des Gebäudes entlang, wo seine Kollegen einen Trampelpfad für die Kripo markiert hatten. Der Rauchgestank nahm zu. Auf einem weiteren Vorplatz standen ein ausgebranntes Autowrack und ein zweiter Löschwagen. »Neben dem Notruf der Kollegin ging eine Brandmeldung von Anwohnern ein, und die dahinten ...« Hagedorn nickte in Richtung der Feuerwehrleute, die gerade ihre Gerätschaften einpackten, und zog eine Grimasse, »waren zuerst da, sind überall rumgelatscht und haben sämtliche Spuren außerhalb des Gebäudes vernichtet!«

»Und wo ist die Leiche?«

»In der Halle.« Hagedorn trollte sich.

Bent ging durch eine offene Metalltür in eine Halle mit Werkbänken und Maschinen. Auf den Tischen und dem Boden lagen Metallspäne, als hätten die Arbeiter die Halle gerade erst verlassen. Am hinteren Ende entdeckte er zwischen den Leuten in den weißen Overalls einen gut aussehenden Mann, der die Hände in den Taschen seiner Lederjacke vergraben hatte. Er trug auch keine Überschuhe. Wie war Roman bloß so an Hagedorn vorbeigekommen?

Bent folgte dem abgesteckten Pfad zu dem Kollegen.

Der hob grüßend die Hand. »Hallo, Bent. Der Rechtsmediziner ist noch nicht angekommen, aber die Todesursache ist eindeutig, denke ich.«

Als Bent den auf dem Rücken liegenden Toten sah, zuckte er zurück. Das Gesicht des Mannes war eine einzige klaffende Wunde. Mit dem verbliebenen Auge starrte er an die Decke. Mantel und Jackett lagen offen und enthüllten einen großen Blutfleck auf seinem weißen Hemd. »Frau Vienenkötter-Lange sprach von Schüssen«, sagte Bent. »Ein Schuss wurde ihrer Aussage zufolge aus kurzer Entfernung auf den schon Liegenden abgefeuert: vermutlich der in den Kopf. Die schwere Wunde könnte natürlich auch aus weiterer Entfernung durch ein Teilmantelgeschoss verursacht worden sein, etwa durch Jagdmunition. Ist der Mann schon identifiziert worden?«

»Nein. Es wurden weder eine Brieftasche noch ein Handy bei ihm gefunden. Und die Autokennzeichen an dem ausgebrannten Wagen sind abmontiert worden.«

»Dann ist davon auszugehen, dass die Identifizierung durch den Kopfschuss erschwert werden sollte.« Bent stieß einen Schwall Luft aus. »Es könnte sich um Leander Lange handeln. Aber unter diesen Umständen möchte ich Frau Vienenkötter-Lange nicht um die Identifizierung bitten. Ich glaube kaum, dass die Rechtsmedizin sein Gesicht wieder richtig zusammenflicken kann. Wir machen einen Zahnabgleich.«

Roman nickte. »Das ist das Einfachste. Wenn der Täter verhindern wollte, dass man die Leiche identifiziert, dann kennt er sich wohl nicht aus. Für mich sieht das aber nach etwas anderem aus.«

Ein kühler Wind, der durch die scheibenlosen Fenster der Halle fuhr, ließ Bent frösteln. »Jemand wollte diese Person ganz und gar auslöschen …«

»Genau.« Roman stellte seinen Kragen hoch. »Deshalb der Schuss ins Gesicht. Auf jeden Fall ist Hass im Spiel, etwas Persönliches. Vielleicht geht es um Rache.«

Die dunkle Stimme der Leiterin des Erkennungsdienstes dröhnte durch die Halle. »Sudhölter, sind Sie überfordert?«

Bent und Roman drehten sich um. Bella Schnathorst hatte sich, die Fäuste in die Seiten gestützt, vor Sascha Sudhölter aufgebaut. Sie überragte ihn um Haupteslänge, und Sudhölter starrte sie an wie das Kaninchen die Schlange. Bent wunderte sich. Was hatte die meist gut aufgelegte Bella so erbost?

»Ich … ich hab den Manschettenknopf eingetütet, das weiß ich ganz genau, aber … aber … hier laufen so viele Leute herum, vielleicht ist das Tütchen irgendwie abhandengekommen.«

»Irgendwie abhandengekommen?«

Inzwischen hörten alle Leute in der Halle zu.

Bent trat zu ihr. »Bella, was ist denn los?«

Sie wandte sich ihm zu, und augenblicklich hüllte eine Parfümwolke ihn ein. »Ein sichergestellter Gegenstand fehlt: ein goldener Manschettenknopf mit Initialen. Der Tote trägt keine Manschettenknöpfe, also wäre es möglich, dass er dem Täter gehört!« Sie presste ihre leuchtend rotgeschminkten Lippen aufeinander.

»Und die Initialen? Wisst ihr die noch?«, fragte Bent.

Bella musterte Sascha Sudhölter mit finsterem Blick.

Obwohl es kühl in der Halle war, lief ein Schweißtropfen unter Sudhölters Kapuze hervor und über seine Stirn. »Es tut mir außerordentlich leid, Frau Schnathorst, es war so viel zu tun, und der Knopf war schon weg, kurz nachdem ich ihn eingetütet hatte.« Er zuckte mit den Achseln. »Ich kann leider nicht mehr sagen, wie der Manschettenknopf genau aussah.«

»Sehr schade. Vielleicht findet sich das Tütchen ja wieder, dann gebt mir bitte Bescheid«, sagte Bent, ließ die beiden allein und gesellte sich wieder zu Roman. »Ich hörte, du kennst diesen Sascha Sudhölter. Wie gut kennst du ihn eigentlich? Er ist noch nicht so lange bei uns.«

»Wir trainieren manchmal zusammen. Ich kenne ihn, ja … etwas.« Roman verzog die Lippen zu einem dünnen Lächeln. »Aber wohl nicht so gut, wie ich dachte.«

»Hier rennt die Feuerwehr herum, Leute vom Erkennungsdienst, die Kripo … Dieser Tatort ist allerdings unübersichtlich, eine Herausforderung.«

»Schon, aber …« Roman trat näher an ihn heran und senkte seine Stimme. »Trotzdem seltsam, dass eine wichtige Spur einfach so verloren geht. Vielleicht sollten wir Sudhölter im Auge behalten.«

Mittwoch, 30. Oktober

Obwohl es bereits elf Uhr war, als Nina den Besprechungsraum betrat, sah sie nur müde Gesichter. Die dunkelsten Augenringe hatte Dominik, der mit schief geknöpftem Hemd am Tisch saß und in seinen Kaffeebecher starrte. Roman, mit dem Nina bis in den frühen Morgen am Tatort gewesen war, unterdrückte ein Gähnen und winkte ihr mit einem Lächeln. Nina setzte sich neben ihn. Einzig Frank wirkte einigermaßen frisch.

»Wo bleibt Bent? Der ist doch sonst immer überpünktlich«, sagte Nina.

Dominik trank einen Schluck Kaffee. »Bei der Obduktion.«

Die Wolkendecke war aufgebrochen, und ein Lichtstrahl fiel auf die Fotos, die Bent an die Magnettafel gehängt hatte. Die Sonne traf auf das Bild mit der lächelnden Charlotte, die plötzlich wieder zum Leben erweckt schien, während Vincent Spiekerkötter und die Familie Schoppe blass blieben. Von Lange hatten sie noch kein Foto besorgt. Nina stand auf und öffnete ein Fenster. »Frische Luft zum Wachwerden.«

Im nächsten Moment wurde die Tür aufgestoßen, und Bent stürzte herein. »Moin. Entschuldigung, es hat noch etwas gedauert.« Er zog seine Daunenjacke aus und setzte sich an seinen Platz am Kopf der U-förmig aufgebauten Tische. »Ich fang dann einfach mal an. Es fanden sich zwei Kleinkaliber-Projektile im Körper des Toten. Ein Schuss ging direkt ins Herz und war bereits tödlich, der zweite Schuss drang in einem flacheren Winkel in den Kopf des Opfers ein, das sich zu dem Zeitpunkt in liegender Position befand. Bella und ihre Leute sind noch immer auf dem Gelände. Die Tatwaffe wurde bisher nicht gefunden, aber zu den Patronen passende Hülsen.«

Roman goss Kaffee in einen frischen Becher und schob ihn zu Nina.

»Danke.« Sie lächelte. »Ein Schuss ins Herz und einen in den Kopf. Das war ein guter Schütze, und es war geplant.«

»Und er wollte sichergehen, dass sein Opfer auch wirklich tot ist«, sagte Roman.

Bent nickte. »Bei dem ausgebrannten Auto auf dem Hof der Fabrik handelt es sich um einen dunkelblauen SUV, ein Lexus-Modell, hat mir der Sachverständige mitgeteilt.«

»Das klingt nach Leander Langes Auto. Ute hat in den Sachen ihres Mannes übrigens die Visitenkarte eines Hotels gefunden, in dem möglicherweise Drogengeld gewaschen wird. Der Bruder des Inhabers sitzt wegen Drogenhandels im Gefängnis.« Dominik dachte daran, wie verängstigt Ute gewirkt hatte, als er sie in der letzten Nacht aufgesucht hatte. Auf sein Klingeln hatte sie die Tür nur einen Spaltbreit geöffnet, eine Sig Sauer im Anschlag. Sie habe nur einen Schatten vor der Tür gesehen und ja nicht gewusst, dass es sich um ihn handele. »Ich schlage vor, dass sie zu ihrem Schutz eine Überwachung bekommt. Sie ist die einzige Zeugin dieses Mordes.«

Roman setzte seine Kaffeetasse ab. »Kann sie eine Beschreibung des Täters liefern?«

»Leider nein. Aber es wäre möglich, dass sie ihn wiedererkennt, etwa am Gangbild, am Profil ...«, gab Dominik zurück.

Roman nickte. »Das Gesamtbild ist entscheidend. Meistens nimmt man doch mehr Informationen auf, als man denkt. Und die Frau ist vom Fach.«

Bent rieb sich die Augen. »Ich habe bereits veranlasst, dass Frau Vienenkötter-Lange Polizeischutz bekommt. Dafür habe ich Unterstützung angefordert, unser Team ist schon klein genug. Die Spurensicherung untersucht derzeit noch das Gebiet zwischen Halle und Werther, wo die Kollegin von der Straße abgedrängt und beschossen wurde. Außerdem ihren beschädigten Corsa.« Er verschränkte die Arme vor der breiten Brust. »Schade, dass ihr Lange gestern nicht erwischt habt.«

Nina tauschte einen Blick mit Dominik. Bent sprach es nicht aus, aber es schwang im Raum: Wenn sie Lange angetroffen hätten, wäre das alles möglicherweise nicht passiert.

Sie wechselte das Thema. »Dodo, meinst du mit dem Hotel diesen Fünf-Sterne-Nobelschuppen zwischen Bielefeld und Detmold, in dem sie nie was gefunden haben?«

»Ganz recht. Ute sagt, im *Paradise* sei verdächtig viel über Bargeld abgewickelt worden. Normalerweise zahlt man ein Zimmer, das 450,- Euro pro Nacht kostet, mit einer Kreditkarte. Letztendlich konnten sie dem Inhaber aber nichts nachweisen.«

»Die Ergebnisse des Zahnabgleichs liegen leider noch nicht vor. Lange ist nicht wieder in Erscheinung getreten, oder?«, fragte Bent.

»Er ist in der Nacht nicht nach Hause gekommen«, sagte Frank.

Nina beugte sich vor. »Ganz gleich, ob Lange das Opfer oder der Täter ist: Die beiden Fälle hängen zusammen, oder?«

»Lange ist nach wie vor Verdächtiger im Mordfall Charlotte Campmann«, sagte Frank. »Es könnte sich um einen eifersüchtigen Nebenbuhler handeln, der etwas über Langes Täterschaft weiß oder vermutet und Charlottes Tod rächen will.«

Roman hob die Brauen. »Du meinst jemanden, dessen große Liebe Charlotte ist?«

»Und der sich ganz zufällig auch noch mit Waffen auskennt«, ergänzte Dominik.

»Sportschütze reicht doch schon«, gab Frank zurück.

»Was ist mit dem Anruf?! Lange wurde laut Utes Aussage angerufen und ist daraufhin zu dieser Industriebrache gefahren. Der Täter und das Opfer kannten sich vermutlich«, erwiderte Dominik. »Ist die Nummer des Anrufers schon ermittelt worden?«

»Jepp, aber …« Frank seufzte. »Die Abfrage der Identität des Besitzers der Nummer beim Anbieter hat nichts erbracht. Das Prepaid-Handy ist unter einem Namen registriert, der gar nicht existiert.«

»Lange hatte sicher ein Interesse daran, sein Verhältnis zu der Minderjährigen zu vertuschen. Womöglich musste Charlotte deswegen sterben. Was, wenn jemand Zeuge des Mordes an Campmann wurde und Lange ihn deshalb beseitigen musste?«, sagte Dominik.

»Oder Lange wurde selbst zum Opfer, weil er zu viel wusste«, warf Nina ein.

Bent nahm die Arme wieder auseinander. »Solange wir nicht wissen, wer das Opfer ist, können wir ewig so weiterspekulieren. Wir müssen mehr über Leander Lange herausfinden, über seinen Bezug zu diesem dubiosen Hotel, über seine Internetkontakte.«

»Ich könnte zu diesem Hotel fahren«, schlug Roman vor.

Frank grinste spöttisch. »Na, mit Wellness-Hotels kennst du dich ja bestens aus, wie?«

»Roman, dich wollte ich bitten, dich mit Sven Lohmann zusammenzusetzen. Ein Handy wurde ja leider nicht bei dem Toten gefunden, aber unser IT-Mann wertet gerade die Daten von Langes Rechner aus. Ich würde sagen, Dominik und Nina schauen sich dieses Hotel mal etwas näher an.«

* * *

Nebelschleier hingen im düsteren Teutoburger Wald, dessen Hügelkette sich rechter Hand neben der B 66 hinzog. Nina hatte das Gefühl, durch einen Schwarz-Weiß-Film zu fahren. Die roten Bremslichter der Wagenkolonne vor ihnen und die rote Ampel waren die einzigen Farbtupfer darin.

»Der Ort heißt Hörste, aber das Hotel liegt nicht direkt im Ort, sondern etwas außerhalb«, sagte Dominik.

»Ist doch schon verdächtig: ein Luxushotel irgendwo in der lippischen Wildnis, wo Fuchs und Hase sich gute Nacht sagen.«

»In der Gegend gibt's auch Ferienwohnungen für Wanderurlauber. Der Teuto, das Herrmannsdenkmal, die Externsteine … Touris lieben so was.« Dominik gähnte. »Ich hatte eigentlich gehofft, etwas Tageslicht würde mich wacher machen.«

»Tageslicht? Was ist das?«

Regen verschlechterte die Sicht, und Nina verpasste eine Abbiegung. Sie fuhren ins Zentrum des Ortes, und dieses Mal fand sie die richtige Abzweigung aus dem Ort hinaus. Es ging durch Wiesen und Felder bis zu einem Wäldchen.

Nina bog in eine lange, beleuchtete Auffahrt ein. »Hier muss es sein.«

Sie fuhren durch einen parkähnlichen Garten. Am Ende der Auffahrt lag etwas zurückgesetzt auf der linken Seite ein Parkplatz, auf der anderen Seite gab es einen großen Teich vor einem barocken Herrenhaus, dessen warmer Gelbton durch die Außenbeleuchtung zur Geltung gebracht wurde. Nina parkte den Dienstwagen neben einem Porsche-SUV.

»Sieht aus wie ein früheres Gut«, sagte Dominik, während sie einen von antik-griechisch anmutenden Statuen gesäumten Weg entlanggingen, der zu einem breiten Eingangsportal mit einer modernen Glastür führte.

»Auf jeden Fall beeindruckend.«

Der Name *Paradise* zog sich mit geschwungenen Buchstaben als Gravur über das Glas der Doppeltür. Als sie sich näherten, öffneten sich die Flügel lautlos. Am Ende der hell erleuchteten Eingangshalle stand eine Rezeptionistin hinter einem wuchtigen Tresen aus dunklem Holz und tippte etwas in ihren PC. Nina fragte sich, wie man mit so langen, künstlichen Fingernägeln tippen konnte. Die junge Frau sah auf, strich eine blonde Strähne zurück, die sich aus ihrer Hochsteckfrisur gelöst hatte, und lächelte. »Womit ...«

Nina zeigte ihr ihren Polizeiausweis. »Wir wüssten gern, ob ein gewisser Leander Lange schon einmal Gast bei Ihnen gewesen ist.«

»Po-Polizei? Oh ich ... ich weiß gar nicht ...«

»Sie wissen doch, dass Sie die Meldeformulare Ihrer Gäste ein Jahr lang aufbewahren müssen«, begann Nina. »Nach dem Bundesmeldegesetz ...«

»Das ist doch kein Problem«, ertönte hinter ihnen die heisere Stimme eines starken Rauchers.

Nina und Dominik wandten sich um. Ein beleibter Mann im Trachtenjanker stand vor ihnen. Die Lippen unter dem blond-grauen Kaiser-Wilhelm-Schnurrbart verzogen sich zu einem Lächeln. »Vanessa, Schätzchen, tu, was die Polizei sagt.« Er breitete die Arme aus. »Wir haben doch nichts zu verbergen!«

»D-dann hole ich mal den Aktenordner?«

Er nickte der Empfangsdame zu. »Gehen wir doch in mein Büro. Ach Verzeihung, die Herrschaften, ich habe mich noch gar nicht vorgestellt. Herrmann Tatenhorst, ich bin der Inhaber dieses Hotels.« Er ergriff Ninas Hand mit seiner warmen, weichen Pranke und schüttelte sie.

»Tschöke, Kripo Bielefeld …«

»Ich weiß, wer Sie sind, Sie hatten ja angerufen. Kommen Sie.«

Sie folgten ihm in einen Aufzug. Das Büro lag im obersten Stockwerk und wurde dominiert von Antiquitäten aus dunklem Holz gekoppelt mit moderner Technik. Ein Feuer in einem Kamin, indirektes Licht und der dicke, helle Teppichboden schafften eine behagliche Atmosphäre, die den Raum eher wie ein Wohnzimmer wirken ließ. Tatenhorst wies auf eine Gruppe von Ledersesseln am Kamin, und sie setzten sich. Nina sank tief ein und starrte in die Flammen. Nach der feuchten Kälte draußen tat das Feuer gut.

»Darf ich Ihnen etwas anbieten?«

Bevor Nina um einen heißen Tee bitten konnte, sagte Dominik: »Wir würden lieber gleich zur Sache kommen. Kennen Sie einen Leander Lange?«

Tatenhorst runzelte die Stirn. »Ich fürchte, da kann ich Ihnen nicht weiterhelfen.«

»Warten Sie.« Dominik zog ein Foto aus der Tasche und reichte es ihm. »Vielleicht haben Sie diesen Mann schon einmal gesehen.«

Tatenhorst starrte lange auf das Foto. »Doch jetzt, ja … ich glaube schon. Mag sein, dass der mal Gast bei uns war.

Aber dann müsste er ja in einem Anmeldeformular auftauchen.«

Es klopfte leise an der Tür. »Ja, bitte«, rief Tatenhorst. »Ach, du bist es, Vanessa.« Die junge Frau hielt einen Aktenordner hoch. »Das ist der Ordner mit den Meldeformularen? Wie passend, dann können Sie ja gleich nachsehen.«

Dominik nahm den Ordner in Empfang. »Wir würden den Ordner gerne mitnehmen. Sie bekommen ihn selbstverständlich so bald wie möglich zurück.«

»Aber bitte, natürlich. Wenn Sie weiter keine Fragen haben ...«

Die Wärme hatte Nina schläfrig gemacht. Sie gab sich einen Ruck und stand auf.

Tatenhorst geleitete sie unter Beteuerungen, er stehe jederzeit zur Verfügung, zum Ausgang. Sie verabschiedeten sich von Tatenhorst.

Draußen nieselte es und schien noch eine Spur dunkler geworden zu sein.

»Hast du ihm am Telefon erklärt, warum wir hier auftauchen?« fragte Nina.

Dominik stellte seinen Kragen hoch. »Nein, ich habe uns nur angekündigt und dass wir gerne etwas über einen möglichen Gast erfahren wollen.«

»Er hat nichts gefragt, ist dir das auch aufgefallen?«

»Vielleicht weiß er, dass die Polizei nichts über laufende Ermittlungen erzählt. Er hatte ja schon mit Kollegen zu tun wegen des Verdachts auf Geldwäsche.«

»Ich glaube, Tatenhorst lügt. Er hat dieses Foto so lange angestarrt, als müsste er erst überlegen, was er zugeben sollte und was nicht.«

»Ute vermutet, ihr Mann könnte ihm Informationen über bevorstehende Durchsuchungen geliefert haben. Tatenhorst wird sicher nichts freiwillig preisgeben. Wir müssen einen anderen Weg finden.«

Nina grinste. »Wie wäre es als Undercover-Gast? Und damit man nicht auffällt, muss man es natürlich richtig krachen lassen.«

Der Parkplatz kam in Sicht. *Wo de Nordseewellen trekken an den S-Strand ...* Nina nahm den Anruf an.

Es war Bent. »Der Tote ist inzwischen anhand seines Gebisses identifiziert worden. Es ist Leander Lange.«

»Wer bringt es Ute bei?«

Bent seufzte. »Ich fahre hin. Bis bald.«

Dominik sah sie forschend an. »Also doch Lange?«

Nina nickte. Sie stiegen in den Dienstwagen und fuhren die lange Auffahrt zurück. Plötzlich bremste Nina. Dominik sah sie fragend an. Nina deutete auf die schmale Straße, die von der Auffahrt abzweigte und in ein Waldstück führte. »Diese Straße ist mir vorhin gar nicht aufgefallen.«

»Ob das mit zu diesem Anwesen gehört? Bieg doch mal ein.«

Die kurze Straße führte sie zu einem dunkelgrauen Wohnhaus, das dringend einen neuen Anstrich benötigte. Sie parkten am Waldrand.

Nina schaltete den Motor aus. »Das gehört bestimmt nicht zum Hotel. Hier wohnen höchstens die Bediensteten.«

»Die Bediensteten ... du könntest recht haben. Und da ist tatsächlich jemand zu Hause.« Dominik zeigte auf ein Fenster, hinter dem sich eine Gardine bewegte.

»Gut, Dodo, versuchen wir es. Vielleicht können die Anwohner uns irgendetwas über das Hotel erzählen.«

Sie stiegen aus. In das Rauschen der Tannen mischten sich leise Geigentöne.

»Da übt wohl jemand«, sagte Dominik, während sie auf das Haus zugingen.

»Ist aber schon fortgeschritten. Über mir wohnte mal eine Anfängerin. Ich kann dir sagen: ein schauerliches Gequietsche! Da wäre mir ein Schlagzeuger lieber gewesen.«

Dominik drückte auf die unterste der drei Klingeln, versuchte es dann noch ein paar Mal und wollte schon aufgeben, als der Türöffner summte.

Eine alte Dame mit einem Rollator stand in der Wohnungstür und tastete nach ihrem Hörgerät. Nina hielt ihr den Polizeiausweis dicht vor das Gesicht. Die alte Frau hörte für einen Moment auf, sich mit ihrem Hörgerät zu beschäftigen und begutachtete blinzelnd den Ausweis. »Ja, was …?«

»Kennen Sie das Hotel *Paradise*?«, fragt Nina freundlich.

»Ich komm ins Paradies?«

»Das Hotel hier nebenan, kennen Sie das?«, rief Dominik.

Sie schüttelte ihre weißen Löckchen. »Mit denen hab ich nichts zu tun.«

Nina tauschte einen Blick mit Dominik. Er schien das Gleiche zu denken. »Vielen Dank!«

Nachdem sich die Wohnungstür wieder geschlossen hatte, drückte Nina auf den obersten Klingelknopf. »Die Geige kommt aus dem Dachgeschoss.«

Tatsächlich hörten die Tonleitern abrupt auf. Sie stiegen nach oben. Das Treppenhaus, das aus den Fünfzigerjahren stammen musste, sah aus, als hätte sich jemand besondere Mühe gegeben, die scheußlichste Farbkombination zu finden: graues Linoleum und trübes Olivgrün kombiniert mit einem dunklen Ockerton an den Wänden.

Die füllige, junge Frau, die ihnen öffnete, hielt ihre Geige noch in der Hand.

»Sie spielen aber gut«, begann Nina.

»Wollen Sie mich engagieren?« Die Frau lächelte.

»Das nicht«, gab Nina zurück. Sie stellten sich und ihr Anliegen vor.

»Von dem Hotel kriege ich nicht viel mit, nur dass da manchmal richtig fette Limousinen die Auffahrt hochfahren. Ich studiere in Detmold im ersten Semester an der Musikhochschule und bin sowieso nur unter der Woche hier.«

Als sie die Treppe hinunterstiegen, kam ihnen ein untersetzter Mann mit Halbglatze entgegen. Er trug einen leeren Mülleimer, feine Tropfen bedeckten seine Brille. Er zögerte. »Sind Sie … gehört der Polizeiwagen da draußen Ihnen?«

»Ja, wir interessieren uns für das Hotel, das hier um die Ecke liegt«, erklärte Dominik. »Das *Paradise*.«

»Das wird aber auch Zeit!«

»Ach ja?«

»Jeden zweiten Freitagabend geht das so: jede Menge dicke Autos, in denen alte Säcke in Anzügen herkommen. Und dann die aufgetakelten jungen Dinger, die da hingebracht werden. Und dann machen die da Party mit Live-Musik und Gekreische. In solchen Nächten tue ich kein Auge zu. Das schallt bis hierher. Ich war selbst schon drauf und dran, die Polizei zu rufen!«

»Ja, Herr …«, begann Nina.

»Wehmüller.«

»Herr Wehmüller, des…« *halb sind wir nicht hier*, wollte Nina gerade sagen, als Dominik dem Mann das Foto von Lange zeigte. »Haben Sie diesen Mann schon einmal in der Nähe des Hotels gesehen?«

Wehmüller nahm seine Brille ab. »Kenn ich nicht. Aber fragen Sie doch mal meinen Cousin, der hat da bis vor Kurzem als Kellner gearbeitet, deshalb habe ich mich immer zurückgehalten von wegen Anzeige und Ruhestörung. Aber jetzt, wo sie ihn rausgeschmissen haben, ist das ja egal. Hatte 'ne Menge Ärger mit denen. Heißt auch Wehmüller. Armin Wehmüller.«

»Rausgeschmissen?« Nina lächelte. »Und wo finden wir Ihren Cousin?«

* * *

In dieser ländlichen Gegend gab es kaum Straßenlampen, und sie konnte nur noch ein paar Meter weit sehen. Die Straße wurde immer schmaler und verwandelte sich in einen Waldweg. Sie musste falsch abgebogen sein, jedenfalls hatte sie ihn verloren. Plötzlich wurde es hell. Wie aus dem Nichts tauchten grelle Scheinwerfer hinter ihr auf, ein Verfolger, wurde ihr klar. Nicht sie jagte ihn, sondern er jagte sie! Das Blatt hatte sich gewendet …

»Marianne?« Jemand rüttelte an ihrer Schulter.

»Was? Hardy?« Stöhnend richtete sie sich auf. »Wie spät ist es denn?«

»Schatz, es ist schon Mittag, und ich habe mir Sorgen um dich gemacht!«

Sie rollte sich auf den Rücken. »Wieso denn? Ich liege hier ganz friedlich in meinem Bett.«

»Gestern Nacht …«

»Ist es spät geworden, ich weiß. Ich bin ein bisschen herumgefahren, um einen klaren Kopf zu kriegen. Ich schlafe eben nicht mehr so gut wie früher.«

»Herumgefahren? Und was wolltest du mit der Pistole?«
»Pis…?«

»Die habe ich gerade in deiner Handtasche gefunden.«

»Durchsuchst du meine Sachen?«

»Ich will bloß begreifen, was hier vor sich geht. Und ich habe Angst um dich, Marianne!«

»Ich fühle mich damit sicherer. Ein alter Freund, der Sport-schütze ist, hat sie mir geliehen, okay?«

»Das ist alles?«

»Ja, Hardy.«

»Wenn du meinst …«

Wie Hardy so mit hängenden Armen und gefurchter Stirn vor ihrem Bett stand, hatte sie Mitleid mit ihm. Aber er konn-te ihr nicht helfen, und sie konnte ihm auch nicht erzählen, dass sie den Abend damit verbracht hatte, ein fremdes Haus zu beobachten, um *ihn* zu erwischen und wie sie *ihn* anschlie-ßend mit dem Auto verfolgt und verloren hatte. Dass sie ver-sagt hatte! Spätnachts mit einer Mischung aus ohnmächtiger Wut und einem Hauch Erleichterung ins Bett gefallen war.

Hardy setzte sich neben sie. »Schatz, du bist so abwesend.« Sein Gesicht hellte sich auf. »Soll ich … soll ich dir vielleicht einen Cappuccino machen? Und ich könnte Brötchen holen, Croissants, die isst du doch so gerne.«

»Hardy, das ist lieb von dir, aber ich möchte ein bisschen allein sein.«

Er nahm ihre Hand. »Aber du musst etwas essen, Marian-ne!«

»Das werde ich auch, versprochen.« Sie bemühte sich um ein Lächeln. »Ich komme nach dem Frühstück rüber zu dir, aber jetzt muss ich erstmal duschen.«

Während des Frühstücks, das aus schwarzem Kaffee und Knäckebrot bestand, scrollte sie sich aus reiner Gewohnheit durch die Online-Nachrichten. In der Küche war es ziemlich düster, draußen rauschte ein Regenschauer aufs Pflaster. Plötz-lich hielt sie inne … was war denn das? Dieses Foto! Das konn-te doch nicht sein! Sie stand auf, um das Licht einzuschalten, und schaute es sich genauer an. Das war der Mann, der ihre Tochter, ihr einziges Kind missbraucht hatte, ihre Liebe, ihre

Unschuld, der sie umgebracht und verscharrt hatte wie den Kadaver eines Hundes! Und er war tot! Wie konnte das sein? *Polizei und Staatsanwaltschaft gehen von einem Tötungsdelikt aus.* Fassungslos schüttelte sie den Kopf. Ein anderer hatte die Arbeit für sie erledigt. Sie würde auf seinem Grab tanzen!

Wenn sie nur nicht so erschöpft wäre. Sie ließ die Schultern sinken, die Anspannung ließ nach. Sie konnte sich genauso gut gleich wieder aufs Ohr legen. Gab es überhaupt noch einen Grund aufzustehen – jetzt, da der Mörder ihrer Tochter seine gerechte Strafe schon bekommen hatte? Hardy, vielleicht … ganz vielleicht hatten sie noch eine Chance zusammen, er schien das zu glauben. Und wollte sie es nicht auch gerne glauben?

Aber zuerst musste sie schlafen. Marianne schaltete ihr Tablet aus und stand mühsam auf. Plötzlich durchzuckte sie ein Gedanke. Hatte Nele das getan? Leander alias Dany … *Dany ist ein Monster! Ich hasse ihn!* Marianne griff nach ihrem Handy und tippte Neles Nummer ein. Die junge Frau meldete sich nach dem fünften Klingeln.

»Das Monster ist tot, Nele.«

»Marianne? Das Monster, Sie meinen …«

»Leander Lange alias Dany. Ich denke, du solltest das wissen. Aber vielleicht weißt du das ja schon …«

»Dass Dany tot ist? Woher?«

»Du musst das nur googeln. Er ist erschossen worden. Man hat seine Leiche auf einem alten Industriegelände in der Nähe von Borgholzhausen gefunden.«

»Krass!« Marianne konnte hören, dass Nele bei diesem Wort lächelte.

»Zuerst kam mir der Gedanke, dass du ihn umgebracht haben könntest, aber jetzt denke ich, das ist absurd, oder?«

»Das ist echt absurd! Glauben Sie, ich hätte 'ne Wumme und würde damit in der Gegend rumballern?«

»Nein.« Marianne konnte sich das bei näherer Betrachtung in der Tat nicht mehr vorstellen, auch wenn Nele allen Grund gehabt hätte, es Dany heimzuzahlen. »Da können wir froh sein, was, Nele? Er hat bezahlt für das, was er Charlotte und dir angetan hat!«

»Ja, er ist … Sie haben recht, er ist … einer von ihnen, und ja, jetzt hat er wohl bezahlt. Also belassen Sie's dabei.«

»Einer von ihnen … heißt das …?«

»Das heißt gar nichts!«

»Nele, du sagst mir nicht die ganze Wahrheit, oder? Bitte sag mir doch, was du weißt, bitte, Nele …«

»Lassen Sie es gut sein. Es ist besser, Sie rufen mich nicht mehr an!«

»Nele, hör mal, ich weiß, du hast Angst, aber … Nele? Nele?« Nele hatte aufgelegt.

* * *

Nina nahm die B 66 Richtung Lage, Dominik saß neben ihr. Sie hatten mit Armin Wehmüller telefoniert. Er kellnerte jetzt in einem Restaurant, das am Rande von Lage in der Wilhelmsburg untergebracht war. Nina kannte das mittelalterlich anmutende Gebäude als nettes Ausflugsziel mit Blick auf den Teuto. Als ihre Mutter noch lebte, war sie mal mit ihr und ihrem Bruder Kai dort zum Essen gewesen. Doch Wehmüller wollte sie nicht dort treffen, sondern schlug die Johannissteine als Treffpunkt vor. Sie lägen am Ende einer kleinen Straße ganz in der Nähe der Zuckerfabrik. In Lage bogen sie Richtung Detmold ab. Schon bevor sie das große Industriegebäude sahen, rochen sie den süßlichen Duft. Kurz dahinter entdeckten sie die Seitenstraße und parkten am Ende der Sackgasse, die in ein Waldstück führte.

»Ein wahrhaft konspirativer Treffpunkt«, bemerkte Dominik, während sie einem Waldweg folgten. Schließlich erreichten sie eine Lichtung mit einer Gruppe großer Findlinge. Der Platz hätte eine alte germanische Kultstätte sein können. Nina hatte mal gehört, dass die Steine aus der Eiszeit stammten. Das Waldstück war nicht groß, hinter der Bank am Rand der Lichtung war schon ein Feld zu sehen. Nina strich über einen der grauen Steine. Eine kleine, wie aus der Zeit gefallene Natur-Oase inmitten der Moderne.

Sie schauten sich um und entdeckten Wehmüller, der auf einem aus Stein gehauenen Tisch saß und rauchte. Anders als sein Cousin war er groß und schlank, unter seiner Daunenjacke trug er ein weißes Hemd, eine Nadelstreifenweste und die passende Hose dazu. Seine schwarzen Lederschuhe glänzten.

Nina räusperte sich. »Herr Wehmüller?«

Wehmüller sah auf und gab ihnen die Hand. Dann drückte er die Kippe aus und legte sie fein säuberlich in ein Zigarettenetui. Von Weitem hatte er jung gewirkt, aber die Tränensäcke unter seinen Augen verrieten sein Alter. Nina schätzte ihn auf um die fünfzig.

Der Wind raschelte in den Blättern, graue Wolken jagten über den Himmel.

Dominik lächelte. »Wollen wir uns auf eine Bank setzen?«

»Warum nicht.«

Sie gingen die wenigen Schritte zu der Bank und ließen sich nieder.

»Machen wir es kurz«, begann Dominik. »Es geht um das Hotel *Paradise*. Sie haben dort gearbeitet und sind entlassen worden?«

Wehmüller nickte. »Vor einer Woche, ja. Zum Glück hab ich sofort eine Stelle als Aushilfe gefunden. Mit Aussicht auf Festanstellung.«

»Warum sind Sie entlassen worden?«

Wehmüller lachte auf. »Tatenhorst hat Ihnen sicher erzählt, dass ich einen Gast angegriffen habe.«

Nina hob die Brauen.

»Vermutlich hat er es noch ein bisschen ausgeschmückt«, machte Wehmüller weiter. »Aber dass er damit zur Polizei gehen würde, alle Achtung, so viel Dreistigkeit hätte ich ihm nicht zugetraut.« Er verzog abschätzig den Mund. »Oder Dummheit!«

»Er ist nicht zu uns gekommen, aber wir würden trotzdem gerne erfahren, was passiert ist«, sagte Nina.

»Ach so? Sieh an. Nun, im *Paradise* werden regelmäßig Partys gefeiert. Natürlich trifft sich da nicht die Landjugend, sondern die etwas älteren und zahlungskräftigen Gäste. Das heißt, alt sind nur die Männer. Die Frauen oder besser gesagt Mädels sind jung. *Sehr* jung. Eines Abends bin ich kurzfristig für einen Kollegen eingesprungen, und plötzlich taucht auf dieser Party meine Tochter auf, am Arm von diesem Dany. Sie hat mich noch nicht gesehen, und bevor ich reagieren kann, werde ich in die Küche gerufen. Als ich wieder rauskomme, um eine Bestellung loszuwerden, sehe ich meine Tochter neben so einem fetten, alten Kerl, der gerade *seine Wurstfinger um ihre Taille legt!*« Ein Eichelhäher flog auf. Wehmüller schaute sich um, als fürchtete er, jemand hätte sich hinter den Findlingen versteckt, um zu lauschen. »Entschuldigung, ich wollte nicht laut werden. Aber ich war außer mir, meine Tochter ist gerade mal *vierzehn* Jahre alt!«

»Und dann haben Sie diesen Gast ...«, begann Dominik.

»Ich hab seine Hand weggeschlagen, mehr nicht. Und dann habe ich meine Tochter am Arm gepackt und nach draußen gezerrt. Sie hatte wohl nicht mit mir gerechnet, weil ich eigentlich frei hatte. Ich war so wütend!«

»Wer ist Dany?«, fragte Dominik. »Hat er einen Nachnamen?«

»Ich glaube, das ist der, der für den Nachschub an Frischfleisch sorgt. Und ich kenne ihn leider nur als Dany. Wenn ich seinen richtigen Namen wüsste …« Er ballte die Fäuste.

»Hat Ihre Tochter erzählt, wie sie ihn kennengelernt hat?«

»Übers Internet natürlich, über irgend so eine Chatseite. Danach hatte sie erst mal Internetverbot und Hausarrest. Ich habe ihr sogar das Handy weggenommen. Sie hatte sich wohl ein paar Mal mit diesem schmierigen Typen getroffen.«

»Über eine Chatseite … Moment mal … ›Dany‹ kommt mir bekannt vor«, sagte Nina. Den Namen hatte sie in Sven Lohmanns Bericht über Charlottes Chat auf *Liebeskummer-lohnt-sich-nicht.de* gelesen. Dany war Langes Nickname! Sie zog das Foto von Leander Lange aus der Tasche. »War das vielleicht der Mann, mit dem Ihre Tochter zur Party kam?«

Wehmüller stieß einen Laut der Verblüffung aus. »Das ist er ja! Dieser Kerl ist Dany!«

»Oje«, entfuhr es Dominik. Vermutlich dachte er an Ute und was wohl noch alles herauskommen würde über ihren Mann.

»Und was ist mit dem Typen? Wird er jetzt endlich zur Rechenschaft gezogen?«

»Herr Wehmüller, der Mann ist tot«, sagte Dominik. »Und mehr werden wir Ihnen dazu nicht erzählen, aus ermittlungstechnischen Gründen.«

»Tot?« Wehmüller riss die Augen auf. »Sind Sie hier, um mein Alibi abzufragen?«

Dominik lächelte. »Gute Idee. Wo waren Sie in der letzten Nacht?«

»Ich habe bis 23 Uhr gekellnert, war so gegen halb zwölf zu Hause und bin dann bald ins Bett gegangen. Meine Frau kann das bezeugen.«

Nina steckte das Foto wieder ein. »Waren die anderen jungen Frauen auch im Alter Ihrer Tochter?«

Wehmüller richtete seine Krawatte. »Schwer zu sagen. Sie waren alle noch sehr jung, klar, aber ob diese Escort-Girls fünfzehn oder achtzehn waren …« Er zuckte mit den Achseln.

»Wie liefen diese Feiern ab?«

»Unterschiedlich. Mal gab's Life-Musik, oft waren das Motto-Partys mit Kostümpflicht, so was wie ›Lack und Leder‹ oder ›Karneval in Venedig‹. Es gab immer ein großes Buffet, Champagner, es wurde getanzt, später am Abend landeten dann auch einige im Pool. Das Hotel hat ja auch eine große Saunalandschaft. Und wenn Partys stattfanden, war alles exklusiv für die Partygäste reserviert, auch die Zimmer.«

»Das heißt, dann waren keine anderen Übernachtungsgäste anwesend?«, fragte Dominik.

»Ganz recht.«

»Gab es einen Grund dafür?«

»Es ging oft hoch her. Je später, desto mehr. Champagner aus Stilettos, leicht bekleidete Mädchen auf den Schößen alter Kerle, besoffene Fummler, die sich um den Pool scharen. Manche fielen in voller Montur ins Wasser, andere zogen sich ganz aus und die Mädels gleich mit. Sie können es sich vorstellen.«

Nina wollte es sich eigentlich nicht vorstellen. »Escort-Girls … also ging es nicht nur ums Feiern?«

»Na ja, da haben sich immer mal ›Paare‹«, er malte Anführungszeichen in die Luft, »auf die Zimmer verzogen. Und nicht nur Paare, auch mal drei oder mehr. Na ja ich …« Er verstummte und drehte an seinem Ehering.

Nina beugte sich zu ihm. »Was denn, Herr Wehmüller?«

»Tatenhorst hat mir gedroht, das könnte ein Nachspiel haben. Der Kerl, dem ich die Hand weggeschlagen habe, ist wohl ein bekannter FDP-Politiker. Und ich dachte mir, wenn Tatenhorst mir dumm kommt, dann habe ich immer noch die Namen all dieser ehrenwerten, verheirateten Männer, Stützen der Gesellschaft, oder soll ich sagen, der reichen, alten Säcke, die mal ganz ungehemmt die Sau rauslassen wollen? Ich meine, ich hatte nicht vor, jemanden zu erpressen, aber ich wollte etwas in der Hand haben, falls Tatenhorst …«

»Schon gut«, sagte Nina ungeduldig. »Sie haben die Namen der Gäste?«

Wehmüller zog den Reißverschluss seiner Daunenjacke zu. »So langsam wird's frisch hier draußen.«

»Die Namen der Gäste«, sagte Dominik. »Haben Sie die für uns?«

»Genau genommen nur die Autokennzeichen. Es waren zum großen Teil immer dieselben Edelkarossen, die auf dem Parkplatz standen. Kann auch sein, dass ein paar an der Straße parkten, weil der Parkplatz schon voll war oder weil sie nicht wollten, dass ihr Auto auf dem Parkplatz des *Paradise* erkannt wurde. Die Gefahr war allerdings gering, weil es so abgelegen liegt, dazu noch die lange Auffahrt …«

»Wir brauchen diese Kennzeichen.«

»Ich … ja, natürlich, die kriegen Sie von mir. Sie denken wohl, dass diese Partys nicht ganz legal vonstattengegangen sind.«

»Und Sie?«

»Tja, wenn meine Tochter mit ihren vierzehn Jahren da reingeraten kann …«

»Dann können das auch andere Minderjährige«, ergänzte Dominik. »Wir möchten Ihre Tochter befragen, zu diesem Chat zum Beispiel. Natürlich in Ihrer Anwesenheit.«

Wehmüller nickte. »Ich hoffe, sie rückt dann endlich mal raus mit der Sprache.«

204

Nina fiel etwas ein. »Außerdem würden wir Ihnen im Präsidium gerne noch ein Foto zeigen.«

*

Einer von ihnen ... einer von ihnen ...

Im Rhythmus dieser Worte wienerte Marianne ihre Spüle als krönenden Abschluss ihrer Putzaktion. Vorher hatte sie endlich die Spülmaschine ausgeräumt, die Tupperdose mit dem Erbseneintopf, den ihr Hardy rübergebracht hatte, ausgewaschen, das Katzenklo gereinigt, das Bad geputzt ... *Einer von ihnen ...*

Sie warf den Schwamm in den Ausguss und stützte sich schwer auf die Spüle. Den Dreck konnte sie wegwischen, doch nicht die Unruhe, die sie seit dem Telefonat mit Nele befallen hatte. Nur einer von ihnen war getötet worden, aber warum? Der Wasserhahn tropfte, aus dem Wohnzimmer drang leise *Thriller* von Michael Jackson aus dem Radio. Hinter ihr ertönte ein dumpfes Plumpsgeräusch. Marianne fuhr herum.

»Kitty, das darf doch nicht wahr sein, gehst du wohl da runter!«

Die Katze sprang vom Tisch, warf dabei die Tüte mit dem Trockenfutter um, und ein Blatt Papier fiel auf einen Stuhl. Charlottes Brief ... Marianne legte ihn zurück. Sie hatte den angefangenen Brief wieder und wieder gelesen, sie konnte ihn auswendig. *Liebster Dany, ich wusste nicht mehr, wem ich noch trauen kann nach diesem Horror, den ich an Silvester erlebt habe. Du bist der Einzige, mit dem ich darüber reden kann ...* Wie oft hatte sie schon darüber gegrübelt, um was für eine Art Horror es sich handelte. War es die typische Übertreibung einer Pubertierenden, wo der Horror schon darin bestand, ein

Familienfest zu überstehen oder die nächste Mathearbeit? Aber nicht mehr zu wissen, wem man noch trauen kann, nein, es musste etwas Schlimmeres passiert sein! Etwas, das sie nicht mal ihrer eigenen Mutter anvertraute! Hatte sie Mist gebaut und fürchtete Kritik von ihr? Hatte sie Angst, dass Marianne sich in die Sache einmischen und aus Charlottes Sicht alles nur noch schlimmer machen würde? Oder ging es um etwas Schambesetztes? Marianne konnte sich nicht mehr an den Silvestertag erinnern, nur noch daran, dass Charlotte abends auf eine Party gegangen war.

Marianne trat ans Fenster, beobachtete, wie eine Krähe Löcher in die gelben Säcke pickte, die neben dem überquellenden Container standen. Eine plumpe, kleine Gestalt mit giftgrüner Tolle erschien auf dem Hof. Ihre ausschließlich schwarzen Klamotten ließen Miriam auch nicht schlanker wirken. Charlotte und Miriam waren zwei sehr ungleiche Freundinnen gewesen. Und Charlotte hatte sich schließlich auch weitgehend von ihrer letzten Freundin zurückgezogen. Miriam verschwand im Eingang des benachbarten Hochhauses. Warum hatte ihre Tochter mit ihren Schulfreunden gebrochen? Das stank doch zum Himmel, da musste etwas vorgefallen sein! Und der Kerl, dem Charlotte sich damit anvertraut hatte, war erschossen worden …

Marianne stöhnte. Sie war froh gewesen, als sie von seinem Tod erfahren hatte. Und jetzt? Wusste Miriam vielleicht etwas über den Horror an Silvester? Wieso hatte sie nicht längst mit ihr gesprochen? Sie nahm sich nicht die Zeit, eine Jacke überzuwerfen. Bis zum nächsten Hochhaus war es nicht weit.

Die Haustür stand offen. So schnell ihr schmerzendes Knie es zuließ, stieg Marianne die Treppen des fremden Hochhauses hinauf. Sie traute dem Aufzug nicht. Im dritten Stock kam das vertraute Graffiti in Sicht. Auf dieser Etage wohnte Miriam.

Nach dem sechsten Klingeln erschien Miriams blasses, pickliges Gesicht in der Tür. »Oh, Marianne.« Sie strich sich die grüne Tolle aus der Stirn. »Ähm … Mama ist nicht da.«

»Ich möchte dich sprechen, nicht deine Mutter.«

Wortlos öffnete Miriam die Tür und ließ sie hinein. In der Wohnung roch es schwach nach Imbissbude, der Geruch wurde stärker, als sie Miriam ins Wohnzimmer folgte. Die schaltete den Fernseher aus, in dem eine Verkaufssendung lief, und wies aufs Sofa. Marianne setzte sich dorthin, Miriam ließ sich in einen Sessel fallen. Staub tanzte in dem einfallenden Licht, das einen Spalt in der Wolkendecke gefunden hatte.

Miriam schloss eine Styroporschachtel mit einem halb gegessenen Cheeseburger und eine Schachtel mit Pommes, die auf dem Tisch standen, und räusperte sich. »Ist das wegen Charlys Beerdigung?«

»Charlotte hatte sich zurückgezogen. Von allen aus deiner Klasse, oder? Auch von dir.«

Miriam nagte an ihrer Unterlippe. Gleich würde ihr Lippenpiercing rausfallen. »Das lag an Vincents Clique. Die haben sie gemobbt. Und Vincent gibt den Ton an in der Klasse, also …«

»Hast du sie auch gemobbt?«

»Ich? Was? Wieso denn das? Charly war meine Freundin!«

»Warum habt ihr euch dann nicht mehr getroffen?«

Miriam blinzelte, dann ließ sie von der Lippe ab und bearbeitete ihre abgekauten Nägel.

»Miriam?«

»Wir wollten uns doch treffen.« Miriam knabberte hektisch und senkte den Blick auf den Tisch.

»Was ist passiert?«

Blut tropfte auf das weiße Styropor einer Schachtel. »Oh scheiße!«

Marianne reichte ihr ein Papiertaschentuch. »Das ist wichtig für mich, Miriam. Wenn du etwas für mich tun willst, dann sag mir bitte, was Charlotte mit ›Horror an Silvester‹ gemeint haben könnte. Sie traute niemandem mehr.«

»Horror an Silvester?« Miriam sah auf. »Ich … weiß es nicht … genau.«

»Dann ungenau!« Das kam barscher heraus, als beabsichtigt. Marianne mahnte sich zur Geduld.

»Okay … ich … da … ich glaub, da ist was auf der Silvesterparty passiert. Vincent hatte alle aus der Klasse zu sich nach Hause eingeladen, auch Charly und mich, was mich gewundert hat, denn kurz vorher hatte Charly seine Annährungsversuche abgeblockt. Ich hab noch überlegt, ob ich überhaupt hingehen soll, aber Charly hat sich gefreut und mich bekniet mitzukommen.«

»Waren Vincents Eltern denn zu Hause?«

»Nee, seine Alten waren wohl auf Gran Canaria oder so, und er hatte sturmfreie Bude. Na, was heißt Bude, die haben in der Senne eine Villa mit Gartenhaus und Pool.«

»Und – gab es Streit oder …?«

»Nö, im Gegenteil, alle waren zuckersüß zu Charlotte, vor allem Vincent und seine In-Group. Mich haben sie links liegen lassen, aber das bin ich gewohnt. Ich hab ein Bier getrunken und ein bisschen getanzt, und irgendwann hab ich angefangen, mich zu langweilen. Ich meine, Charly hatte mich mitgeschleppt, weil sie nicht wusste, was sie erwartete, aber dann ist sie plötzlich der Mittelpunkt der Party, steht mit den anderen am Tresen von diesem Partykeller und quatscht mit denen, als wären das plötzlich ihre besten Freunde.« Miriam drehte das blutbefleckte Taschentuch zu einer Wurst.

»Warst du eifersüchtig?«

»Ganz sicher nicht! Eher misstrauisch ... also ... ich hab noch 'ne Weile da rumgehangen, und dann hatte ich die Nase voll und wollte gehen. Ich dachte, ich frage wenigstens, ob sie mitkommt.«

»Aber sie wollte nicht?«

»Das war komisch, weil, sie lachte nicht mehr wie zu Beginn der Party und war ziemlich still, irgendwie weggetreten. Alle haben auf sie eingeredet, sie könnte doch jetzt nicht gehen, und Sachen gesagt wie: ›Miriam, wenn du keinen Spaß hast, soll Charly auch keinen haben, oder was?‹«

»Sie ist also geblieben?«

»Sie wollte bleiben, oder wenigstens schien es so. Ähm ... ich hab da, glaube ich, noch einen kleinen Film, Moment ...« Sie holte ihr Handy aus der Tasche, scrollte eine Weile und gab es dann Marianne. »Das war, kurz bevor ich abgehauen bin. Einfach auf *Play* drücken.«

House-Musik, Stimmengewirr und Gelächter drangen aus dem kleinen Handy-Lautsprecher, während die Kamera durch einen Partykeller schwenkte, sich einer Gruppe an einem Tresen näherte. Charlotte stand dort in einem engen Kleid, ihr schönes Profil war zu sehen, sie hielt eine Bierflasche in der Hand und war umringt von einer Gruppe junger Männer, die in die Kamera grinsten und sich mit ihren Bierflaschen zuprosteten. Im Hintergrund lehnten zwei lächelnde, junge Frauen am Tresen, stießen sich gegenseitig an und zeigten auf die Kamera. Jemand tippte Charlotte auf die Schulter, und sie wandte ihr Gesicht der Kamera zu, starrte dem Betrachter ausdruckslos mit glasigen Augen entgegen. Dann brach das Video ab.

Miriam nahm ihr Handy entgegen. »Ich bin also ohne sie weg. Aber als ich in der Straßenbahn saß, hab ich gedacht,

Mensch, vielleicht hätte ich Charly nicht dort lassen sollen. Mir kam das alles komisch vor, weil die anderen sie sonst oft geschnitten hatten. Sie haben sie Lottchen genannt, weil sie das hasste.«

»Hatte Charlotte zu viel getrunken?«

Miriam schüttelte langsam den Kopf. »Das wirkte irgendwie anders. Aber – keine Ahnung.«

Marianne versuchte, sich an den Neujahrsmorgen zu erinnern. Charlotte hatte, kurz bevor sie zur Party aufgebrochen war, angekündigt, dass es eventuell später werden würde, und war dann gegen vier Uhr mit einem Taxi zurückgekommen. Sie hatte bis in die Nachmittagsstunden geschlafen und wirkte ziemlich benommen, als sie schließlich in die Küche kam, um Kaffee zu trinken. Später duschte sie ewig lange, und Marianne nahm an, dass sie versuchte, einen Kater loszuwerden.

»Und was ist deiner Ansicht nach auf dieser Party geschehen? Hat Charlotte dir was erzählt?«

»Eben nicht. Seitdem war sie total anders als sonst, auch zu mir. Sie hat mit keinem mehr geredet, wenn sie nicht unbedingt musste. Auch mich hat sie abgeblockt, und ich hab nicht kapiert, wieso. Ich hab nachher gedacht, weil ich ohne sie gegangen bin. Ich hab sie im Stich gelassen! Ich ...« Ihre Unterlippe zitterte. »Wir wollten uns aussprechen. Ich war so froh, aber ... dazu ist es ja nicht mehr gekommen.«

»Hm.« Marianne lehnte sich in dem Sofa zurück. »Nach den Weihnachtsferien ging das los mit den Magenschmerzen. Ihre Hausärztin hat sie dann ja für eine Weile krankgeschrieben. Es wurde sogar eine Magenspiegelung bei ihr durchgeführt, aber ohne Befund. Ich habe mir Sorgen gemacht, sie wirkte so elend.«

»Wer weiß, ob's wirklich Magenschmerzen waren«, sprach Miriam das aus, was Marianne dachte.

* * *

Hey, du jämmerliche Fotze, wer will dich denn noch ficken? Wer weiß, was man sich da holt... Das verächtliche Lachen klang noch immer in Neles Ohren, während sie in ihrem Zimmer auf und ab tigerte. Achtlos kickte sie leere Getränkedosen und Hamburgerverpackungen beiseite, die zusammen mit anderem Müll den fleckigen Teppich bedeckten. Sie hatte alles so satt: ihren knochigen Körper auf der Straße anzubieten, die Diebstähle, die ständige Angst vor der Polizei, ihre Sperrmüllmöbel, den Abszess auf ihrem Unterarm, mit dem sie längst zum Arzt hätte gehen müssen, den grauen Himmel, der sie niederdrückte und von einem hellen, warmen Ort träumen ließ, dem paradiesisch schönen Ort, der all das Elend verblassen ließ und den sie nur auf eine Weise erreichen konnte ...

Ihr war so heiß. Nele wischte sich den Schweiß von der Stirn und überprüfte zum zehnten Mal an diesem Nachmittag, ob die Heizung angestellt war, doch der Heizkörper war kalt. Sie hatte es schon mit Methadon versucht, aber sie brauchte den Kick. Und für den Kick brauchte sie immer größere Mengen Stoff. Und für den Stoff brauchte sie immer größere Mengen Geld. Die sie mit ihrem kaputten Körper nicht mehr anschaffen konnte. Das Geld von Charlottes Mutter hatte ihr eine kleine Atempause beschert, war aber leider auch schon aufgebraucht.

Und heute, hurra, war ihr Geburtstag, sie wurde achtzehn. Na, herzlichen Glückwunsch! Nele kniff die Lider zusammen, sie spürte einen Kloß in ihrem Hals. Dann warf sie sich in den alten Sessel, dessen Sprungfedern protestierend quietschten. Volljährig, toll, jetzt konnte das Leben ja losgehen. Mit elf hatte sie von nichts anderem geträumt, als endlich achtzehn zu werden und eine so tolle Geburtstagsparty mit einer Cover-Band auf einer Deele veranstalten zu können wie ihr Bruder, der da gerade seinen achtzehnten Geburtstag gefeiert hatte. Und – was noch wichtiger war – sich dann endlich ein eigenes Pferd anschaffen zu können. Kaum zu glauben, Pferde waren damals ihr Ein und Alles gewesen.

Sie zog einen schlaffen Tabaksbeutel aus ihrer Jeanstasche, drehte aus dem letzten Rest Tabak eine Zigarette und zündete sie an. Heute wünschte sie sich nur noch eins: clean zu werden, um wieder ein Leben zu haben. Doch ihr einziger Versuch zu entziehen war die Hölle gewesen. Und jetzt war es wieder so weit: Sie besaß keinen Cent mehr, und sie wusste, was kommen würde, wenn sie nicht bald einen Schuss bekam!

Und hatte sie nicht einen verdient, heute an ihrem Geburtstag?

Sie blies Rauch in die kalte Luft. Vielleicht gab es doch etwas, das sie zu Geld machen konnte, zu einer verlässlichen Geldquelle sogar. Sie hatte immer mal wieder daran gedacht, es dann doch nicht gewagt, denn die Sache war gefährlich. *Er* war gefährlich, das wusste sie nur zu gut. Sie war zu verbraucht, um auf den Edelpartys noch die Lolita zu geben, und sie hätte sich nie träumen lassen, dass sie es aus lauter Verzweiflung noch einmal versuchen würde. So aufgetakelt wie möglich, hatte sie Tatenhorst ihr Anliegen vorgetragen und ihn damit zum Lachen gebracht. Eine Vogelscheuche wie sie würde doch nur seine Gäste verschrecken. Sie flüchtete aus seinem Büro über die langen Flure, sah dann durch eine halboffene Tür eine nackte, junge Frau mit ausgebreiteten Armen auf einem zerwühlten, blutdurchtränkten Laken liegen, ihre Handgelenke waren mit Handschellen an die Bettpfosten gefesselt. Sie starrte an die Decke »Scheiße, Charlotte, was …« Schlagartig wurde ihr klar, dass ihre Freundin tot war.

Sie presste die Hände auf ihren Mund, um sich am Schreien zu hindern. Überall war Blut, so viel Blut …

Sie kämpfte gegen die aufsteigende Übelkeit an. Das konnte nur einer gewesen sein. Der, vor dem sich alle fürchteten. Die Mädchen, die das Pech hatten, ihn bedienen zu müssen, machten nur Andeutungen über körperliche Schmerzen und vor allem Erniedrigungen. Was sie erlebt hatten, schien zu schlimm zu sein, um offen darüber zu sprechen. Nele hatte nie zu ihm aufs Zimmer gemusst, aber das, was sie gehört hatte, reichte ihr. Es war der, von dem es hieß, dass keine jemals sein Gesicht gesehen habe, weil er eine Maske trage. Sein Körper sei der eines relativ jungen Mannes, wurde erzählt. Und bei den Partys blieb er immer auf seinem Zimmer, ließ sich die Mädchen von Dany hochbringen. Er mischte sich nie unter die anderen Gäste, wollte anonym bleiben aus gutem Grund. Sie nannten ihn nur den »Marquis«.

Mit einem Mal hörte sie erregte Stimmen auf dem Flur. Der Rückweg war abgeschnitten, also zog sie sich mit pochendem Herzen in das angrenzende Bad zurück. Die beiden Männerstimmen wurden lauter. Eine davon hatte einen harten, osteuropäischen Akzent und gehörte Boris, einem Spezi von Tatenhorst, der immer dann aktiv wurde, wenn es Ärger gab, eines der Pferdchen nicht so sprang wie es sollte oder einer der Gäste etwas zu betrunken wurde.

Durch einen Spalt in der Tür beobachtete sie, wie die beiden Männer Charlottes Leiche in saubere Bettlaken einrollten und mit Paketband verschnürten. Dabei fluchten sie und stritten sich. Nele konnte zunächst nur Satzfetzen verstehen: »Schlamassel beseitigen«, »zu weit gegangen«, »halt's Maul und pack an«. Sie konnte Boris von vorne sehen, der andere Mann, schlank und mittelgroß, drehte ihr den Rücken zu. Nachdem sie mit dem Verschnüren ihres grausigen Pakets fertig waren, zog sich der Unbekannte eine Maske vom Gesicht und schob sie in den Nacken. Nele öffnete den Mund. Er war es! Der Marquis! Niemand sonst trug eine Maske. Sein Gesicht konnte sie nicht sehen, weil er ihr immer noch den Rücken zuwandte.

»Warte!«, sagte der Marquis laut, zog sein zweireihiges Wollsakko aus und hängte es über einen Bettpfosten. »Ich will kein Blut auf meinem Jackett.«

Ächzend hoben sie die Tote aus dem Bett. Der Marquis trug ihren Oberkörper, stolperte kurz und fing sich dann wieder. Die beiden Männer schauten nicht in ihre Richtung, waren vollauf mit ihrer gruseligen Last beschäftigt und verschwanden mit der verschnürten Leiche aus ihrem Blickfeld.

Nele schloss die Augen, ihre Knie zitterten. Die würden bestimmt bald zurückkommen, um das blutige Laken zu beseitigen und vielleicht noch andere Spuren und dann würden sie sie im Bad finden und dann … Sie gab sich einen Ruck und schlüpfte aus dem Bad. Plötzlich fiel ihr Blick auf ein Portemonnaie, das aus der Jackentasche des Marquis lugte. Unwiderstehlich … Sie war chronisch pleite und der Griff danach wie ein Reflex. Sie klappte es auf, sah seinen Personalausweis durch eine Klarsichtfolie einer Seitentasche, las den Namen des Marquis. Das war er also, das gefürchtete Phantom, auch nur ein Name unter vielen … Sie zog seinen Ausweis heraus, warf einen Blick auf die Adresse, dann stopfte sie ihn rasch wieder zurück, nahm die Geldscheine heraus, steckte das Portemonnaie wieder in die Jacketttasche und floh auf den Gang.

Erst später war ihr klar geworden, dass der Marquis vermutlich durch ihren Diebstahl davon erfuhr, dass es einen Zeugen gab … zumindest jemanden, der das blutgetränkte Laken gesehen hatte und sich einen Reim darauf machen konnte, was sich in dem Hotelzimmer abgespielt haben musste.

Neles Gedanken kehrten wieder in die Gegenwart zurück, zu dem kalten, vermüllten Raum, in dem sie auf einem verschlissenen Sessel saß und rauchte. Die Zigarette war fast heruntergebrannt, sie nahm noch einen letzten Zug und drückte die Kippe auf einer Untertasse aus, die neben dem Sessel auf dem Boden stand. Nele wurde wieder übel, ob es an der Erinnerung an Charlottes erbärmlichem Ende lag, an der Angst vor dem, was sie vorhatte, oder daran, dass sie bald einen Schuss brauchte, wusste sie nicht. Sie wusste nur, dass sie ihn brauchte.

Sie würde den Brief an den Marquis persönlich bei ihm einwerfen. Mehr als die Nummer ihres Prepaid-Handys würde sie nicht preisgeben. Und falls er anrief, und das würde er tun, würde sie sich an einem belebten Ort mit ihm treffen. Sie musste vorsichtig sein, wenn sie nicht enden wollte wie Charlotte …

* * *

Dominik folgte Nina in den Besprechungsraum. Es roch wie bei der Kaffeetafel seiner Schwiegermutter. Zwischen den Schenkeln der U-förmig aufgebauten Tische stand ein Servierwagen mit Kaffee und Käsekuchen. Roman goss sich gerade Kaffee ein, Frank saß mit seinem Gipsfuß vorm Rechner und futterte bereits.

Bent stand lächelnd an der Magnettafel. »Bitte bedient euch. Es ist zwar schon etwas spät für Kuchen, aber … ich dachte, ich gebe mal was aus.«

Bent hatte gute Laune, wohl weil sie ein nennenswertes Stück weitergekommen waren in ihren Ermittlungen. Dominik nahm sich Kaffee und ein Tortenstück und setzte sich neben Roman.

»Da wir gerade so schön zusammensitzen …« Frank zückte sein Handy. »Habt ihr was dagegen, wenn ich ein paar Fotos vom Dream-Team mache?«

Dominik kratzte sich den Hals. Frank wohnte jetzt im Zimmer seines ältesten Sohnes und begann allmählich, sich dauerhaft einzurichten. Statt des Alpenpanoramas, das Dominiks Sohn Nils in Österreich abgelichtet hatte, hing jetzt ein leicht zerfleddertes Plakat der Blues Brothers an der Wand. Hatte Frank etwa vor, Fotos von der Arbeit aufzuhängen? Auch wenn Dominik nicht mehr daran glaubte, dass Nils so bald aus Voralberg, wo er in der Touristikbranche arbeitete, zurückkehren würde – das ging zu weit!

Roman lächelte. »Kein Problem.«

Als Frank mit seinen Aufnahmen fertig war, nahm Bent an seinem Tisch Platz und räusperte sich. Er musste sich nicht laut bemerkbar machen, alle schienen so erschöpft zu sein wie Dominik und waren mit ihrem Kuchen beschäftigt. Bent drehte einen dicken Filzstift in seiner Hand. »Im Fall Leander Lange haben wir eine Spur, die in das Hotel *Paradise* führt und das, obwohl sein Name in den Anmeldelisten des Hotels nie auftaucht. Aber er war offenbar auch nicht einfach nur ein Gast.« Bent warf Nina einen auffordernden Blick zu.

Sie legte ihre Gabel zurück auf den Teller, berichtete, was Dominik und sie von Armin Wehmüller erfahren hatten, und schloss mit den Worten: »Lange alias Dany hat sogar versucht, die vierzehnjährige Tochter des ehemaligen Angestellten zu rekrutieren, und zwar über die Internetseite *Liebeskummer-lohnt-sich-nicht.de*.«

Roman setzte seine Kaffeetasse ab. »Ich habe zusammen mit Sven Lohmann die Computerdaten von Lange ausgewertet. Lange war viel auf dieser Plattform unterwegs, hat mit etlichen Frauen oder Mädchen gechattet, das heißt heftig geflirtet. Und er hat ihnen Treffen vorgeschlagen, danach versandete der Chat regelmäßig.«

»Wir haben Wehmüller noch ein Foto vorgelegt, und er hat Charlotte als eines der Mädchen auf den Partys im *Paradise* erkannt! Zuletzt hat er sie auf der Party am 18. Oktober dort gesehen. Wehmüller sagte aus, er könne sich deshalb so gut daran erinnern, weil das der Abend gewesen sei, an dem auch seine Tochter dort auftauchte«, sagte Nina.

Bents Augen wurden schmal. »Der 18. Oktober war der Tag, seit dem Marianne Campmann ihre Tochter vermisste, also ist Wehmüller bislang der Letzte, der sie lebend gesehen hat. Aber was sie tat und mit wem sie dort war …«

»Dazu konnte er leider keine Angaben machen. Tatenhorst hat ihm schon am früheren Abend nach dem Vorfall mit diesem Gast nahegelegt, das Gelände zu verlassen.«

Dominik tauschte einen Blick mit Nina. »Nina hat außerdem Wehmüllers Tochter Leonie befragt.«

Nina lächelte schief. »Es war nicht einfach. Sie hatte ihrem Vater wohl nicht viel erzählt, aber der war bei der Befragung dabei. Leonie war offensichtlich verliebt in Lange. Sie druckste herum, und schließlich kam heraus, dass sie mit Lange schon intim gewesen ist, bevor er sie auf diese Partys mitnahm. Papa Wehmüller war *not amused*.«

Frank hustete Kuchenkrümel. »Wie ekelhaft!«

»Jedenfalls scheint das alles nach einem bestimmten Muster abgelaufen zu sein. Lange gaukelt den Mädchen die große Liebe vor, tut so, als wollte er eine Beziehung eingehen und schleppt sie auf diese Partys«, sagte Dominik.

Nina nickte. »Die Loverboy-Methode, so wie es aussieht. Leonie Wehmüller schwor hoch und heilig, dass nie die Rede davon gewesen sei, auf den Partys mit anderen Männern ins Bett zu steigen. Aber es war auch erst die zweite Party, auf die sie gegangen ist, bevor der Herr Papa der Sache ein jähes Ende bereitete. Kann sein, dass das erst später kommen sollte.«

Dominik nickte. »Sie hat nach einigem Hin und Her zugegeben, von ihm Drogen bekommen zu haben, und zwar Kokain. Durchaus möglich, dass Kokain oder auch andere Drogen eine Rolle dabei spielten, die Mädchen gefügig zu machen.«

»Das Hotel stand immerhin im Verdacht, Drogengeld zu waschen«, warf Frank ein.

Roman schob seinen Kuchenteller beiseite. »Also geht es um die Prostitution Minderjähriger?«

Dominik holte tief Luft. »Das ist nicht so einfach zu beweisen. Vielleicht ist der Einzige, der davon wusste, dass die Escort-Girls minderjährig waren, bereits tot.«

»Ach Quatsch, ich wette, Tatenhorst hängt bis zum Hals mit drin«, nuschelte Frank mit vollem Mund. »Und auch wenn die Gästeliste, die wir über Wehmüllers Zusammenstellung der Autokennzeichen ermittelt haben, sich liest wie das Who's who der gehobenen Gesellschaft Bielefelds und Detmolds: Denen kann ja wohl kaum entgangen sein, wie jung die Mädchen waren. Verbotene Früchte sind bekanntlich besonders süß …«

»Außerdem muss es einen Grund geben, warum die Namen der Party-Gäste nicht mit den offiziellen Anmeldebögen aus dem Aktenordner übereinstimmen, den uns Tatenhorst so generös überlassen hat«, sagte Nina. »Es sollte wohl niemand nachweisen können, dass sie diese sehr speziellen Partys besuchten.«

Einen Moment lang war nur der Verkehrslärm zu hören. Draußen wurde es langsam dunkel.

Nina stand auf und schaltete das Licht ein. »Dominik und ich hatten heute Nachmittag noch die Gelegenheit, einen der Gäste zu befragen. Ich würde euch gern mal Teile der Aufnahme vorspielen.«

Frank blinzelte. »Dann mach das grelle Licht doch wieder aus, La Niña, damit wir uns auf die Aufnahme konzentrieren können. Und schließ das Fenster.«

»Wie ihr wollt.« Kurz darauf war der Besprechungsraum wieder in Dämmerlicht getaucht. Nina stellte das Aufnahmegerät, das sie aus dem Aktenschrank hinter der Magnetwand geholt hatte, auf Bents Tisch, spulte ein bisschen und startete die Aufnahme. Es rauschte kurz, dann ertönte Dominiks Stimme. »Also hatten Sie auch Sex mit den jungen Frauen auf der Party?«

Lachen. »Natürlich.« Eine angenehme Männerstimme. »Was ist denn eine Party ohne Sex? Wir hatten einfach Spaß zusammen. Oder ist das auch schon verboten? Werden wir jetzt auch immer prüder hier? Die heilige Monogamie und kein Sex vor der Ehe, so wie in Amiland?«

»Gab es Drogen auf diesen Partys?«

»Champagner und kubanische Zigarren.«

»Wir meinen illegale Drogen.«

»Nicht, dass ich wüsste. Ich hab niemanden illegale Drogen nehmen sehen.«

»Hatten Sie den Eindruck, dass die jungen Frauen alle freiwillig mitgemacht haben?«

»Okay, ja, warum auch nicht? Ich hab mich doch gut gehalten, finden Sie nicht?« Lachen. »Mag sein, dass welche Geld bekommen haben. Aber nicht von mir, das ist nicht mein Bier, da müssen Sie den Besitzer des Hotels fragen, wie der das handhabt.«

»Also wäre es möglich, dass sich dort junge Prostituierte aufgehalten haben?«

»Ausschließen würde ich das nicht. Tischdamen, Escort-Damen, na ja die Übergänge zur Edelnutte sind wohl fließend.«

»Haben sich auf diesen Partys auch Minderjährige prostituiert?«

»*Was?* Nein, nein … das kann ich mir nicht vorstellen!«

»Sie sind sicher, dass die jungen Frauen auf der Party alle älter als sechzehn waren?«

»Also, ich hab mir nicht die Ausweise zeigen lassen. Aber ich bin natürlich davon ausgegangen. Das liegt ja wohl in der Verantwortung des Veranstalters.«

»Es könnten also auch Minderjährige dabei gewesen sein?«

»Mein Gott, woher soll ich denn das wissen? Da müssen Sie Tatenhorst fragen. Die Frauen sind alle so stark geschminkt, sehen kann man das nicht.« Lachen. »Die Damen, mit denen ich im Bett gelandet bin, waren bestimmt nicht minderjährig. Damen mit Erfahrung, wenn Sie wissen, was ich meine.«

»Gehörte zu den ›Damen mit Erfahrung‹ auch Charlotte Campmann?«

»Wie bitte? Charlotte? Was wollen Sie denn damit andeuten?«

»Ich denke, Sie haben die Frage verstanden.«

Schweigen.

»Herr Spiekerkötter?«

»Ich dachte, es geht um Tatenhorst. Ich war nur gelegentlich Gast, also …«

»Haben Sie Charlotte Campmann auf einer oder mehreren dieser Partys gesehen?«

Schweigen.

»Darf ich Sie daran erinnern, dass Sie hier im Rahmen einer Mordermittlung aussagen, und das bedeutet …«

»Brauche ich jetzt einen Anwalt, oder wie? Ich habe keine Ahnung, wer Charlotte umgebracht hat!«

»Wir befragen Sie als Zeugen und möchten von Ihnen wissen, ob Sie auf diesen Partys Charlotte begegnet sind!«

»Also gut …« Räuspern. »Ich … hab sie mal gesehen. Nur von Weitem. Mit wem sie dort war, weiß ich nicht.«

»Sind Sie nicht stutzig geworden, ein so junges Mädchen auf einer solchen Party zu treffen?«

»Ob sie mit einem der Gäste aufs Zimmer gegangen ist, weiß ich nicht. Sie könnte auch einfach jemanden begleitet haben, um ein bisschen zu feiern.«

»Halten Sie das für wahrscheinlich?«

Schweigen.

»Apropos Begleitung … hat Ihr Sohn Sie auf die Partys begleitet?«

»Vincent? Lassen Sie meinen Sohn da raus! Er hat sich danebenbenommen, das ist wahr, aber er hat nichts getan!«

»Wie kommt er in Zusammenhang mit Charlotte eigentlich auf den Begriff Schulschlampe?«

»Sie wissen doch, wie Jugendliche sind. Und Charlotte – ohne ihr zu nahe treten zu wollen – nun ja, sie machte sich ziemlich sexy auf. Das machen viele junge Frauen, es ist ja auch nichts dabei. Ein Konflikt unter Jugendlichen, eine Kinderei.«

»Sie haben unsere Frage noch nicht beantwortet, Herr Spiekerkötter. War Ihr Sohn Vincent auch auf diesen Partys?«

»Ja … das heißt nein, warum sollte er? Es wäre ja auch gar nichts für ihn. Zu viele Herren im Alter seines Vaters.« Lachen.

Nina drückte auf die Stopp-Taste. »Das war die Befragung von Timo Spiekerkötter.«

»Ist das nicht diese Radio-Quasselstrippe?« Frank verzog das Gesicht. »Ein echter Freigeist, wie? Libertär, progressiv, vermutlich Grünenwähler …«

»Frank, nicht alle Vorurteile auf einmal bitte. Aber ihr seht schon, wie schwer es ist, denen etwas nachzuweisen«, sagte Dominik.

»Spiekerkötter klang so zögerlich. Zeigen wir diesem Herrn Wehmüller doch mal ein Foto von Vincent«, schlug Roman vor. »Was, wenn der Herr Sohn sich auf einer dieser Partys an Charlotte gerächt hat?«

Bent reckte sich. »Gute Idee. Und die anderen Gäste werden wir auch befragen. Mag sein, dass wir eine schwache Stelle entdecken. Außerdem wird dieser Hotelbesitzer … äh …«

»Tatenhorst«, warf Roman ein. »Wenn du willst, Bent, übernehme ich den.«

Bent nickte und erhob sich. »Also dann, Schluss für heute. Gute Arbeit, Leute! Weiter so.«

Dominik unterdrückte ein Gähnen und stand auf. Auch Frank stemmte sich mit einem Ächzen hoch. »Dodo, nimmst du mich armen Krüppel mit dem Auto mit?«

»Krüppel sagt man nicht.« Nina zwinkerte Dominik zu, bevor sie mit Roman den Raum verließ.

Frank stöhnte. »Nun hab ich schon einen Gips, und statt Mitleid muss ich mir von diesen politisch korrekten Gutmenschen …«

»Wir wissen alle, wie schwer du es hast.«

»Spott und Hohn, Dodo, auch von dir, du Judas.«

»Wir lassen uns nachher was Schönes vom Griechen kommen. Das wird dein Los erträglicher machen. Außerdem ist noch jede Menge Bier im Kühl…«

»Dominik?«, ertönte Bents tiefe Stimme hinter ihm.

Er wandte sich um. »Ja?«

»Kommst du bitte kurz in mein Büro.«

Aufseufzend ließ sich Frank wieder auf seinen Stuhl fallen.

Dominik folgte Bent in das angrenzende Büro. Der Mord-kommissionsleiter machte keine Anstalten, sich zu setzen, sondern trat ans Fenster. Also blieb Dominik auch stehen.

»Du bist doch in dieser Läuferclique, Dominik, oder?«

»So ganz genau weiß ich nicht, was du meinst. Ich jogge regelmäßig, nehme auch an Läufen teil …«

»Dieser Sascha Sudhölter vom Erkennungsdienst … hast du was mit dem zu tun?«

»Wir haben mal zusammen in einer Laufgruppe für den Herrmannslauf trainiert. Da war er gerade aus Osnabrück nach Bielefeld gezogen. Netter Kerl. Aber so viel weiß ich auch nicht über ihn. Frag lieber Roman.«

»Habe ich schon. Dieser ›nette Kerl‹ hat einen goldenen Manschettenknopf mit Initialen verbaselt, ein potenziell wichtiges Beweisstück. Der war in dieser alten Fabrik gefunden worden, in der Lange erschossen wurde.«

»*Verbaselt*?«

»Ist das nicht seltsam, dass Lange gerade, nachdem er als Loverboy aufgeflogen ist, sterben muss?«

»Das stimmt, Bent.« Draußen fuhr ein Rettungswagen mit gellender Sirene vorbei. »Dieser verschwundene Manschettenknopf … du glaubst doch aber nicht, dass es einer von uns war, oder?«, machte Dominik weiter. »Vielleicht hat Sascha einfach Mist gebaut.«

Bent zupfte an seinem Kinn und starrte aus dem Fenster. »Dominik … es … ähm … es ist nicht immer leicht, ich meine, wir hatten … haben nicht immer das beste Verhältnis, aber …« Bent warf ihm einen Blick zu. »Du bist ein guter Ermittler, daran gibt es keinen Zweifel, und ich … ähm … ja schön, also, ich vertraue dir. «

Dominik unterdrückte ein Lächeln. Bent war ja geradezu über sich selbst hinausgewachsen. »Was soll ich tun?«

»Fühl doch diesem Sascha Sudhölter bei Gelegenheit mal auf den Zahn. In einer Laufgruppe oder so.«

»Mache ich.« Dominik musste an das denken, was Ute ihm erzählt hatte: dass bei Durchsuchungen in diesem Hotel nie etwas herausgekommen war, gerade so, als ob der Besitzer des *Paradise* gewarnt worden wäre. Hatte Ute mit ihrem Mann darüber gesprochen, oder gab es eine andere undichte Stelle? »Hoffentlich war es kein Insider.«

Bent legte die Hände hinter den Kopf und bog mit leisem Stöhnen die breiten Schultern nach hinten. Er sah müde aus. »Ich hoffe das auch nicht.«

* * *

Die alte Angst, die David Westermeier nach Silvester wochenlang gequält hatte, war zurückgekehrt. Auf der Osningstraße stieg der schlaksige, junge Mann vom Rad, bog dann zögerlich in den Hellenkamp ein. Nein, da wartete vor dem Haus seiner Eltern kein Polizeiwagen auf ihn … Er atmete aus, merkte jetzt erst, dass er die Luft angehalten hatte. Vermutlich war er paranoid, aber er rechnete täglich damit, dass die Polizei ihm auflauerte.

Die erste Befragung durch die nette Polizistin mit der kaputten Brille hatte noch unverfänglich gewirkt, er sei nur ein Zeuge, was sonst, auch wenn ihn die ganze Zeit über das Gefühl gemartert hatte, dass die Wahrheit auf seiner Stirn geschrieben stand, und sie ihn doch bestimmt durchschaute. Vielleicht hatte er Vincent deshalb verpfiffen, weil er der Polizei irgendetwas liefern musste, in der Hoffnung sie abzulenken. Internet-Mobbing war auch nicht gerade der Hit, aber doch harmlos im Vergleich zu dem, was die Polizei auf keinen Fall erfahren durfte.

Er stieg wieder aufs Rad, um die letzten fünfzig Meter zu fahren. Fröstelnd schob er sein Rad in die leere Garage neben dem Haus. Seine Jeans war nass geworden, denn er war zu faul gewesen, die blöde Regenhose anzuziehen, in der man so schwitzte. Zum Glück waren seine Eltern noch nicht zu Hause, um dämliche Kommentare abzugeben.

Er schloss die Haustür auf, warf Tasche und Regenjacke in den Flur, ging ins Bad, rubbelte sein kurzes, blondes Haar mit einem Handtuch einigermaßen trocken, stieg die Treppe zu seinem Zimmer hoch, wechselte dort die nasse Hose und ließ sich dann seufzend auf sein Bett fallen. Wieder so ein Scheißtag in der Schule. Er war in Ungnade gefallen, wie nachhaltig, wusste er nicht. Doch seit der Nachricht von Charlottes Tod war er selbst auf Distanz gegangen. Und aus dem Abstand heraus konnte er nicht mehr fassen, in was er sich durch Gruppendynamik hatte reinziehen lassen. Sicher, Alkohol hatte eine Rolle gespielt. Und Vincents Spötteleien. David galt in der Clique als risikoscheu, als Bedenkenträger. Er hatte beweisen wollen, dass er all das nicht war, sondern wie sie, Nihilisten, die die verlogene Moral des Establishments verachteten und nicht nur darüber quatschten, sondern auch danach lebten. Das Ganze war gründlich aus dem Ruder gelaufen …

David verschränkte die Arme hinter dem Kopf und starrte an die Decke, wo Vincent herumkroch. Die fette Spinne hatte er vor ein paar Tagen das erste Mal in seinem Zimmer entdeckt und sie Vincent getauft. Er griff nach dem Tennisball auf seinem Nachtschrank und zielte auf das Insekt, schmetterte den Ball gegen die Decke und traf daneben. Die Spinne krabbelte eilig in eine Ecke.

Er stemmte sich hoch, um den Tennisball aufzuheben, als sein Handy ein Plopp von sich gab. Eine WhatsApp-Nachricht von Celina: *Schatz, wir müssen dringend reden. Können wir uns sehen?* Er ließ sich aufs Bett zurückfallen und krauste die Nase. Was sollte das denn heißen? Seine Freundin hatte ihm noch nie eine derartige Nachricht geschickt! *Worüber denn?*, schrieb er. *Lass uns in einer halben Stunde am Eisernen Anton treffen, dann sage ich dir, worum es geht.*

Er setzte sich auf und rief sie an, doch nur die Mobilbox meldete sich. »Scheiße!« Er warf das Handy aufs Bett. Mit einem Mal ploppte es wieder. *Kann gerade schlecht reden. Wir sehen uns gleich. Kuss, Celina.*

Kuss? Na immerhin. Trotzdem wusste er nicht, was er davon halten sollte. Sie hatten sich nicht gestritten. Sie stritten selten, deshalb kam ihm die Nachricht merkwürdig vor. Und wenn sie stritten, dann ging es fast immer darum, dass sie fand, dass Vincent und seine Jungs-Clique zu sehr von sich eingenommen waren und David besser Abstand halten sollte. Den Gefallen konnte er ihr tun.

Oder ging es um Charlottes Tod? Die Nachricht war natürlich wie ein Lauffeuer durch die Schule gegangen, aber … war die Polizei etwa auch bei seiner Freundin gewesen? Das konnte nicht sein, Celina ging ja in die Klasse unter ihnen. Die konnten doch nicht die gesamte Schülerschaft behelligen, oder? Er fluchte. Er hatte wenig Lust, wieder in seine Regenklamotten zu steigen und mit dem Rad die Osningstraße hochzuackern. Und überhaupt der *Eiserne Anton*, wieso wollte sie ihn im Teuto treffen? Egal, er würde es erst erfahren, wenn er da war.

Auf der Osningstraße strampelte er sich trotz des Nieselregens warm. Es ging jetzt immer bergauf Richtung Kamm des Teutoburger Waldes. Er spürte, dass die Anstrengung ihm guttat, und trat kräftig in die Pedale, denn er konnte es kaum erwarten zu erfahren, was seine Celina auf dem Herzen hatte. Endlich kam das Hotel Restaurant *Eiserner Anton* in Sicht. Womöglich wollte sie ihn gar nicht am Turm treffen, sondern im Restaurant. Wer würde bei diesem Wetter schon zum Turm wandern wollen? Ob sie ihn überraschen wollte und es deshalb so spannend machte? Ihr Geburtstag konnte es nicht sein, der war erst Mitte November.

Er stellte sein Rad neben dem großen Gebäude ab und betrat die Gaststube. Dann durchstreifte er alle Gasträume, entdeckte aber nur ein paar ältere Herrschaften, die sich über ihre Torte hermachten. Ein Blick aufs Handy verriet ihm, dass er zu früh dran war. Also verließ er den Gastraum wieder und wartete eine Weile draußen. Wieder schaute er nach der Uhrzeit. Jetzt hätte sie eigentlich da sein müssen. Er schickte ihr noch eine Nachricht. *Celina, wo bleibst du, ich warte vor dem Restaurant auf dich!*

Am Turm, kam es prompt zurück.

David ließ sein Rad stehen und schlug den Herrmannsweg ein. Nach ein paar Metern begann er zu joggen. Das hier war ein Teil der Herrmannslaufstrecke. Sein Sportlehrer hatte ihm vorgeschlagen, doch mal den Herrmannslauf mitzumachen. Aber bisher war er nie länger als zehn Kilometer gejoggt, an den letzten Tagen allerdings täglich. Das nahm die Anspannung. Es dauerte nicht lange, bis er den *Eisernen Anton* erreichte. Er verschnaufte und schaute den stählernen Turm hoch.

»Celina?« Saß sie oben auf der Plattform? »Celina, wo bist du?«

Nur eine Krähe antwortete ihm. Entweder sie war auf dem Turm, und wenn nicht, würde er oben jedenfalls einen Überblick bekommen. Er stiefelte die acht Meter hoch zur Plattform, doch dort war niemand. David schüttelte den Kopf. War sie ihm vielleicht entgegengegangen und hatte einen anderen Waldweg genommen? Er hielt die Hände wie einen Trichter vor den Mund und brüllte. »*Celina!*«

»Celina!«, hallte es wie ein Echo zurück. »Celina, Liebste, wo bist du bloß?« Eine Männerstimme.

Er schaute nach unten direkt in eine breit grinsende Clownsmaske. Einen Augenblick lang glaubte er noch an einen Scherz von ihr, dann tauchten drei weitere Clownsmasken auf, alle mit demselben bösartigen Grinsen im Gesicht. »Celina-Schatz, wo bleibst du nur? Celina …«

»Was soll der Scheiß?«, rief David.

»Komm runter, dann erfährst du's.«

David hielt sein Handy hoch. »Ich rufe jetzt meinen Vater an. Also verschwindet besser!«

»Ach nein, wir kommen lieber zu dir hoch, was, Jungs?«

Die Stimme kam ihm bekannt vor. War das Vincent? Sie wollten ihm nur ein bisschen Angst einjagen und sich später daran aufgeilen, dass er tatsächlich Angst gezeigt hatte. Er konnte ihr Gespött schon in Gedanken hören: *Wenn ihr nicht weggeht, rufe ich meinen Papa an …*

»Okay, ich komm runter. Ich hab keine Ahnung, was ihr wollt, aber … okay.«

Mit etwas weichen Knien stieg er die Stahltreppe hinunter. Dann hielt er inne. Und wenn das gar nicht seine frühere Clique war? Sondern Freunde von Charlotte, die irgendwoher wussten, was sie getan hatten, und sich nun rächen wollten? Eine beunruhigende Möglichkeit …

»Komm endlich! Mach schnell, sonst kommen wir zu dir!« Wieder klang es ein bisschen nach Vincent, aber jetzt war er nicht mehr so sicher.

Er holte tief Luft und stieg weiter hinunter, versuchte, sich Mut zu machen: Unten warteten vier alberne Typen mit albernen Masken, und er würde mit ihnen reden.

Er nahm die letzte Stufe. »Also Vin…« Ein heftiger Schlag gegen die Stirn ließ ihn zu Boden gehen. Mühsam hob er den Kopf, blinzelte, etwas Warmes lief ihm ins Auge, dann spürte er Tritte in die Rippen, er stöhnte, hielt die Arme schützend über den Kopf, ein Tritt in den Magen nahm ihm die Luft. Gegen die vier hatte er keine Chance. Wimmernd krümmte er sich zusammen. Sie traten immer weiter zu, Arme, Beine, Rücken, Bauch. Sie trafen seine Nase, etwas knackte, es tat so weh, dass er Sterne sah. Sie schnauften unter ihren Masken, sie strengten sich richtig an.

»Schluss jetzt. Es reicht.« Wieder die Stimme, die der von Vincent ähnelte. Oder auch nicht. Vielleicht veränderte die Maske den Ton.

Was würde jetzt kommen? Ließen sie ihn am Leben, oder taten sie nur so? Er schmeckte Blut, spürte bei jedem Atemzug stechende Schmerzen, wagte nicht aufzusehen.

Eine der Clownsmasken beugte sich über ihn, nah an sein Ohr. »*I'm singin' in the rain, just singin' in the rain …*«

David begann zu zittern. Also doch! Vincent war geistesgestört, ein irrer Psychopath, noch viel abgedrehter, als er gedacht hatte …

* * *

Die Küchenuhr tickte leise. Nele saß am Tisch, trank einen Schluck aus ihrem Kaffeebecher, zog eine Grimasse und schob den Becher weg. Über ihrem Streit mit ihrer Mitbewohnerin Maren, die behauptete, Nele habe ihr Tabak geklaut, war der Kaffee kalt geworden. Solche Sorgen hätte sie auch gerne gehabt.

Nele fuhr zusammen, als ihr Handy klingelte. Durch den Streit hatte sie für eine Weile vergessen, woran sie den gan-

zen Nachmittag gedacht hatte: Würde er sich melden? Sie
hatte immer wieder auf ihr Handy geschaut, ob eine Nachricht eingegangen war, sich dann gesagt, dass er den Brief,
falls er berufstätig war, sowieso erst später finden würde.
Und jetzt war später …

Sie starrte sekundenlang auf ihr Handy, nahm den Anruf
dann mit pochendem Herzen an.

»J-ja?«

»Hallo.« Eine Männerstimme »Ich habe einen Brief bekommen mit Ihrer Telefonnummer. Können wir uns treffen?«

»A-am besten in der Altstadt, in einer dieser Szenekneipen,
kennen Sie das *Corners Inn*?«

»In der Nähe vom Klosterplatz?«

»Ganz genau. In … ähm … einer Stunde?«

Er war einverstanden. Nele beendete das Gespräch. Das
lief ja wie geschmiert! Und in der Altstadt war auch unter
der Woche was los. Das Risiko war gering. Wohl war ihr bei
der Sache trotzdem nicht. Vielleicht lag es daran, dass es hier
viel zu heiß war. Nele sprang auf und öffnete das Fenster,
spürte die kalte Luft auf ihrem heißen Gesicht. Als Maren
gekommen war, hatte sie als Erstes die Heizung angestellt,
es sei ja eiskalt in der Wohnung. Der Schwindel, die Übelkeit, die Hitze … es wurde immer schlimmer. Nele schloss
das Fenster und legte ihren Kopf an die kühle Scheibe. Sie
würde es tun, ja, sie musste es tun, auch wenn es nicht un-
gefährlich war …

Plötzlich kam ihr eine Idee, wie sie die Sache sicherer machen konnte. Warum zum Teufel war ihr das nicht früher
eingefallen? Sie brauchte eine Art Rückversicherung, und
sie wusste auch schon, wer die richtige Person dafür war …
Und sie musste sich beeilen, denn sie hatte nur eine Stunde Zeit, um alles zu erledigen und dann zum *Corners Inn* zu

fahren. Hastig schrieb sie etwas auf einen Zettel und verließ die Wohnung.

Eine Dreiviertelstunde später kehrte Nele zurück. Sie fand Maren in deren Zimmer vor dem Fernseher. Sie aß eine Pizza direkt aus dem Karton.

»Maren, ich wollte mich bei dir entschuldigen«, sagte Nele atemlos. »Ich … mir geht es gerade nicht so gut und … hör zu, ich kaufe dir neuen Tabak, aber ich habe eine Bitte an dich.«

Maren seufzte und drückte auf die Stopptaste. Das Bild erstarrte.

»Es ist wirklich wichtig!«

»Worum geht's denn?«

»Ich habe hier einen Schließfachschlüssel für dich, der gehört zu einem Schließfach am Bahnhof. Wenn ich bis Mitternacht nicht zu Hause bin, dann übergib den Schlüssel bitte an eine Marianne Campmann. Die Adresse schreibe ich dir auf. Okay?«

»Sind wir hier in einem Scheiß-Agententhriller, oder was?«

»Maren, ich bitte dich, es ist wirklich sehr wichtig! Frau Campmann ist Charlys Mutter.«

Maren klappte der Mund auf. »Du machst doch jetzt nicht irgendeinen Mist, oder? Du willst doch nicht enden wie Charly! Nele, was …«

»Alles gut, ich hab alles durchdacht.«

»Nele, du zitterst ja. Von wegen durchdacht, du bist auf Entzug, mach mir doch nichts vor!«

»Ich habe keine Zeit mehr. Nimmst du jetzt den Schlüssel oder nicht?«

Maren stemmte sich aus dem Sessel hoch. »Gib her. Ich weiß nicht, was du vorhast, aber du machst einen Fehler! Diese Typen sind nicht zu unterschätzen.«

»Hör zu, ich will nur kurz ins *Corners Inn*. Und jetzt muss ich los!« Nele wollte gehen, als Maren sie mit einem Mal umarmte. Das hatte sie noch nie getan.

»Sei vorsichtig, Nele!«

Nele überfuhr ein kalter Schauer. Aber sie konnte sich jetzt keine Zweifel leisten, sie brauchte den Stoff. »Klar bin ich vorsichtig.« Sie machte sich los und rannte zur Tür.

Auf dem Weg zur Altstadt radelte sie im Stehen die Heeper Straße entlang. Die Zeit wurde knapp. Hoffentlich wartete er auf sie. Aber sie hatte in dem Brief damit gedroht, zur Polizei zu gehen, also würde er warten. Und jetzt hatte sie noch etwas in der Hand. Wenn er ihr dumm kam, würde sie ihm von dem Schließfach erzählen und der Information, die darin zu finden war!

Sechzehn Minuten später als vereinbart erreichte sie das *Corners Inn*. Hastig lehnte sie ihr Rad gegen einen Laternenpfahl gegenüber der Kneipe und schloss ab. Dann rannte sie zur Eingangstür, zog sie auf und stellte erleichtert fest, dass die Plätze der kleinen Eckkneipe zu drei Vierteln besetzt waren. Vielleicht lag es an der Happy Hour, die auf einem Schild neben dem Tresen beworben wurde. Mittwochabends gab es Cocktails für die Hälfte. Sie machte einem Kellner Platz, der ein gut gefülltes Tablett mit ebenjenen Cocktails balancierte. Danach wich sie einer Gruppe von neuen Gästen aus, die nach einem Tisch Ausschau hielten. Über allem lagen lautes Stimmengewirr und Gelächter, gemischt mit Irish Folk, der aus den Lautsprechern dudelte. Niemand beachtete sie. Perfekt!

Aber würde sie den Marquis erkennen? Sie hatte nur einen kurzen Blick auf das Portraitfoto auf seinem Personalausweis geworfen. Hoffentlich saß er nicht an einem großen Tisch, an den sich noch andere Gäste dazusetzten. Nele wanderte durch die Kneipe. Im hinteren Teil entdeckte sie einen dunkelhaarigen Mann allein an einem Zweiertisch. Zögernd näherte sie sich ihm, bis sie sein Profil sehen konnte, und blieb stehen. Wieder brach ihr der Schweiß aus. Außerdem taten ihre Arme weh, nicht nur der Arm mit dem Abszess, und auch ihre Beine wollten sie kaum tragen. Nele, es ist bald vorbei, nur noch ein kleines bisschen durchhalten …

Der Mann wandte seinen Kopf, musterte sie und lächelte sie an. Das war er! Er sah gut aus: besser als auf dem Ausweisfoto und viel besser als diese alten Kerle, die sonst das *Paradise* frequentierten. Nele wusste nicht, was sie sagen sollte, aber der Fremde stand auf. »Du warst das mit dem Brief, stimmt's?«

Nele nickte beklommen. Beim Anruf hatte er sie noch gesiezt. Sah sie so abgewrackt aus, dass ihm ein Sie jetzt unpassend vorkam? Charlys Mutter hatte auch irgendwann angefangen, sie zu duzen, aber das war okay gewesen.

»Setz dich doch. Ich hab schon etwas für dich bestellt. Weil … das dauert ewig, bis man endlich einen Kellner erwischt. Ist Ginger Ale in Ordnung?«

»J-ja, natürlich.«

Sie setzte sich ihm gegenüber an den kleinen Tisch und nahm einen Schluck von dem Ginger Ale. Der Marquis sah nicht aus, wie sie sich ihn vorgestellt hatte. Er wirkte zwar nicht harmlos-langweilig wie irgendein Versicherungsvertreter, aber auch nicht gefährlich. Sie konnte nicht verstehen, dass es so einer nötig hatte, sich mit Nutten abzugeben. Oder war es wegen … seiner besonderen Neigungen?

Der Marquis lächelte noch immer. »Dein Brief … wie heißt du eigentlich?«

Nele schwieg.

»Egal, in deinem Brief steht natürlich totaler Bullshit ...«

Nele machte den Mund auf, um das richtigzustellen, aber der Marquis kam ihr zuvor. »Trotzdem ... wenn ich dich so ansehe ... Du brauchst Hilfe, habe ich recht?« Er schaute ihr prüfend in die Augen.

Nele verstand, dass er so reden musste. Wer würde schon zugeben, dass er einen brutalen Mord begangen hatte?

»Kommt darauf an, was Sie mit Hilfe meinen.« Ihre Tonlage war höher gerutscht, und sie räusperte sich.

»Geld wäre eine Hilfe, oder? Immerhin klaust du gerne, hab ich recht?« Sein Lächeln verstärkte sich. »Oder wie wär's damit?« Er zog ein durchsichtiges Tütchen mit einem braunen Pulver aus seiner Jackentasche, gerade so, dass sie es sehen konnte, und steckte es wieder zurück.

Neles Augen wurden groß. Sie schluckte. »Ja ... ähm ...«

»Ich kann dir jederzeit mehr besorgen. Abgemacht?« Er zwinkerte ihr zu.

»Ja ... also ... das wäre gut, ja.« Sie starrte noch immer auf seine Jackentasche.

Er steckte die Hand wieder in die Tasche und schob ihr das Tütchen herüber, sie ließ es schnell in ihrer Jeanstasche verschwinden.

»Hast du Besteck?«, fragte er zu ihrer Überraschung.

Er meinte ... gleich hier? Ja, warum nicht? So schnell wie möglich. »Das hab ich immer dabei.«

»Das Pulver ist schon aufbereitet. Es ist wasserlöslich.«

Nele starrte ihn an.

Er lächelte. »Worauf wartest du?«

Nele stand auf. Ihre Beine zitterten. Schweiß lief an ihrer Schläfe herunter. Das würde gleich nachlassen und auch die Schmerzen. Sie brachte ein Lächeln zustande.

»Die Toilette ist da drüben. Hier.« Er reichte ihr eine kleine Plastikflasche mit stillem Wasser. »Am Waschbecken ist es immer so auffällig.«

»Danke.« Nele stakste auf unsicheren Beinen durch die Kneipe, vorbei an den Tischen mit den plaudernden und lachenden Gästen, den gehetzten Bedienungen, dann die Treppe hinunter zur Damentoilette. Sie musste sich zwingen, langsam zu gehen, denn sie hatte Angst, die Treppe runterzustürzen. Bald, sie konnte es kaum erwarten und stieß die Toilettentür auf. Als sie eine gespenstische Gestalt auf sich zueilen sah, zuckte sie zusammen, ihr Gegenüber zuckte ebenfalls, und sie realisierte, dass die hohlwangige Jammergestalt mit den dunklen Augenhöhlen ihr Spiegelbild war. Nele wandte den Blick ab. Bald würde es ihr besser gehen. *Wen willst du belügen, Nele?* Nur noch dieses eine Mal … auch das hatte sie sich immer wieder geschworen. Unentschlossen legte sie die Hand auf die Klinke einer Kabinentür. *Worauf wartest du?* Darauf, dass ein Wunder geschah und sie – Simsalabim – clean wurde? Es gab keine Wunder in dieser beschissenen Welt! Nele öffnete die Tür.

Sie schloss ab, setzte sich auf den Toilettendeckel, löste das braune Pulver auf einem Löffel in Wasser auf, band sich den Arm ab und zog die Flüssigkeit auf die Spritze. Jetzt bloß nicht zu stark zittern … Sie fand eine Vene und versuchte, sich zu konzentrieren, schließlich drang die Nadel in ihre Vene ein, jetzt, ja, sie wusste, sie hatte getroffen! Das Heroin flutete in ihren Körper, es wurde warm und hell, noch heller, ein unbeschreiblicher Flash … Nele riss die Augen auf, verlor das Bewusstsein und kippte gegen die Toilettenwand.

Donnerstag, 31. Oktober

Durch die halb geöffnete Tür zum Besprechungsraum kam Gemurmel. Roman warf einen Blick hinein. »Wir sind die Letzten.« Er zwinkerte Nina zu und ließ ihr wie immer den Vortritt. Lächelnd betrat sie den Raum. Es war aufregend, mit ihm zusammenzuarbeiten: Sie hatten eine kleine Bombe im Gepäck! Die sie erst zum Schluss platzen lassen würden … Doch das war es nicht allein. Roman flirtete mit ihr, was ihr nach dieser blöden Geschichte mit Stefan guttat, auch wenn sie nicht sicher war, wie sie das verstehen sollte. Als einzige Frau in dem Team konnte sie nicht beurteilen, ob das Flirten vielleicht seine Art war, mit Frauen zu kommunizieren.

Bent lutschte am Bügel seiner Lesebrille und nickte ihnen zu. Nachdem sie sich neben Dominik gesetzt hatten, kam ein »Okay« aus Franks Ecke. »Unsere beiden Starermittler sind eingetroffen, dann kann ich ja anfangen: Die Gäste der wilden Partys im *Paradise*, die wir anhand der Kennzeichen ausfindig machen und befragen konnten, sind alle reine Unschuldslämmer. Minderjährige auf den Partys? Kann nicht sein.« Er warf die Arme hoch. »Illegale Drogen? Nicht doch, das wäre ihnen ganz sicher aufgefallen, und so weiter und so weiter.«

»Aber wir wissen jetzt, wie sie zu diesen Partys gekommen sind. Leander Lange war ihr Bankberater. Der Bauunternehmer, der Politiker, der Kieferchirurg und natürlich auch der Radiomoderator Spiekerkötter, das sind alles Kunden der Privatbank, in der Lange arbeitete«, erklärte Dominik.

»Sieh mal an.« Ninas Augen wurden schmal. »Und hat der Inhaber der Hoppenheim-Privatbank auch etwas damit zu tun?«

»Offenbar nicht«, erwiderte Dominik. »Es gab zwar hin und wieder Feiern, die von der Bank für vermögende Kunden ausgerichtet wurden. Die glichen aber eher Empfängen oder festlichen Diners. Lange hat seine Kunden wohl darauf angesprochen, ob sie Interesse an Partys anderer Art hätten, auf denen es nicht so steif zuginge. Partys in einem schicken Wellness-Hotel, bei denen man die Ehefrau besser zu Hause lässt.«

»Lange hat also die Gäste und auch die Mädchen für diese Partys rekrutiert. Und welche Rolle spielt nun der Inhaber des Hotels?« Bent schaute Roman an.

»Tatenhorst scheint im Wesentlichen die Räumlichkeiten zur Verfügung gestellt, das Buffet ausgerichtet und das Geld abkassiert zu haben. Ich habe ihn eine Stunde lang in die Mangel genommen, aber er hat Lange anscheinend vertraut und die Organisation der Partys voll und ganz ihm überlassen.« Roman zuckte mit den Achseln. »Und wer sollte Tatenhorst das Gegenteil beweisen?«

Nina richtete sich auf. »Als Dodo und ich bei ihm waren, kannte er niemanden namens Lange! Hat er dazu auch etwas gesagt?«

»Nun ja … er hat genau genommen auch nicht von Lange gesprochen, sondern von ›Dany‹. Er kennt ihn wohl nur unter diesem Namen«, gab Roman zurück.

Dominik runzelte die Stirn. »Er lässt jemanden Partys in seinem Hotel ausrichten, dessen Nachnamen er nicht einmal kennt?«

Roman nickte. »Stimmt, das ist schräg.«

»Hat er auch etwas dazu gesagt, dass die Gäste, die über die Kennzeichen ermittelt wurden, nicht auf den Anmeldebögen zu finden sind?«, fragte Dominik.

»Angeblich hätten die nur die Partys besucht, ohne zu übernachten.«

Bent klopfte mit einem Filzstift auf den Tisch. »Wir müssen Tatenhorst ins Präsidium bitten und mit diesen Widersprüchen konfrontieren. Ich nehme mal an, der Mann wusste, was bei diesen Partys passierte, sonst hätte er Lange nicht verleugnet!«

»Da ist noch etwas.« Nina unterdrückte ein Lächeln. »Roman und ich haben diesem Wehmüller, dem ehemaligen Angestellten des Hotels, ein Foto von Vincent Spiekerkötter vorgelegt. Wehmüller hat Vincent mindestens zweimal auf diesen Partys gesehen …«

Frank stieß einen Pfiff aus. »Wer hätte das gedacht? Der Goldjunge vom Radiofritzen! Früh übt sich …«

»Und außerdem …«, Roman grinste in die Runde, »konnte Wehmüller uns sagen, wann er Vincent dort gesehen hat, weil es noch nicht so lange her ist.«

Wumm, dachte Nina und lächelte. »Das letzte Mal, dass ihm Vincent auf der Party im *Paradise* aufgefallen ist, war am Freitag, dem 18. Oktober, der Tag, seit dem Charlotte vermisst wurde!«

Bent klappte der Mund auf. »Das ist ja …« Er warf seine Lesebrille auf den Tisch.

»Timo Spiekerkötter hat also gelogen. Vermutlich, um seinen Sohn zu schützen«, machte Nina weiter.

Roman beugte sich vor. »Das kann kein Zufall sein. Was, wenn Vincent sich nicht nur durch Cyber-Mobbing an Charlotte gerächt hat? Die Party war die Gelegenheit!«

Ein Schauer prasselte gegen die großen Fenster des Besprechungsraums. Nina lehnte sich zurück, um die Wirkung der Bombe zu beobachten. Trotz der zunehmenden Dunkelheit machte sich niemand die Mühe, das Licht anzuschalten, stattdessen redeten alle durcheinander, bis Bent schließlich für Ruhe sorgte und die anstehenden Aufgaben verteilte. Nina warf Roman einen Seitenblick zu. Er bemerkte es und lächelte ihr zu.

»Was hältst du davon, wenn wir unser Ergebnis ein bisschen feiern?«, flüsterte sie. »Heute Abend? Bei mir?« Röte stieg ihr ins Gesicht. Sie war von sich selbst überrascht.

»Nina, super Idee! Nur heute Abend geht es leider nicht.« Er machte eine bedauernde Miene. »Das holen wir nach!«

»Kein Problem, dann ein andermal«, erwiderte Nina leichthin. Sie ließ sich die Enttäuschung nicht anmerken.

* * *

»Bitte, setz dich doch.« Bent wies auf einen der Ledersessel der kleinen Sitzgruppe am Fenster.

Dominik war nicht oft im Büro des Mordkommissionsleiters gewesen, zudem am Anfang ihrer Zusammenarbeit ausschließlich zu unerfreulichen Anlässen, und erst einmal hatte er das Privileg genossen, am Fenster Platz nehmen zu dürfen. Tief sank er in den Sessel ein, der sich als weit bequemer erwies als Bents Besucherstuhl vor dem Schreibtisch. Bent setzte sich auf die andere Seite des kleinen, runden Tisches.

»Du möchtest ihn also mit mir zusammen vernehmen?«, fragte Dominik.

»Ja, warum nicht? Wir haben das doch schon früher zusammen gemacht, ich finde, das klappt gut.«

»Na, ich dachte … weil doch Nina und Roman Vincent Spiekerkötter zuerst befragt haben.«

Und weil du mich noch immer nach Möglichkeit meidest, ergänzte Dominik in Gedanken.

»Ich möchte mir selbst ein Bild von dem Jungen machen. Und das unter ganz anderen Bedingungen als im Café.«

»Du meinst, so eine ganz offizielle Vernehmung macht Eindruck auf ihn?«

»Ich hoffe es. Er ist gerade mal sechzehn. Wir rufen seinen Vater an und belehren Vincent über das Recht, die Auskunft zu verweigern und so weiter. Einem Sechzehnjährigen traut man so einen Mord wie den an Charlotte Campmann nicht zu. Aber das hat es alles schon gegeben.«

»Wir haben nicht genug in der Hand, Bent. Es besteht die Gefahr, dass der junge Mann dann dichtmacht und gar nichts mehr sagt.«

»Wenn wir ihn als Beschuldigten behandeln, sind wir rechtlich auf der sicheren Seite und erhöhen den Druck auf ihn. Und welcher normale Sechzehnjährige würde da nicht nervös?«

»Es sei denn, er ist nicht normal.«

* * *

Das künstliche Licht des fensterlosen Vernehmungsraums ließ die Gesichtsfarbe von Vincent Spiekerkötter kränklich wirken. Zusammen mit seinem Vater, dessen Gesicht rot angelaufen war, saß er Dominik und Bent am Tisch gegenüber.

Mit einer unwirschen Handbewegung lehnte Timo Spiekerkötter das Glas Wasser ab, das ihm Dominik anbot. »War das wirklich nötig, einen Polizeiwagen vor der Schule auftauchen zu lassen?«

»Sie waren doch einverstanden, dass wir Ihren Sohn abholen.«

»Nur, weil ich's selbst nicht geschafft hätte. Und schon gar nicht im Dienstwagen der Polizei! Da hätte ich Ihnen etwas mehr Sensibilität zugetraut!«

»In dienstlichen Angelegenheiten nutzen wir ausschließlich Dienstfahrzeuge«, erklärte Bent freundlich. Dann wies er den Jungen auf seine Rechte als Beschuldigter hin. Der saß mit verschränkten Armen da und verzog keine Miene.

»Möchten Sie vor der Vernehmung wirklich keinen Anwalt anrufen?« Bent sah Vincent Spiekerkötter fragend an.

»Nein.« Er nahm die Arme auseinander und richtete sich auf. »Papa und ich haben schon darüber gesprochen. Ich erzähle Ihnen alles, was ich weiß.« Er warf seinem Vater einen Blick zu.

Der nickte. »Ich muss mich bei Ihnen entschuldigen, ich wollte meinen Sohn da raushalten und … vermeiden, dass ein falscher Eindruck entsteht.«

»Und deshalb haben Sie also gelogen und die Ermittlungen behindert?«, fragte Bent.

Timo Spiekerkötter richtete seinen Herrenschal. »Ich habe meinen Sohn genau zweimal zu diesen Partys mitgenommen. Dass nun zufällig auch diese Charlotte dort war, sagt doch noch gar nichts aus!«

Dominik wandte sich an Vincent. »Herr Spiekerkötter, waren Sie am 18. Oktober auf einer Party im *Paradise*?«

»Nadja hatte mal wieder Kopfschmerzen, und Papa und ich hatten an dem Abend keine Lust, in diesem Spa-Resort im Münsterland zu versauern, also haben wir einen Ausflug ins *Paradise* gemacht.«

»Sind Sie dort Charlotte Campmann begegnet?«

Wieder tauschte Vincent einen Blick mit seinem Vater. »Das war das erste Mal, dass ich sie dort gesehen hab, und ich war … doch ziemlich … erstaunt«, sagte er gedehnt. »Ich hatte ja keine Ahnung, dass sie in ihrer Freizeit die Animierdame macht oder so was … Ähnliches.« Er verzog die Lippen zu einem süffisanten Lächeln.

»Haben Sie mit ihr gesprochen?«

»Nö … ich hab sie mehr so von Weitem gesehen, und ich glaube auch nicht, dass sie … ich schätze, es wäre ihr wohl auch ziemlich peinlich gewesen.«

Dir offenbar nicht, dachte Dominik. »Wie ist der Abend verlaufen? Gibt es irgendetwas, was Ihnen aufgefallen ist an Charlottes Verhalten? Mit wem war sie da?«

Vincent zupfte ein Fädchen von seinem Kaschmirpullover. »Ich hab nicht viel von ihr mitgekriegt, da waren so Ü50-Typen, mit denen sie Schampus trank, aber diese Leute kannte ich nicht. Irgendwann ist dann jemand zu ihr gekommen, hat den Arm um ihre Schultern gelegt und ist mit ihr verschwunden. Wir wollten auch los und haben die beiden dann am Fahrstuhl wiedergetroffen.«

»Sie wollten anscheinend nach oben zu den Zimmern«, ergänzte Timo Spiekerkötter.

»Woher wissen Sie das?«, fragte Bent.

»Der Fahrstuhlpfeil zeigte nach oben.«

»Haben Sie das *Paradise* danach gemeinsam verlassen?«

Timo Spiekerkötter nickte. »Jepp, wir sind am Fahrstuhl vorbei rausgegangen – das war so gegen halb eins.«

Dominik lehnte sich zurück. »Können Sie den Mann, mit dem Charlotte vor dem Fahrstuhl stand, beschreiben?«

Vincent zuckte mit den Achseln. »Der sah deutlich besser aus als der Durchschnitt der Altherrenriege, aber so richtig beschreiben …«

»Das müssen wir auch nicht, denn es war mein Bankberater«, unterbrach sein Vater ihn.

Dominik sah ihn fragend an. »Meinen Sie Leander Lange?«

»Ganz recht. Lange organisierte diese Partys. Ich vermute, er hat Charlotte einem der Gäste zugeführt.«

»›Zugeführt‹ … was für ein schöner Ausdruck. Papa, du überraschst mich immer wieder.« Vincent lächelte in die Runde. »Ich freue mich sehr, dass wir Ihnen helfen konnten.«

Dominik erwiderte das Lächeln. »Sie könnten uns sogar noch mehr helfen, Herr Spiekerkötter. Wir brauchen nämlich Ihre DNA für einen Vergleich.«

* * *

Marianne wankte in die Küche und befüllte die Kaffeemaschine. Sie hatte die Schlaftablette viel zu spät eingenommen. Jetzt war es schon kurz vor elf, und sie hatte trotzdem noch einen Hangover. Lag es am Hangover, dass die junge Frau mit den knallrot gefärbten Haaren und den Piercings, die spätnachts aufgetaucht war, ihr inzwischen wie eine Traumgestalt erschien? Oder lag es an der eintönigen Düsternis der Tage, die Licht und Klarheit aussperrten wie ein Sumpf mit giftig-nebeligen Dämpfen, in dem sie umherirrte und keinen Ausweg mehr fand? Doch der Schließfachschlüssel, der auf dem Küchentisch lag, war real. *Etwas muss schiefgegangen sein … Nele ist nicht nach Hause gekommen … Sie wollte sich wohl mit einem dieser Typen aus dem Paradise treffen … Ich hab sie gewarnt … Das sind doch die Typen, die sie damals auf Droge gebracht haben … Da muss was schrecklich schiefgegangen sein …* Marianne duschte, trank drei Tassen starken Kaffee und zwang sich, ein Käsebrot zu essen.

War Nele etwas Ähnliches passiert wie Charlotte? Und warum in aller Welt wollte sie sich mit diesen Leuten treffen? Nele wusste etwas, dieses Gefühl hatte Marianne schon bei ihrem letzten Telefonat beschlichen, ebenso Zweifel. Denn obwohl das »Monster« tot war, hatte Nele ängstlich gewirkt. Leander Lange alias »Dany« hatte ihre Tochter verführt und missbraucht, aber war er auch ihr Mörder?

Marianne stand auf. Der Kaffee tat allmählich seine Wirkung, sie fühlte sich etwas frischer. Sie griff nach dem Schließfachschlüssel neben ihrer Tasse, spürte seine Zacken und Kanten in ihrer Hand. War dieses unscheinbare, kleine Ding der Schlüssel zur Wahrheit? Sie wollte sich gerade den Mantel anziehen, als das Telefon schrillte. Sie lief zurück ins Wohnzimmer und hob ab.

»Hier noch mal Maren, Neles Mitbewohnerin. Ich hab Ihre Nummer aus dem Telefonbuch und rufe an, weil … erinnern Sie sich? Ich bin die, die Ihnen heute Nacht den Schließfachschlüssel gebracht hat.«

»Sicher. Ist Nele inzwischen nach Hause gekommen? Falls Sie den Schließfachschlüssel wiederhaben wollen, vergessen Sie's!« Sie schloss ihre Hand fester um den Schlüssel.

»Nele ist tot.«

»*Wie bitte?* Oh Gott!« Marianne griff sich an den Hals. In einem Winkel ihres Herzens hatte sie es geahnt, aber es war dennoch ein Schock. »Ist sie … hat jemand sie …?«

»Umgebracht? Schon möglich, dass ihr jemand absichtlich zu reines Zeug verkauft hat. Nele hat sich wohl den goldenen Schuss gesetzt, sie ist leblos auf der Toilette vom *Corners Inn* gefunden worden. Und zwar ohne Handy, dabei hatte sie das immer dabei! Aber ihre Geldbörse haben sie gefunden, und darin lag ihr Ausweis. Die Polizei war dann bei ihren Eltern, und die haben mich angerufen. Der Rechtsmediziner hätte von Überdosis gesprochen.«

»Sie war heroinsüchtig?«

»Ja, und sie war auf Entzug. Die wollte unbedingt an Stoff kommen. Und jetzt …« Maren schluchzte auf. »Die arme Nele!«

»Das tut mir wirklich leid! Ich … ich muss jetzt los, Maren. Ich … mein herzliches Beileid!« Sie legte auf und verließ schnellen Schrittes die Wohnung.

Eine Überdosis aus Versehen? Oder hatte dieser jemand, den sie treffen wollte, Nele die tödliche Spritze aufgezwungen? Mit einem Mal bekam Marianne Angst, dass sie dieses Schließfach nie erreichen würde. In der Straßenbahn schaute sie sich verstohlen um, kaum jemand erwiderte ihren Blick, die jungen Leute beschäftigten sich mit ihren Handys, die Älteren sahen aus dem Fenster, und keines der blassen, müden Gesichter kam ihr verdächtig vor. Aber das musste nichts heißen. Dieser Leander Lange hatte ausgesehen wie der ideale Schwiegersohn – und nicht so, wie man sich einen Verbrecher vorstellte.

Noch auf den Rolltreppen, die von der Straßenbahnstation Hauptbahnhof hoch auf die Straßenebene führten, achtete sie darauf, wer hinter ihr stand. An der »Tüte«, wie die Bielefelder den Aufgang nannten, lungerten wie immer Junkies herum. Doch niemand schien ihr zu folgen oder sie überhaupt zu beachten. Im Bahnhofsgebäude schob sie sich mit der Menge, die den Gleisen zustrebte, durch die Halle und die Treppe hinunter. Sie erinnerte sich, dass die Schließfächer sich im Untergeschoss befanden. Und die Nummer des Fachs? Ihr Blick wanderte über die Fächer, und sie seufzte erleichtert, als sie das Fach gefunden hatte. Mit bebenden Fingern schloss sie es auf.

Drinnen lag ein beschriebener Zettel. Sie wartete, bis sie allein vor den Schließfächern stand, und faltete ihn auseinander. Ihre Lippen bewegten sich lautlos, während sie las. Dann war der Mann, den sie fast erschossen hätte, gar nicht der Mörder ihrer Tochter! Nicht Dany, sondern … der Mann mit der Maske, der *Marquis*! Und Nele hatte seine Identität gelüftet. Hatte sie deswegen an einer »Überdosis« sterben müssen?

Mariannes Kehle wurde plötzlich eng, sie japste nach Luft und hielt sich an der Schließfachtür fest, weil ihr schwindelig wurde. Sie begriff, dass sie hyperventilierte, und bemühte sich, ruhiger zu atmen. Nach einer Weile ging es ihr besser.

Ihr Handy klingelte. Rasch stopfte Marianne den Zettel in ihre Manteltasche.

Es war Hardy. »Mein Schatz, ich wollte dich eigentlich zum Frühstück einladen, oder besser zum Brunch, es ist ja schon Mittag, aber du bist ja schon wieder weg. Ich glaube, ich muss besser auf dich aufpassen, sonst …«

»Hardy, ich weiß jetzt, wer Charlotte umgebracht hat!«

»Was? Wo bist du? Bei der Polizei? Im Hintergrund ist es so laut …«

»Ich bin am Bahnhof. Ich kenne den Namen und die Adresse ihres Mörders!«

»Aber woher denn, Schatz? Und was machst du am Bahnhof?«

»Sie nennen ihn den Marquis, und weißt du, was mir gerade eingefallen ist? Die Initialen auf diesem luxuriösen Hundehalsband, das ich in Charlottes Zimmer gefunden habe, passen auf seinen Namen!« Marianne wurde wieder schwindelig, sie lehnte sich an die Wand mit den Schließfächern.

»Marianne, du musst zur Polizei gehen! Marianne? Hallo? Schatz, alles in Ordnung?«

»Hardy, das Halsband ist ganz sicher nicht für einen Hund gedacht. Der *Marquis*! Ich könnte kotzen, wenn ich daran denke, was dieses Schwein meiner Tochter angetan hat!«

»Fahr am besten sofort zur Polizei! Das ist das einzig Vernünftige.«

»Ja, natürlich«, log sie.

Sie würde bis zum Abend warten. Sich ausruhen, damit sie keinen Fehler machte. Wie den, Hardy einzuweihen. Er würde sie mit Fragen löchern, wenn sie nach Hause kam, und sie würde abwiegeln, so tun, als wäre es nur ein Verdacht gewesen, den sie schon wieder verworfen hatte. »Ich komme gleich, dann brunchen wir erst mal, in Ordnung, Hardy?«

»Das wäre schön.« Für Hardy war alles so einfach. Geh zur Polizei, die machen das schon. Wie naiv er doch war.

Sie wünschte nur, sie hätte das Ganze schon hinter sich.

* * *

Auf dem Weg vom Städtischen Krankenhaus zu ihrem Auto im Parkhaus wollte seine Mutter ihn stützen, aber David wehrte ab. »Geht schon«, näselte er.

Seine Mutter seufzte mehrmals, er wusste, was kommen würde, aber sie wartete damit, bis sie in ihren BMW eingestiegen waren. »Ich versteh immer noch nicht, warum du diese Schläger nicht anzeigst! Ich meine, deine Nase musste unter Vollnarkose operiert werden, zwei Rippen sind gebrochen, das ist doch …«

»Weil ich die Typen nicht beschreiben kann! Das hab ich doch schon mal gesagt!«

Sie schüttelte ihre perfekt ondulierte Bob-Frisur. »Die haben sogar eine Aufnahme von deinem Schädel gemacht. Ich finde ja …«

»Fahr los, Mama!«

Sie startete den Wagen und kurvte die Ausfahrt des Parkhauses hinunter. »Und überhaupt, wie Räuber Hotzenplotz im Wald …«

»Was kann ich denn dafür? Keine Ahnung, was die wollten.« Es hätte glaubwürdiger geklungen, wenn er behauptet hätte, nachts in Baumheide überfallen worden zu sein, aber da sie ihn nachmittags am *Eisernen Anton* aufgesammelt hatten, um ihn zur Notaufnahme zu bringen, konnte er ihnen das schlecht erzählen.

»Na, wir fahren jetzt erst mal nach Hause, dann hole ich das Novaminsulfon für dich aus der Apotheke und …«

Ein Plopp aus seinem Handy lenkte ihn ab. *Botschaft angekommen?* Das war der Psycho. Als David *Singin' in the rain* gehört hatte, war ihm klar geworden, dass Vincent hinter allem steckte. Der Irre hatte schon vor längerer Zeit alle Vasallen genötigt, den von ihm verehrten Kubrik-Film *Clockwork Orange* aus dem DVD-Schrank seines Alten anzuschauen, der seitdem Kult in der Clique zu sein hatte. Und das Lied war die Begleitmusik zu dem gewesen, was sie im Schlafzimmer der Eltern des Irren mit Charlotte angestellt hatten.

Celina will ihr Handy zurück!, tippte David.

»Hörst du überhaupt zu?« Seine Mutter bog auf die Detmolder Straße ein.

»Klar.« Vincent ließ sich Zeit mit der Antwort.

»Was habe ich denn gerade gesagt?«

Ein Ploppen. »Mama, kann ich mal eben die Nachricht checken?«

Sie rollte mit den Augen.

Ich komme in einer halben Stunde bei dir vorbei und bringe das Handy mit.

»Bist du eigentlich heute zu Hause oder fährst du zur Arbeit?«, fragte er.

»Ich habe mir freigenommen, David. Du bringst es noch fertig und gehst aus dem Haus in diesem Zustand!«

»Nein, nein, ich finde das gut, Mama. Ich freue mich, dass du da bist.«

Sie warf ihm einen zweifelnden Blick zu. »Nun denn. Hoffen wir, dass du das gut überstehst.« Sie klopfte ihm aufs Knie. Ein Friedensangebot.

Okay.

»Sollen wir nicht direkt bei einer Apotheke vorbeifahren?« Er wollte sichergehen, dass seine Mutter zu Hause war, wenn der Irre auftauchte.

* * *

Es klingelte pünktlich. David ging in den Flur, aber seine Mutter war schneller und öffnete die Tür. Mit adrett gekämmtem Lockenhaar und aufgeräumtem Lächeln stand Vincent im Rahmen.

»Ach, das ist aber schön, dass du David besuchen kommst! Sind die etwa für mich?«

»Aber ja. Für Sie, Frau Westermeier.« Er übergab ihr einen Strauß weiße Lilien.

Beerdigungsblumen. Vincent überließ nichts dem Zufall. Aber seine Mutter war entzückt von dem wohlerzogenen, jungen Mann, der ihr gerade treuherzig die Hand gab.

»Setzt euch doch ins Wohnzimmer. Darf ich dir was anbieten, Vincent?«

»Ach, nicht nötig.« Er kräuselte die faltenlose Stirn. »Ich muss leider gleich zum Klavierunterricht, aber ich wollte David wenigstens kurz Hallo sagen.«

Seine Mutter trat zurück und gab den Blick auf David frei.

»Wow, du siehst schlimm aus, David!« Vincent mimte den Betroffenen.

»Gehen wir ins Wohnzimmer«, näselte David. Seine Mutter backte gerade Apfelkuchen, und die Küche lag gleich nebenan. Das kam ihm sicherer vor als sein Zimmer im ersten Stock. In dem Zustand, in dem er sich befand, konnte er es nicht mit Vincent aufnehmen.

Sie begaben sich ins Wohnzimmer. David nahm vorsichtig auf dem Sofa Platz, bei jeder Bewegung schmerzten seine Rippen. Vincent warf sich in einen Sessel und grinste. »Hübsches Häubchen.« Er meinte die Nasenschiene.

»Das Handy«, sagte David kalt.

»Ich versteh ja, dass du ein bisschen sauer bist … aber du musst auch mich verstehen. Die Polizei hat jetzt ein ganz schiefes Bild von mir. Dass die Kampflesbe mit den grünen Haaren petzt, war ja klar, aber du? Mann!« Vincent beugte sich vor. »Ich bin so enttäuscht von dir. Sooo enttäuscht.« Er setzte ein bekümmertes Gesicht auf.

»Fick dich, Vincent. Ich will jetzt Celinas Handy.« David streckte die Hand aus.

»Okay, okay, du kriegst es ja.« Vincent holte das Handy aus der Tasche und reichte es ihm. »Sie ist aber auch echt nachlässig mit ihrem Handy.«

»Wer?« Plötzlich stand seine Mutter in der Tür und wischte sich ihre Hände an der Küchenschürze ab. »Alles gut bei euch?«

»Alles bestens.« Vincent strahlte. »Ich habe nur gerade gesagt, dass Celina ein kleiner Schussel ist, sie hat ihr Handy liegen lassen, und ich hab's gefunden.«

»Na, da hat sie ja Glück gehabt.« Seine Mutter schaute von einem zum anderen. »David, was machst du denn für ein Gesicht? Ist doch schön, dass sie es jetzt wiederbekommt.«

»Sehr schön«, sagte David tonlos.

Sie schaute für einen Moment irritiert, dann lächelte sie. »Dann lass ich euch jetzt mal wieder allein. Wenn ihr was braucht, ich bin in der Küche.«

Nachdem seine Mutter verschwunden war, fragte David: »Wo habt ihr es ihr geklaut?«

»Unwichtig. Ich will nur wissen, ob du verstanden hast. Sonst ...«

»Sonst was? Schickst du deinen kleinen Schlägertrupp bei mir vorbei?«

»David, ist dir eigentlich klar, dass du genauso viel zu verlieren hast wie wir? Ich meine ...« Vincent schürzte die Lippen. »Du hattest an Silvester doch auch deinen Spaß mit ihr.«

David stöhnte auf. »Schlimm genug, was wir getan haben. Das verfolgt mich bis heute. Ich wünschte, es wäre nie passiert!«

»Ja, ich auch«, sagte Vincent leichthin. »Nur: Wir können es jetzt nicht mehr ändern. Und du möchtest doch auch nicht, dass deine Eltern oder – Gott bewahre – Celina Wind davon kriegen.«

»Nein, aber du musstest ja unbedingt noch einen draufsetzen und diese manipulierten Fotos ins Internet stellen. Konntest du sie nicht einfach in Ruhe lassen? Du bist derjenige, der uns in Gefahr gebracht hat! Charly hat dir gedroht, zur Polizei zu gehen, und womöglich wollte sie denen auch von der Party erzählen ...«

»Hey, komm runter. Es gibt nicht den geringsten Beweis.«

»Es gibt jede Menge Zeugen.«

»Ja, es gab ein paar, die mitgekriegt haben, dass wir im Laufe der Party mit ihr nach oben gegangen sind. Mehr aber auch nicht.«

»Vielleicht hat sie Miriam was erzählt …«

»Wie denn, David, denk doch mal nach. Lottchen wusste doch selbst nicht, wie ihr geschah und wer daran beteiligt war. Die war völlig dicht, du warst doch dabei. Sie hätte genauso gut Miriam verdächtigen können, die sowieso am liebsten mit ihr in der Kiste gelandet wäre. Dieses Zeug sorgt dafür, dass man sich nicht erinnert, du Idiot!«

Kuchenduft drang von der Küche herein.

»Bis du da ganz sicher? Also ist alles gut, oder wie?«

»Bestens, David, bestens. Es sei denn, du wirst so fickerig, dass du uns alle verrätst!«

David senkte die Stimme. »Hast du sie umgebracht, Vincent? Damit sie nicht zur Polizei geht?«

Vincent lachte ungläubig. »Bleib cool, David, ich bitte dich. Du glaubst doch nicht, dass ich für Lottchen-Nuttchen meine Zukunft aufs Spiel setze.«

Eben, dachte David.

Ein Geräusch an der Tür ließ beide herumfahren. »Vincent, hast du noch Zeit für ein Stück Kuchen?« Seine Mutter stellte zwei Teller mit Apfelkuchen auf den Couchtisch. »Er ist noch ganz frisch, noch warm, ich mache ihn immer mit Rosinen und Zimt.«

»Oh, sehr gerne, der riecht wirklich köstlich, Frau Westermeier.«

* * *

Über dem Teutoburger Wald leuchtete die Abenddämmerung wie ein Feuer, das auf der anderen Seite des Kamms ausgebrochen war. Schluss für heute! Nina schaltete ihren PC aus, schnappte sich Jacke und Tasche, schloss ihre Bürotür ab und machte sich auf den Weg zum Parkplatz. Der Abend würde also nicht aufregend mit einem Treffen mit Roman enden, sondern öde werden. Gemütlich, korrigierte sie sich. Ein Schaumbad, danach die DVD *Burn after Reading* gucken, die ihr Frank geliehen hatte … auch nicht schlecht. Frank war schier entsetzt gewesen, als sie ihm gestand, dass sie noch nie einen Film der Coen-Brüder gesehen hatte. Mit quietschenden Gummisohlen sprang sie die Treppe hinunter, nahm den Hinterausgang des Präsidiums und spürte kurz darauf die frische, kühle Abendluft auf ihrem Gesicht.

Sie lächelte. Eigentlich war es ganz schön, heute Abend nichts weiter zu tun zu haben, als das unverzeihliche Versäumnis wettzumachen, keinen einzigen Film der Coen-Brüder zu kennen. War sie überhaupt bereit, sich wieder mit Liebesdingen auseinanderzusetzen? Und dann auch noch ein Kollege … Das letzte Mal, als sie sich in einen Kollegen verliebt hatte, stellte sich heraus, dass der schwul war. Natürlich würde sie Bent niemals outen. Und sie litt auch nicht mehr darunter. Trotzdem … ein Kollege, das war suboptimal. Andererseits fand sie Roman so attraktiv wie interessant. Sie konnte ihn noch nicht einschätzen, und das machte die Sache spannend.

»Nina, was sinnierst du denn gerade?«

Nina wandte sich um. Ihre ehemalige Kollegin Liane grinste sie an.

»Überlegst du, wie das noch mal mit dem Autoöffnen funktioniert?« Liane deutet auf den Autoschlüssel in Ninas Hand.

»Ach, ich war nur in Gedanken. Wie geht's dir, Liane?«

»Viel Arbeit. Und solche, die an die Nieren geht. Wir hatten gerade wieder eine Drogentote, eine ganz junge Frau. Heroin natürlich.«

»Ist zurzeit besonders reines Zeug im Umlauf?«

»Nicht, dass wir wüssten. Aber du weißt ja, wie schmal der Grad für Heroin-Junkies ist.«

Nina nickte. Sie hatte lange genug im Kommissariat für Rauschgiftkriminalität gearbeitet.

»Trauriger Fall. Zuerst arbeitete sie als Edelnutte in einem Nobel-Hotel in der Nähe von Lage. Das erzählte jedenfalls ihre Mitbewohnerin. Und später war sie psychisch und physisch so am Ende, dass nur noch der Drogenstrich ging.«

»In einem Nobel-Hotel, sagst du?« Nina spielte mit ihrem Autoschlüssel. »Ich bin gerade an einem Mordfall dran, bei dem ein junges Mädchen getötet wurde. Die ist offenbar auch in einem Hotel zur Prostitution genötigt worden. Wie lautet denn der Name dieses Hotels, in dem das Drogenopfer angeschafft hat?«

»Den hat ihre Mitbewohnerin nicht genannt. Sie hat nur erzählt, dass ihre Freundin während der Zeit in diesem Hotel drogensüchtig wurde. Manche nehmen Drogen, um das Anschaffen besser zu ertragen, und dann müssen sie weiter anschaffen, um ihre Drogen zu finanzieren. Ein Teufelskreis.«

»Liane, hast du den Namen des Opfers und ihrer Mitbewohnerin für mich? Ich würde da gern was überprüfen.«

»Immer im Einsatz, was?« Liane grinste. »Du hast dich nicht geändert, Nina.«

* * *

Nach dem Telefonat mit Dominik fühlte Ute sich leer und erschöpft und legte sich auf ihr Wohnzimmersofa, um sich auszuruhen. Als sie wieder aufwachte, war es schon dunkel. Sie schaute auf ihre Uhr: Sie hatte fast drei Stunden lang geschlafen! Frierend hüllte sie sich in eine Strickjacke, tappte ins Bad und machte Licht. Sie blinzelte, betrachtete ihre vom Weinen verquollenen Augen im Spiegel. Dominik war zwar behutsam vorgegangen, doch das, was die Kollegen ermittelt hatten, konnte auch er nicht mehr beschönigen: Leander hatte die Naivität minderjähriger Mädchen missbraucht, sie verführt und mit Drogen in die Prostitution getrieben ...

Ute schüttelte den Kopf. Ihre Augen füllten sich wieder mit Tränen. Wie war es bloß möglich, dass sie sich so hatte täuschen lassen? Im Nachhinein fielen ihr Begebenheiten ein, etwa die häufigen Überstunden, die ihn angeblich in der Bank festhielten. Dann das immer wiederkehrende Gefühl, ihm nicht zu genügen. Als Erstes hatte sie ihre starke Brille gegen Kontaktlinsen eintauschen müssen, dann fand er ihre Kleidung und ihre Frisur zu brav. Und warum trug sie kein Make-up? Der Tenor war meist, dass sie ihre Schönheit doch nicht verstecken sollte, doch es war auch anders zu verstehen. Bei Feiern mit seinen Kollegen und Vorgesetzten fand er sie zu schüchtern. Manchmal war er achtlos, lieblos mit ihr umgegangen, schien sie gar nicht zu bemerken, dann wieder überschüttete er sie mit Komplimenten, schenkte ihr Rosen und Parfüm, sprach von einem gemeinsamen Urlaub, als wollte er alles wieder wettmachen. Er sei eben launenhaft, hatte sie sich gesagt.

Und sie? Die gutgläubige, introvertierte, graue Maus, die sich unsterblich in den attraktivsten aller Bankazubis verliebt, ihn viele Jahre später zufällig wiedertrifft, und mit einem Mal werden wie in einem Hollywoodkitschmärchen alle ihre Träume wahr ... *Aschenputtel wird Königin*, so in der Art. Ute stützte sich mit beiden Händen am Rand des Waschbeckens auf, begegnete ihrem Blick im Spiegel. Er hatte sie betrogen wie auch diese Mädchen, und noch schlimmer, womöglich war er in einen Mord verwickelt. Und jetzt war er tot. Sollte sie nicht froh sein, dass sie ihn los war? Sei froh, sagte sie ihrem Spiegelbild. Wenn sie es oft genug wiederholte, würde die Botschaft vielleicht durchdringen.

Ute ging hoch ins Schlafzimmer, schaltete das Licht ein, öffnete den Kleiderschrank und räumte Leanders Sachen aus dem Schrank. Hemden, Hosen, Jacketts flogen auf den Boden. Sie wollte das Zimmer gerade verlassen, um die großen Müllsäcke aus der Besenkammer im Flur zu holen, als sie ein Geräusch an der Haustür hörte. Die Katzenklappe? Oder etwas anderes? Ute huschte zum Lichtschalter und löschte das Licht. Dann stellte sie sich ans Fenster und schob die Gardine ein Stück zur Seite. Der trübe Schein der Straßenlaternen kam kaum gegen die Dunkelheit an. Aber da stand er noch, der Polizeiwagen, den man zu ihrem Schutz abgestellt hatte! Sie atmete auf. Das Gesicht des Kollegen wurde schwach vom Display seines Handys beleuchtet. Sonderlich aufmerksam schien er nicht zu sein. Aber es war natürlich auch ein Knochenjob, und vermutlich hatte er schon den ganzen Tag vor ihrem Haus verbracht. Auch die junge Frau im Regenmantel, die sich von einem Collie an der straff gespannten Leine den Bürgersteig entlangzerren ließ, richtete den Blick auf ihr Handy.

Hinter ihr miaute Lady und sprang auf die Fensterbank. Ute lächelte. Dann war es eben doch die Katzenklappe gewesen. Bis auf den einsamen Wächter in seinem Dienstauto gab es jetzt niemanden mehr auf der Straße. Geistesabwesend streichelte sie die schnurrende Katze, als plötzlich wie aus dem Nichts ein Mann hinter dem Dienstwagen auftauchte. Er trug eine Schirmkappe wie der Täter in der alten Fabrik! Ute zog sich hinter die Gardine zurück. Warum musste der Polizist nur immerzu auf sein blödes Handy starren? Als hätte der Kerl mit der Kappe ihren Gedanken gehört, klopfte er an die Seitenscheibe des Wagens und hielt einen Ausweis dagegen. Der Polizist nickte, ließ die Scheibe runter, und sie sprachen ein paar Worte miteinander, schließlich stieg der Beamte aus und der Mann mit der Kappe setzte sich an seiner Stelle in den Wagen. Die beiden kannten sich offenbar nicht, denn sonst hätte der ablösende Beamte nicht seinen Polizeiausweis vorgezeigt …

Das Klingeln ihres Handys lenkte sie ab von dem unguten Gefühl, das sie eben angeflogen hatte.

Dominik war am Telefon. »Ute, ich … ich hab mich schon gefragt, ob ich dir heute Nachmittag nicht etwas zu viel zugemutet habe. Wie geht es dir?«

»Nein, ich bin froh, dass ich jetzt die Wahrheit kenne.« Sie setzte sich aufs Bett. Das schwache Licht der Laterne fiel auf Leanders Wäscheberg auf dem Teppich. »Es geht mir … na ja, ich komme klar. Ich brauche nur etwas Zeit, um das alles zu verarbeiten. Für heute habe ich mich krankgemeldet, aber morgen …«

»Du solltest dir wirklich eine Auszeit gönnen.«

»Nein, Dominik, ich denke, die Arbeit wird mich ablenken. Hier allein in diesem Haus zu sitzen, wo mich alles an Leander erinnert, macht die Sache nicht leichter.«

»Ich verstehe. Sag mal, kennst du eigentlich einen Sascha Sudhölter? Er arbeitet beim Erkennungsdienst.«

»Keine Ahnung, mag sein vom Sehen, aber …«

»Du weißt also nicht, ob er irgendetwas mit deinem Mann zu tun hatte? Ist der Name vielleicht mal gefallen?«

»Nein, tut mir leid, Dominik.«

»Gut, dann … ich halte dich auf dem Laufenden. Tschau.«

»Danke für deinen Anruf.« Ute ließ das Telefon sinken. Dominiks Anteilnahme tat gut.

Sie stand auf und ging wieder zum Fenster. Der Polizeiwagen war leer! Der Polizist mit der Schirmkappe eilte gerade auf ihr Gartentor zu. Plötzlich stockte sein Schritt. Ihre Nachbarin, die alte Frau Schmidt, lief den Bürgersteig mit ihrem Mops entlang und rief ihm etwas zu. Sie war einsam und so neugierig wie gesprächig und hatte offenbar gerade ein Opfer entdeckt. Vielleicht wollte sie auch nur wissen, was der Polizeiwagen vor dem Haus zu bedeuten hatte. Der Mann mit der Schirmkappe machte immer wieder Anstalten weiterzugehen, doch Frau Schmidt textete ihn gnadenlos zu, soweit Ute das beobachten konnte. Aber sie würde ihn nicht ewig festhalten … Und Polizeiausweise konnte man auch fälschen …

Mit einem Mal tauchte wieder der Polizist auf, der zuerst Wache gehalten hatte. Er trug einen Döner und einen großen Kaffeebecher, winkte seinem Kollegen zu und stieg wieder in den Dienstwagen. Der Mann mit der Kappe winkte zurück, schaffte es endlich, sich von Frau Schmidt loszueisen, und ging davon. Ich leide allmählich unter Verfolgungswahn, dachte Ute, doch sie gestand sich ein, dass sie erleichtert war.

Dominik beendete das Gespräch mit Ute, streckte sich und stieß sich von seinem Schreibtisch ab. Der Stuhl rollte zurück. Er stand auf und zog seine Sporttasche unter dem Schreibtisch hervor. Dann rief er Roman an, der sich nach dem zweiten Klingeln meldete.

»Sascha hat Zeit und findet es super, dass du mitkommst, Dodo.«

»Wir treffen uns also am Sportplatz der Uni?«

»Genau, am Westende, sagt Sascha. Er ist Gasthörer und kann uns in die Umkleiden lassen. Sonst kämen wir da nicht rein.«

»Im Dunkeln laufen ist nicht so toll, oder?«

»Die von dieser Laufgruppe haben alle Stirnlampen. Die meisten sind berufstätig oder tagsüber im Hörsaal. Und im Oktober wird es nun mal früher dunkel …«

»Schon gut. Bis gleich.«

Zwanzig Minuten später trabte Dominik mit der Gruppe los. Ein kühler Wind blies ihm entgegen, aber zunächst ging es steil bergauf, und ihm wurde schnell warm. Zumal er bald merkte, dass er das Laufen in der letzten Zeit vernachlässigt hatte. Lange Stunden im Büro, die frühe Dunkelheit, der viele Regen … Ich bin faul geworden, dachte er. Tatsächliche hasste er es, im Dunkeln zu laufen, es brauchte nur eine übersehene Baumwurzel, um sich eine Bänderdehnung zu holen. Die Lichter der anderen wischten vor ihm hin und her und erhellten den Weg leidlich. Während Roman und Sascha sich locker unterhielten, musste er sich anstrengen, um Schritt zu halten. Eine kleine Pause gab es nur bei der Überquerung der Werther Straße. Auf der gegenüberliegenden Seite lag ein Parkplatz in der Nähe des Zentrums für interdisziplinäre Forschung, und von dort folgten sie einem Waldweg, der weiter hoch zum Kamm des Teutoburger Waldes führte.

Als sie endlich oben waren und der Weg wieder eben verlief, rann Dominik der Schweiß über die Stirn, und er nahm seine dünne Mütze ab. Er war nicht gerade glücklich über diesen Auftrag von Bent. Allmählich kamen ihm Zweifel. Sascha hatte einen Manschettenknopf mit Initialen asserviert, und kurz darauf war ihm das offenbar wichtige Asservat abhandengekommen. Wenn er es einfach hätte verschwinden lassen wollen, wieso hatte er es dann vorher ordentlich eingetütet und gelistet? Es war natürlich auch möglich, dass Big Bella oder Hagedorn mit seiner Lupenbrille die Lage genau im Blick hatten und ihm nichts anderes übrig geblieben war. Andererseits hatten sich in der alten Fabrik diverse Leute getummelt: Erkennungsdienstler, die Besatzung eines Krankenwagens, Notarzt, Rechtsmediziner, Kripo, sogar die Feuerwehr. Jeder hätte das Asservat an sich nehmen können.

Abgesehen davon mochte er Sascha. Er war ein typischer Erkennungsdienstler, der es mit allem sehr genau nahm, dabei unkompliziert und offen. Nur sein Gesundheitsfimmel nervte manchmal, die ausgeklügelten Ernährungspläne inklusive diverser Nahrungsergänzungsmittel wirkten etwas zwanghaft. Nie würden Sascha eine Fertigpizza oder gar Bier unterkommen, während Frank und er sich zurzeit von kaum etwas anderem ernährten. Als Betty noch bei ihm wohnte, war das anders gewesen. Ständig mixte sie irgendeinen Salat oder kochte Gemüse, das natürlich frisch vom Markt kam. Als Heilpraktikerin nötigte sie ihm und den Kindern homöopathische Zuckerkügelchen gegen dieses und jenes auf. Und nun war es still geworden, Bettys Lachen, das Grundrauschen ihrer fürsorglichen, temperamentvollen, fordernden Art, belebte das Haus nicht mehr.

Sicher, es gab keine Frau mehr, die jetzt, da die Kinder groß waren, Ansprüche an Nähe und Unternehmungen zu zweit stellte, die er nicht erfüllen konnte, keine, die ihm vorwarf, dass er zu viel arbeitete, obwohl er mit seiner Arbeit doch den größten Teil des Einkommens bestritt. Auf Dauer passte es nicht mehr zwischen ihnen, die Scheidung war nur eine logische Konsequenz. Der Termin war für den 10. November angesetzt. Am 8. November würde Betty aus Neuseeland zurückkommen, wo sie gerade ihre Tochter besuchte. Doch er musste zugeben, dass er in den letzten Monaten eine zunehmende Leere verspürte, wie ein Hohlraum in seinem Innern, der sich plötzlich auftat und von dem er noch nicht wusste, wie er ihn füllen sollte.

Zehn Kilometer konnten ganz schön lang werden, wenn man einer zügig laufenden Gruppe hinterhereilte. Er tröstete sich damit, dass die meisten in der Gruppe deutlich jünger waren als er. Hin und wieder blieb Sascha etwas zurück, um sich nach seinem Befinden zu erkundigen. Zum Schluss ereilte sie noch ein Schauer, und schließlich trabten sie bergab zur Uni. Sascha und Roman warteten vor der Außentür zu den Umkleiden auf ihn. Sascha konsultierte seine Pulsuhr. Als Dominik die beiden erreichte, blickte Sascha auf. Seine Wangen waren gerötet. »Na, Dominik, ich hoffe, das Tempo war insgesamt okay für dich. Ich finde ja, es gibt nichts Besseres zum Abschalten, jetzt noch eine schöne heiße Dusche und dann …«

»Ins Büro«, ergänzte Dominik und klopfte Sascha auffordernd auf den Arm. »Lass uns reingehen, hier wird's langsam kalt.«

Während er sich die schweißnassen Laufsachen in der engen Umkleide auszog, dachte er darüber nach, wie er Bent dazu bringen könnte, ihn von seinem Auftrag zu entbinden.

»Willst du wirklich noch ins Büro?« Roman entledigte sich seiner Laufschuhe.

Sicher, er könnte noch vorschlagen, nach dem Duschen einen zusammen trinken zu gehen. Aber er hatte trotzdem keine Idee, wie er Sascha auf den Zahn fühlen sollte. »Nur kurz, ist ja nicht weit. Außerdem muss ich Frank noch dort abholen.«

»Ach ja, das mit dem eingegipsten Knöchel dauert.« Roman grinste. »Aber Frank ist nicht traurig, dass er keinen Sport mehr treiben kann, oder?«

Dominik erwiderte das Grinsen. »Das nicht, er ist nur traurig, wenn er nicht bald sein Feierabendbier kriegt.«

Sascha war schon in der Dusche verschwunden. Roman machte jemandem Platz, der an ihm vorbeiwollte, und warf dabei Saschas Sporttasche von der Bank. »Oh Mist.« Er bückte sich und sammelte einen Kulturbeutel, ein Laufshirt und ein zusammengerolltes Paar Socken auf, um es wieder in die Tasche zu stopfen. Dann beugte er sich noch einmal hinunter und pflückte etwas golden Schimmerndes vom Boden, das er einer eingehenden Betrachtung unterzog.

»Roman, hast du vielleicht noch Shampoo für mich, ich … was ist das?«

»Das ist aus Saschas Tasche gefallen. Schickes Kärtchen.« Roman zeigte ihm die Visitenkarte mit der Golddruckprägung. »Aber das *Paradise* ist ja auch ein Luxushotel. Ziemlich seltsam, oder?«

»Hast du Sascha erzählt, dass das Hotel im Fall Campmann eine Rolle spielt?«

Roman schürzte die Lippen. »Nein. Und wieso sollte er überhaupt eine Visitenkarte des Hotels besitzen? Er spielt doch nicht Privatdetektiv. Er muss da Gast gewesen sein.«

»Sein Autokennzeichen stand nicht auf Wehmüllers Liste, und auf den Anmeldebögen des Hotels ist sein Name auch nicht aufgetaucht.«

»Was, wenn er den hoteleigenen Parkplatz nicht benutzt hat, um nicht mit dem *Paradise* in Verbindung gebracht zu werden? Dominik, ich finde, Bent sollte davon erfahren!«

Dominik seufzte. »Ich kümmere mich drum.«

* * *

Marianne fror. Es war inzwischen noch kälter geworden. Sie hatte den Motor angestellt und die Heizung aufgedreht, aber sie konnte hier in dieser schicken Gegend nicht lange mit laufendem Motor stehen. Abgesehen davon, dass ihr irgendwann das Benzin ausgehen würde. Hinter den Fenstern fast aller Wohnungen des gepflegten Mehrfamilienhauses brannte Licht, auch Flackerlicht, was bedeutete, dass die Leute vor den Fernsehern saßen. Sah der Marquis fern? Saß er im Pölter mit einer Tüte Chips auf seiner Couch und schaute sich eine Quizsendung an? Unvorstellbar. In welchem Stock seine Wohnung lag, wusste sie nicht. Und genau genommen waren nur noch die Fenster einer Wohnung dunkel. Natürlich hatte sie von hier aus keine Sicht auf die Fenster hinterm Haus, und womöglich war er längst zu Hause, aber sie wollte auf Nummer sicher gehen.

Sie vertrieb sich die Zeit damit, sich vorzustellen, wie der Marquis aussah. Nele hatte ihr zwar einen Namen und eine Adresse geliefert, aber keine Beschreibung. Seine Augen hatten sicher ein kaltes Blau, und sie würden sich vor Überraschung weiten, wenn er begriff, dass es vorbei war. Marianne blies in ihre Hände, ihre Zähne schlugen aufeinander. Wenn er nicht bald kam, würde sie steif gefroren sein. Und obwohl sie es schon mehrfach getan hatte, ging sie alle Schritte noch einmal im Kopf durch. So machten es doch auch die Leistungssportler, damit ihnen kein Fehler unterlief. Dabei fiel ihr auf, dass sie besser nicht direkt bei ihm klingeln sollte. Das Haus besaß eine Gegensprechanlage, und er würde sie vermutlich gleich abwimmeln.

Marianne gähnte. Sie durfte jetzt nicht schlappmachen.

Um sich abzulenken, schaltete sie das Radio an, wo gerade die 20-Uhr-Nachrichten liefen. Als der Wetterbericht kam, erregte ein Wagen ihre Aufmerksamkeit. Rasch stellte sie das Radio aus. Der Fahrer parkte direkt vor dem Haus, und ein Mann mit hochgestelltem Kragen stieg aus und eilte hinein. Sie hatte sein Gesicht nicht richtig sehen können, da er seine Kappe tief in die Stirn gezogen hatte, aber er wirkte dynamisch, ein einigermaßen junger Mann. Kurze Zeit später ging auch hinter einem Fenster in der letzten dunklen Wohnung des Hauses das Licht an. Marianne holte tief Luft, entsicherte die Waffe, steckte sie zurück in ihre Handtasche und griff nach dem Pizzakarton.

Mit steifen Gliedern stieg sie aus und humpelte zur Eingangstür, drückte dann auf eine der Klingeln. Die Gegensprechanlage rauschte.

»Ja, hallo?«, sagte eine weibliche Stimme.

»Der Pizzadienst ist da. Unter dieser Adresse wurde eine Pizza bestellt.«

»Ja, aber … Horst? *Horst* … warten Sie.« Der Türöffner summte. Marianne betrat das Haus und stieg die drei Stufen zum Erdgeschoss hoch. Dort öffnete sich eine Tür, eine Frau in ihrem Alter trat auf den Hausflur. »Mein Mann hat auch keine Pizza bestellt. Weber, wir heißen Weber.«

»Dann war es wohl jemand anderer. Aber die Adresse ist doch richtig?!« Marianne tat so, als würde sie noch einmal Namen und Adresse auf ihrem Zettel überprüfen.

»Zeigen Sie mal.«

Frau Weber musterte den Zettel. »Sie sind richtig, aber der wohnt genau über uns.«

»Ach, vielen Dank!« Marianne lächelte.

Nachdem die Wohnungstür wieder geschlossen wurde, stellte Marianne den Pizzakarton auf der Treppe ab, holte die Pistole aus ihrer Handtasche, knöpfte ihren Mantel auf und verbarg die Waffe darunter. Dann stieg sie die Stufen hoch.

* * *

Dominik marschierte in sein Büro, um seine Aktentasche zu holen und dann mit Frank den wohlverdienten Feierabend einzuläuten, als er ein zaghaftes Klopfen an der Tür hörte.

»Ja bitte?« Er stellte die Aktentasche zurück auf den Boden und setzte sich an seinen Schreibtisch.

Eine zierliche, junge Frau betrat zögernd den Raum. Mit den großen, blauen Augen, dem Porzellanteint und dem üppigen, dunkelroten Haar hatte sie etwas Elfenhaftes an sich. »Bin ... bin ich hier richtig? Sie bearbeiten den Fall Charlotte Campmann? Das wurde mir jedenfalls gesagt.« Sie lächelte entschuldigend.

»Da sind Sie richtig. Worum geht es denn?« Er wies auf einen Besucherstuhl, und sie ließ sich vorsichtig nieder.

»Ja, also ich ... ich bin Leonie Wehmüller.«

»Ach, Sie sind die Tochter des Kellners aus dem *Paradise*?!«

»Ja, das bin ich. Ich war ja auch schon mal bei der Polizei, aber ich ... ich hatte ja keine Ahnung, dass Dany tot ist. Und dass er in Wirklichkeit Leander heißt. Ich habe sein Foto in der Zeitung gesehen. Die lag im Papiermüll ganz unten. Ich glaube, Papa wollte nicht, dass ich noch irgendwas von Dany mitkriege.« Sie verzog das Gesicht. »Er war total sauer auf mich.«

»Ihr Vater?«

Sie nickte. »Meine Mutter auch. Es war die Hölle, Hausarrest, Handyverbot, alles ...«

»Sie sind ein Risiko eingegangen. Sie wussten doch, dass Ihr Vater im *Paradise* arbeitete.«

»Ich wollte ja auch zuerst gar nicht zu der Party. Klar, das war Papas freier Tag, aber ich hatte natürlich Angst, dass es ihm irgendwer steckt. Dany hat mich beruhigt: Die Angestellten wären alle diskret und dürften gar nichts erzählen, sonst wären sie ihren Job los.«

»Und nun haben Sie erfahren, dass Dany tot ist. Sind Sie deshalb hier?«

»Als Ihre Kollegin mich ausquetschen wollte, dachte ich noch, was, wenn Dany das rauskriegt, also wenn die Polizei nach ihm sucht und er rausfindet, dass ich ihn verpfiffen habe?«

»Gibt es noch etwas, das Sie uns sagen möchten, jetzt, da er nicht mehr lebt?«

»Ja also, ich hab erst spät so richtig begriffen, was für ein Mensch Dany war. Er hat … Gott, das ist so furchtbar, dass ist so megapeinlich, aber …« Sie brach ab.

Dominik wartete. »Möchten Sie was trinken? Ein Wasser, einen Kaffee oder …?«

»Nee, ich will's einfach nur hinter mich bringen. Sie kannten Dany nicht. Er war so … er schmeichelt einem und kann gut zuhören … ach egal, das ist auch keine Entschuldigung. Auch nicht, dass er mir Koks gab … Hören Sie, mein Vater darf das auf keinen Fall erfahren!«

»Frau Wehmüller, da ich nicht weiß, was Sie sonst noch aussagen wollen, kann ich Ihnen das nicht versprechen. Was ich Ihnen versprechen kann: Wir betrachten Sie als Opfer, und Ihre Zeugenaussage könnte für uns sehr wichtig sein, um die dranzukriegen, die Ihnen das angetan haben!«

Leonie wickelte eine Strähne ihres roten Haars um ihren Finger und starrte an Dominik vorbei. Dann fixierte sie ihn wieder. »Na gut … ich … Dany wollte, dass ich andere Männer bediene. Bedienen heißt … na, Sie wissen schon, Sex und so. Ich war ziemlich zugedröhnt, sonst hätte ich das nie gemacht … obwohl ich eigentlich an dem Abend nur einen Cocktail hatte, na, jedenfalls kam da so ein alter, hässlicher Typ mit so 'nem komischen, gezwirbelten Schnurrbart, so ähnlich wie der von diesem Fernsehkoch … ich komme grad nicht auf den Namen. Jedenfalls hat der mich dann in so ein Zimmer gebracht, wo diese anderen alten Kerle waren …«

»Wissen Sie, wie der Mann mit dem Schnurrbart heißt?«

»Dany nannte den Herrmann. Und dieser Herrmann sagte so was wie, komm Schätzchen, jetzt machen wir es uns gemütlich …« Sie schnitt eine Grimasse.

»Und dann hatten Sie Sex mit diesen Männern?«

Sie nickte. »Ich weiß aber nicht, wer die waren. Ich hab mich gefühlt wie im falschen Film, ich hab einfach alles mitgemacht und mich dabei von außen beobachtet, so als würde das alles gar nicht mir passieren, sondern einer anderen. Das kann doch nicht nur von einem Cocktail kommen, oder?«

Vielleicht K.-o.-Tropfen, dachte Dominik. »Gab es noch andere Mädchen dort, die mit den Gästen des *Paradise* ins Bett gingen?«

»Klar, ich kenne sogar eine: Laura. Mit der war ich in der Grundschule in einer Klasse.«

»Schreiben Sie mir den Namen auf?«

»Klar.«

Er reichte ihr Zettel und einen Stift, und sie notierte einen Namen. »Die wohnt in Leopoldshöhe bei ihren Eltern.«

Plötzlich wurde die Tür aufgestoßen. »Mensch, Dodo, wie lange … oh Verzeihung!« Frank machte ein zerknirschtes Gesicht. »Ich wusste ja nicht, dass du Besuch hast.«

»Ich muss jetzt sowieso gehen.« Leonie stand mit unsicherem Lächeln auf und huschte an Frank vorbei.

»Sie müssten dann noch mal ins Präsidium kommen für eine offizielle Zeugenaussage.«

»Klar. Rufen Sie mich an.« Sie winkte kurz und war im nächsten Moment in den Flur verschwunden.

»Vielen Dank!«, rief Dominik ihr nach.

»Zeugenaussage klingt gut«, bemerkte Frank. »Das erzählst du mir gleich beim Abendessen. Bier ist noch im Kühlschrank und … sollen wir uns Pizza bestellen?«

* * *

Ninas Instinkte funktionierten also noch. Wie gut, dass sie ihre frühere Kollegin nach dem Namen der Drogentoten und ihrer Mitbewohnerin gefragt hatte, denn was diese Maren ihr erzählt hatte, warf ein ganz neues Licht auf den Fall. Nina schloss den Reißverschluss ihrer Funktionsjacke und sprintete durch den Regen zurück zu ihrem Wagen. Lag es an der feuchten Kälte oder ihrer Begegnung mit Maren, dass sie so fröstelte? Sie stellte die Heizung auf die höchste Stufe und fuhr die Heeper Straße entlang. Auf dem nassen Asphalt spiegelte sich das Licht einer Tankstelle, dahinter ragte die Ravensberger Spinnerei in den Nachthimmel. Diese verwahrloste Junkie-Wohnung zu betreten, hatte sich wie eine Art Déjà-vu angefühlt. Sie kannte das Elend von früheren Ermittlungen, als sie noch mit Rauschgiftkriminalität zu tun hatte.

Und dann die Angst in den Augen der jungen Frau... Nele habe einen Affen geschoben, sie sei unvorsichtig geworden, weil der letzte Schuss schon zu lange vorbei gewesen sei, und dann wollte sie sich im *Corners Inn* wohl wieder mit diesen gefährlichen Leuten treffen ... Maren brach zwischendurch in Tränen aus. Vor lauter Schluchzern bracht sie kaum ein Wort heraus. Wer diese Typen waren, konnte sie Nina nicht sagen, oder doch, vielleicht war es ja der Scheißkerl Dany, der Nele damals auf diese Partys in diesem Nobelschuppen *Paradise* geschleppt habe. Seit den Partys sei es mit Nele bergabgegangen. Bei »Paradise« horchte Nina auf. Sie informierte Maren nicht, dass Leander Lange alias Dany tot war. Gut möglich, dass Nele im *Corners Inn* ihren Mörder traf und dass dieser ebenfalls mit den Machenschaften im *Paradise* zu tun hatte. Ninas Augen wurden noch größer, als Maren plötzlich von einem Schließfachschlüssel sprach, den sie nach Neles Anweisung einer Marianne Campmann überbracht habe, weil Nele um Mitternacht noch nicht zurückgekommen sei.

Nina hatte Frau Campmann telefonisch nicht erreichen können, aber das musste nichts heißen. Vielleicht war sie früh zu Bett gegangen. Sie bog auf die August-Bebel-Straße ab, um Richtung Sieker zu fahren. Aber auch dort war sie nicht erfolgreich, sie klingelte lange, doch Marianne Campmann schien tatsächlich nicht zu Hause zu sein. Nina stieg wieder in ihr Auto. Vor dem Besuch bei Maren war sie müde gewesen, inzwischen fühlte sie sich hellwach. Sie zog das Handy mit dem Foto von Nele, das Maren ihr per WhatsApp geschickt hatte, aus ihrer Manteltasche. Eine lächelnde, junge Frau mit einem Joint in der Hand. Ein blasses, mageres Gesicht, umrahmt von strähnigem Haar. Eine junge Frau, die trotz allem ihr Leben noch vor sich gehabt hätte. So wie Charlotte. So viel stand fest: Die beiden Fälle hatten miteinander zu tun, und wenn sie den Täter nicht stoppten, würden womöglich noch mehr junge Frauen ihr Leben lassen …

Ninas nächstes Ziel war das *Corners Inn*. In der Altstadt brauchte sie eine Weile, bis sie einen Parkplatz in der Nähe der Süsterkirche fand. Obgleich es Donnerstagabend war, gab es viel Betrieb in den Szenekneipen; After-Work-Partygänger, Theater- und Restaurantbesucher belebten die Altstadt. Auch im *Corners Inn* war einiges los. Wegen des hohen Lärmpegels aus Stimmengewirr und Musik musste sie den Kellnerinnen ins Ohr rufen, bis sie schließlich herausfand, wer am Vortag Dienst gehabt hatte. Nur eine der Bedienungen war auch heute da, es handelte sich um einen jungen Mann, der gerade hinter der Theke Bier zapfte. Fasziniert starrte Nina die Kornkreis-ähnlichen Muster an, die in seine Stoppelhaare rasiert waren. Aus seinem Kragen loderten eintätowierte Flammen den Hals hoch bis zum Haaransatz.

»Diese Frau«, rief Nina und schob ihr Handy über den Tresen.

Er beugte sich vor und hielt seinen Kopf schräg, um sie besser zu verstehen.

»Haben Sie die gestern Abend hier bedient?«

Er warf einen Blick auf das Foto. »Ist das Ihr Ernst? Hier steppte gestern Abend der Bär, als diese Dame auf dem Klo entdeckt wurde!«

»Und vorher? Bevor sie starb? Mit wem …«

»Hä?«

»Wissen Sie, mit wem sie da war, haben Sie das auch gesehen?«, rief sie.

»Ach so. Mit einem Typen.«

»Nur einer?«

Er nickte und zapfte weiter.

»Wie sah der aus?«

Er beugte sich zu ihr, und Nina kroch halb über den Tresen, um ihn zu verstehen. »Die sind mir aufgefallen, weil sie ein so ungleiches Paar waren. Das Mädel dürr und abgewrackt und er so aus dem Ei gepellt. Da konnte ich noch nicht ahnen, dass die sich auf dem Klo den goldenen Schuss setzt. Das war's doch, oder? Jedenfalls lag da eine Spritze neben ihr.«

»Können Sie den Mann näher beschreiben?«

»Tja, ich weiß nicht … hier ist ein ziemliches Kommen und Gehen. Der sah jedenfalls ganz gut aus, dunkle Haare, so in Ihrem Alter, gut gekleidet, eigentlich nicht, wie man sich einen Dealer vorstellt …«

»Wie kommen Sie auf Dealer? Haben Sie gesehen, dass er ihr etwas Verdächtiges verkauft oder zugesteckt hat?«

»Nein, aber ich komme drauf, weil die Frau doch wohl ein Junkie war. Und warum sollte sich so ein Mann mit der abgeben?«

»Fällt Ihnen sonst noch etwas ein?«

Seine Augen wanderten durch den Raum. Dann schüttelte er den Kopf. »Nee, tut mir leid, das war's auch schon.«

Nina nickte ihm zu und verließ die Kneipe. Draußen herrschte himmlische Ruhe. Besonders hilfreich war die Beschreibung nicht, die passte auf viele Männer. Aber dieser Schließfachschlüssel ... Nele musste irgendetwas Wichtiges gewusst haben, das auch für Marianne von Bedeutung war. Etwas über Charlottes Tod? Nina versuchte noch einmal per Handy, Marianne zu erreichen, aber es meldete sich nur der AB. Wo zum Teufel steckte die Frau?

* * *

Der Ton der Türklingel verhallte. Mariannes Herz klopfte hart in ihrer Brust. Ein Geräusch hinter der Tür verriet ihr, dass er da war – der Marquis. Gleich würde sie ihm gegenüberstehen, gleich würde sie dem Mörder ihrer Tochter in die Augen sehen ... Schritte näherten sich der Tür, eine Sekunde später starrte sie in ein rundes Gesicht, das zu einem bulligen, jungen Mann gehörte. Die Nase in diesem Gesicht musste schon einmal gebrochen worden sein, sie verlieh dem Kerl ein brutales Aussehen. Die Narbe, die sich aus den aschblonden Stoppeln über seine Stirn zog, vervollständigte das Bild.

»Was wollen Sie?« Ein harter osteuropäischer Akzent.

»Ich ... ähm ... sind Sie der Mar...« Plötzlich war ihr Kopf wie leergefegt. Mit der Linken zog sie Neles Zettel heraus, den sie in dem Schließfach gefunden hatte, und las den Namen ab.

»Nein. Was wollen Sie denn von ihm?«

»Haben Sie ... hat er eine Pizza bestellt?«

Der Kerl wandte sich um und rief etwas in die Wohnung hinein. »Pizza? Nein?« Das musste die Stimme des Marquis sein. Eine angenehme, leicht raue Stimme.

»Nein. Keine Pizza. Falscher Name.« Mit einem Knall schlug er ihr die Tür vor der Nase zu.

Marianne konnte sich sekundenlang nicht rühren. Ein Pfeifton schrillte in ihrem Ohr. Keine Chance. An dem Kerl wäre sie nicht vorbeigekommen oder nur mit einer guten Geschichte. Sie musste Geduld haben. Ihre Knie zitterten, als sie die Treppe wieder hinunterstieg. Vielleicht hatte Hardy doch recht, und das hier war eine Nummer zu groß für sie. Marianne wankte zu ihrem Wagen, ließ sich auf den Fahrersitz fallen und startete das Auto.

Sie setzte brav den Blinker und wollte gerade losfahren, als sie den Osteuropäer aus dem Haus treten sah. In seiner schwarzen Lederjacke wirkte er wie ein Mitglied einer Rockergang. Hinter ihm tauchte ein dunkelhaariger Mann im Anzug auf, warf sich im Gehen einen langen Mantel über und holte den Blonden auf dem Bürgersteig ein, wechselte ein paar Worte mit ihm. Das musste der Marquis sein! Rasch machte sie den Wagen aus und duckte sich. Er wirkte feingliedriger und eleganter als der Osteuropäer, was allerdings keine Kunst war. Marianne konnte sein Gesicht kurz erkennen, als er unter einer Straßenlampe herging. Ein gut geschnittenes Gesicht, das anders als das des Blonden nicht offenbarte, wozu der Mann fähig war.

Die beiden stiegen in einen Mercedes, der fünfzig Meter weit entfernt am Bürgersteig parkte. Der Mercedes rollte davon, und Marianne folgte ihm mit etwas Verzögerung. Der Mercedes bog auf die Dornberger Straße ein und fuhr zügig Richtung Innenstadt. Sie war hin- und hergerissen zwischen der Angst, ihn zu verlieren, und der Angst, entdeckt zu werden. Um diese Zeit herrschte wenig Verkehr, aber auf dem Adenauer-Platz wurde es etwas voller, und bald lagen zwei andere Wagen zwischen ihr und dem Mercedes. Vielleicht war ihre Vorsicht auch übertrieben, denn wer würde auf eine alte Frau wie sie achten? Marianne kicherte nervös.

Sie war so gut wie unsichtbar, oder nicht?

Es ging weiter über die Detmolder Straße und dann noch weiter aus der Stadt hinaus, Richtung Lage. Der Teutoburger Wald begleitete sie wie eine schwarze Wand rechts neben der Straße. Je länger sie durch die Nacht fuhren, desto spärlicher wurde der Verkehr. Bei Helpup bog der Mercedes in die Währentruper Straße ab, die die Anhöhe des Teutos hochführte. Nun gab es nur noch zwei Wagen auf der Landstraße. Doch solange sie nicht wusste, wo die beiden hinwollten, musste sie dicht hinter dem Mercedes bleiben, zumal die Straße hier auch einige Kurven machte. Sie folgte dem Mercedes bis nach Hörste, dann ging es links ab eine schmale Landstraße entlang. Die Gegend wurde immer einsamer. Marianne hatte nicht die geringste Idee, was das Ziel des Marquis und seines Compagnons sein könnte, sie konzentrierte sich nur noch darauf, den Wagen vor ihr nicht zu verlieren.

Mit einem Mal tauchte am Rande eines Wäldchens eine beleuchtete Einfahrt auf, der Mercedes bog ab. Marianne bremste, rollte jetzt nur noch, nahm langsam die Abbiegung. Die Einfahrt oder besser Auffahrt war überraschend lang und endete an einem prächtigen Anwesen im Barockstil. Seine Lichter spiegelten sich in dem Teich davor. Marianne entdeckte linker Hand einen Parkplatz und parkte ihren klapprigen Kleinwagen neben einer Reihe von Nobelkarossen, darunter auch der Mercedes. Die beiden Männer waren bereits ausgestiegen und auf dem Parkplatz nicht mehr zu sehen.

Sie entdeckte den Marquis und seinen Begleiter in der Nähe des Eingangsportals, einen Moment später waren sie im Haus verschwunden. Verdammter Mist! Wie sollte sie ihn in diesem riesigen Haus wiederfinden? Und was war das überhaupt für ein Anwesen? Es wirkte wie eine Spielbank oder ein Kurhaus, aber das hier war Hörste und nicht Bad Oeynhausen. Handelte es sich um das Privathaus eines Großunternehmers oder etwa um dieses Hotel? Das *Paradise*, von dem Nele ihr erzählt hatte?

Das Handy in ihrer Tasche vibrierte. Natürlich wieder Hardy. Er war nicht dumm, er ahnte etwas und hatte es an diesem Abend bestimmt zehnmal versucht. Genau das konnte sie jetzt nicht gebrauchen! Marianne schaltete das Handy aus, steckte die Pistole in den Hosenbund, schloss ihren Mantel darüber, stieg aus und ging zögernd auf den Eingang zu. In dieser Umgebung würde sie auffallen wie ein bunter Hund. Sie lächelte schief. Vielleicht ging sie als Putzfrau durch.

Tatsächlich: *Paradise* stand auf der Doppeltür aus Glas. Die Türen glitten auseinander. Hinter einem Tresen saß eine junge Frau mit Hochsteckfrisur und telefonierte mit ihrem Handy. Dabei drehte sie ihr halb den Rücken zu. Hinter ihr befand sich eine Holzvertäfelung mit goldenen Ziffern und Haken, an denen Schlüssel hingen. Das Licht des Kristalllüsters an der Decke spiegelte sich in dem glänzenden Marmorboden. Marianne huschte rasch an der Empfangsdame vorbei, bevor diese sie bemerken konnte. Aufs Geratewohl nahm sie den Aufzug in die zweitoberste Etage.

Als sich die Fahrstuhltüren wieder öffneten, kam ihr ein eleganter, älterer Herr mit einer hübschen, stark geschminkten, jungen Dame in einem Minikleid aus rotem Latex entgegen, um den Fahrstuhl zu betreten. Marianne brach der Schweiß aus, aber die beiden waren mit Turteln beschäftigt und schenkten ihr keinen Blick. Rasch schlängelte sie sich an ihnen vorbei auf einen Gang, von dem zahlreiche Türen abgingen. Marianne lehnte sich an die Wand, um zu verschnaufen. Sie schwitzte, doch sie konnte den Wollmantel schlecht ausziehen, ohne dass die Pistole sichtbar wurde. Und ihre Taschen waren zu klein.

Unvermittelt hörte sie Gelächter, und eine Tür in der Nähe wurde geöffnet. Marianne floh in die andere Richtung und stieß die Glastür zum Treppenhaus auf. Sie atmete schwer. Hier war es zum Glück etwas kühler. Wieder ertönte Gelächter ganz in ihrer Nähe. Die Leute schienen wider Erwarten Kurs auf die Treppe zu nehmen. Marianne wusste nicht, wohin, und stiefelte kurzerhand die Treppe nach oben ins höchste Stockwerk. Hier gab es ebenfalls zahlreiche Türen auf dem Gang, und am Ende des Ganges stand ein Sessel neben einer Palme. Marianne humpelte darauf zu, denn ihr Knie meldete sich wieder. Sie warf sich in den Sessel.

War Charlotte auch so eines der Mädchen gewesen wie das im Latexkleid an der Seite des grauhaarigen Mannes, das vom Alter her seine Enkeltochter hätte sein können? Das war kein Nobel-Hotel, sondern ein Nobel-Bordell! Ihr fiel das Hundehalsband aus schwarzem Leder mit den goldenen Initialen ein, das sie in Charlottes Zimmer gefunden hatte. Im *Paradise* wurden offenbar auch ausgefallene Kundenwünsche erfüllt. Paradiesische Zustände, zumindest für die Freier ...

Und was tat sie überhaupt hier? Sie würde den Mörder ihrer Tochter in diesem Riesenkasten sowieso nicht finden. Mit einem Mal spürte sie eine tiefe Erschöpfung, all die schlaflosen Nächte machten sich bemerkbar, sie hatte das Gefühl, sich nicht mehr rühren zu können. Sie sollte nach Hause fahren. Zu Hardy. Ihre Augen wurden feucht. Sie hatte Hardy die ganze Zeit etwas vorgemacht. Seinen Kummer, seine Sorge um sie ignoriert, weil sie nur noch mit ihrem Schmerz beschäftigt war. Das hatte er nicht verdient. Sie zählte bis zehn, stemmte sich dann mit leisem Ächzen vom Sessel hoch. Sie würde ihn zurückrufen, sobald sie aus diesem Bordell raus war.

Der Aufzug lag am anderen Ende des Ganges. Auf halbem Weg dorthin hörte sie plötzlich Männerstimmen hinter einer Tür. Eine klang ärgerlich und war so laut, dass sie einzelne Worte verstehen konnte. »Boris« … »Idiot« … »beseitigen kannst!«

Unvermittelt flog die Tür auf, und ein Mann stapfte heraus, er schaute kurz den Gang hinunter, sah sie aber nicht, weil die Tür sie verbarg – es war der Marquis! Marianne zog ihre Pistole, doch im nächsten Moment kam ein dicker Kerl mit einem riesigen Schnurrbart, dessen Spitzen selbst von hinten zu erkennen waren, heraus und folgte dem Marquis den Gang entlang Richtung Aufzug. Sie hatten sie nicht bemerkt!

Marianne wartete, bis die Aufzugtüren sich hinter ihnen schlossen, dann humpelte sie hinterher. Auf einem Display neben dem Fahrstuhl leuchtete rot ein Pfeil nach unten und schließlich *1. UG* auf, dort verharrte die Anzeige. Marianne drückte den Anforderungsknopf, und ein Pfeil nach oben wurde sichtbar. Ein Türklappen ließ sie sich umwenden. Für einen Moment blickte sie in das runde, brutale Gesicht des Osteuropäers. Dann machte es »Ping«, und die Fahrstuhltür öffnete sich. Marianne huschte hinein, drückte rasch auf *Tür schließen* und auf *1. UG*. Sie musste schneller sein als Boris …

Sie hatte eine Art Keller erwartet, doch als die Fahrstuhltür sich wieder öffnete, schlug ihr feuchte Wärme entgegen. Es gluckerte und plätscherte, Gelächter hallte durch den dezent ausgeleuchteten, gekachelten Gang, der sich in wenigen Metern Entfernung zu einem größeren Raum zu öffnen schien. Dort malten die Lichtreflexionen von Wellen ein bewegtes Muster auf die braune Kachelwand. Hielt sich der Marquis im Pool auf? Marianne trat die Flucht nach vorn an, denn ihr blieb wenig Zeit: Wenn sie wusste, dass der Marquis im 1. UG ausgestiegen war, wusste auch Boris, dass die vermeintliche Pizzadienstbotin ins 1. UG gefahren war.

Im Pool plantschten drei Männer und fünf junge Frauen, alle nackt. Eine der Frauen kreischte auf, als sie Marianne in ihrem dicken Wollmantel entdeckte, die jetzt Erstaunen und Gelächter auslöste, aber sie humpelte nach einem raschen Blick in die Gesichter der alten Kerle weiter in den nächsten Raum, der mit Saunen und Whirlpools ausgestattet war.

Hier war nicht viel los, nur ein weiteres ungleiches Paar hielt sich im Whirlpool auf, der Mann beugte sich gerade über ein silbernes Tablett und zog mit Hilfe eines zusammengerollten Geldscheins eine Linie auf. Als sie vorbeihinkte, blickte er mit erschrockener Miene und weißer Nase auf wie ein Kind, das seine Nase verbotenerweise in den Kuchenteig gesteckt hat. Marianne eilte weiter. Diese Kerle waren allesamt älter als der Marquis. Im nächsten Raum wurde sie von Sitarklängen empfangen. Indisch anmutende Bilder vom Kamasutra, auf denen Rot- und Orangetöne dominierten, zierten die Wände, darunter reihten sich Liegen mit flauschigen Decken aneinander – eine Art Ruheraum, aber in einem Bordell wurde das vielleicht anders genannt. Marianne wandte sich um, der Osteuropäer schien ihr nicht gefolgt zu sein.

Duschen schlossen sich dem Ruheraum an. In einer Dusche rauschte das Wasser, aber niemand stand darunter. Sie ging ein paar Schritte, ihre Absätze klackerten viel zu laut auf den Fliesen, dann blieb sie stehen und lauschte. Das Rauschen verstummte. Stille.

Ihr war, als könnte sie jemanden atmen hören, der sich hier irgendwo verbarg. Oder hörte sie nur ihr eigenes, aufgeregtes Schnaufen? Sie hielt kurz den Atem an, ein kalter Luftzug streifte sie, so als hätte jemand ein Fenster geöffnet. Oder eine Tür? Wieder drehte sie sich um, entdeckte niemanden in ihrem Sichtfeld, das einen Teil des Ruheraums umfasste. Ihre Finger schlossen sich um den Pistolengriff. Der angrenzende Raum war durch eine beschlagene Glastür von den Duschen getrennt. Ein leises Glucksen und Plätschern verriet ihr, dass dort ein weiterer Pool sein musste.

Marianne schlich zu der Glastür, die einen Spaltbreit offen stand, und lugte hinein. Tatsächlich: ein kleinerer Pool, der augenscheinlich verwaist war. Die auf dem Boden liegenden Handtücher und leeren Zigarettenpackungen zeugten davon, dass er vor Kurzem noch genutzt worden war. Und dann entdeckte sie feuchte Schuhspuren. Marianne holte tief Luft, zog die Pistole unter ihrem Mantel hervor und gab der Tür einen leichten Stoß. Sie fasste den Griff der Waffe nun mit beiden Händen und ging mit ausgestreckten Armen in den Raum. Aus den Augenwinkeln nahm sie eine Bewegung wahr. Jemand hatte sich hinter eine der spanischen Wände zurückgezogen, die die Liegen, die um den Pool herumstanden, voneinander trennten. Ein Schweißtropfen lief ihre Schläfe hinunter. Die spanische Wand, hinter der die Person sich verbarg, stand nur wenige Meter entfernt auf ihrer Seite. Sollte sie auf die andere Seite gehen, um besser sehen zu können?

Ohne den Sichtschutz aus den Augen zu lassen, machte sie ein paar Schritte zur Seite, stolperte dann über eine leere Flasche Schampus, die über die Fliesen rollte. Im selben Moment stieß sie gegen ein Tischchen, und eine zweite Flasche zerschellte am Boden. Sie war abgelenkt, und im nächsten Augenblick flog ein weißes Handtuch auf sie zu, nahm ihr kurz die Sicht. Dann spürte sie einen heftigen Schmerz in ihren Händen, die Pistole schlitterte über die Fliesen. Sie wollte sich danach bücken, aber der nächste Tritt landete in ihrem

Magen und ließ sie hilflos röcheln. Marianne taumelte. Ein weiterer Tritt ließ sie zu Boden gehen.

Der Marquis blickte auf sie herab und lächelte. »Was hast du denn vor, Alte?«

Marianne tastete den Boden hinter sich ab. Hier irgendwo musste sich die Schampusflasche befinden.

»Boris sagte, du hast es auf mich abgesehen. Wieso, Alte?«

Der Osteuropäer? Hatten die beiden telefoniert? Sie fand die Flasche, der Boden war herausgebrochen, die Bruchkanten scharf. Marianne packte sie um den Hals.

»Bist du stumm?«

Er trat noch einmal zu. Sie spürte, dass irgendetwas in ihrem Gesicht brach, aber seltsamerweise keinen Schmerz.

»Ich …« Sie röchelte, schmeckte Blut in ihrem Mund. Leise, sie musste ganz leise sprechen. »Ich bin …«

»Ja?« Er beugte sich zu ihr hinunter.

»Charlottes Mutter.« Sie holte mit der Schampusflasche aus, um sie ihm in das verhasste Gesicht zu stoßen. Doch sie war nicht schnell genug, erwischte nur seinen Hals, bevor er ihr Handgelenk so fest quetschte, dass ihre Hand schlaff wurde und die Flasche zu Boden klirrte.

Er fluchte und hielt sich den Hals. Blut quoll zwischen seinen Fingern hervor. Marianne kroch über den Boden auf die Pistole zu, die am Rand des Pools lag. In dem Moment, in dem sie die Hand danach ausstreckte, kickte jemand die Waffe in den Pool. Es war Boris, der ihr doch gefolgt sein musste. Der Marquis setzte sich auf eine Liege und versuchte, die Blutung mit Hilfe eines weißen Handtuchs zu stoppen, das sich schnell rot färbte. Hatte sie die Hauptschlagadler getroffen? Marianne lächelte.

Bis Boris über ihr war und sie in den Pool zerrte. Er sprang hinterher und drückte sie unter Wasser. Sie versuchte, seine Hände zu lösen, doch sein Griff war wie ein Schraubstock. Schleier von Blut lösten sich im Wasser auf, ihre Lungen brannten, sie schluckte Wasser, ihre Gegenwehr wurde schwächer, matte, ziellose Armbewegungen, eine nie gekannte Kälte durchdrang Mariannes Körper …

* * *

Hardy schreckte hoch. Seine Daunendecke lag neben dem Bett, er hatte wüst geträumt von Spinnen und einem Raben und einem eiskalten Verlies oder Keller. Zitternd vor Kälte hüllte er sich wieder in die Decke. Er schaute auf seinen Wecker: 3:27 Uhr. Erst gegen eins war er endlich eingeschlafen. Fröstelnd stand er auf und warf sich seinen Morgenmantel über. Marianne musste ja nun wohl wiedergekommen sein. Na ja, was heißt müssen, dachte er und tappte im Dunkeln zu seiner Wohnungstür, öffnete sie und linste in den Hausflur. Als er den Lichtstreifen unter Mariannes Tür gegenüber bemerkte, stieß er einen leisen Seufzer aus. Gott sei Dank, sie war zurück! Doch warum hatte sie nicht auf seine Anrufe reagiert? Verdammt, Marianne!

Es war mitten in der Nacht, aber er fand, dass er trotzdem das Recht hatte, sie zur Rede zu stellen. So ging das einfach nicht weiter! Sie wusste doch, welche Sorgen er sich machte! Er band den Gürtel um seinen Morgenmantel fester und stapfte zu ihrer Tür, schellte dann energisch. *Mach auf, dann kriegst du was zu hören!* Doch Marianne öffnete nicht, stattdessen erlosch das Licht unter der Tür. Hatte sie wieder ihr Hörgerät ausgeschaltet? Er schloss die Tür mit seinem Zweitschlüssel auf. Er benötigte nur eine Umdrehung, also hatte sie ihre Wohnungstür nur zugezogen, wenn sie nicht da war, schloss sie immer zweimal ab.

Er schaltete das Flurlicht ein. »Marianne? Marianne! Wo bist du, Schatz?« Er ging vom Bad zur Küche, machte überall Licht, rief ihren Namen. Im Schlafzimmer fand er sie auch nicht. Ihr Bettzeug sah durchwühlt aus, ihre Kleider lagen auf dem Boden. Die Schubladen der Kommode waren allesamt herausgezogen. Seltsam, Marianne legte sonst immer so viel Wert auf Ordnung. Aber seit Charlottes Tod war sie nicht mehr dieselbe. Durch das Glasfenster der Tür blickt er in das dunkle Wohnzimmer, es war der letzte Raum, in dem sie sein konnte. Eine Gänsehaut überzog seinen Körper, obwohl es warm war in ihrer Wohnung. Vielleicht schlief sie tief und fest im Sessel, doch sein Bauchgefühl sagte ihm, dass hier irgendetwas nicht stimmte.

Langsam öffnete er die Tür, tastete nach dem Lichtschalter. Dieser Raum war kühl, eine Gardine bauschte sich leicht im Wind, der durch das schräg gestellte Fenster wehte. Er schaltete das Licht ein. Keine Marianne! Die Schubladen in der Anrichte waren herausgerissen und lagen samt Inhalt umgekippt auf dem Boden, die Türen des Wohnzimmerschranks standen offen. Es sah aus, als hätte Marianne dringend etwas gesucht. Er wanderte durch das Zimmer. Hatte er sich den Lichtschein nur eingebildet, weil er gerne einen sehen wollte? Es war auch nur ein schmaler Streifen gewesen wie von einer … Taschenlampe? Sein Blick fiel in den Spiegel, er begegnete den aufgerissenen Augen eines alten Mannes mit grauen Bartstoppeln. Und dann sah er noch etwas im Spiegel, unter dem fast bodenlangen Vorhang: schwarze Männerschuhe …

Hardy schluckte, verließ mit vorsichtigen Bewegungen den Raum, lief den Flur entlang, machte leise die Wohnungstür hinter sich zu, huschte durchs Treppenhaus, schloss mit fahriger Hand seine eigene Wohnungstür auf, schlüpfte hinein, drückte sie zu und legte die Kette vor. Mit weichen Knien ging er zum Telefonbord, schnappte sich das Telefon und rief die Polizei an.

Freitag, 1. November

War das fahle Morgenlicht, das durch die Fenster des Besprechungsraums fiel, schuld daran, dass die Gesichter ihrer Kollegen so grau und müde aussahen? Nur Franks Nase leuchtete rot. Er nieste dreimal hintereinander und schnäuzte sich dann lautstark. Auch Roman, der als Letzter hereinkam, wirkte nicht mehr so energiegeladen wie zu Beginn der Ermittlungen. Er nickte Bent zu und setzte sich hustend neben Nina.

»Erkältet?« Nina deutete auf den Schal um seinen Hals. »Da scheint was herumzugehen.«

In diesem Moment schaltete Bent die Neonröhren ein, und Roman blinzelte mit kleinen Augen in dem hellen Licht. »Dieser Scheiß-Husten hat mich die halbe Nacht lang wachgehalten. Aber wenn der Fall gelöst ist, mache ich erst mal Urlaub unter südlicher Sonne. Kommst du mit?«

Nina lächelte. »Na klar, wir fahren am besten alle zusammen. Ich schätze, wir sind alle urlaubsreif.«

Frank fuhr gähnend seinen PC hoch. Dominik, der neben ihm saß, starrte in seinen Kaffeebecher, als könnte er auf dem Grund der Tasse die Lösung ihres Falles finden. Dann rieb er sich die Augen und blickte auf. »Übrigens: Gestern Abend hat Leonie Wehmüller mir einen Besuch abgestattet. Sie hat die Aussage gemacht, mit der wir Tatenhorst drankriegen! Und sie hat mir sogar eine weitere Zeugin nennen können.«

»Sie wurde zum Sex genötigt?«, fragte Frank.

»Ganz recht, und zwar von Tatenhorst höchstpersönlich. Der Mann mit dem Schnurrbart. Wir brauchen ein Foto von ihm, das wir ihr zeigen können. Morgen wird sie ins Präsidium kommen, dann nehme ich die Aussage offiziell auf. Ich schlage vor, dass ich heute die andere Zeugin befrage und …«

»Schön … aber das kann warten.« Bent setzte sich an seinen Tisch am Kopf der Runde.

»So?« Dominik sah aus, als hätte er mehr Begeisterung erwartet.

»Hey, aber damit kriegen wir ihn!« rief Frank. »Das ist doch genau das, worauf wir so lange gewartet haben! Tatenhorst kann sein Etablissement dichtmachen, game over, die Party ist vorbei!«

Bent fuhr sich mit beiden Händen durch seine aschblonde Bürste. »Marianne Campmann wird seit gestern vermisst. Ihr Lebensgefährte hat am frühen Morgen die Kollegen verständigt. Frau Campmann hat ihm am Tag davor wohl bei einem Telefonat mitgeteilt, dass sie nun den Namen des Mörders ihrer Tochter kenne.«

Einen Moment lang herrschte Stille. Selbst der Autolärm von der Kurt-Schumacher-Straße war verstummt. Nur das Piepen eines Vogels drang von draußen herein.

Frank räusperte sich. »Und – hat der gute Hardy den Namen des angeblichen Täters ausgespuckt?«

»Frau Campmann hat ihm den Namen nicht genannt«, erwiderte Bent.

»Das Schließfach!«, entfuhr es Nina. Dann erzählte sie, was sie von Neles Mitbewohnerin erfahren hatte.

Frank stöhnte. »Dann also noch ein Mord, der mit unserem Fall zu tun hat? Und diese Nele war ein Junkie? Könnte sie nicht aus Versehen eine Überdosis erwischt haben?«

Niemand antwortete. Die Verbindung der beiden Fälle lag auf der Hand.

»Genau so sollte es wohl aussehen«, sagte Nina schließlich. »Ich habe übrigens von einem Kellner eine Personenbeschreibung des Mannes bekommen, mit dem Nele sich im *Corners Inn* getroffen hat. Gut aussehend, dunkle Haare, mittelgroß, mittelalt.«

Frank grinste. »Dann weiß ich, wer's war: Dodo, gib's endlich zu!«

»Mit mittelalt meine ich: in meinem Alter«, präzisierte Nina.

»Aber Dodo geht doch für Mitte dreißig durch.«

»Du mich auch, Frank!«, gab Dominik zurück.

»Okay, die Beschreibung ist zu allgemein. Aber mehr als nichts, oder?« Nina schaute in die Runde.

»Ein Phantombild«, sagte Dominik. »Wie wäre es damit?«

Nina zuckte mit den Achseln. »Im *Corners Inn* war viel los an dem Abend.«

»Schön … versuchen wir es. Dominik, kümmerst du dich darum?« Bent sah ihn fragend an.

Dominik lächelte. »Geht klar.«

Aha? Nina unterdrückte ein Lächeln. Zwischen den beiden schien Tauwetter zu herrschen. Bents schroffer Ton Dodo gegenüber war zurzeit offenbar passé. »Ich würde mich gerne mit Frau Campmanns Lebensgefährten unterhalten, diesem Eberhard … Hardy …« Sie schaute fragend zu Frank.

»Hardy Kölkebeck«, ergänzte Frank nach einem Blick auf seinen Bildschirm.

Bent schob die Papiere auf seinem Pult zusammen. »Gut, Nina, das hat ohnehin jetzt Priorität. Herr Kölkebeck hat nachts Licht in der Wohnung bemerkt. Ein Unbekannter hat sich dort aufgehalten, jedenfalls ist die Wohnung durchsucht worden.«

»Aber …« Roman hustete und steckte sich ein Lutschbonbon in den Mund. »Entschuldigung, ich wollte nur sagen: Gab es Einbruchsspuren an der Tür?«

Frank zog die Nase hoch. »Als Einbrecher brauchst du doch nur ein gutes Pick-Set, dann klappt das ohne Spuren. Ich bin damit mal bei mir selbst eingebrochen, weil ich mich ausgesperrt hatte und …«

»Es gibt keine Einbruchsspuren«, unterbrach Bent. »Der Täter hat sich laut Herrn Kölkebeck hinter einem Vorhang versteckt. Hardy Kölkebeck hat es bemerkt und das einzig Vernünftige getan, nämlich die Wohnung schnellstmöglich verlassen.«

»Und … eine Beschreibung kann er nicht liefern?«, fragte Roman.

»Leider nicht. Die Staatsanwältin hat einen Durchsuchungsbeschluss von Frau Campmanns Wohnung beantragt, und wir haben die richterliche Anordnung vorhin telefonisch erhalten. Roman, du fährst mit Nina dorthin. Vielleicht findet ihr in der Wohnung irgendeinen Hinweis, wo sie sein könnte. Die Spurensicherung wird später auch kommen. Und womöglich hat Kölkebeck ja noch Ideen, wo sich seine Lebensgefährtin aufhalten könnte.«

»Was ist eigentlich mit Papas Goldjungen, diesem Vincent Spiekerkötter?« Frank nieste heftig, und Dominik ging demonstrativ in Deckung.

»Die Beschreibung des Kellners aus dem *Corners Inn* passt nicht auf Vincent«, antwortete Nina.

»Ach, komm schon, La Niña, wir alle wissen, wie unzuverlässig Zeugenaussagen sind. Wenn ich dich erinnern darf: Der

Goldjunge war am Abend von Charlottes Verschwinden auf einer dieser Partys im *Paradise*. Und was, wenn Papa Spiekerkötter, der berühmte Radiomann, nicht möchte, dass ans Licht kommt, was sein feiner Sohn mit Charlotte gemacht hat? Gut möglich, dass dieser angebliche Drogentod dieser Nele …«

»Nele Faber«, sekundierte Nina.

»Okay, ist ja auch egal, wie sie heißt. Wetten, die wurde ausgeknipst, weil sie zu viel wusste?«

»Hab ich nie bestritten«, gab sie zurück.

»Wir haben Vater und Sohn Spiekerkötter ja noch mal befragt. Ich fand ihre Aussagen dieses Mal glaubwürdig«, sagte Dominik. »Kurz bevor sie die Party verließen, sahen sie Charlotte mit Leander Lange vor dem Fahrstuhl stehen. Das muss nicht heißen, dass Lange der Täter ist.«

Bent nickte. »Leander Langes Rolle war es, den Gästen Mädchen zuzuführen. Die Frage ist nur, zu welchem Gast hat er sie gebracht?«

»Vielleicht haben sie also ausnahmsweise die Wahrheit gesagt, vielleicht auch nicht«, warf Frank ein.

Bent stand auf. »Was Vincent Spiekerkötter anbetrifft, da warten wir noch auf die Ergebnisse des DNA-Abgleichs. Aber zuerst müssen wir Marianne Campmann finden. Es macht den Eindruck, als wäre sie dem Täter tatsächlich nahe gekommen. Und ich denke, es ist jedem hier klar, dass wir es mit einem sehr gefährlichen Täter zu tun haben.«

* * *

Selbst das Gähnen tat weh. David warf einen Blick in den Badezimmerspiegel und wünschte, er hätte es gelassen. Neben dem Nasendesaster prangte ein dunkelviolettes Veilchen. Nachdem er mit dem Waschlappen vorsichtig um seine verpflasterte Nase herumgewaschen hatte, versuchte er, das Malheur mit dem Abdeckstift seiner Mutter zu kaschieren. Es gelang nur unvollständig. Angeblich werde seine unförmig geschwollene Nase nach der Heilung wieder aussehen wie vorher, hatte der Arzt gesagt. Aber Ärzte konnten viel erzählen. Seine Nase war schon von Natur ähnlich groß geraten wie bei dem Hauptdarsteller aus *Jack Ryan*. Mit dieser Visage und wenn er sich die Haare abrasierte und sich in *Thor-Steinar*-Klamotten warf, ging er mühelos als Neonazi durch.

Während er die Treppe zur Küche hinunterstieg, machten sich seine gebrochenen Rippen bemerkbar. Dieses dämliche Arschloch! Früher hatte er Vincent bewundert für dessen Kaltschnäuzigkeit. Inzwischen sann er auf Rache. Aber das würde schwierig werden, denn dieser kranke Typ scharte die Jungs noch immer um sich. Das hieß, er, David, war also jetzt isoliert. Und diese Leute hatte er für seine Freunde gehalten!

Aus der Küche kam ihm Kaffeeduft entgegen. Am Tisch saß seine Mutter und las Zeitung.

»Mama, wieso bist du denn noch nicht bei der Arbeit?«, näselte er.

»Ach David, ich lass dich doch nicht allein in diesem Zustand!«

»Zustand? Denkst du, ich bin nicht mehr zurechnungsfähig, oder was?« Er schnappte sich die Kaffeekanne von der Warmhalteplatte und goss sich einen Becher voll.

»Unvernünftig trifft es wohl eher. Dein Vater und ich haben übrigens beschlossen, den Überfall zur Anzeige zu bringen. Und wir erwarten, dass du kooperierst.«

David stöhnte auf. Er konnte sich den Mund fusselig reden, seine Eltern kapierten nichts!

Das Klingeln des Telefons enthob ihn einer Antwort.

»Das ist sicher für dich.« Seine Mutter wandte sich wieder ihrer Zeitung zu. »Celina hat vorhin schon einmal angerufen.«

»Celina?« Er ging rasch in den Flur und nahm das Telefon von der Ladestation.

»Hi, David. Deine Mutter sagte, Vincent hätte mein Handy gefunden?«

»Ja, er hat's mir gebracht.«

»Du klingst ganz schön erkältet. Ich hab Vincent vorhin kurz gesehen, er sagte, du gehst heute nicht in die Schule.«

Durch die halb geöffnete Küchentür fing er einen Blick seiner Mutter auf. »Nee, ich stehe unter Bewachung hier.«

»Was redest du denn da? Das mit dem Handy ist komisch. Ich hätte Vincent fragen sollen, wo er das gefunden hat. Ich hatte es die ganze Zeit über in meiner Umhängetasche, und nach dem Sport war's auf einmal verschwunden. Ich war sicher, dass das jemand geklaut hätte.«

»Sei doch froh, jetzt ist es wieder da. Lass uns in der Stadt treffen oder so.« Er würde es ohnehin nicht lange unter den kritischen Augen seiner Mutter aushalten. Die schien einen Riecher dafür zu haben, dass er ein paar entscheidende Details ausgelassen hatte.

»Ich will mich aber nicht anstecken. Und das Handy ist bestimmt auch kontaminiert.« Celina kicherte.

»Ich bin nicht erkältet, ich hab mir die Nase gebrochen.«

»*Was?* Wie ist denn das passiert?«

»Erzähl ich dir später. Wann treffen wir uns?«

»Ab zehn habe ich zwei Freistunden. Sollen wir uns um zwanzig nach zehn am Jahnplatz treffen? Bei McDonald's?«

David massierte sich das Kinn. Wollte er sein »neues Gesicht« direkt bei McDonald's ausstellen? »Wie wär's mit dem

Alten Friedhof?« Dort war wegen der Innenstadtlage zwar mehr los als auf anderen Friedhöfen, aber sicher weniger als bei McDoof.

Es lag bestimmt nicht nur an Davids Einbildung, dass die Leute in der Straßenbahn schnell wegguckten, wenn er sie ansah, und ihm bereitwillig Platz machten, als er an der unterirdischen Haltestelle Jahnplatz aufstand. Die beiden Sicherheitsleute von moBiel, die durch den Jahnplatztunnel streiften, beobachteten ihn ungenierter. Er war froh, als ihn die Rolltreppe nach oben entführte. Die große, eiserne Standuhr zeigte ihm, dass er zu früh dran war. Unweit der Uhr scharten sich einige Passanten um einen Stand von *Warminia*, dem schwul-lesbischen Sportverein. Das täte der kleinen, dicken Lesbe Miriam sicher auch mal gut, dachte er, und im selben Moment entdeckte er sie zu seinem Entsetzen direkt davor. Arm in Arm mit einem noch dickeren Mädchen mit kurzen, schwarz gefärbten Haaren ließ sie sich von einem hageren Mann einen Flyer überreichen. Wie konnte das sein, die hatte doch eigentlich Schule?!

Nichts wie weg! David beschleunigte seine Schritte. Doch genau in dem Moment, als er den Stand passierte, war die Beratung offenbar zu Ende: Miriam nebst Freundin drehte sich um, und er hörte einen Schrei.

»David, bist du das? Ich hätte dich fast gar nicht erkannt!«

Notgedrungen blieb er stehen. »Ähm … ja … ich bin's.«

Die Mädels grinsten. »Das ist David aus meiner Klasse«, erklärte Miriam. »Wie man sieht: ein übler Schlägertyp.« Sie giggelten.

»Und das ist Miriam, unsere Kampflesbe, weithin für ihre unglaubliche Witzigkeit gefürchtet.«

»Okay, das war nicht so nett. Wo hast du dir denn die blutige Nase geholt?«, fragte Miriam. Ihre Freundin winkte einer Bekannten und verabschiedete sich mit den Worten: »Bin gleich zurück, Süße.«

»Ich bin … na, du weißt doch, die meisten Unfälle passieren im Haus.«

Miriam blickte ihn forschend an. »So? Was ist nur los bei dir, David? Dein Stern sinkt, wie? Keine Friends mehr weit und breit.«

War es so offensichtlich, dass er mit Vincent gebrochen hatte?

»Das geht dich überhaupt nichts an, ehrlich gesagt.«

»Das ist mir auch scheißegal, ehrlich gesagt. Ich frag mich nur, worüber du im Streit liegst mit dem großen Zampano. Geht es vielleicht um Charlotte? Kriegt der Scheißtyp langsam kalte Füße?«

»Frag ihn doch selbst.« David warf einen Blick auf die Uhr. »Ich muss sowieso los.« Er wandte sich zum Gehen.

»Vielleicht interessiert es dich ja …«

David drehte sich um.

»Charlys Mutter ist zu mir gekommen. Sie wollte alles über die tolle Silvesterparty bei Vincent erfahren …«

»Was …« *weißt du denn darüber*, wollte er fragen, doch gerade hängte sich Miriams Freundin wieder ein.

Miriam grinste ihn an wie eine verrückte Putte, und am liebsten hätte er ihr in diesem Augenblick ins pausbäckige, gepiercte, stupsnäsige Gesicht geschlagen.

»Du, Nora und Anne sind gekommen.« Ihre Freundin zog sie fort.

David starrte ihnen nach. Die beiden gesellten sich zu einem anderen Frauenpaar in der Nähe des *Warminia*-Stands. Es war genau so, wie er befürchtet hatte: Charlotte hatte doch etwas mitbekommen und sich ihrer einzigen Freundin Miriam anvertraut …

Für eine Weile verharrte er an der Jahnplatzuhr, unfähig, einen klaren Gedanken zu fassen. Dann riss er sich zusammen und eilte zum Friedhof, um Celina nicht warten zu lassen. Er entdeckte sie vor der Wand mit den Urnengräbern. Hier war ihre heißgeliebte Großmutter beigesetzt worden, David hatte Celina damals zur Trauerfeier begleitet.

Celina schlug die Hände vor den Mund, als sie ihn sah. Vorsichtig umarmten sie sich. Celina schüttelte den Kopf. »Sag mal, war … das war doch nicht Vincent, oder?«

»Was, woher …?«

»Er ist mir auf dem Schulhof über den Weg gelaufen und meinte, du wärst krank, und grinste so beziehungsreich. Seine Kumpels waren dabei und grinsten genauso komisch.«

»Wollen wir uns nicht auf die Bank setzen, Celina?«

Sie schaute ihn prüfend an und holte tief Luft. »Okay, keine Antwort ist auch eine Antwort. Und jetzt erzähl mir nicht, du bist die Treppe runtergefallen.«

»Ich hab noch gar nichts erzählt, ich …«

Celina zog die Brauen zusammen. »Zeigst du ihn jetzt *endlich* an?!«

Ein älteres Paar, das einen Topf mit Astern vor einem rußgeschwärzten Grabstein mit einer ebenso schwärzlichen Steinfigur mit Kreuz abstellte, blickte auf.

»Celina, schrei doch nicht so. Was heißt denn ›endlich‹?« Celina hatte Vincent, den sie durch David kennengelernt hatte, noch nie gemocht.

»Nach dieser Internetgeschichte zum Beispiel mit dieser Charlotte. Und weißt du was? Meine Freundinnen glauben …«, sie senkte die Stimme, »dass er das war mit dem Mord an dem Mädchen.«

»Dann wissen die ja mehr als die Kripo«, sagte er lahm. Im Grunde befürchtete er dasselbe.

»Du verteidigst ihn weiter? Willst du immer noch Teil dieser blöden Clique sein? Dem ist doch alles zuzutrauen. Wer weiß, wann das nächste Mädchen dran glauben muss!«

»Ach, Celina …«

»Ach, Celina«, äffte sie ihn nach. »Gehst du jetzt zur Polizei?«

»Ich weiß nicht …«

»Wo ist mein Handy?«

David holte es aus seiner Tasche und reichte es ihr. Celina schnappte es sich, als könnte er es im letzten Moment zurückziehen. Dann drehte sie sich auf dem Absatz um und stapfte zum Ausgang.

Er folgte ihr. »Celina, was soll denn das? Kannst du nicht mal stehen bleiben!«

»Ruf mich nicht an, ja?« Sie eilte weiter. Ihre langen, braunen Locken hüpften auf und ab, ihr rosa Schal flatterte um ihren Kopf.

Er rannte hinter ihr her. »Celina, glaub mir, ich hab nichts mehr mit Vincent zu tun! Ich kann dem Typen nicht mehr aufs Fell gucken, ganz ehrlich.«

»Und warum gehst du dann nicht zur Polizei?«

»Ich …« Er brach ab. Er konnte ihr schlecht erklären, dass Vincent ihn dann im Gegenzug auch belasten würde, wegen der Silvestergeschichte.

»Siehst du, das ist genau das, was ich meine: Du kuschst vor ihm, vor deinem tollen Freund. Vielleicht bist du auch einfach nur feige. Ich hab es jedenfalls satt, David! Es ist aus mit uns!«

»Bitte nicht, Celina …« Er fasste sie am Arm.

»Lass mich in Ruhe!« Sie riss sich los und hastete zum Kesselbrink-Ausgang des Friedhofs.

Dann bog sie um die Ecke, und er war allein.

David schlug mit der Faust gegen die Urnenwand. Im selben Moment durchfuhr ihn ein scharfer Schmerz, der von seinen gebrochenen Rippen stammte, und er stöhnte auf. Eine alte Dame, die einen Topf mit Heidekraut vor der Wand platzierte, starrte ihn mit großen Augen an.

Er atmete schwer, stützte sich an der Wand ab. Er war auf Gedeih und Verderb an den Irren gekettet. Natürlich hätte er nicht mitmachen dürfen bei dem, was sie auf der Silvesterparty getan hatten. Sicher, er war betrunken gewesen. Aber er wäre nie darauf gekommen, das zu tun, wenn Vincent ihn nicht gedrängt hätte. In diesem Moment hatte die alles entscheidende Frage gelautet: Bist du cool genug oder nicht? Übersetzt hieß das: Gehörst du zu uns oder nicht? Und er hatte dazugehören wollen … oh ja, er hatte Vincents Anerkennung haben wollen, die Anerkennung eines Psychos!

Und jetzt war er allein, ganz allein, und Vincent kam mit allem davon. Wie wäre es, wenn er einmal, nur ein einziges Mal die Angst und Erniedrigung in Vincents Augen sehen würde, die Qual, die Vincent anderen bereitete?! David ballte die Fäuste.

* * *

Roman ließ Nina im Treppenhaus des Hochhauses den Vortritt. Auf halbem Wege blieb sie stehen. »Was ist denn?«, fragte er.

»Zu blöd, ich hab meine Dienstwaffe im Präsidium vergessen.«

Roman grinste. »Ich sage Bent auch kein Sterbenswörtchen davon.« Vermutlich hielt er sie für überkorrekt. »Und ich wette, Kölkebeck ist völlig harmlos, und falls er uns wider Erwarten doch anspringt – ich hab meine Dienstwaffe dabei.«

»Natürlich.« Nina lächelte verlegen und stieg weiter die Treppe hoch, bis sie vor Hardy Kölkebecks Wohnungstür standen.

Nachdem sie geklingelt hatten, tauchte in dem Türspalt, den die Kette ließ, ein ängstliches Gesicht auf. Nina zeigte ihren Polizeiausweis.

Hardy Kölkebeck nickte. »Polizei, das ist gut.« Er nahm die Kette ab und öffnete die Tür. »Marianne … sie wollte selbst Polizei spielen, wissen Sie. Ich hab sie immer gewarnt, aber sie war so … Charlottes Tod hat alles verändert.« Er sah aus, als würde er gleich in Tränen ausbrechen.

»Herr Kölkebeck«, sagte Nina sanft. »Wir sind hier, weil wir Ihre Lebensgefährtin finden möchten. Deshalb müssen wir Ihnen ein paar Fragen stellen. Können wir hereinkommen?«

»Glauben Sie denn, dass Sie Marianne finden?« Kölkebeck blickte sie mit einem flehentlichen Ausdruck in den Augen an.

»Ganz bestimmt, Herr Kölkebeck«, sagte Roman an ihrer Stelle.

Hardy Kölkebeck schaute ihm prüfend in die Augen, als wollte er sichergehen, dass das auch ernst gemeint war. »Kommen Sie rein.«

»Augenblick noch.« Roman lächelte. »Sie hatten einen Einbruch gemeldet. Wissen Sie, ob etwas Bestimmtes in der Wohnung fehlt?«

»Woher soll ich das so genau wissen? Auf den ersten Blick nicht, also keine Wertsachen jedenfalls. Also so in dem Sinne: Fernseher, Stereoanlage …«

»Wir verstehen schon, was Sie meinen. Wir haben eine richterliche Durchsuchungsanordnung für Frau Campmanns Wohnung. Besitzen Sie einen Schlüssel?«

»Ja, den kann ich Ihnen geben. Warten Sie.« Kölkebeck verschwand kurz in seinem Flur und nahm einen Schlüssel vom Schlüsselbrett.

»Dann brauchst du wohl auch einen hübschen, weißen Overall und schicke Überschuhe, Roman. Sehr kleidsam.«

Er präsentierte ihr eine Tasche mit Schutzanzügen. »Auf gar keinen Fall will ich Ärger mit diesem Trumm von einer Erkennungsdienstleiterin kriegen.«

Nina lachte auf. »Bella Schnathorst kann ungemütlich werden, das stimmt.«

»Nina, abgesehen davon sind meine Fingerabdrücke dort sowieso überall. Dominik und ich waren schon mal drin. Und zumindest für Charlottes Zimmer kann ich beurteilen, ob etwas fehlt.«

Kölkebeck ging ihm voran und schloss die unbeschädigte Wohnungstür auf. »Bitte.« Er trat beiseite. Schon vom Treppenhaus aus konnte Nina durch eine geöffnete Zimmertür sehen, dass jemand Frau Campmanns Kleider aus dem Schrank gerissen hatte.

»Dann sind Sie unser Durchsuchungszeuge, Herr Kölkebeck?« Roman zog einen Overall aus seiner Tasche.

»Ich will da nicht mehr rein. Es ist alles so furchtbar.« Hardy Kölkebeck legte sich kurz die Hand über das Gesicht, verzog den Mund, dann hatte er sich wieder in der Gewalt.

»Sie müssen da auch nicht mehr rein. Mein Kollege fragt einen Nachbarn.«

»Kein Problem.« Roman stieg in den Overall. Nina und Hardy Kölkebeck gingen zurück in Kölkebecks Wohnung.

»Herr Kölkebeck …«, begann Nina im Flur, dann wusste sie nicht mehr weiter. In seinem Kummer wirkte der Mann hilflos und alt, wie er so mit hängenden Schultern und falsch geknöpfter Strickjacke vor ihr stand. Sie hätte ihn gern getröstet, aber alles deutete auf ein schlimmeres Verbrechen als Einbruch hin. »Können wir uns irgendwo in Ruhe unterhalten? Etwa in Ihrer Küche?«

»Natürlich. Kommen Sie.«

Sie folgte ihm in seine Küche, setzte sich mit ihm auf eine Eckbank aus den Siebzigern. »M…möchten Sie einen Kaffee, Frau Kommissarin?«

»Danke, nein. Ich möchte vor allem wissen, ob Sie eine Idee haben, wo sich Ihre Lebensgefährtin aufhalten könnte.«

»Ach … leider nicht. Sie hat mir nicht alles erzählt, nur eben, dass sie jetzt den Namen von Charlottes Mörder kennt …«

Wenn das stimmt, ist sie in großer Gefahr, dachte Nina.

»… und dann hat sie von dem Hundehalsband gesprochen, das sie in Charlottes Zimmer gefunden hat.«

»Hundehalsband?«

»So ein teures, so mit schwarzem Leder und goldenen Initialen, so geschwungen waren die, sie hat es mir gezeigt. Wir haben uns gewundert, was Charlotte damit will, aber dann … Marianne sagte mir, dass Charlottes Mörder auch der Marquis genannt würde, und da hab ich mir so in etwa zusammengereimt, was es damit auf sich hat.« Er seufzte.

»Ach ja?« Nina beugte sich vor und legte die Unterarme auf den Tisch. »Befindet sich das Halsband noch in Charlottes Zimmer? Oder hat der Einbrecher das mitgehen lassen?«

»Das hat die Polizei bei ihrem ersten Besuch mitgenommen, hat Marianne gesagt.«

»Aha?« Seltsam, keiner der Kollegen hatte das Halsband erwähnt. Und warum hatten sie es mitgenommen? »Dann liegt es wohl in der Asservatenkammer. Sagen Sie, hat Frau Campmann mal eine Nele Faber erwähnt? Hat sie gesagt, woher sie den Namen des Täters wusste?«

»Nein, ich glaube, sie hat schon bereut, mir überhaupt was erzählt zu haben. Mehr wollte sie nicht sagen, und ich … na ja … ich war froh, dass sie nicht mehr damit anfing, weil mir das unheimlich wurde. Ich hab wirklich Angst um sie!«

Nina schwieg. Was sollte sie auch sagen? Dass seine Angst berechtigt war?

Er blickte auf. »Ach, wissen Sie was? Ich kann Ihnen nicht mehr sagen, aber ich kann Ihnen die Initialen von diesem Halsband aufmalen. Ich zeichne ziemlich gut. Die waren so ineinander verschlungen.«

Nicht nötig, wollte sie sagen, denn das Halsband lag ja in der Asservatenkammer. Auch, dass sie ineinander verschlungen waren, tat nichts zur Sache, aber er schien sich etwas besser zu fühlen, wenn er etwas tun konnte. Der Funken Hoffnung in seinen Augen war ihr nicht entgangen. Nina lächelte. »Das wäre sehr hilfreich.«

»Das tue ich doch gerne.« Er zog eine Schublade unter der Tischplatte auf und holte Zettel und Stift heraus.

Ninas Handy klingelte. »Entschuldigung, da muss ich rangehen. Tschöke.«

»Hier ist Bent. Nina, uns wurde ein ausgebrannter Wagen gemeldet …«

»Warte.« Sie stand auf und ging mit dem Handy auf den Flur.

Sie hörte Bents schweren Atem. »Mit einer bis zur Unkenntlichkeit verbrannten Leiche darin.«

Nina starrte auf das gerahmte Foto neben der Flurgarderobe. Es zeigte eine jüngere Ausgabe von Hardy Kölkebeck in Wanderkluft, der den Arm um seine Marianne legte, beide strahlend und braun gebrannt, im Hintergrund die Berge.

»Bist du noch dran?«

»Bin ich«, sagte Nina mit belegter Stimme.

»Das Autokennzeichen ist noch erkennbar: Die Halterin des Wagens ist Marianne Campmann.«

»Das muss nichts heißen«, warf Nina halbherzig ein.

»Derselbe Täter, Nina! Auch im Fall Leander Lange hat der Täter den Wagen abgefackelt, vermutlich, um Spuren zu vernichten. Die Brandermittler sind schon vor Ort, vielleicht wurde auch dieses Mal Ethanol als Brandbeschleuniger verwendet wie bei Langes Wagen. Ich möchte, dass du mit Roman dorthin fährst, es ist ein bisschen abgelegen, irgendwo zwischen Melle und Osnabrück an einer Landstraße.« Er gab ihr eine Beschreibung durch, die Nina auf einem Zettel notierte. »Wir sehen uns dort, Nina. Bis nachher.«

Die Wahrscheinlichkeit, dass es sich bei der Toten um Marianne handelte, war hoch. Aber bevor sie das nicht sicher wussten … Nina schaute in die Küche, wo Kölkebeck über den Küchentisch gebeugt saß. Sie war froh, dass sie ihm die schlimme Nachricht nicht jetzt schon mitteilen musste.

»Ich muss los, Herr Kölkebeck.«

Er reichte ihr den Zettel mit seiner Zeichnung. Sie warf einen Blick auf die sorgfältig gezeichneten ineinander verschlungenen Initialen und steckte den Zettel in die Hosentasche. Vincent Spiekerkötters Initialen waren es jedenfalls nicht. »Herzlichen Dank! Wir melden uns, sobald wir etwas wissen.«

*

298

Nina hatte Dominik Namen und Adresse des Kellners vom *Corners Inn* aufgeschrieben. Der junge Mann hieß Moritz Piepenbrink und war wenig begeistert, als er ihn zu Hause in seiner Dachwohnung in der Rolandstraße aus dem Bett klingelte.

»Ich kann Ihnen doch sowieso nicht weiterhelfen. Ich habe es da jeden Abend mit zig Leuten zu tun. Außerdem hab ich noch nicht mal gefrühstückt.«

»Sie kriegen ein De-Luxe-Frühstück im Präsidium, versprochen. Und es ist ja nur ein Versuch. Vielleicht kann der Phantomzeichner Ihre Erinnerung auffrischen.«

»Aber anziehen darf ich mir vorher noch was, wie?« Piepenbrink schaute an seinem beige-braun-karierten Pölter hinunter, der mit den großflächigen Tattoos und der extravaganten Haarfrisur kontrastierte. Vermutlich ein Geschenk von Mama.

Anziehen durfte er sich, und danach fuhr Dominik mit ihm ins nahe gelegene Präsidium. Nach einem üppigen Frühstück, das er aus der Cafeteria für Piepenbrink holte, wurde das Gemecker weniger. Und als er eine halbe Stunde später einen Blick in den Besprechungsraum warf, in dem Piepenbrink mit dem Phantomzeichner vor einem Bildschirm hockte, herrschte eine konzentrierte Arbeitsatmosphäre. Nur die gelegentlichen explosionsartigen Niesanfälle von Frank, der griesgrämig hinter seinem PC saß und die beiden Männer skeptisch beäugte, störten die Ruhe.

»Ich bin krank«, näselte Frank. »Ich werde von Minute zu Minute kränker. Und alles nur, weil unsere Putze ein Lüftungstaliban ist!«

»Frische Luft täte dir sicher ganz gut. Ich kann Bent fragen, ob du mitkommen sollst, um dir den ausgebrannten Wagen mit der Brandleiche anzusehen.«

»Okay, Mitleid ist also nicht zu erwarten, hätte ich mir ja denken können. Fährst du überhaupt hin?«

»Später, wenn das Phantombild fertig ist.«

»Das kann dauern. Und ich wette, es wird aussehen wie Vincent Spiekerkötter.«

»Kasten Bier?«

»Wenn schon, dann Herforder.«

»Detmolder. Wir trinken ihn ja doch zusammen.«

Frank nieste heftig. »Ich bin geschwächt, und du nutzt das schamlos aus. Übrigens hat vorhin Nina angerufen. Es geht um ein schwarzes Hundehalsband mit goldenen Initialen im Fall Charlotte Campmann, das angeblich asserviert worden ist. Du sollst es für sie holen.«

»In welchem Zusammenhang ist das denn asserviert worden?«

»Mich darfst du das nicht fragen, Dodo, ich hab noch nie davon gehört.«

»Na gut, dann bis gleich.«

Auf dem Weg zur Asservatenkammer kam Dominik am Bürotrakt des Erkennungsdienstes vorbei. Seine Schritte stockten. Er hatte Bent noch nichts von der Visitenkarte des *Paradise* in Sascha Sudhölters Sporttasche erzählt. Immer wieder kam ihm etwas dazwischen, genau genommen schob er es vor sich her. Aber vermutlich wusste Bent es ohnehin schon von Roman. Er massierte sein Kinn, ging ein paar Schritte Richtung Asservatenkammer, kehrte dann um. Es ließ sich nicht leugnen: Er und niemand anderer war Bent gegenüber verantwortlich, das zu kommunizieren.

Er betrat den langen, spärlich beleuchteten Flur des Bürotraktes. Ein Streifen Licht fiel aus der einen Spaltbreit geöffneten Bürotür der Chefin. Er zögerte, schlich dann vorbei. Das Letzte, was er wollte, war, Bella Schnathorst in die Arme zu laufen. Sie hatte eine Schwäche für ihn und würde sicher eine Weile mit ihm plaudern wollen oder ihn gleich auf einen Kaffee in die Cafeteria nötigen.

Sascha Sudhölters Büro lag am Ende des Ganges. Dominik klopfte ein paar Mal gegen die Tür, aber es kam kein »Herein«. Leise öffnete er die Tür. Das Licht der Schreibtischlampe fiel auf einen mit Papierstapeln bedeckten Schreibtisch, Berichte der Spurensicherung, Laborergebnisse und Ähnliches. Er zog die Schubladen des Schreibtischs auf und entdeckte Hängeordner, Druckerpapier und einen Locher, als ein Geräusch an der Tür ihn herumfahren ließ.

»Hallo, Dominik.« Sascha stand in der Tür und schaute ihn stirnrunzelnd an. »Kann ich dir irgendwie weiterhelfen? Habt ihr kein Büromaterial mehr bei der Kripo, oder was?«

Er hatte es verpatzt, ganz und gar. Es gab nur noch die Flucht nach vorn.

Er stieß einen Schwall Luft aus. »Okay, Sascha, ich muss dich etwas fragen.«

»Die Antwort lautet Ja. Das LKA hat den Bericht eben gefaxt.« Sascha zog einige Papiere unter dem Stapel hervor und blätterte sie durch. »Um es kurz zu machen: keine Übereinstimmung.«

»Ähm … wovon sprichst du?«

»Vom DNA-Abgleich von Vincent Spiekerkötters DNA und der auf dem benutzten Papiertaschentuch, das am Fundort im Fall Campmann gefunden wurde.«

»Gut. Wenn wir Pech haben, gehört das Taschentuch nur einem Spaziergänger, der zufällig am Fundort vorbeigelatscht ist. Aber eventuell habe ich gerade einen Kasten Bier gewonnen.« Er versuchte ein Lächeln.

Sascha erwiderte das Lächeln nicht. Er setzte sich auf seinen Schreibtischstuhl und verschränkte seine Arme. »Die

Ballistiker sind auch schon fertig. Auf dem Feld, auf das Ute Vienenkötter-Lange von ihrem Verfolger abgedrängt wurde, haben wir Patronen des Kalibers .22 gefunden, die aus derselben Waffe abgefeuert wurden wie die Patronen, die man in Langes Körper gefunden hat. Sonst noch was?«

»Als wir … als wir laufen waren und später in der Umkleide … da ist etwas aus deiner Sporttasche herausgefallen.« Dominik reichte ihm die Visitenkarte.

Sascha hob die Brauen. »Was soll das sein? Hotel *Paradise*?«

»Kennst du das Hotel?«

»Nein, nie gehört. Ein Hotel *Paradise* in Hörste … Wer will denn in dem Kaff Urlaub machen? Und das soll aus meiner Tasche gefallen sein?«

»Roman hat deine Tasche aus Versehen von der Bank gestoßen und die Karte gefunden.«

»Die gehört nicht mir. Und was hat es mit diesem Hotel auf sich?«

»Du weißt nicht, dass wir gegen das *Paradise* ermitteln?«

»Ich kenne nicht alle Einzelheiten eurer Ermittlungen, wir haben hier auch so mehr als genug zu tun. Und Roman hat nichts erzählt. In meiner Freizeit möchte ich davon nichts hören.«

»Ich verstehe.« Dominik entfernte einen Papierstapel von einem Hocker und ließ sich nieder.

»Und deswegen durchsuchst du meinen Schreibtisch? Bin ich verdächtig, oder was?« Sascha lachte ungläubig auf.

»Entschuldige. Seitdem dieses Asservat in der Fabrikhalle auf mysteriöse Weise verloren gegangen ist, hat Bent dich im Visier, ja.«

Sascha nahm seine Brille ab. »Das ist mir wirklich noch nie passiert. Ich begreife nicht, wie das …« Er massierte sich den Nasenrücken, schüttelte den Kopf. »Und diese Visitenkarte sehe ich zum ersten Mal.« Zwischen seinen Brauen bildete sich eine Falte. »Glaub mir, Dominik, ich hab keinen Schimmer, was hier vor sich geht!«

* * *

Roman bremste vor einer roten Ampel ab und schnalzte mit der Zunge »Dieses blöde Navi schickt uns über sämtliche Kuhdörfer zwischen Bielefeld und Osnabrück!«

»Na, als Kuhdorf würde ich Borgholzhausen nicht bezeichnen. Und ab Melle nehmen wir die A 30. Sieh es doch als Spritztour. Immerhin fahren wir mit deinem schicken Cabrio. Bent hat nichts dazu gesagt, oder?«

»Ich glaube, er ist *not amused*, aber nein, er hat nichts dazu gesagt. Und so lange fahre ich lieber meinen Wagen.« Er lächelte. »Entschuldige, Nina, wenn ich erkältet bin, werde ich unleidlich.«

»Schon gut. Hast du eigentlich vorhin noch irgendwas von Interesse in Mariannes Wohnung entdeckt?«

»Leider nicht. Ich bin wirklich gespannt, was die Sachverständigen sagen. Im Prinzip wäre es auch möglich, dass Marianne Campmann einen Unfall hatte.«

»Bei dem der gesamte Wagen ausgebrannt ist? Ich vermute eher, dass es darum ging, Spuren zu vernichten. Wer weiß, ob sie noch lebte, als das Auto in Flammen aufging.«

»Wenn nicht, dann wird die Rechtsmedizin das herausfinden, außerdem werden wir erfahren, ob der Brand gelegt wurde. Es gibt immer Spuren, das wissen die meisten Leute nur nicht.«

Stimmt, dachte Nina. Aber Fingerabdrücke, Fasern und DNA-Spuren wurden trotzdem meist durch einen Brand vernichtet. »Warten wir's ab. Keine Spekulationen, wie Bent immer sagt.«

Romans Schal war etwas verrutscht. Darunter kam ein Schnitt zum Vorschein.

»Das sieht aber nicht gut aus«, sagte Nina.

»Was?«

Sie deutete auf seinen Hals.

»Oh ja … das …« Roman band seinen Schal fester. »Ich habe meiner Nachbarin geholfen, die Katze einzufangen und in den Katzenkorb zu sperren. Das kleine Biest ahnte schon, dass es zum Tierarzt sollte.«

»Pass gut auf, dass sich die Wunde nicht entzündet.«

»Ich hab gleich alles desinfiziert.«

Sie schaltete das Radio ein, das in dem Oldtimermodell ziemlich High-Tech wirkte. *… weitreichende Schäden durch Orkan Christian. Die niedersächsischen Landesforsten raten für dieses Wochenende noch von Waldspaziergängen ab. Unterdessen sind in Niedersachsen wieder alle Bahnstrecken freigegeben. Wie die Deutsche Bahn mitteilt, kann der Zugverkehr wieder uneingeschränkt stattfinden, vereinzelt kommt es noch zu Verspätungen …* Nina stellte das Radio wieder aus.

Roman lächelte. »Na, Lust auf einen Waldspaziergang am Wochenende?«

»Damit mir ein Ast auf den Kopf fällt und ich am Montag krankgeschrieben bin?«

Er krauste die Nase. »Lieber nicht. Das mit dem Urlaub war übrigens ernst gemeint. Du hast deinen doch sausen lassen, nur um mit mir an diesem Fall arbeiten zu können.«

Nina schüttelte den Kopf. »Also, Roman Nolte, eingebildet bist du gar nicht, was?«

»Wie kommst du denn darauf?« Er grinste. »Bescheidenheit ist mein zweiter Name.«

Nina musste niesen.

»Gesundheit, schöne Frau. Muss ich mir Sorgen machen, hast du was mit Frank?«

Nina lachte. »Wieso immer Frank? Mein Ex dachte auch, ich hätte was mit Frank.«

»Dein Ex? Erzähl!«

»Nicht so wichtig. Stefan und ich waren nur wenige Monate zusammen und haben uns dann wegen eines Missverständnisses getrennt. Dann sah es so aus, als ob es eine Annäherung gäbe, und dann kam gleich das nächste Missverständnis. Und jetzt bist du dran. Erzähl doch mal von deiner Ex.«

»Oh, das ist eine lange Geschichte ... Missverständnisse, so kann man das auch nennen. Aber vorher muss ich tanken, danach geht's schon auf die Autobahn.« Roman bog auf die Zufahrt einer Tankstelle ab und hielt an einer Zapfsäule. Er zwinkerte ihr zu. »Ich beeil mich auch.«

»Und danach erfahre ich alles? Deine ganze mysteriöse, bewegte Vergangenheit?«

Roman lachte und stieg aus seinem Citroën.

Nina zog die Nase hoch und suchte in ihren Taschen vergeblich nach einem Papiertuch. Sie spürte einen zunehmenden Druck hinter der Stirn. Na toll, ein grippaler Infekt fehlte gerade noch! *Wo de Nordseewellen trekken ...* Sie nahm den Anruf an. Es war Dominik.

»Hallo, Nina. Es existiert kein Hundehalsband in der Asservatenkammer.«

»Kölkebeck behauptet, die Polizei hätte das mitgenommen. Habt ihr nicht als Erste Charlottes Zimmer durchsucht und dann zum Beispiel ihren Laptop mitgenommen?«

»Vor allem Roman hat das Zimmer durchsucht, und ich war auch drin. An ein Hundehalsband kann ich mich nicht erinnern. Ob Roman das mitgenommen hat? Aber das hätte er erwähnt, und dann müsste es ja in der Asservatenkammer sein.«

»Dann hat Frau Campmann sich wohl geirrt, und der Einbrecher hat es mitgehen lassen. Was macht das Phantombild?«

»Wer hätte das gedacht: Piepenbrink ist ein Perfektionist, nicht nur was seine eigene Frisur anbetrifft.«

»Es ist also noch nicht fertig?«

»Ich halte dich auf dem Laufenden.«

»Tu das.« Sie öffnete die Beifahrertür. »Roman, weißt du etwas …« *von einem Hundehalsband?*, hatte sie fragen wollen, aber Roman war schon unterwegs in den Verkaufsraum der Tankstelle und reihte sich in die Schlange vor der Kasse ein.

Wieder lief ihre Nase. Er hatte sicher nichts dagegen, wenn sie in seinem Handschuhfach nach Taschentüchern suchte. Als sie das Handschuhfach öffnete, fielen ihr ein Autoatlas und die Bedienungsanleitung des Autoradios entgegen und in den Fußraum. Sie hob die Bücher vom Boden auf, als sie etwas golden funkeln sah; es lag halb unter der Fußmatte verborgen. Sie packte die Bücher beiseite und fischte einen goldenen Manschettenknopf unter der Matte hervor. Roman würde sich freuen, ihn wiederzubekommen, denn das Schmuckstück sah wertvoll aus. Nina lächelte. Zusammen in den Urlaub fahren – er kam vielleicht auf Ideen. In jedem Fall wäre es ein Abenteuer, vielleicht täte es ihr ganz gut, sich mal aus der Sicherheitszone zu wagen.

Sie legte den Manschettenknopf auf eine Ablage über der Armatur und schnappte sich den Autoatlas, um ihn wieder ins Handschuhfach zu legen, hielt dann inne, legte den Atlas auf den Fahrersitz und nahm noch einmal den Manschettenknopf in die Hand. Auf seiner blanken Oberseite waren verschlungene Initialen eingraviert, ein R und ein N, genau wie … Ninas Augen weiteten sich. Nein … sie musste sich geirrt haben, sie hatte nur einen kurzen Blick darauf geworfen und dann Kölkebecks Zeichnung in ihre Jeanstasche gestopft. Genau da fand sie den zerknitterten Zettel wieder. Die Ähnlichkeit war unverkennbar … die Initialen passten und waren auf dem Hundehalsband gleichermaßen verschlungen. Ihr Atem beschleunigte sich. *Ob Roman das mitgenommen hat? Aber das hätte er erwähnt, und dann müsste es ja in der Asservatenkammer sein.*

Und … hatte Sascha Sudhölter nicht einen goldenen Manschettenknopf mit Initialen eingetütet, der kurz darauf verschwunden war? Mein Gott, Roman …

Für einige Sekunden stand alles still, als ob ihr Gehirn wegen Überlastung ausgefallen wäre. Nach einer Weile ließ das Gefühl von Unwirklichkeit nach. Sie machte sich klar, dass sie ihn noch nicht lange kannte, dass er ihr nur eine ganz bestimmte Seite gezeigt hatte. Dennoch war es schwer, die beiden Bilder übereinander zu kriegen: Roman, der aufregende, charmante Mann, mit dem sie eben noch in den Urlaub hatte fahren wollen, ließ sein SM-Spielzeug aus dem Zimmer des Mordopfers verschwinden … ebenso wie einen Manschettenknopf mit seinen Initialen von einem Tatort?

Doch selbst wenn Roman derjenige gewesen sein sollte, der das Asservat aus der Fabrikhalle unauffällig eingesteckt hatte, würde er es doch nicht einfach in seinen Wagen werfen, wo alle Kollegen, die er mitnahm, es entdecken könnten … Er hätte es entsorgt, an einer Stelle, an der niemand danach suchen würde. Vermutlich war dies gar nicht der verschwundene Manschettenknopf, sondern sein Pendant, das er irgendwann im Wagen verloren hatte, ohne es zu bemerken. Zwei Manschettenknöpfe, die nicht hielten und so verräterisch waren … Nina starrte das kleine, goldene Schmuckstück an.

Als sie den Blick hob, sah sie Roman lächelnd auf den Wagen zukommen. Rasch ließ sie den Manschettenknopf in ihrer Tasche verschwinden, stopfte Autoatlas und Bedienungsanleitung zurück ins Handschuhfach, wollte es zuschlagen, aber das blöde Teil blockierte, also schob sie den Atlas tiefer hinein, und in diesem Augenblick öffnete Roman die Fahrertür.

»Suchst du was Bestimmtes, Nina?«

* * *

David trat aus dem Wald, und als er das Haus mit dem umfangreichen Antennenaufbau auf dem Dach entdeckte, wusste er, dass er richtig war. Vincent hatte immer blöde Witze über die Antennen gerissen. *Wollen die Kontakt zu Außerirdischen aufnehmen, oder was?* Normalerweise wäre David nicht durch den Wald gegangen, wenn er Vincent besuchen wollte, sondern die Strecke von Sieker zu diesem Teil von Senne einfach mit dem Rad gefahren. Aber für diese Art von Besuch wäre das zu auffällig gewesen. Schnell aus dem Wald kommen und schnell wieder in den Wald verschwinden, das war das Beste.

David rannte den kurzen Weg zur Spiekerkötter'schen Villa, die in der Nähe des Waldrands lag. Vincent wohnte wie Dornröschen hinter einer hohen Hecke. Davor gab es einen Rhododendron-Busch, hinter den David sich hockte. Wenn alles so lief, wie er sich das vorstellte, würde Vincent jeden Moment von der Schule nach Hause kommen.

Nach einer Weile wurde ihm kühl, aber es blieb ihm nichts übrig, als zu warten, denn in der Schule traf er Vincent praktisch nie allein an, und auf seine Nachricht, in der er ihn um ein Treffen zu zweit gebeten hatte, reagierte der Irre nicht.

David richtete sich auf, um seine Knie zu entlasten, trat von einem Bein aufs andere, um sich aufzuwärmen, und spielte mit dem Gummigriff des Teleskopschlagstocks in seiner Jackentasche. Um diese Tageszeit wirkte die Straße wie ausgestorben. Auch hinter dem schmiedeeisernen Tor zur Villa tat sich nichts.

Wenigstens wirkten die Schmerzmittel. Vor allem die gebrochenen Rippen hätten ihm sonst einen Strich durch die Rechnung gemacht. David lockerte die verspannten Schultern, tänzelte auf und ab. Hoffentlich hatte Vincent nach der Schule nicht noch einen Abstecher in die Stadt gemacht. Spielerisch ließ er den Schlagstock expandieren und schob ihn wieder zusammen. Sein Bruder würde das Fehlen des Stocks nicht bemerken. Der hatte ihn während seiner Bundeswehrzeit angeschafft, und seitdem verstaubte das Ding im Schrank. Er ließ ihn abermals hervorschnellen, der Stock funktionierte einwandfrei.

Vom unteren Ende der Straße näherte sich jetzt eine Person, den Blick auf ihr Handy gerichtet. David duckte sich hinter den Busch und spähte durch die Blätter. Oh ja, dieses selbstgefällige Grinsen kannte er zur Genüge! Wenn Vincent länger so auf sein Handy starrte, würde er David erst im letzten Moment entdecken. Gut so. Tatsächlich blickte Vincent erst auf, als er die Kombination zum Öffnen des Tors eingeben wollte. Er hatte bereits begonnen zu tippen, als David aus seiner Deckung hervorsprang.

»Upps!«, machte Vincent. »Hoher Besuch.«

»Du hast meine Nachricht ignoriert.«

»Ich bin ein vielbeschäftigter Mann. Und jetzt bin ich müde, also …« Er machte Anstalten, weiter zu tippen. David zog den Stock hervor, den er hinter seinem Rücken verborgen hatte, und schlug ihm damit auf den Arm.

»Au! Spinnst du?«

»Ja, das tut weh, aber nicht so weh wie eine gebrochene Nase, Arschloch!«

»Oh, der kleine David ist sauer …«

David gab ihm einen Stoß gegen die Brust. Vincent taumelte.

»Tja, Vincent, jetzt bist du ausnahmeweise mal allein, ohne die anderen …« Er stieß ihn noch einmal, so heftig, dass Vincent sich am gusseisernen Gitter des Tors festhalten musste, um sich auf den Beinen zu halten.

Vincent riss theatralisch die Augen auf. »Huhu, jetzt hab ich aber Angst.«

David holte aus. Vincent hob abwehrend die Hände. »David, glaub mir, du wirst es bereuen, wenn du jetzt weitermachst.«

»Ach wirklich?« David spielte mit seinem Stock.

»Ja, wirklich!« Vincent grinste.

Er *grinste!* Nicht mehr lang! David hob den Stock.

»Oder möchtest du der Hauptdarsteller in einem Splattermovie sein?«

»Was redest du für'n Scheiß?« David schlug ihm den Stock gegen die Beine. Vincent ließ sich zu Boden fallen und brüllte aus Leibeskräften. David war sicher, dass er ihn nicht *so* schwer getroffen hatte.

Als hätte jemand den Ton ausgestellt, hörte er plötzlich auf mit dem Gebrüll. »Kein Scheiß, es wird alles gefilmt, David.«

David ließ den Stock sinken, wandte sich um und schaute direkt in eine kleine Kamera, die oben auf dem Tor angebracht war. Plötzlich hörte er ein Knistern aus der Gegensprechanlage. »Ich hab einen Schrei gehört, Vincent, alles gut bei dir?«, ertönte eine helle Frauenstimme mit leichtem, östlich eingefärbtem Akzent. »Soll ich den Sicherheitsdienst rufen? Die sind in zwei Minuten da …«

»Nadja, Gott sei Dank, ja, bitte mach das, ich werde gerade zusammengeschlagen.« Es war derselbe affektiert-höhnische Tonfall, den der Wichser immer draufhatte.

David holte noch einmal aus, um mit aller Kraft zuzuschlagen, Vincent das arrogante Grinsen ein für alle Mal aus dem Gesicht zu prügeln, doch dann schlug er absichtlich daneben, der Stock knallte auf das Pflaster.

Vincent zuckte nicht einmal zusammen. »Ich hab's immer gewusst: Du bringst es nicht.« Sein Grinsen wurde noch breiter. »Zwei Minuten, David, eine ist schon um.«

»Fick dich!« David atmete schwer, dann schob er den Stock ineinander und flüchtete zurück auf dem Waldweg, den er gekommen war. Vincents Lachen dröhnte ihm in den Ohren, während er über den Sandboden sprintete, als wäre ihm der Sicherheitsdienst schon auf der Spur. Vincent brachte ihn dazu, Dinge zu tun, die er nicht tun wollte, schreckliche Dinge, aber warum zum Teufel hatte der Kerl so viel Macht über ihn?

David bog auf den Waldweg links ab, der parallel zur Osningstraße über den Kamm des Teutos führte. Brombeerranken zerrten an seinen Hosenbeinen, totes Holz lag auf dem mit Kiefernnadeln und Zapfen bedeckten Boden. Keuchend lief er bergauf, bis der Weg in einer von Farnen überwucherten Lichtung endete, die von spärlich belaubten, sterbenden Kiefern umgeben war. Eine Sackgasse, er hatte den falschen Weg erwischt!

David lief aus und stützte japsend die Hände auf die Knie. Vincent hat Macht über mich, weil ich ihm die Macht gebe, dachte er. Und ich hätte eben fast … Er stöhnte. Wer bin ich überhaupt? War er nicht immer der nette, verantwortungsvolle Kerl gewesen, der auf seine kleine Schwester aufpasste, während seine Eltern, die in der Kirchengemeinde aktiv waren, Spenden sammelten für irgendein Krankenhaus in Afrika? Der hilfsbereite Enkel, der für seine Oma einkaufen ging? Der sportliche und disziplinierte Junge, der mit den guten Noten, der gerne Medizin studieren wollte? Sie waren so stolz auf ihn, seine Eltern, die er irgendwann nur noch als spießig empfand, während er einen Typen wie Vincent bewundert hatte.

Und wer war er also jetzt, nach allem, was er getan hatte? Vielleicht ging es gar nicht darum, sondern darum, wer er sein wollte … Vincent jedenfalls war wie sein Schatten, der ihm folgte. Die Spinne, in deren Netz er sich heillos verheddert hatte. Er richtete sich auf. Es gab nur eine Möglichkeit, den Irren loszuwerden … Über ihm flatterte ein Buntspecht von einer Kiefer hoch und verschwand im Grau des Himmels. David trabte wieder zurück zu der Abbiegung, um den Weg nach Hause zu finden.

* * *

»Ich hoffe, es ist okay, Roman, dass ich mich an deinen Papiertaschentüchern bedient habe.« Im nächsten Moment fiel ihr ein, dass sich im Handschuhfach keine Taschentücher befanden. Ihr wurde heiß. »Na ja, genau genommen gab es da gar keine, ich habe nur danach gesucht, weil ich … die Erkältung … du verstehst.« Was für ein Gestotter!

Er setzte sich hinters Steuer und reichte ihr ein Päckchen Tempos. Irrte sie sich oder schaute er sie dabei prüfend an?

»Tut mir leid, es hat etwas gedauert wegen der Schlange vor der Kasse. Noch dazu die Leute, die bar bezahlen und dann stundenlang in ihren Portemonnaies nach Kleingeld kramen.

Dafür hab ich uns Nervennahrung mitgebracht.« Er bot ihr einen Schokoriegel an.

»Ich … ja, danke.« Nina nahm den Schokoriegel. Ihr war nicht nach Essen zumute, aber sie musste so tun, als wenn nichts gewesen wäre, also wickelte sie den Riegel aus. Er durfte nicht merken, was sie herausgefunden hatte. Eigentlich konnte sie es selbst kaum glauben.

Er startete den Wagen und bog auf die Landstraße ein. »Du hast vorhin telefoniert?«

»Ja, das war Dominik.«

»Dann gibt's also was Neues?«

»N…nein, eigentlich nicht.« Nina kaute mechanisch.

»Er hat angerufen, nur um mit dir zu plaudern?«

»Ja, weißt du … er wollte was loswerden. Er hat sich was von der Seele geredet.« Sie biss in den zuckersüßen Riegel. Was zum Teufel redete sie da?

»Erstaunlich, dass er dazu noch Zeit findet während der heißen Phase einer Ermittlung. Bin ich zu neugierig, wenn ich frage, worum es ging?« Sein Lächeln erreichte seine Augen nicht.

»Ja, also … Frank geht ihm zurzeit tierisch auf die Nerven mit seinem Selbstmitleid. Und du weißt vielleicht, dass Frank bei ihm eingezogen ist. Frank ist nämlich ein Messi und raucht wie ein Schlot, und wenn man dann so eng aufeinander wohnt … Weißt du, Frank musste aus seiner alten Wohnung wegen Eigenbedarf raus und hat sich nie richtig um eine neue Wohnung gekümmert. Zuerst wohnte er bei mir, und dann ist er bei Dominik eingezogen, weil Dominiks Frau da nämlich nicht mehr wohnt, nur noch die Kinder. Dominik und Betty sind schon eine ganze Weile nicht mehr zusammen, zusätzlich ist die Lage kompliziert, weil Frank mal eine Affäre mit Betty hatte, also …«

»Kompliziert«, unterbrach er. »Das ist das Stichwort. Verzeihung, aber ich steige da, ehrlich gesagt, nicht mehr durch.«

Oh Gott, dachte sie, er merkt was, wenn ich weiterhin so nervös bin. Sie zwang sich, ruhiger zu atmen. »Entschuldige, ich hab dich ziemlich zugetextet, was?«

»So ausführlich muss ich das nicht wissen.«

»Kommt nicht mehr vor.« Sie versuchte ein Lächeln.

»Ist ja kein Drama.« Er beschleunigte den Wagen, und sie fuhren auf die A 30.

Ruhiger atmen, dachte sie. Alles bestens, gleich würden sie am Fundort sein und sie würde Bent beiseitenehmen. Bent … hatte Bent ihr nicht erzählt, dass es Romans ausdrücklicher Wunsch gewesen sei, bei dieser Mordkommission mitzuarbeiten? Daraufhin hatte Roman als ehrgeizig gegolten, aber er wollte wohl nur sicherstellen, dass die Ermittlungen in die richtige Richtung liefen. Sie nestelte an ihrem Halstuch, band es ab, band es neu, ertappte sich dabei, es wieder abzubinden, und faltete die Hände, um damit aufzuhören. Zu allem Überfluss lag ihre Dienstwaffe schön im Waffenschrank im Präsidium! Ganz toll. Nina schloss die Augen. Halt einfach die Klappe, tu so, als wärst du müde. Sie lehnte ihren Kopf an die Stütze.

Eine Weile funktionierte das. Sie tat so, als ob sie schliefe, während ihr zahllose Gedanken durch den Kopf gingen. Wann würde das Phantombild fertig sein? Und noch wichtiger, würde es gut genug sein? Die Frage war: Glaubte Roman ihr, dass sie nur privat geredet hatten? Ihr Ohne-Punkt-und-Komma-Gequatsche hatte ihn vielleicht misstrauisch gemacht. Mit einem Mal fiel ihr der Zettel mit der Zeichnung ein. Hatte sie den überhaupt wieder eingesteckt? Sie schlug die Augen auf und tastete in ihren Jeanstaschen danach. Kein Zettel! Sie vergewisserte sich, dass sie nicht drauf saß. Dann musste er sich noch irgendwo im Fußraum befinden. Sie beugte sich vor, um besser sehen zu können.

»Suchst du etwas?«

»Ähm … ich glaube, ich hab meinen Ohrstecker verloren.«

»Ich hatte bisher den Eindruck, du trägst keinen Schmuck.« Er setzte den Blinker und fuhr bei Natbergen von der Autobahn ab auf eine Landstraße.

»Doch. Das heißt, manchmal. Aber nur einen … einen Stecker meine ich, und der ist jetzt weg.«

Der Zettel klebte unter ihrer Schuhsohle.

»Der Fall nimmt dich mit, was?«

»Wieso denkst du das?«

»Du bist weiß wie eine Wand. Was ist los, Nina?«

»Mir ist etwas schlecht. Ich hab wohl was Falsches gegessen. Halt bitte kurz mal an.« So würde sie unauffällig den Zettel von ihrem Absatz entfernen können. Und telefonieren … Sie wollte ihr Handy von der Ablage unter dem Handschuhfach nehmen, doch es war fort! Sie war sicher, dass sie es dort zuletzt hingelegt hatte! Hatte Roman es genommen, während sie ihr Nickerchen vorgetäuscht hatte? Doch die Frage nach ihrem Handy würde bei ihm Verdacht erregen.

Er hielt am Rand eines Waldstücks. Sie sprang aus dem Wagen, lief zum nächsten Busch, um dahinter ihre Schuhsohle zu untersuchen. Verdammt, der Zettel war nicht mehr da! Nina lugte hinter dem Busch hervor. Roman hatte sich zum Beifahrersitz hinübergelehnt und beugte sich über etwas. Dieses Etwas konnte nur Kölkebecks Zeichnung sein! Nina stolperte ein paar Schritte zurück, dann drehte sie sich um und rannte ein Stück in den Wald. Hinter einer dicken Buche machte sie Halt und kramte in ihren Taschen nach ihrem Handy, doch auch dort fand sie es nicht.

»Nina? Wo bist du denn? Nina?« Sie wagte einen Blick zurück. Roman näherte sich mit schnellen Schritten. Jetzt war er nur noch fünfzig Meter weit entfernt. Sie war fit, aber Roman war ein Läufer und würde sie einholen, und im Gegensatz zu ihr trug er seine Dienstwaffe bei sich! Sie suchte vergeblich nach einem Versteck in der Nähe. So wie es aussah, bestand ihre einzige Chance darin, weiterhin ahnungslos zu tun und zu hoffen, dass er ihr das abnahm.

»Nina! Hallo! Sollten wir nicht zu diesem Fundort fahren?«

Sie kam hinter dem Baum hervor, gerade schnell genug, um zu bemerken, wie er seine Waffe rasch unter seiner Jacke verschwinden ließ.

»Was machst du denn hier mitten im Wald? Willst du zwischendurch noch Pilze suchen, oder was?«

»Ich musste mich übergeben, Roman, und das ist mir so was von peinlich. Ich wollte nicht, dass du es mitbekommst, und bin deswegen etwas weiter weg gegangen.«

Er schnalzte mit der Zunge. »Meine Güte, Nina. Ich hab mich schon gefragt, ob ich ohne dich zum Fundort fahren muss. Komm, schöne Frau, lass uns endlich einsteigen!«

Sie gingen zurück zum Auto. Mit einem engen Gefühl in der Brust stieg Nina ein.

* * *

Dominik spürte erst jetzt, wie verkrampft seine Nackenmuskeln waren, nahm die Hände vom Tisch und bog die Schultern zurück. Er hatte schon eine Weile vorgebeugt gestanden, um das Geschehen am Bildschirm besser verfolgen können. »Kommst du mal kurz, Frank?«

Ein Stöhnen war die Antwort.

»Es ist wichtig!«

»Dodo, wenn du's sagst.« Frank stemmte sich hoch und hinkte mit seinem Gips zur anderen Seite des Besprechungsraums, wo Moritz Piepenbrink und der Phantomzeichner ein Bild am Rechner erstellt hatten.

Piepenbrink trommelte mit seinen beringten Fingern auf die Tischplatte. »Fast perfekt, aber etwas fehlt noch.« Dann stand er auf, um Frank seinen Stuhl zu überlassen.

Dominik beugte sich wieder vor. »Siehst du, was ich sehe?«

Frank brachte sein Gesicht näher an den Bildschirm. »Woher soll ich wissen, was du ... oh!« Er schüttelte den Kopf. »Oh ... ähm ... ja, eine gewisse Ähnlichkeit, aber das ... das kann doch nicht sein, Dodo!«

»Was fehlt denn noch, Herr Piepenbrink?«, fragte der Phantomzeichner

Piepenbrink spielte mit seinen Ringen. Ein plötzlicher Windzug ließ das schräg gestellte Fenster und die Tür, die nicht richtig geschlossen war, zuklappen.

»Heute soll es ziemlich windig werden und Regen geben«, sagte der Phantomzeichner. »Mal ganz was Neues.«

Piepenbrink ließ seine Ringe los. »Ein Bart. Versuchen Sie es mit einem Vollbart, aber kurz. Etwas mehr als ein Dreitagebart.«

Der Phantomzeichner machte sich an die Arbeit. Das Fenster klappte wieder auf, und der Wind wirbelte die Papiere auf Franks Tisch durcheinander und auf den Boden. Doch Frank starrte gebannt auf den Bildschirm. Wieder schüttelte er den Kopf. »Nicht, dass ich den Kerl leiden kann, aber ... Dodo, nein, das glaube ich einfach nicht.«

»Ich auch nicht, aber ... Moment mal, du hast unser Team doch neulich beim Kuchenessen fotografiert ...«

»Klar, die Fotos sind noch auf meinem Handy.« Frank zog es aus der Hosentasche. »Warte mal.« Er klickte die Datei an und vergrößerte eines der Fotos, das einen Roman zeigte, der sein bestes Foto-Lächeln aufgesetzt hatte.

»Herr Piepenbrink, könnten Sie sich dieses Foto mal anschauen?«

Frank schob ihm das Handy rüber.

Piepenbrink nahm es hoch. »Wieso lassen Sie mich überhaupt stundenlang an einem Phantombild basteln, wenn Sie ein Foto von dem Typ haben?!«

»Erkennen Sie diesen Mann?«

Moritz Piepenbrink sah Frank groß an. »Soll das ein Witz sein? Sie sehen doch selbst, dass das derselbe Typ wie auf dem Phantombild ist.« Er reckte sich. »Eins steht fest: Das Phantombild haben wir supergut hingekriegt!«

»Sehr gut, ja«, sagte Dominik abwesend. »Vielen Dank, Sie haben uns sehr geholfen. Wir melden uns wieder bei Ihnen.«

Piepenbrink verabschiedete sich. Der Phantombildzeichner brachte ihn hinaus.

Dominik setzte sich auf den Stuhl neben Frank. »Bent hat schon vermutet, dass es sich um einen Insider handeln könnte. Sascha Sudhölter ist ein asservierter Manschettenknopf abhandengekommen, dann ist ihm laut Roman ganz zufällig die Visitenkarte des *Paradise*-Hotels aus seiner Sporttasche gefallen, und inzwischen glaube ich …«

»Dass der Verdacht auf Sudhölter abgelenkt werden sollte?«, fragte Frank.

»Ganz recht. Roman hatte Zugang zu allen Fund- und Tatorten, außerdem ist er ein Sportkumpel von Sudhölter. Der Manschettenknopf musste sowieso verschwinden, denn darauf befinden sich vermutlich Romans Initialen. Ebenso dieses ominöse SM-Hundehalsband. Als wir das erste Mal bei Marianne Campmann waren, hat sich Roman relativ schnell in Charlottes Zimmer begeben, während ich weiter Frau Campmann befragte.«

»Einer von uns, Dodo! Das ist wirklich übel!«

»Gott, Nina ist mit ihm unterwegs! Ich muss sie verständigen.«

»Bent ist schon am Fundort, oder? Vielleicht ist es besser, wenn wir nur ihn anrufen. Je weniger Nina weiß, umso weniger ist sie in Gefahr. Die müssten doch eigentlich schon bald da sein.«

Dominik holte tief Luft. »Ich finde, sie sollte es erfahren. Sie weiß schon, wie man sich in einer solchen Situation verhält.«

* * *

Nachdem Nina wieder in den Wagen gestiegen war, entdeckte sie ihr Handy mitten auf der Ablage, als wäre es nie weg gewesen. Hatte Roman ihre Nachrichten überprüft? Sie lächelte Roman zu, der auf dem Fahrersitz Platz genommen hatte, und griff nach ihrem Handy, als es klingelte. *Wo de Nordseewellen …*

»Stell mal auf laut, Nina, ich möchte auch wissen, was Dominik zu sagen hat.«

Sie nickte und nahm den Anruf an. »Hier noch mal Dominik …«

»Auf laut stellen!«, mahnte Roman.

»Ja …« Sie räusperte sich. »Moment, Dominik, ich stelle auf laut, Roman möchte mithören.«

»Mach das nicht, Nina! Wir …«

»Jetzt!«

»… HABEN DAS PHANTOMBILD …« Dominik verstummte.

»Bist du noch dran?«, fragte Nina.

Roman startete den Wagen. »Er hat das Phantombild?«

»Ihr … habt ihr schon das Phantombild?«

»NEIN … NOCH NICHT. ES IST NOCH NICHT FERTIG. SEID IHR SCHON AM FUNDORT? GIBT'S WAS NEUES?«

»Nein, aber wir müssten bald da sein.«

»DANN RUF ICH SPÄTER NOCH MAL AN.«

»Bis später.« Nina beendete das Gespräch. *Nina, mach das nicht* … Das konnte nur eines bedeuten! Der Druck auf ihrer Brust nahm zu.

»Dieses Mal hat er nicht so viel zu erzählen, wie?« Roman bog mit aufheulendem Motor auf die Landstraße ein.

»Persönliches erzählt er nur mir«, brachte sie heraus.

Roman beschleunigte. Der Wagen schoss zwischen Stoppelfeldern dahin. Was hatte er vor? Eine Geiselnahme? Er ahnte vermutlich, dass es eng für ihn wurde. Sein Blick war starr auf die Straße geheftet. Er war jetzt unberechenbar für sie. Das Gelände einer Windkraftfirma und eine kleine Ortschaft kamen in Sicht. Kurz vor ihnen bog plötzlich ein Traktor von einem Feldweg auf die Straße ein. Roman musste scharf abbremsen, bis der Wagen stand. Er fluchte, schlug aufs Lenkrad. »Scheiße, wir kommen nicht weiter!« Langsam verlor er die Nerven. Ninas Herz klopfte. Wenn sie jetzt einfach raussprang? Das war die Gelegenheit, die Häuser in der Nähe … aber sie durfte die Anwohner nicht in Gefahr bringen.

»Den kannst du doch ohne Probleme überholen, Roman«, sagte sie mit brüchiger Stimme.

Roman verzog das Gesicht, fuhr dann langsam hinter dem Traktor her. Der Gegenverkehr ließ ihm keine Chance zu überholen. Er starrte verbissen geradeaus, als könnte er den Traktor dadurch zum Verschwinden bringen. Doch der tuckerte durch den Ort und machte keine Anstalten abzubiegen. Roman fuhr immer wieder kurz auf die Gegenfahrbahn, um die Lage zu peilen. Er schien zunehmend nervöser zu werden. »Ich hab doch gesagt, wir kommen hier nicht weiter!«

Bei einer Abzweigung hinter einer langgezogenen Rechtskurve hielt er mit einem Mal an und legte den Rückwärtsgang ein. Hatte er überhaupt noch vor, zum Fundort zu fahren? Mit zitternden Fingern und so unauffällig wie möglich löste Nina den Gurt, wartete, bis er zurückgesetzt hatte, öffnete die Beifahrertür und ließ sich aus dem anfahrenden Wagen herausfallen. Sie rollte eine kleine Böschung hinunter, spürte die Nässe der Wiese durch ihre Jeans, rappelte sich auf und rannte los, über die Wiese auf einen Bach zu. Das Geräusch des Motors erstarb. Ein kurzer Schulterblick verriet ihr, dass er ausgestiegen war und ihr folgte. Matsch spritzte hoch, und einmal wäre sie fast ausgerutscht, während sie dem Bachlauf folgte. Ein Rauschen erhob sich, von dem Bächlein konnte es nicht kommen, es waren Baumwipfel in der Nähe, die sich im Wind bogen.

Er kam näher, das wusste sie, ohne sich umzudrehen. Umdrehen würde sie ein Stück Vorsprung kosten, wertvolle Sekunden, die sie nicht hatte. Dummerweise mündete dieser Bach in einen weiteren Bach, der ihr den Weg versperrte. Nina setzte zum Sprung an, landete mit einem Stiefel im Bach, mit dem anderen glitt sie an der Böschung ab und fiel hinein. Bis zu den Oberschenkeln spürte sie die kalte Nässe. Sie kam hoch und stolperte weiter auf ein Gebüsch zu, Bäume und Sträucher, das war allemal besser als die freie Wiese. Dieses Mal konnte sie nicht anders, sie schaute zurück und war im selben Moment erschrocken, wie nah Roman ihr war: Gerade setzte er mit einem eleganten Sprung über den Bach.

Hinter den Büschen tauchte ein See auf, sie hielt sich links, arbeitete sich keuchend durchs Unterholz, pflückte Dornenranken von ihrer Jacke, alles viel zu langsam, unvermittelt spürte sie Stiche in der Brust. Also doch besser die Straße? Dann hörte sie ihn ihren Namen rufen, ganz nahe. Schnaufend wandte sie sich um und sah im selben Augenblick, wie Roman mit seiner Walther in der Hand über eine Baumwurzel stolperte und ihm die Waffe aus der Hand ins Dornengestrüpp fiel. Nina stürzte sich auf die Walther und riss die Waffe hoch. Mit vorsichtigen Bewegungen richtete Roman sich auf, ohne die Waffe aus den Augen zu lassen.

»Nina, du machst einen Fehler!«, rief Roman gegen den Wind und das Rauschen der Bäume an.

»Ach wirklich?«, schrie Nina. »Du klaust mir mein Handy, folgst mir mit deiner Waffe, wie bitte soll ich das verstehen?«

»Nina …« Der Rest ging im Krachen eines Astes unter, der gerade von einem Baum abbrach.

Roman ging mit erhobenen Händen langsam auf sie zu. »Bitte, Nina, lass mich dir erklären …« Das Rauschen, Knacken und Knarren wurde noch lauter.

Nina wich zurück, die Dornen zerrten an ihren Ärmeln, sie riss sich los. »Komm nicht näher, Roman, ich warne dich!« Sie trat noch einen Schritt zurück und knickte mit dem Fuß um, rutschte damit ab in ein sandiges Erdloch, landete hart auf einem Stein. Im nächsten Moment war Roman mit wutverzerrtem Gesicht über ihr, riss ihr die Waffe aus den Händen, und Nina starrte in die Mündung der Walther. Der Stein unter ihr war lose, unauffällig griff sie danach.

»Das war's dann wohl, Nina, schade für dich!«

»Für dich auch, oder meinst du, du kommst mit vier Morden davon? Charlotte, Leander, Nele und Marianne?«

»Die Junkie-Braut war zu gierig. Das wäre ihr sowieso irgendwann passiert.«

»Oh, das ändert natürlich alles! Willst du eigentlich jeden umbringen, der herausgefunden hat, wer du wirklich bist? Die im Präsidium haben dein Phantombild! Es ist vorbei, Roman!«, schrie sie. »Gib endlich auf!«

Seine dunklen Augen wurden schmal, er öffnete den Mund, als wollte er etwas sagen. Einen Moment lang dachte sie, er würde wirklich aufgeben, dann sah sie die unbändige Wut in seinen Augen. »Vielleicht ist es vorbei … aber, schöne Frau …«

Es klang wie Hohn in ihren Ohren, und sie begriff, dass es immer Hohn gewesen war.

»Schöne Frau, ich nehme dich einfach mit!« Er grinste und drückte die Mündung der Pistole an ihre Stirn. Nina schloss die Augen.

Wieder knackte es, ein Ast krachte herunter, genau über ihnen, Roman schaute hoch, in diesem Augenblick schleuderte Nina ihm den Stein entgegen. Sie traf ihn an der Stirn, rappelte sich auf und hörte ihn kurz darauf lachen, dann einen Schuss. Die Kugel schlug direkt neben ihr in einen Baumstamm ein. Normalerweise hätte sie sich hinwerfen müssen, aber Nina rannte auf die Landstraße zu. Hier würde es mögliche Zeugen geben, Autofahrer, die ihre Flucht beobachteten. Ihr Herz wummerte, sie holte die letzten Reserven heraus, schlug Haken, um aus seiner Schussbahn zu kommen.

Es wurde dunkler, ein Gewitter kündigte sich an. Nur ein Auto kam ihnen entgegen, die Scheinwerfer des BMWs durchschnitten das Zwielicht, näherten sich schnell, sie winkte, aber noch bevor sie auf die Straße laufen konnte, raste der Wagen an ihr vorbei. Nina fluchte und rannte jetzt mitten auf der Straße, damit der nächste Autofahrer, der hier entlangkam, sie sehen würde. Sie wusste, es war nicht so einfach, im Laufen zu zielen, und die Lichtverhältnisse kamen ihr entgegen, aber sie wusste auch, dass er sie früher oder später erwischen würde.

Wenige Meter vor ihr leuchtete plötzlich ein gelbes Licht in der Düsternis auf, dann mischten sich Glockenschläge in das Brausen der schwankenden Bäume, zwei Halbschranken senkten sich langsam herab. Ein Zug war noch nicht zu sehen. Nina holte tief Luft und sprintete hinüber. Als sie den Übergang gerade geschafft hatte, hörte sie ein Rattern. Der Zug schoss heran, ein lautes Warnsignal ertönte, dann schrillte ein Quietschen in ihren Ohren, der Zug bremste ab und kam nach zweihundert Metern langsam zum Stehen. Auf den Steinen zwischen den Schienen sah Nina einen großen dunklen Fleck, am Rand lag eine abgerissene Hand, weitere Körperteile lagen über die Schienen verstreut. Sie wandte den Blick ab, stützte die Hände auf die Knie und übergab sich am Straßenrand.

Samstag, 2. November

Ein helles Klirren weckte Nina. Es dauerte einen Moment, bis sie begriff, wo sie sich befand. Die Jalousie vor ihrem Schlafzimmerfenster flappte im Wind. Sie hatte eine unruhige Nacht verbracht, war immer wieder aus Albträumen erwacht. Am liebsten wäre sie liegen geblieben, aber ihr Digitalwecker zeigte unwahrscheinliche 11:34 Uhr an. Selbst samstags schlief sie nie so lange. Sie zählte bis zehn, stand auf und musste sich am Bettpfosten festhalten, weil ihr schwindelig wurde. Als es ihr besser ging, zog sie sich ihren Morgenmantel an, tappte durch ihre Wohnung und fand schließlich heraus, woher das Klirren gekommen war: Auf ihrer Terrasse war der hohe Tontopf mit dem Oleander umgefallen. Erst am Nachmittag sollte sich das Wetter beruhigen. Aufräumen lohnte also noch nicht. Sowieso brauchte sie erst mal einen Kaffee.

Im Küchenschrank entdeckte sie nur noch löslichen Kaffee und setzte Wasser im Kessel auf. Sie ließ sich auf einem Küchenstuhl nieder und starrte ihre Pinnwand an, ohne etwas zu sehen, bis ein Pfeifen sie zusammenzucken ließ. Plötzlich hörte sie wieder das Rattern des Zuges, das Pfeifen wurde dringlicher, wurde zum Quietschen, dann das Blut ... Nina stöhnte und stemmte sich vom Stuhl hoch, um den Kaffee aufzugießen.

Sie setzte sich, fixierte wieder die Wand, trank in kleinen Schlucken den heißen Kaffee, der zu stark geraten war. Aus dem Flur drang das Klingeln ihres Festnetz-Telefons. Sie hatte ihren Festnetzanschluss eigentlich abschaffen wollen, war aber zum Glück noch nicht dazu gekommen. Ihr Handy war auf ihrer Flucht vor Roman verloren gegangen. Vielleicht würde es die Spurensicherung wiederfinden. Nina nahm die Tasse mit in den Flur.

»Hallo, Nina, hier ist Bent. Ich ... ich wollte nur fragen, wie es dir geht.«

»Ach so. Tja, ich ... fühle mich vor allem etwas müde. Aber das ist ja nichts Ungewöhnliches nach anstrengenden Ermittlungen.« Von den Flashbacks musste er nichts wissen, Bent war manchmal überfürsorglich.

»Ja, also ... ich denke, es wäre sicher gut ... also am besten, du nimmst einen von unseren Psychologen in Anspruch, damit du das besser verarbeiten kannst. Ich meine, wofür sind die sonst da?«

»Schauen wir mal. Was macht die Brandermittlung?«

Bent seufzte. »Schön ... Nina, ich finde, du solltest dich jetzt nur um dich kümmern. Ein paar Tage Ruhe oder ... ja, warum nicht Wochen? Du hast deinen Urlaub ja noch vor dir und ...«

»Verarbeiten kann ich das nur, wenn ich mich damit beschäftige. So richtig fassen kann ich das alles immer noch nicht.«

»Das kann niemand von uns«, sagte Bent leise.

»Danke übrigens, dass du gestern so schnell da warst.«

Er lachte trocken. »Nicht schnell genug. Dominik hatte mich alarmiert, und ich bin auf die Idee gekommen, euch entgegenzufahren. Und dann das … Aber ich bin sehr froh, dass du es geschafft hast, Nina! Wir sind alle froh! Gar nicht auszudenken, wenn …«

»Danke noch mal«, sagte Nina schnell. »Ist die Brandleiche inzwischen identifiziert worden?«

»Ja, anhand des Zahnabgleichs wurde Marianne Campmann identifiziert. Sie ist Roman Nolte offenbar früher als wir auf die Spur gekommen.«

»DNA-Spuren am Fundort?«

»Die DNA-Analysen laufen noch. Dafür hat die chemische Analyse des Brandschutts schon ein Ergebnis erbracht: Frau Campmann ist nicht verunfallt, sondern ihr Wagen ist vorsätzlich in Brand gesteckt worden mit Hilfe von … rate mal.«

»Dann tippe ich auf Ethanol.«

»Korrekt.«

»Und die Rechtsmedizin?«

»Frau Hansen hat keine Rußpartikel im Lungengewebe gefunden, der Kohlenmonoxydgehalt des Blutes liegt bei unter drei Prozent, also hat sie nicht mehr geatmet, als der Brand gelegt wurde.«

»Dann war die Vernichtung der Spuren das Ziel des Brands.« Gut, dachte Nina. Wenigstens das ist Marianne Campmann erspart geblieben. »Habt ihr Romans Wohnung schon durchsucht?«

»Die Spurensicherung war schon drin. Jetzt untersuchen sie gerade seinen Citroën-Oldtimer. Aber wir wollen uns die Wohnung natürlich auch noch mal ansehen – und zwar heute Nachmittag.«

»Ich komme mit.«

»Nina, ich weiß nicht …«

»Aber ich, Bent.«

* * *

Auch in Hoberge hatte der Wind lose oder halb abgebrochene Äste heruntergeholt, Orkan Christian hatte die Vorarbeit geleistet. Vielleicht sind Waldspaziergänge jetzt wieder möglich, dachte Nina, während sie mit ihrem Mini einem Ast auswich, der auf der Dornberger Straße lag. Sie bog ab in die Mönkebergstraße. Vor dem schicken Appartementhaus parkte ein Dienstwagen, Dominik und Bent stiegen gerade aus. Nina fand einen Parkplatz in der Nähe und gesellte sich zu ihnen. Zweifelnd schaute sie an der zweistöckigen Fassade hoch. »Ob wir noch was finden werden? Etwas, das uns verrät, wieso er das getan hat?«

Dominik tauschte einen Blick mit Bent. »Bevor wir reingehen, Nina …«, sagte Bent. »Heute Mittag ist ein David Westermeier ins Präsidium gekommen, um eine Aussage zu machen. Er ist ein Freund von …«

»Ich weiß, wer er ist«, sagte Nina.

»Schön … jedenfalls hat er eine Gruppenvergewaltigung angezeigt.«

Nina riss die Augen auf. »Wer ist das Opfer?«

»Charlotte«, sagte Dominik. »Auf der letzten Silvesterparty haben er und Vincent Spiekerkötter und noch drei andere junge Männer Charlotte Gamma-Hydroxybuttersäure ins Getränk gemischt und sie später vergewaltigt.«

»Er hat sich selbst belastet?«

Dominik nickte. »Charlotte hat den Kontakt zu ihren Mitschülern danach aufs Minimum reduziert. Vermutlich wusste sie nur, dass ihr etwas in dieser Art passiert war, nicht, wer das getan hatte.«

»Wie schrecklich!« Nina schüttelte den Kopf. »Und dann hat sie Kontakte außerhalb ihrer Schule gesucht und ist im Internet ausgerechnet Lange ins Netz gegangen.«

»Wir werden uns die jungen Herren dann mal einzeln vor-
nehmen.« Bents Miene verfinsterte sich. »Ich bin sicher, der
ein oder andere wird reden.«

»Gehen wir?«, fragte Dominik.

Während sie sich unterhalten hatten, war ein Mann um die
fünfzig mit Halbglatze und Nickelbrille vor die Eingangstür
des Wohnhauses getreten und drückte energisch auf den
Knopf der obersten Klingel. Das Schellen war auch draußen
zu hören.

»Entschuldigen Sie.« Bent wollte an ihm vorbei.

Der Mann machte ihm Platz. »Sie wissen nicht zufällig,
wann Herr Nolte wiederkommt?«

»Was wollen Sie denn von ihm?«

»Ich bin sein Vormieter, und er hatte mir netterweise erlaubt, meine Eisenbahnanlage noch ein paar Monate im Keller zu lassen, bis ich Urlaub hab und die Zeit, sie abzubauen.
Jetzt will ich sie abholen, aber er scheint nicht da zu sein.«

»Ach, das ist gar nicht …« Nina brach ab. Roman hatte sie
geschickt belogen, als er ihr Unbehagen in seiner Hochglanz-
wohnung bemerkt hatte.

Der Mann stemmte die Fäuste in die gut gepolsterten Hüf-
ten. »Er hat gesagt, um elf wäre er zu Hause!«

»Er wird nicht mehr kommen. Sie dürfen die Anlage gerne
mitnehmen, wenn wir hier fertig sind.« Bent drückte ihm seine Karte in die Hand.

Die Augen des Mannes wurden größer, während er die
Karte studierte. »Polizei? Oh … ich … was ist denn passiert?«

»Rufen Sie uns in ein paar Tagen an, wenn Sie in den Keller
möchten.« Bent ließ ihn stehen.

Die anderen folgten ihm ins Haus und stiegen die Mar-
morstufen des weiß gestrichenen Treppenhauses hoch. Bent
schloss die Wohnungstür auf. Wie bei Ninas erstem Besuch

lag kein Stäubchen auf dem glänzenden Parkettboden, die Einrichtung wirkte wie aus einem *Schöner-Wohnen*-Katalog übernommen. Sie teilten sich auf, Nina ging ins Schlafzimmer. Kühles Grau und Weiß, ein perfekt gemachtes französisches Bett, eine riesige Schrankwand, die seine umfangreiche Garderobe enthielt. Nina durchsuchte Romans Kleidungsstücke und entdeckte in den Taschen eines Kaschmirmantels ein goldenes Feuerzeug mit seinen Initialen, ähnlich gestaltet wie der Manschettenknopf, den sie in Romans Citroën gefunden hatte. Eine kleine Nachlässigkeit in einer schon fast zwanghaft ordentlichen Wohnung.

Sie setzte sich in einen weißen Ledersessel und schloss die Augen. Sie war neugierig gewesen auf diesen attraktiven Mann, der viele andere Männer unbeholfen und blass aussehen ließ. Und er hatte eindeutig mit ihr geflirtet. Doch hinter diese glänzende Oberfläche war sie erst gedrungen, als es fast zu spät gewesen war. Das »fast« kann man streichen, dachte Nina. Es war nur Glück, dass sie überlebt hatte. Schöne Frau … wie hatte sie ihm nur auf den Leim gehen können? Sie gestand sich ein, dass sie es genossen hatte, mit ihm zu flirten, aufregend, ja, vielleicht gerade weil ihr der Mensch hinter der glatten Fassade ein Rätsel geblieben war, das es zu knacken galt. Bis gestern. Nina schnitt eine Grimasse. Und mit dem Schöne-Frau-Getue hatte er sie als Ermittlerin natürlich auf seine Seite ziehen wollen.

»Nina, meditierst du?«

Sie öffnete die Augen. Dominik hatte den Kopf durch die Tür gesteckt.

»Wir sind alle seinem Charme erlegen, stimmt's, Dodo?«

»Da ist was dran.« Dominik lächelte schief. »Bis auf Frank natürlich.«

»Der letzte Unbestechliche.«

Sie lachten.

Dominik kam herein und setzte sich aufs Bett. »Selbst Frank konnte es nicht glauben.«

Sie nickte. »Fällt dir etwas auf in dieser Wohnung?«

»Im Vergleich zu meiner?« Dominik lachte und wurde dann wieder ernst. »Womöglich hat er das gebraucht, dieses Perfekte, wer weiß, wie chaotisch es in seinem Inneren aussah.«

»Als das Bild einen Riss bekam, schimmerte Wut hervor, sogar Hass ... Er ist in ärmlichen Verhältnissen bei einer alleinerziehenden, depressiven Mutter aufgewachsen, ich kann mir vorstel...«

»Woher hast du das denn? Bent hat herausgefunden, dass seine Eltern gerade Urlaub auf ihrer Finca auf Mallorca machen. Er überlegt schon die ganze Zeit, was er tun kann, damit sie die Nachricht vom Tod ihres Sohnes nicht am Telefon erfahren müssen.«

Nina starrte ihn an. »Dann war alles Lüge?!«

»Er hat uns getäuscht, auch mich. Was für ein netter, neuer Kollege! Wir waren für Sonntagmorgen zum Laufen verabredet. Er hat jedem das gezeigt, was er gerne sehen wollte, mir den guten Laufkumpel, dir den geheimnisvollen, attraktiven Mann, Bent den beflissenen Kollegen, der immer als Erstes am Tatort auftaucht.« Er grinste schief. »Und ich habe mir Gott weiß was auf meine Menschenkenntnis eingebildet ...«

»Noch ist nicht gesagt, dass wir ihn wirklich mit allen Morden in Verbindung bringen können.«

»Gerade kam ein Anruf, Nina. Ein Bauer hat in der Nähe von Borgholzhausen eine Jauchegrube leer gepumpt und dabei eine Kleinkaliberpistole gefunden. Die Waffe ist auf Roman zugelassen!«

»Schau an. Lange ist mit einer Kleinkaliberwaffe erschossen worden.«

»Richtig, und sie wird jetzt untersucht. Und Bent erzählte, dass vorhin eine Nachricht vom Labor gekommen sei: Die DNA-Spuren auf dem Papiertaschentuch, das in der Nähe von Charlottes Leichnam gefunden wurde, gehören Roman.«

Nina strich über das weiche Leder des Sessels. »Wenn man davon ausgeht, dass wir einen Mord an Nele Faber kaum nachweisen können, bleiben immerhin noch drei Tötungsdelikte, sofern das ballistische Gutachten ergibt, dass es sich bei der Pistole um die Mordwaffe handelt. Mein Kollege, der Serientäter …«

»Du vergisst Ute. Versuchter Mord an einer Zeugin.«

»Ganz recht.« Bent war hereingekommen. »Höchste Zeit, dem *Paradise* noch einen Besuch abzustatten. Ich werde Frau Ränsch bitten, einen Haftbefehl für Tatenhorst zu beantragen.«

Dominik lächelte. »Na, dann wünschen wir der Staatsanwältin mal Glück.«

Sonntag, 3. November

Gelbe und rote Blätter tanzten über den leeren Parkplatz des *Paradise*, fanden sich zu Wirbeln zusammen und verstreuten sich wieder. Dominik parkte am Rand.

Nina reckte sich. »Von Samstag auf Sonntag gibt es wohl keine Übernachtungsgäste.«

»Schon komisch. Aber die denkwürdigen Partys steigen immer freitags. Und vergiss nicht, die meisten Gäste sind treusorgende Familienväter, das Wochenende bleibt natürlich der Familie vorbehalten.«

»Natürlich.«

Sie stiegen aus. Nina wandte der Sonne, die durch das gelbe Blätterdach schien, ihr Gesicht zu und seufzte. »Wenn man bedenkt, dass die dunkle Jahreszeit erst anfängt …«

»Dein Bruder ist doch immer noch auf Malle. Warum fliegst du nicht hinterher? Ein Einzelplatz im Flieger ist doch zu kriegen.«

»Erst mal müssen wir den Fall abschließen.« Aber warum eigentlich nicht? Auch ihre Freundin war noch dort, und etwas Abstand würde ihr guttun.

Die blonde Dame am Empfang begutachtete ihre Steckfrisur mit Hilfe eines Handspiegels. Als die Glastüren auseinanderglitten, legte sie den Spiegel rasch beiseite. Ihr Lächeln wirkte genauso künstlich wie ihre Fingernägel.

»Was kann …«

»Wir müssen Herrn Tatenhorst sprechen. Es ist dringend.« Nina zeigte ihr ihren Polizeiausweis.

»Tut mir leid, aber er ist gerade in der Sauna und …«

»Wo finden wir die Sauna?«

»Da entlang, aber …«

Nina lächelte. »Danke vielmals.«

»Hören Sie, Sie können da nicht so einfach …« Die Dame stöckelte hinter dem Tresen hervor. »Hallo? Bleiben Sie bitte hier … hey, das geht nicht!« Auf ihren High Heels war sie nicht schnell genug, um die beiden einzuholen.

»Und tschüss.« Dominik öffnete eine Milchglastür, die in eine Umkleide führte. Dahinter lagen verwaiste Duschen. Sie gingen weiter zu einem Ruheraum, in dem es aufdringlich nach Lavendelaroma roch. Von nebenan drangen helle Stimmen und ein Kichern. Ein offener Durchgang gab den Blick frei auf einen dicken, nackten Mann, der bäuchlings auf einer Massageliege lag und sich von zwei jungen, spärlich bekleideten Frauen den Rücken durchkneten ließ. Sie waren eifrig bei der Sache, seine Hinterbacken wackelten von ihrer Anstrengung, als eine von ihnen aufschrie und ihre bloßen Brüste bedeckte.

»Verzeihung, wir suchen Herrn Tatenhorst«, sagte Dominik freundlich.

Der Dicke grunzte. Mühsam und mit hochrotem Gesicht richtete er sich auf, sein derangierter Schnurrbart hing etwas traurig nach unten. »Wie können Sie es wagen, hier so einfach …!« Nina hielt ihm den richterlichen Haftbefehl unter die Nase. Tatenhorst verstummte und überflog das Schreiben. Er griff nach einem Handtuch, um seine Blöße zu bedecken. »Prostitution Minderjähriger? Herrschaften, das ist doch ein Schuss ins Blaue!«

Eineinhalb Stunden später – in einem Vernehmungsraum des Präsidiums – wirkte Herrmann Tatenhorst nicht mehr so selbstsicher. Durch die Einwegscheibe des Nebenraums beobachtete Nina, dass Tatenhorst immer häufiger seine Sitzposition änderte. Die hagere Anwältin an seiner Seite, mit den scharfen Linien um den Mund und dem schwarzen Kajal um die Augen, der ihr etwas Raubvogelhaftes gab, blieb hingegen regungslos und offenbar ungerührt. Tatenhorst zog ein Taschentuch hervor und wischte sich den Schweiß von der Stirn. Das grelle Licht enthüllte den grauen Ansatz seiner blond gefärbten Haare. Bent und Dominik saßen einträchtig nebeneinander auf der anderen Seite des Tisches.

»Sind Sie ganz sicher, dass Sie nicht aussagen wollen?«, fragte Dominik. »Überlegen Sie sich das besser noch mal.«

»Die Beweislage ist eindeutig«, sagte Bent. »Die beiden Zeuginnen, Leonie Wehmüller und Laura Rosenstock …«

»Sie wiederholen sich.« Tatenhorst starrte auf seine plumpen Hände, die gefaltet auf der Tischplatte lagen.

»Schön …« Bent richtete sich auf. »Frau Ränsch – das ist die zuständige Staatsanwältin – hat schon signalisiert, dass von ihrer Seite und seitens des Gerichts durchaus ein Spielraum besteht, was das Strafmaß angeht, sollten Sie mit uns kooperieren.«

Tatenhorst zog die Brauen zusammen. »Als Kronzeuge?«

Dominik lächelte. »Wollen Sie Ihre Enkelkinder noch aufwachsen sehen? Sie sind doch auch nicht mehr der Jüngste.«

Um Bents Mundwinkel zuckte es. Er räusperte sich. »Sie können sich natürlich noch unter vier Augen mit Ihrer Anwältin verständigen.«

»Nicht nötig.« Die Anwältin beugte sich zu ihrem Mandanten und flüsterte ihm etwas ins Ohr.

Tatenhorst nickte und strich sich über seinen Schnurrbart, für dessen Styling ihm keine Zeit mehr geblieben war. »Also gut, was wollen Sie wissen?«

»Sagt Ihnen der Name Charlotte Campmann etwas?«, fragte Dominik.

Tatenhorst schaute seine Anwältin an, die ihm aufmunternd zunickte.

»Das war … das war ein Missgeschick … ähm …«

Das Gesicht der Anwältin wurde noch strenger.

»Nein, natürlich kein Missgeschick, es war … eine Katastrophe.« Er hob abwehrend die Hände. »Ich bin stinksauer geworden, als ich davon gehört hab …«

Bent beugte sich vor. »Wie ist das passiert?«

»Roman Nolte … er ist dieses Mal zu weit gegangen. Roman war einer unserer Kunden und … er hatte sehr spezielle Wünsche, was … Sie wissen schon, Sadomasokram. Er mochte es, den Mädchen ein bisschen Angst zu machen. Er war allerdings sehr diskret, er hat nicht mal den Hotelparkplatz genutzt und sich die Mädels immer direkt aufs Zimmer bringen lassen. Er hat sogar eine Maske getragen, damit ihn keines der Mädchen wiedererkennt. Oder es war Teil des Spiels, was weiß ich.«

»Und wie lief das Spiel?«

Tatenhorst lief der Schweiß in den Kragen. »Er hat sie wohl … gefesselt und gewürgt und … noch anderes … Schmerzhaftes. Manche Mädels haben sich über ihn beschwert.«

»Weiter«, sagte Dominik.

»Bei Charlotte ist die Sache schiefgegangen, er hat sie zu lange gewürgt. Roman und Boris haben die Leiche dann beseitigt.«

Bent hob die Brauen. »Boris?«

»Boris Maslowski arbeitet bei mir. Falls eines der Mädchen ... oder einer der Gäste Probleme machen sollte ... also dafür war dann Boris zuständig.«

»Und Sie haben Nolte gedeckt.« Bents Augen verengten sich. »Auch wenn sich die Mädchen beklagten. Er war nützlich für Sie, nicht wahr?«

Tatenhorst schnalzte mit der Zunge. »Wie man's nimmt. Und nach dem Tod des Mädchens hätte ich unsere Zusammenarbeit gerne beendet.«

»Wie sah denn die Zusammenarbeit aus?«

»Mein Bruder hat früher ein paar Dummheiten gemacht. Jetzt sitzt er wegen Drogenhandels, aber das ist eine andere Geschichte. Jedenfalls hat Roman Nolte wegen schwerem, gewerbsmäßigem Einbruchdiebstahls gegen ihn ermittelt. Meinem Bruder drohten zehn Jahre, und er hat Nolte ein Angebot gemacht.«

»Das mit dem *Paradise* zu tun hat?«

»Zuerst hat er ihm einen Teil der Beute angeboten. Nolte war nicht interessiert. Das änderte sich erst, als die freie Verfügung über alle Dienstleistungen im *Paradise* ins Spiel kam.«

»Und war Leander Lange nützlicher für Sie als Roman Nolte?« Dominik verschränkte die Arme.

»Weit nützlicher.«

»Er hat Sie gewarnt, wenn eine Durchsuchung anstand?«

Tatenhorst wechselte einen Blick mit seiner Anwältin, die sich wieder hinüberbeugte und mit ihm flüsterte.

»Das Hotel profitierte von den Partys, die er organisierte, einflussreiche Gäste, Umsatz, na, Sie wissen schon ...«

Damit das mit der Geldwäsche nicht so schnell auffliegt, ergänzte Nina in Gedanken.

»Aber auch Lange wurde dafür fürstlich entlohnt«, machte Tatenhorst weiter. »Damit das so weitergehen konnte, heiratete er diese Polizistin, die gegen uns ermittelte. Auf diese Weise konnte er mich warnen, wenn was anstand.«

»Leander Lange ist Opfer eines Tötungsdeliktes geworden, können Sie uns etwas dazu sagen?«, fragte Bent.

Tatenhorst lachte trocken auf. »Ich war's nicht. Welchen Grund sollte ich gehabt haben? Leander hat das *Paradise* mit diesen Partys am Laufen gehalten.«

Dominik nahm die Arme auseinander. »Wie ärgerlich. Jemand bringt den Mann, der so viel für Sie getan hat, einfach um!«

Tatenhorst zwirbelte an seinem Schnurrbart und starrte vor sich hin, dann schüttelte er den Kopf. »Nolte wurde zum unkalkulierbaren Risiko. Ich hätte nicht gedacht, dass ...« Er hüstelte. »Als Nolte erfuhr, dass Leander als Charlottes Loverboy enttarnt worden ist, wurde er nervös. Leander wüsste zu viel und würde möglicherweise gegen ihn aussagen. Roman Nolte sprach immer wieder davon, dass Leander zum Problem geworden wäre.«

»Für Sie doch auch. Lange hätte genauso gut gegen Sie aussagen können.«

»Leander wurde am 29. Oktober umgelegt. Nachmittags habe ich noch mit ihm telefoniert, kurz danach bin ich wegen einer Gallenkolik in die Rosenhöhe eingeliefert worden. Man hat mir am nächsten Tag die Gallensteine entfernt. Nach der OP am 30. bekam ich einen Anruf von Nolte. Wir müssten uns jetzt keine Sorgen mehr machen, er hätte das Problem erledigt.« Tatenhorst hob seine Hände. »Denken Sie, ich war glücklich, als ich das gehört habe? Im Gegenteil, ich hab Leander vertraut! Er hätte sich doch selbst belastet, wenn er mich belastet hätte! Roman Nolte dagegen wurde immer unberechenbarer. Er lief Amok. Und der Idiot hat Boris da mit reingezogen.«

»In welcher Weise?«, fragte Dominik.

Tatenhorst wechselte einen Blick mit seiner Anwältin. »Die Mutter des Mädchens ist mit einer Knarre im *Paradise* aufgetaucht. Ich habe es erst erfahren, als die Frau schon tot im Pool lag …«

Nina hörte ein Geräusch und wandte sich von der Einwegscheibe ab. Frank humpelte mit seinem Gipsfuß zur Tür herein.

»Na, wie läuft's, La Niña?«

»Tatenhorst versucht, seine Haut zu retten, und ist gerade ziemlich gesprächig.«

»Was will man mehr? Der Befund der ballistischen Untersuchung ist da. Noltes Waffe, die in der Jauchegrube gefunden wurde, ist die Tatwaffe im Fall Lange. Und die winzigen Blutspuren, die Bellas Truppe im Kofferraum dieses supergeilen Oldtimer-Schlittens gefunden hat, stammen von Charlotte Campmann.«

»Fehler über Fehler.«

»Tja, vermutlich hat er irgendwann den Überblick verloren. Den schicken Wagen hätte er auch in Flammen aufgehen lassen müssen, aber von diesem Schätzchen konnte er sich wohl nicht trennen. Verstehen kann man's.«

»Äußerlichkeiten waren ihm eben wichtig.«

»Red doch Klartext: Der Typ war ein Blender! Ich konnte ihn von Anfang an nicht leiden. Aber ihr Frauen fallt ja immer auf ein hübsches Gesicht rein. Ich meine, auch Ted Bundy sah gut aus …«

Nina boxte ihn gegen die Schulter. »›Ihr Frauen‹ – ich finde, das klingt jetzt ganz stark nach gruppenbezogener

Menschenfeindlichkeit.« Sie grinste und boxte ihn noch einmal.

»Au! Und das ist Gewalt gegen einen Körperbehinderten!«

»Wenn schon, dann Mensch mit Behinderung.«

Frank rollte mit den Augen.

Montag, 4. November

Ute fröstelte, obwohl sie ihren Mantel in der Stephanus-
kirche nicht ausgezogen hatte. Wie es sich gehörte, saß
sie in der ersten Reihe und hatte den besten Blick auf das große Foto neben den Blumengestecken und Kränzen, das einen
hübschen, lächelnden Leander mit verträumten Augen zeigte. Ihre Schwiegereltern hatten alles arrangiert, den Sarg und
das Café für die Trauerfeier ausgesucht, die Traueranzeige
gestaltet und sich mit dem Pastor getroffen. Ute hatte es ihnen gerne überlassen, sie wollte einfach nur Abschied nehmen von diesem Kapitel ihres Lebens, Leander vergessen, so
schnell es ihr möglich war.

Leanders Eltern, die ihren jüngsten Sohn betrauerten,
kannten die Hintergründe seines Todes nur teilweise. Sie
wussten nur so viel, dass Leander erschossen worden und
dass der Täter, ein korrupter Polizist, bei einem Unfall ums
Leben gekommen war. Ihr Sohn sei offenbar Zeuge einer
Straftat geworden und hatte deshalb sein Leben lassen müssen, teilte Ute ihnen mit, und nach den Worten »korrupter
Polizist« schien irgendetwas bei ihnen einzurasten, so als
hätten sie zu viele amerikanische Krimis geschaut. Jeden-

falls fragten sie nicht weiter nach. Ihren eigenen Eltern hatte Ute auch nicht mehr erzählt, um ihnen unnötige Aufregung zu ersparen. Stattdessen versicherte sie ihnen immer wieder, dass es ihr gut gehe und sie sich die Reise aus dem Sauerland nach Bielefeld zur Beerdigung sparen sollten, zumal ihr Vater vor Kurzem von einer Leiter gestürzt war und sich den Arm gebrochen hatte. Schließlich lenkten die beiden ein.

Würde sie es überhaupt jemandem erzählen? Freundinnen, Bekannten? Oder … einem Therapeuten? Dass sie für Leander nur das Mittel zum Zweck gewesen war, an polizeiinterne Informationen heranzukommen? Bis vor Kurzem hatte sie nur einen Verdacht gehegt, aber die Aussage des Hotelinhabers ließ keinen Zweifel zu. Im Präsidium machte das Ganze wohl schon die Runde, auch wenn sie nicht glaubte, dass Dominik es verbreiten würde. Doch Frank Herbst traute sie das ohne Weiteres zu. In ihre Trauer mischte sich Scham darüber, dass sie sich so hatte ausnutzen und betrügen lassen – und dass sie in blindem Vertrauen Informationen weitergegeben hatte, die sie niemals hätte weitergeben dürfen!

Am liebsten wäre sie gar nicht zur Beerdigung gekommen. Sie senkte den Blick auf ihre blassen, schmalen Hände. Aber nun war sie hier, weil man es von ihr als Witwe so erwartete. Die Konvention verlangte, sich dem zu stellen und damit leider auch Leanders Familie, mit der sie nie warm geworden war. Lag es daran, dass sie während ihrer kurzen Ehe noch nicht die Gelegenheit gehabt hatte, ein herzliches Verhältnis zu der lauten, stark geschminkten Frau mit den wasserstoffperoxydblonden Haaren und dem übergewichtigen, schwitzenden, rotgesichtigen Mann an ihrer Seite aufzubauen? Geschweige denn zu Leanders älterem Bruder, einem geschiedenen, arbeitslosen Mechatroniker, der zu viel trank und im Dauerclinch mit seiner Ex um das Sorgerecht für die gemeinsame Tochter lag. Wie auch, Leander hatte Distanz gehalten zu seiner Familie, die ungemein stolz auf den Sohn war, der in einer Privatbank arbeitete! Umgekehrt schien das nicht der Fall zu sein …

Orgelmusik setzte ein. Ute fühlte sich wie betäubt, roch das aufdringliche Parfüm von Leanders Mutter, hörte sie neben sich aufschluchzen, blätterte brav im Gesangsbuch. *So nimm denn meine Hände …*

»Liebe Gemeinde, liebe Angehörige, wir möchten heute Abschied nehmen von Leander Lange, der viel zu früh von uns gegangen ist, ja gewaltsam mitten aus dem Leben gerissen wurde! Mit seinen vierunddreißig Jahren war er ein beruflich sehr erfolgreicher, junger Mann, der den größten Teil seines Lebens noch vor sich hatte, und ja, man kann sagen: auch noch viel vorhatte. Erst vor einem Jahr hat er in dieser Kirche den Bund der Ehe geschlossen …« Der Pastor suchte ihren Blick. »Und er wünschte sich von ganzem Herzen Kinder …«

Tatsächlich? Das war wohl eher die Wunschvorstellung ihrer Schwiegermutter. Leander hatte nie von Kindern gesprochen. Warum sollte er auch Kinder haben wollen von einer Frau, die er nur benutzte? Utes Fingernägel gruben sich in ihre Handflächen. Und störten Kinder nicht auch, wenn man ständig neue junge Frauen aufreißen wollte, um sie anschließend der Prostitution zuzuführen?

Und bei Reisen waren Kinder auch nur im Wege. Leander hatte auf großem Fuß gelebt, schon vor ihrer Ehe. Sie war beeindruckt gewesen von seinen vielen teuren Reisen, er zeigte ihr Fotos von seinen Tauchurlauben in der Karibik, vom Skifahren in Aspen, Colorado, von mehrwöchigen Katamaran-Segeltörns entlang der Küste Neuseelands … Es kam ihr vor, als wäre Leander vor der Sozialer-Wohnungs-bau-Siedlung in Löhne, in der er aufgewachsen war, buchstäblich bis ans andere Ende der Welt geflüchtet, um sich zu beweisen, dass er nun angekommen war in einem ganz anderen Milieu.

Und dann hatten sie sich das Haus gekauft, und Leander brauchte ein neues Auto, es musste unbedingt ein SUV sein. Zuletzt bediente sie die Hypothek allein, denn Leander klagte darüber, wie viel Geld er bei einem Investment in einen Fond verloren hätte, der gerade den Bach runterginge. Tatsache war aber auch, dass er das Geld mit vollen Händen ausgab. *Vögelchen, ich bin ein hart arbeitender Mann und habe wirklich keine Lust, auf jeden Cent zu achten.* Wie sich nach seinem Tod herausstellte, war er hoch verschuldet. Sie konnte das Erbe ausschlagen, würde das Haus aber trotzdem verkaufen müssen.

Schließlich ging der Gottesdienst zu Ende, die Mitglieder der Trauergemeinde stiegen in ihre Autos und fuhren in einer Kolonne zum Johannisfriedhof. Am Grab nahm Ute Beileidsbekundungen entgegen. Leanders Kollegen waren gekommen, sogar ehemalige Azubis aus ihrer Ausbildungszeit in der Bank. Diese Frauen, die sie früher nie eines Blickes gewürdigt hatten, betrachteten sie nun neugierig und kondolierten ihr, schüttelten den Kopf über so viel Ungerechtigkeit der Welt – *wie schrecklich, unfassbar, ausgerechnet Leander!* – und warfen Rosen ins Grab. Und während ihre Schwiegermutter weiter neben ihr schluchzte, schien es Ute, sie selbst hätte alle Tränen aufgebraucht. Sie verspürte nichts als Benommenheit und den sehnlichen Wunsch, nach Hause zu kommen, um allein zu sein.

Plötzlich tauchte Dominik auf und schüttelte ihr wie die anderen die Hand, murmelte ähnliche Beileidsworte, und doch kam es ihr vor, als wäre ein Verbündeter gekommen, jemand der die Wahrheit kannte.

»Danke!« Sie drückte seine Hand. »Kommst du nachher noch mit ins Café im Bauernhausmuseum?«

»Aber sicher doch.«

Ute lächelte, was ihr einen schrägen Blick ihrer Schwiegermutter einbrachte.

* * *

Das schöne, alte Fachwerkhaus, in dem das Café betrieben wurde, war als Ausflugsziel beliebt, und daher hatten Leanders Eltern es ganz für die Trauergemeinde reserviert. Zunächst war es ihnen nicht fein genug erschienen, aber dann hatten sie Utes Vorschlag angenommen, da das Café nicht weit vom Friedhof entfernt lag und die beiden sich in Bielefeld nicht auskannten. Mit ihrem von der Autojagd zerschrammten Corsa fuhr sie vorneweg, damit ihre Schwiegereltern den Weg zu einem Parkplatz am Johannisberg fanden. Sie zeigte ihnen auch den Fußweg zum Café, das von Wiese und Wald umgeben war. So kamen sie gemeinsam an und landeten zu Utes Leidwesen an einem gemeinsamen Tisch, an dem bereits Leanders Bruder Kornelius Platz genommen hatte und die Getränkekarte studierte. Das Licht der Deckenlampe spiegelte sich in seiner Halbglatze. »Ah, da seid ihr ja endlich! Und die lustige Witwe ist auch dabei.«

»Konni …!«, mahnte seine Mutter.

»Scherz.« Er zwinkerte Ute zu.

Sie setzten sich an den Tisch. Frau Lange richtete ihre Betonlocken. »Hol uns lieber Torte, Konni.«

Herr Lange griff sich die Thermoskanne, die auf dem Tisch stand, und schenkte sich Kaffee ein.

»Das macht die Bedienung«, murrte Kornelius, doch dann stand er auf und zog sich die Hose hoch, die unter seiner Wampe hing.

Nachdem Kornelius gegangen war, beugte sich Frau Lange zu Ute und legte ihr die Hand auf den Arm. »Da es kein Testament gibt, steht uns ein Teil des Erbes zu, das ist dir doch klar, oder?«

Ute nickte. »Ich fürchte, dass zuerst die Gläubiger bedient werden müssen.«

»Ach so?« Ihre Augen funkelten. »Ihr habt also über eure Verhältnisse gelebt, wie? Hase, hast du das gehört?«

Herr Lange nahm gerade seine Schwarzwälderkirschtorte von Kornelius entgegen. »Leander sicher nicht. Der konnte immer gut mit Geld umgehen, er war schließlich Banker!«

Ich auch, hätte sie auf den unausgesprochenen Vorwurf antworten können. Aber sie ahnte, dass es keinen Unterschied machen würde.

Leanders Bruder stellte ungefragt einen Teller mit Torte vor ihr ab. »Du bist so ein Hungerhaken, du kannst es gebrauchen, was?« Er gab ihr einen Klaps auf den Rücken.

Frau Lange tauchte ihre Gabel in die Sahne. »Sag mal, Ute, was ist eigentlich mit Leanders persönlichen Sachen? Können wir uns die nachher mal ansehen?«

»Oh … ich … ja, die sind im Keller.« Sie hatte seine Kleidung, Bücher, Fotos und andere persönliche Dinge in blaue Säcke gestopft und in den Keller verbannt. Den roten Schal, das letzte Geschenk Leanders, hatte sie im Kamin verbrannt zusammen mit den Fotos von ihren wenigen gemeinsamen Urlauben.

»Im *Keller?*« Ihre Schwiegermutter zog ein angewidertes Gesicht. »Er ist noch nicht unter der Erde, und du bringst seine Sachen in den Keller?«

Ute setzte ihre Kaffeetasse ab. »Weil mich all das an ihn erinnert und …«

»Kann man doch verstehen.« Kornelius lächelte süffisant. »Für Ute ist das zu schmerzhaft, sie weiß, dass sie nie wieder einen Mann wie ihn kriegen wird.«

»Das ist wahr. Weißt du, Kind, ich hab mich, ehrlich gesagt, in der ersten Zeit eurer Ehe gefragt, ob das halten wird mit euch beiden, Leander hatte immer hohe Ansprüche an seine Freundinnen und …« Frau Lange lächelte. »Er hatte nie Probleme, eine Frau zu finden.«

»Das hatte er wirklich nicht«, sagte Dominik, der hinter Ute getreten war, ohne dass sie es bemerkt hatte.

»Möchtest du dich nicht zu uns setzen?«, fragte Ute rasch.

»Wieso nicht, wenn die Herrschaften nichts dagegen haben?« Er blickte fragend in die Runde.

»Woher denn?« Kornelius wies auf den letzten freien Stuhl. »Ist das dein neuer Freund, Ute?«

Utes Gesicht rötete sich. »Das ist ein Kollege von der Kripo.«

»Ach, Sie sind auch Polizist?« Herrn Langes Kuchengabel verharrte einen Augenblick lang in der Luft, bevor er weiterschaufelte.

»Sieh an, ein Bulle, genau wie der Kerl, der unseren Leander umgebracht hat.« Frau Lange schob ihren Kuchenteller beiseite. »Da vergeht mir glatt der Appetit!«

Herr Lange verschränkte die Arme über seinem mächtigen Bauch und wies mit dem Kopf auf Ute. »Sie ist auch bei der Polizei. Hat unserm Jungen kein Glück gebracht.«

Ute umklammerte fest ihre Kuchengabel.

Dominik schenkte sich Kaffee ein. »Ach, wissen Sie, Frau Lange, uns ist auch der Appetit vergangen, als wir herausfanden, in welch unappetitliche Dinge Ihr Sohn verwickelt war.«

»Bitte, was war das?« Ihre Stimme klang schrill. »Wollen Sie etwa das Andenken unseres Sohnes beschmutzen hier auf seiner Trauerfeier?«

»Das hat er schon selbst geschafft«, sagte Dominik kalt.

Frau Lange presste die Lippen zusammen. »Ich möchte, dass Sie gehen! Sofort!«

Kornelius legte den Kopf schräg. »Sie haben's gehört, Bullen sind hier nicht erwünscht!«

Dominik erhob sich. »Es tut mir leid, Ute …«

Ute sprang auf. »Nein, das muss es nicht. Bullen sind nicht erwünscht, ich komme also mit!«

»Hey, Ute!« Kornelius gab sich jovial. »Das war doch nicht auf dich gemünzt. Komm, Kleine, setz dich wieder.«

Ihr Herz klopfte bis zum Hals. »Ich stelle Leanders Sachen ins Gartenhaus, das ist unverschlossen. Ihr könnt nachher alles mitnehmen, sonst werfe ich das Zeug weg.«

An der Schläfe ihrer Schwiegermutter pochte eine Ader. »Sag mal, Ute, willst du jetzt auch noch die Trauerfeier für den Mann verderben, der immer treu an deiner Seite gestanden hat? Obwohl er, weiß Gott, jede hätte haben können?! Und ich habe ihm noch zugeredet, dass er endlich heiraten soll! Er war dein *Ehe*mann! Sagt dir der Begriff etwas?«

»Oh ja! Und er war mir kein Ehemann! Er war ein *Loverboy*. Schon mal gehört, die *Loverboy*-Methode? Ihr dürft das gerne googeln, mir reicht's!« Mit einer heftigen Bewegung rückte sie ihren Stuhl an den Tisch. »Komm, Dominik!«

Sie griff nach ihrem Mantel und marschierte aus dem Café, Dominik folgte ihr. Draußen half er ihr in den Mantel. Ute atmete tief ein und ließ ihren Blick über die Wiese und die Spaziergänger mit ihren Hunden wandern. »Frische Luft, endlich!«

Dienstag, 5. November

Träge schob sich die Schlange vor dem Check-in-Schalter des Paderborner Flughafens vorwärts. Nina bereute es, nicht online eingecheckt zu haben, und warf einen Blick auf ihre Uhr. Immerhin, es blieb noch reichlich Zeit, bis ihr Flug ging, und außerdem konnte sie froh sein, dass sie noch einen Platz in der Maschine bekommen hatte. *Entspann dich, Nina, du hast Urlaub!* Sie lächelte. Bald würde sie mit Kai, Bine und Michaela am Strand spazieren gehen und die Sonne genießen. Und hoffentlich den immergleichen nächtlichen Albtraum von einem Bahnübergang hinter sich lassen. Das schwergewichtige Paar vor ihr, das im Partnerlook mit Cowboystiefeln und Stetson ausgestattet war und aussah, als wollte es nicht nach Palma de Mallorca, sondern nach Houston, Texas, fliegen, wuchtete seine Koffer aufs Band, als Ninas Handy klingelte.

Die Nummer kannte sie. Und es war immer gefährlich, Dominiks Anrufe anzunehmen.

»Dominik, ich sitze praktisch schon im Flieger, also sind sämtliche Versuche, mich davon abzuhalten, zwecklos.«

»Dir auch einen guten Morgen, Nina. Ich will dich nur informieren, mehr nicht. Nur ganz kurz …«

Cowboy und Cowgirl mussten nachzahlen, ihr Gepäck hatte Übergewicht.

Nina stöhnte. »Kurz!«

»Tatenhorst hat sich alles von der schwarzen Seele geredet: Marianne Campmann ist von Boris Maslowski im Pool des *Paradise* ertränkt worden. Für Maslowski existiert bereits eine umfangreiche Kriminalakte. Er hat schon wegen gefährlicher Körperverletzung, Drogen- und Menschenhandels gesessen. Sein damaliger Unterwelt-Boss sitzt immer noch, ein gewisser Rudolf Tatenhorst, jüngerer Bruder von Herrmann Tatenhorst.«

»Okay, also ein Mord weniger, der auf Romans Konto geht. Soll uns das jetzt trösten?«

»Nein, aber ich dachte, es würde dich interessieren: Maslowski ist an der deutsch-polnischen Grenze gefasst worden.«

»Das freut mich, Dodo, aber ich muss jetzt einchecken.«

»Bleib dran, ich warte solange.«

Nina seufzte und hievte ihren Koffer aufs Band. Eine lächelnde, junge Frau befestigte eine Banderole am Koffer und fragte sie, wo sie sitzen wolle.

Nina erwiderte das Lächeln. »Am Fenster bitte.« Das würde den Blick weiten.

Nachdem sie eingecheckt hatte, hob sie ihr Handy ans Ohr. »Noch dran?«

»Klar. Aber keine Angst, ich erzähle nichts mehr über den Fall.«

»Du möchtest einfach so mal plaudern, aber sicher doch …«

»Meyer zu Bargholz hat uns zu dem erfolgreichen Abschluss des Falles oder besser der Fälle gratuliert, auch wenn unser Kommissariatsleiter nicht wirklich glücklich dabei aussah. Ein Kollege als Mehrfachmörder, das muss man erst mal verdauen.«

»Wem sagst du das.«

»Nina, wusstest du, dass Bent vor fast genau einem Jahr aus Flensburg zu uns gekommen ist?«

»Mir kommt das schon weit länger vor.«

»Hast *du* das Gerücht gestreut, dass er auf Schlager steht?« Nina grinste. »Aber das ist doch allgemein bekannt.«

»Bent wirkte auch nicht glücklich, der Fall hat ihn genauso mitgenommen wie uns, nur dass er jetzt zu allem Überfluss zwei Tickets für ein Roland-Kaiser-Konzert in Berlin im nächsten Jahr besitzt. Einjähriges Jubiläum und so. Nina, du hast Meyer zu Bargholz einen heißen Tipp gegeben, stimmt's?«

»Mein Bruder wird sich sehr freuen, mit Bent nach Berlin zu fahren. Und wenn ich vor dem Abflug noch einen Kaffee trinken will, dann muss ich jetzt …«

»Warte, Nina! Hier ist noch jemand in der Leitung für dich.«

Ninas Grinsen wurde breiter. »Hallo, Bent. Ich hab schon von deinem Geschenk gehört …«

»Hier ist nicht Bent.«

Ihr Grinsen erlosch. »Stefan?« Über den aufregenden Ermittlungen hatte sie Stefan völlig vergessen. Und über Roman …

»Ja, ich … du hast nie zurückgerufen, und ich muss dich einfach sprechen. Deswegen bin ich kurzerhand ins Präsidium gefahren.«

»Tja, zu spät, ich bin auf dem Weg nach Malle.«

»Ja … irgendwie verpassen wir uns wohl immer. Aus Verletztheit und weil wir zu wenig miteinander sprechen. Aber wir können das ändern, Nina! Meinst du, wir … wir könnten uns treffen, wenn du wieder da bist?«

Eine angenehme Frauenstimme hallte in ihren Ohren. Ihr Flug wurde gerade angesagt. Das Boarding begann. Der Riemen ihres Bordgepäcks schnitt in ihre Schulter, und sie stellte die Tasche ab.

»Nina? Bist du noch dran?«

»Ja … ich … das Leben ist kompliziert.«

»Sehen wir uns, wenn du wieder da bist?«

»Stefan, ich weiß nicht …«

»Geh wenigstens ran, wenn ich anrufe, ja? Bitte!«

»Na gut, wir reden, wenn ich aus dem Urlaub zurück bin. Ganz unverbindlich …«

Stefan lachte. »Du musst nichts unterschreiben oder so was. Aber ich freue mich! Schönen Urlaub und … bis bald, Nina.«

Nina beendete das Gespräch und starrte sekundenlang auf ihr Handy. Dann steckte sie es ein und machte sich auf den Weg zu ihrem Gate.

Danksagung

Auch beim Schreiben dieses Krimis haben mich etliche Menschen unterstützt, denen ich sehr dankbar bin.

Mein besonderer Dank geht an die Testleser und Testleserinnen Michael Colberg-Engemann, Heiko Höflich, Diana Holtmann, Jutta Lorsch und Ursula Wernekenschnieder, die mir mit wertvollen Hinweisen zur Seite standen.

Umfassend und hilfreich waren auch die Ausführungen von Kriminalhauptkommissar Knut Packmohr (Polizei Bielefeld), der meine Fragen zur Polizeiarbeit beantwortete. Dafür bedanke ich mich ganz herzlich – und in diesem Zusammenhang auch bei der Ersten Kriminalhauptkommissarin Sonja Rehmert (Polizei Bielefeld) für die Weiterleitung der Fragen.

Ohne die fachkundige Beratung von Michael Büscher und Thomas Möller (Sportleitung der Schießsportabteilung der Schützengesellschaft des Amtes Heepen e. V.), die mir Einblicke in den Schießsport ermöglichten, hätte ich eine bestimmte Szene niemals schreiben können. Vielen Dank dafür!

Bedanken möchte ich mich auch bei meinem Lektor Volker Maria Neumann für die gewohnt gute und konstruktive Zusammenarbeit.

Last not least gilt mein Dank meinem Mann Willy Koch, für seine Anteilnahme, seine Geduld und liebevolle Unterstützung.

Heike Rommel

ZERRISSENE WAHRHEIT

Taschenbuch, 376 Seiten
ISBN 978-3-95441-437-6
13,00 EURO

Der Schlüssel zur Vergangenheit

»Karen saß reglos da und starrte auf das Bild. Das Blut rauschte ihr in den Ohren. Es war, als hätte sie gleichzeitig mit dem Foto das Drama ihres Lebens zusammengesetzt.«

Ein ungeheuerlicher Verdacht lässt Margret Lückner nicht mehr ruhig schlafen. Sie trifft Vorkehrungen, um der Wahrheit zu ihrem Recht zu verhelfen. An der steilsten Stelle der Dornberger Straße versagen kurz darauf die Bremsen ihres Wagens. Der tödliche Autounfall entpuppt sich schnell als Mord. Dass die unscheinbare Bibliothekarin ihrem untreuen Ehemann und der Tochter mit den Drogenschulden ein beträchtliches Vermögen hinterlässt, ist überaus interessant für Kommissar Domeyer und seine Kollegen vom Bielefelder KK11. Offenbart sich hier das Tatmotiv? Oder liegt der Schlüssel zur Lösung des Rätsels in Margrets Vergangenheit?

Was wollte sie ihrer ehemaligen Freundin Karen so dringend mitteilen? Karen macht sich auf die Suche nach alten Geheimnissen – ohne zu ahnen, in welcher Gefahr sie schwebt …

»Detailreiche und atmosphärisch dichte Beschreibungen sind Rommels Stärke« (Neue Westfälische Zeitung)

KRIMINALROMAN

KBV

Henrike Jütting

SCHATTEN ÜBER DER WERSE

Taschenbuch, ca. 290 Seiten
ISBN 978-3-95441-543-4
13,00 EURO

Auch in der Idylle lauert das Böse

Auf dem idyllisch gelegenen Campingplatz *Werseparadies* am Rande von Münster wird an einem Novembermorgen der Besitzer Rainer Heffner tot aufgefunden. Brutal erschlagen mit einer Flasche. Schnell wird deutlich, dass es an Verdächtigen nicht mangelt, denn Heffner war ein Querulant. Da sind zum Beispiel die Dauercamper, denen überraschend die Stellplätze gekündigt wurden. Oder der Nachbar, der mit dem Ermordeten handfeste Probleme hatte. Und dann gibt es da noch einen herumstreifenden Obdachlosen, den eine uralte Geschichte mit Heffner verbindet ...

Als die Ermittlungen ins Stocken geraten, wird Katharina Klein kurzerhand auf dem Campingplatz eingeschleust. Undercover taucht sie in die traute Gemeinschaft der Dauercamper ein. Ihre Tarnung als Biologin ist perfekt. Bis plötzlich ein weiterer Mord geschieht und Katharina dem skrupellosen Mörder gefährlich nahe kommt ...

»Konkurrenz für Wilsberg & Co.«
(WDR Lokalzeit Münsterland)

KRIMINALROMAN

KBV

Sabine Gronover

EDLES GEBLÜT

Taschenbuch, 336 Seiten
ISBN 978-3-95441-513-7
13,00 EURO

**Tatort Landgestüt:
Tödliche Hengstparade in Warendorf**

»Ein Mord in Warendorf? Da gibt es doch nur Reitunfälle.« Hier
irrt sich die Freundin des Polizisten Dirk Kemper ganz gehörig.
Balthasar Fromm, ein eher unbekannter Autor, wird nämlich
ausgerechnet dort nach seiner Lesung in einem Lokal auf offener Straße erschossen. Zuvor hatte er an der Bar etwas über
Schuld und Unglück erzählt und mit einer Waffe die Gäste
bedroht. Zwei bewaffnete Männer an einem Abend in einem
beschaulichen Ort wie Warendorf – das ruft Kommissar Schmitt
auf den Plan, der sich zur Verstärkung den Polizisten Dirk Kemper aus Oelde ins Team holt. Beinahe zeitgleich verschwindet
ein wertvoller Zuchthengst aus dem Landgestüt.

Zwischen diesen beiden scheinbar unabhängigen Verbrechen
in einer der wichtigsten Pferdestädte Europas ist schnell ein
Zusammenhang gefunden. Doch dann geraten Schmitt und
Kemper mit einem Mal in einen wahren Strudel aus kriminel-
len Vorfällen, Intrigen und der Suche nach einem mysteriösen
Manuskript, das sozusagen das Drehbuch für die Vorfälle
gewesen sein soll. Und davon profitiert einer ganz besonders:
Der tote Autor.

»...eine aufregend gewobene Geschichte.«
(Antenne Münster zu »Todgeweiht im Münsterland«)

Christoph Güsken

KOPFLOS AM AASEE

Taschenbuch, 352 Seiten
ISBN 978-3-95441-538-0
13,00 EURO

Nur nicht den Kopf verlieren!

Der Bestsellerautor Charles Nöck wird geköpft am Aasee-Ufer aufgefunden. Seine zahllosen Thriller sind hart und blutig, nichts für schwache Nerven. Bildet einer seiner Romane die Vorlage für die Tat? Wurde er das Opfer eines durchgeknallten Fans? Oder ist der unheimliche kopflose Reiter aus der Legende von *Sleepy Hollow* zum Leben erwacht?

Hauptkommissar Bühlow zieht den ehemaligen Bullen de Jong als Berater hinzu, weil der ja selbst Literat ist und sich vielleicht mit Schriftsteller-Morden auskennt. De Jong ist allerdings zurzeit eher daran interessiert, für seine attraktive Nachbarin einen verschwundenen Paartherapeuten ausfindig zu machen.

Der kopflose Mörder aber schlägt wieder und wieder zu, in der Stadt macht sich allmählich Panik breit, und die Kripo bastelt hilflos an einem Täterprofil. Und eines Nachts steht der Mann ohne Kopf de Jong in voller Lebensgröße gegenüber.

»Der Humor, der vor allem in den teils skurrilen Figuren zum Ausdruck kommt, bewegt sich irgendwo zwischen Wilsberg und dem Tatortreiniger, ohne dabei allzu sehr ins Absurde abzuschweifen. In jedem Fall ein kurzweiliges Lesevergnügen – nicht nur für lange Winterabende.« (alles münster – Onlinemagazin zu »Das Mordkreuz von Tilbeck«)

KRIMINALROMAN

KBV

Dirk M. Staats

**DIE KUNST
ZU STERBEN**

Taschenbuch, 328 Seiten
ISBN 978-3-95441-482-6
13,00 EURO

Künstler, Fälscher, Mörder

Mit aufgeschnittenen Pulsadern wird der Kunstmaler Malte Decker in der Badewanne seines Hauses mitten im Gewerbegebiet Hannover-Linden aufgefunden. Jede Hilfe kommt für ihn zu spät. Nachdem die Untersuchungen einen Suizid ausschließen, wissen Kriminalhauptkommissar Max Leitner und sein junger Kollege Tobias Heuward, dass sie einen Mörder suchen müssen.

Bei Decker handelte es sich um einen hochbegabten Portraitmaler, der offenbar nicht davor zurückschreckte, sein ausschweifendes Leben mit genialen Kunstfälschungen zu finanzieren.

Eine Spur führt in die absurd anmutende Welt des Kunsthandels. Gier und Bosheit scheinen mächtige Triebfedern für so manchen unsauberen Kunst-Deal in Hannover zu sein. Treiben sie unter Umständen auch jemanden zum Mord?

»Staats schreibt in einem unverwechselbar eigenen Stil und einem feinen Blick für lebensnahe Figuren.« (Mosquito-Magazin zu »Auf dem Totenberg«)

KRIMINALROMAN

Kai Magnus Sting

DAS ABC DES SCHÖNEN MORDENS

Taschenbuch, 352 Seiten
ISBN 978-3-95441-460-4
13,00 EURO

Dem armen alten Alphabet ist schon so viel zugemutet worden, und jetzt auch noch das!

Die drei Hobbydetektive Alfons Friedrichsberg, Jupp Straaten und Willi Dahl befinden sich in einer schier ausweglosen Situation: Von einem unsichtbaren Gastgeber eingesperrt in einem abgelegenen Haus, umzingelt von unzähligen Büchern und Nachschlagewerken, müssen sie sich ein mörderisches Alphabet ausdenken, um dem eigenen Tod zu entkommen!

Wird ihnen das gelingen? In nur 26 Stunden? Es ist davon auszugehen. Aber wie sie das anstellen, das ist ein einzigartiges Krimi-Lesevergnügen.

Und so entsteht es also Mord für Mord, das ultimative Nachschlagewerk, wenn es ums stilvolle Abmurksen, Meucheln und Umdieeckebringen geht. Ein unverzichtbares Lexikon des schönen Mordens, das in keinem Haushalt fehlen darf. Von A wie Ameisenhaufen oder Abbeizen über K wie Krabbensalat und Kuhmist bis Z wie Zimtschnecke oder Ziegenbiss.

»Kurze Komödien des Killens, durchzogen von einem schwarzen, aber auch sehr menschlichen Humor.« (WDR, Stefan Keim zu »Tod unter Gurken«)

André Storm

VORHANG ZU

Taschenbuch, 328 Seiten
ISBN 978-3-95441-517-5
13,00 EURO

Wenn man Leichen einfach wegzaubern könnte

Zack-Varieté, ein tragischer Unfall der Schlangenbeschwörerin
Lily Polley, der sich als Mordanschlag herausstellt und mitten-
drin Dortmunds Vorstadtzauberer Ben Pruss...

Am Ort des Geschehens ist der nicht etwa in seiner Funktion als
Zauberkünstler – ein Auftritt im Varieté wäre doch eine Nummer zu groß für ihn – sondern als Privatdetektiv.

Leider ist aber auch das eine Nummer zu groß für ihn, denn Ben
hat überhaupt keine Ahnung von der Arbeit eines privaten
Ermittlers. Und von Mord war schon mal gar nicht die Rede!
Doch zum Aussteigen ist es jetzt zu spät, denn Ben steht selbst
auf der Liste der Verdächtigen...

KRIMINALROMAN

KBV